JN136655

債鬼転生

債鬼転生

――討債鬼故事に見る中国の親と子――

福田素子著

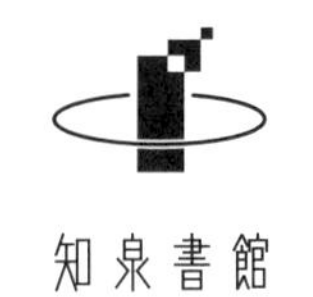

知泉書館

目次

第二部　討債鬼故事の変容

第三部　討債鬼故事と日本

債鬼転生

——討債鬼故事に見る中国の親と子——

緒論　討債鬼故事のたどった道

一　はじめに

討債鬼故事とは、中国に伝わる怪談の一種である。一例を挙げよう。

福唐[(1)]の人、章思文は、貧しい家に生まれ、何とかして豊かになりたいと望んでいた。秀州華亭県[(2)]の塩場（製塩所）で、ある武官が派手に汚職を働いていたのだが、思文は彼に取り入って、利益を二人で山分けする約束をした。武官は摘発を恐れ、また思文を信用してもいたので、金をすべて思文に預けた。任期が終わってから武官は預けていた取り分を要求したが、思文はすっとぼけて金を渡さなかった。誰にも訴えられず、武官は憤死した。

さて、思文は年をとってから、ようやく息子に恵まれた。しかしこの子は病弱であった。父は絶えず医者だ薬だと狂奔し、武官から騙し取った金も残らず使い果たした。挙句に六、七歳ほどで、ついに息子が死んだ時には、「どうして俺が代わりになれないんだ」と泣き叫んだ。もう棺の蓋を閉じて埋葬してしまうというその時、未練を断ち切れず、息子の顔を覆っている布をめくり、幼子の頬を撫でた。するとその顔はかの

武官の、憤怒の形相に変わった……。(3)

討債鬼故事とは、このように金を奪われたり、借金を踏み倒されたりした者が、死後、加害者（あるいは加害者の生まれ変わり）の子供に転生して、今度は逆に親の金を蕩尽するという話である。蕩尽する額は、しばしば初めの借金の額とぴったり一致する。なお「討債」とは借金を取り立てることを意味する中国語であり、「鬼」は日本語とは違い、中国語では幽霊を意味する。

金を浪費する手段は、この思文の子のように病気になって医者や薬に金を使わせることもあれば、成長してから放蕩に走り、家産を潰すこともある。親が子のためにしてやることすべてを金額に換算し、目標金額を浪費し終えると、子供はたちまち死んでしまう。

死者の霊が仕返しに来るという話は、世界的に見ればそれほど珍しいものではない。しかし普通の（？）悪霊であれば、どんなに恐ろしかろうとも、逃げるか退治するかしてしまえば済む話であるのに対して、討債鬼の場合は悪霊すなわち我が子である。子供の病気や非行のせいで心を切り刻まれ、破滅へと引きずり込まれていくのは確かに苦しい。しかし子供を失うのはもっともっと恐ろしく、子供を一日でも長く自分のもとにつなぎ止めようと、親は死にものぐるいになり、思文のようにますます討債鬼の術中に嵌まるのである。

討債鬼故事は、唐代に作られた牛僧孺『玄怪録』（一説に李復言『続玄怪録』）所収の「党氏女」まで遡ることができる。そして「党氏女」以降、中国においては宋・元・明・清と各時代において文言や白話の小説・戯曲の題材として多くの作品を生み、二十世紀以降民俗学者によって採取された民間故事の中にも散見される。筆者が友人と二〇〇六年に山東省を旅した時も、とある博物館の職員の方から土地に伝わる討債鬼故事を聴かせていただいた。それは以下のような話であった。昔、ある商人が、金持ちの家に反物を売りにいったのだが、金持ちは商人を騙して、結局代金を払わなかった。商人が怒りのあまり死んでから間もなく、金持ちの家に子供が生まれた。この子供は不思議なことに、いったん泣き出すと、茶碗が割れる音を聞くまで決して泣きやまない。仕方なく子供が泣き出すたびに茶碗を割り、家中の茶碗がなくなれば新しく買ってきて割り、そんなことを繰り返すうちに、その金持ちはとうとう破産してしまった、というものである。(4) 討債鬼故事は、千数百年にわたって語り継がれ、現在もまたどこかで新しい物語が生まれつつあるのである。

ところで討債鬼故事の研究をはじめてから一、二年ほど経った頃のことであろうか。むごたらしい復讐譚という第一印象がふと揺らぐような出来事があった。大学院の中国語学術作文の授業の時間に、討債鬼故事について中国語で書いた文章を北京大学からいらっしゃっていたF先生に見ていただいたところ、先生は「農村の親は〈お前は討債鬼だ〉と言って子供を叱るんだよ」と、大変懐かしそうに微笑まれたのである。その後二〇〇六年に台湾大学で開催された台湾文学研究所と東京大学文学部中国語中国文学研究室の合同研究討論会に参加した際、台湾側の参加者の多くが、親から「お前は討債（トーゼイ）(5) だ」と言われた経験があると笑いながら話してくれた。(6) 名門台湾大学の学生とはいっても、幼い頃には高い玩具をねだって買って貰ったのにすぐに壊したとか、何か変な物を口に入れて、救急車を呼ぶ騒ぎを起こして親の寿命を縮めたとか、そのくらいのことはしたのだろう。しかしそれを言い出せば、世の中はどこもかしこも討債鬼だらけである。これらのエピソードから考えるに、討債鬼故事という復讐譚は、長い間かけて咀嚼され賞味され、どんな親子にも通じる宿命として受け入れられ、どうやら穏やかな笑いとともに語られるようなものになってしまったらしい。

二　先行研究について

討債鬼故事は、人々にとってあまりにも卑近なものであったためか、中国や台湾において真っ当な研究対象とは認められていなかった。時には「中国では子供を大事にするから、そんなもの（討債鬼故事）は存在しない。」「自分が相手の子供になるということは、屈服を意味するから（討債鬼故事は）理屈としておかしい。あるはずがない。」とその存在を根本的に否定する方にもお会いしたことがあった。確かに自分の子供を前世の敵であると罵ることはお世辞にも醇風美俗とは言えず、これを研究したくない、されたくないという心情も分からなくはない。しかし過去に全く研究がなかったわけではない。本書全体に関係する、まとまった研究は次の二つである。

Ⅰ　澤田瑞穂『鬼趣談義』「鬼索債」（一九七七年）(7)
Ⅱ　項楚『王梵志詩校注』「怨家煞人賊」に付した按語「楚按」（一九九一年）(8)

Ⅰでは、宋代から民国までの筆記と民話を対象として、「鬼索債（亡霊による借金取り立て）」譚を、借金を踏み倒された者が直接亡霊となって現れ、返済を迫るパターンと、子供に生まれ変わって取り立てるパターン（これが本研究の「討債鬼故事」に当たる）に分けて紹介し、他に、亡霊が借金を返しに来るパターンや、生霊が取り立てに来るパターンがあることも述べている。さらにこのような説話が生まれた理由について、①人間の欲の深さを戒めるために生み出された説話である。②仏教の因果応報論からこのような話が生まれたのではないか。③

僧が登場する話が多いのは、このような話を語り継いだのが僧だからであろう、としている。

Ⅱは、敦煌文献の研究者項楚によるものである。項楚は、敦煌莫高窟出土の『王梵志詩』中の詩「怨家煞人賊」[9]に見られる親子観は仏教に由来するものであるとして、多数の仏典や中国の古典文学作品を挙げており、中には「党氏女」をはじめとする多くの討債鬼故事が含まれている。また『紅楼夢』における絳珠草還涙のエピソード[10]も、同じ発想に基づくとする。澤田氏・項氏はいずれも筆記小説・仏典・詩の例を数多く幅広く収集しており、本書もその蓄積に負うところが大きい。また両者とも、討債鬼故事を仏家の説と規定している。本書ではそれに対して討債鬼故事の中国的な側面を追究したいと考えている。

討債鬼故事については、民俗学分野においても研究がある。

Ⅲ　エーバーハルト・丁乃通による民間故事分類

Ⅳ　永尾龍造『支那民俗誌』巻六「討債鬼」項

Ⅲの民間故事分類では、二人の学者が、討債鬼故事を一つの類型として取り上げている。一人はドイツ人の民俗学者エーバーハルトである。彼は一九三七年の著作において討債鬼故事に関係する項目を二つ立てている。タイプ一四五「冥界への訪問2」と、タイプ一四六「借金の償い」である。[11]タイプ一四六は、討債鬼故事と畜類償債譚（借金を返さなかった者が、債権者の家畜に転生して償う話）であり、タイプ一四五は、子供を失った父が冥界まで追ってゆき、そこで子供が前世の仇であることを知る形の討債鬼故事である。

もう一人は、AT分類による分類を行った丁乃通である。AT分類とは、国際的に用いられている民話類型の分類である。一九一〇年にA・アールネが欧州の民話を収集分類して“Verzeichnis der Märchentypen”を刊行し、一九二八年S・トンプソンがそれにインド等の民話を増補した“The types of the folktale: a classification and bibliography”が基礎となり、現在まで改訂が続けられている。丁乃通『中国民間故事類型索引』のAT四七一B「老いた父が冥府で息子を探す（老父陰曹尋子）」故事は、エーバーハルトのタイプ一四五に当たるものであるが、一四六に当たるものは類型として採用されていない。[12] なお、二〇〇七年出版の金栄華『民間故事類型索引』[13] には、これらのうちどの型も入っていない。討債鬼故事を民間故事分類に入れるか否かについては、判断が分かれていることが分かる。

Ⅳは討債鬼をめぐる、中国農村の習俗の報告である。永尾は討債鬼に関わる習俗として、放蕩息子を罵る際に、「貴様は討債鬼だ」と罵ったり、子供に死なれた親を「是れ児ならば死せず、是れ財ならば散ぜず」と慰めたりする例と、討債鬼である子供が再来しないように、子供の死体を虐待する風習があることを紹介している。[14]

なお本書では、従来曖昧であった討債鬼故事の定義を定めた。先行研究において前世の恨みを晴らすために敵の子供に転生する話は、借金の取り立ての有無を問わず同じパターンの説話として扱われていたが、「債権者が債務者の子供に転生する」「子供であるということを利用して、金を取り返す」という二要素がそろっていることを討債鬼故事成立の条件とし、従来討債鬼故事とされていても、金を取り立てる要素がないものは「転生復讐譚」と呼んで区別した。

三　本書が目指すもの

親子の関係とは、多くの社会において無償の愛でつながれた、永続的な関係であると信じられている。中でも特に中国は孝に至上の価値を置く儒教の発祥の地であり、宗族という親子を主軸とした人間関係が社会の基盤となり、これを頼りにして人々は、神仏も政府も法もあてにならない動乱の連続を乗り越えて来たはずである。血縁の紐帯を堅く信じ、依存しながら、一方でその親子が一皮むけば債務者と債権者という非情な関係にすぎず、親が子に与えるものは実はすべて前世で返さなかった借金の返済であり、取り立てが終われば、子供は親の心に深い傷だけを残して去って行く、という辛口の物語がどのように産まれたのか、そしてどのような紆余曲折を経て「親子とは所詮そのようなものだ」という運命観として根付くに至ったのか、その顛末を描くのが本書の狙いである。

輪廻転生とは、「生ある者が生死を繰り返すこと」[15]であり、仏教の伝来に伴ってインドから中国へもたらされた生命観である。そして討債鬼故事は、登場人物のうち少なくとも一人は転生しなければならず、輪廻なくしては成り立たない話である。それでは討債鬼故事もインドから来たものかといえばそうではない。インド撰述の仏教故事には類例がほとんどなく、金銭の取り立ての要素を欠いた転生復讐譚が一、二あるにすぎないからである[16]。加害者の子供に転生して復讐するというモチーフは、インドではほとんど顧みられず、中国において大きな発展を遂げたのである。それはなぜだろうか。研究の結果見えてきたのは、輪廻が単なる霊魂の移動ではなく、仏教的な価値観と強く結びついていたという事実である。インド撰述経典中の転生譚では、人は常に輪廻に翻弄され、何度も生まれ変わり輪廻を続けることは大きな不幸であり、目指すべきものは輪廻からの解脱であるとされる。そして仏典において復讐という行為は否定的に扱われている（行う価値のない行為であり、実行すれば必ず後悔する）。転生して復讐する説話は、そのような深い怨みを持つことを戒めるためのものだったのである。しかし、中国においては、輪廻転生にも復讐にも、全く異なる捉え方があった。森三樹三郎『中国思想史』は、袁宏『後漢紀』巻十「孝明皇帝紀下」永平三年の記載を引用して、中国の「王公大人」が仏教の因果報応に接した時の反応を分析している。これによると輪廻の観念は彼らを驚愕させると同時に、一種の救いにもなったという。例えば顔回のような立派な人物が貧窮のうちに若死にし、盗跖のような悪人が天寿を全うするというような、一見すると不条理に見える出来事も、すべては前世の報いによるものであり、さらに現世において報われなかったことは来世において必ず相応の報いを得るというのである。[17] また『春秋左氏伝』の亡霊復讐譚において、亡霊が天帝に許されて復讐を行うことから、仏教伝来のはるか前から復讐は正義を実現する行為として肯定されていたことがわかる。しかし復讐否定の思想から輪廻が切り離され、輪廻する者が主体的に輪廻し、輪廻を利用するようになるまでには、長い時間を要した。仏教が伝来した一世紀から七〇〇年後の中唐に至り、ようやく輪廻を手段として用い、復讐を遂げる者の物語である「党氏女」が生まれるのである。

しかし復讐者の無念が晴らされ、正義が実現するということは、自分が復讐をうける可能性があるということでもある。そもそも中国において、横死した霊、正しく祀られなかった霊が生者に害を及ぼすという考えが古くから存在したことは、殷代の異常なまでの祖先祭祀重視や、『楚辞』に戦没者の霊を故郷に呼び戻し、その功績をたたえる歌謡「国殤」があることからも知ることができる。怨みを持つ霊は、生者に祟り、生者は祟られることを恐れるのである。

霊魂に対してこのような恐れを持つ人々が、輪廻という観念に接した時、それは正義を実現する救済の手段であるのみならず、新たな恐怖の対象をも産み出すものとなった。自らはあずかり知らない前世の行ために怨みを抱き、転生して復讐しようとする者を恐れることになったのである。本書第二章で検討する唐代の転生復讐譚は、六朝期の漢訳仏典『衆経撰雑譬喩』の説話「嫉妬話」に淵源を持ち、「党氏女」成立とほぼ同時期に流行したが、「党氏女」とは異なり、復讐は遂げられない。神仏の化身や高僧が、前世の敵同士である親子の不幸な関係を解消し、救済する物語である。

復讐する者を主人公とし、復讐の完遂を描く討債鬼故事は、文言小説というジャンルに生まれ、知識人の間で継続的に創作が重ねられてきた。一方「嫉妬話」の流れをくむ転生復讐譚は、復讐される者を主人公とし、復讐を免れ、救われることを主題とする。その背景にあるのは、怨魂を恐れ、慰撫するためのさまざまな宗教的行為である。小説として新たな作品が生み出されなくなった後も、仏教・道教の儀礼や、経典の印刷・奉納などが長く行われた。

そして元から明にかけて、討債鬼故事はさらなる変化を遂げる。その変化の様相はこの時期に作られた二つの戯曲に見出すことができる。一つは、元末明初に成立したと推定される雑劇「崔府君断冤家債主」である。主人公張善友は、泥棒によって家に蓄えた銀を盗まれる。また同じ時期に善友の妻が、善友が預かっていた五台山の托鉢僧の銀を着服するという出来事がおこる。その後、張に二人の息子が授かる。長男は仕事好きの吝嗇家に、次男は放蕩息子になったが、長男と妻は次男の乱行に心を痛めて死に、次男自身も死んでしまう。善友は、義兄弟であり当時住んでいた街の県令でもあった崔府君に自分の運命の不条理を訴える。崔府君は善友を冥府に赴かせ、長男が泥棒の、次男が五台山の僧の生まれ変わりであることを教え、仏道修行に目覚めさせるというものであある。

この戯曲は、借金の取り立てが完遂されるという点で「党氏女」型の討債鬼故事の特徴を備えているが、同時に復讐対象である親を主人公とし、救済者が登場するという点で、「嫉妬話」の流れをくむ転生復讐譚の特徴をも備えている。「崔府君」は、二系統の物語が、それぞれ大きな変貌を遂げつつ合流したものということができる。この物語の救済者は、討債鬼の怨念を断つことで救いをもたらすのではない。復讐は遂げられ、取り残されて嘆く父親に、子供とは所詮こんなものと教え、覚醒を促すのである。

もう一つの雑劇「看銭奴買冤家債主」は、討債鬼そのものの変化を表している。この戯曲においては、賈仁という男が神に訴え、赤の他人周栄祖の財産を借りて金持ちになる。ところがそれとは知らず周栄祖の息子長寿を買って養子にして、結果的に財産を返すことになる、というものである。

この戯曲は主人公の息子・長寿を「冤家債主」と呼んでいるが、「崔府君断冤家債主」とは違って討債鬼故事ではない。しかし長寿はあたかも討債鬼のように養父・賈仁の財産を蕩尽する。賈仁と長寿の間には、前世の悪因縁は存在せず、晴らすべき怨念というものはない。ただ「賈仁は周家の者に金を返すことになる」という運命があるだけである。この運命を実現するために長寿は、討債鬼と同じく子供という立場に立って、親から財産を取り上げる。

二つの戯曲の題名にある「冤家債主」の語は、早期の漢訳仏典に登場し、六朝期以降子供の形で家庭に入り込む悪霊の意味を持ち始め、上記二つの戯曲が成立した時期を境にして、討債鬼の意味でも用いられるようになっていくのである。そして「冤家債主」の意味の変化に呼応して、討債鬼も「金を取り返したい（と同時に親を傷つけたい）」という怨恨で動く復讐者から、定められた運命を成就するための単なる「道具」と化していく。亡霊の怨恨とその解消という問題は後景に退き、金額として目に見える形となった人間関係における「借り」の清算に重点が移ったのである。

このような討債鬼の脱怨恨化は、怨恨＝債の数値化という形で、実は「党氏女」の成立から胚胎されていたといえる。そしてごく普通の親たちが、自分が負ったさまざまな「借り」の調整者としての子供を「前世の借金取りだ」と嘆きながらも笑って受け入れる風土が生まれたのである。

最後に、討債鬼故事の日本への伝来についても考察を加えた。子供が親を前世の仇として憎む、というショッキングな筋立ては、日本の怪談にも大いに取り入れられた。しかし、その基底をなす家族観や金銭観の違いが、内容に反映されることになる。例えば、奪われる金が本人のものではなく自分が属する共同体や組織のものとなり、共同体や組織に顔向けできなくされたことを恨んで転生し、金を取り返すのではなく親の命を奪う結末となること、中国の討債鬼が、あくまでも子供として、病気や放蕩で取り立てを行うのに対し、日本の場合は産まれてすぐに人間離れしたモンスターになりがちであること、さらに明治以降には子が前世の仇であることを親が知ると、その子供を殺す話があらわれることなど、中国の討債鬼では考えもつかない展開が登場する。これらの日本における改変と対比することで、中国の討債鬼故事はその性格をさらにはっきりと浮かび上がらせることになる。

討債鬼故事は、食後の茶飲み話や眠れない夜の語らいにこそふさわしい、あらたまって考察するにはあまりにも卑近なお話であるとされてきた。しかし実際は中国人社会の家族観・経済観・生命観・運命観をも考えさせてくれる、中々に味わい深い話なのである。興味を持って読んでいただければ幸いである。

なお現存最古の討債鬼故事である「党氏女」や、宋元の作品においては、この「鬼（亡霊）」には特に名前がつけられていない。本書の主に第二部で論ずる「冤家債主」は、討債鬼を含んではいるが、もっと広い概念である。前世の貸し借りを現世の浪費によって清算する行為を「討債」と呼び始めたのは、明代の陸容『菽園雑記』巻二で、無為に禄を食む士大夫と皇帝の関係を、前世の負債の取り立てであると称したのが早い例ではないかと思われる。清代に入ると、筆記小説の標題に「討債鬼」の語が頻出するようになり[18]、呼称として定着したのである。清代の筆記小説には、他に鬼討債・鬼索債（討・索とも「取り立てる」の意味）という言い方もあったが、『漢語大詞典』をはじめとする現代中国の工具書が皆「討債鬼」という用語を採用していることから、この語を採用することとした。

注

（1）現在の福州のあたり。しかし福唐という県名は五代十国の閩において福清に改名されている。

（2）現在の上海市付近。

（3）宋・郭彖『睽車志』巻四「章思文」。訳は筆者による。

（4）このような話は中国の現政権からすれば悪しき「迷信」であるから、具体的な地名や語ってくださった方の名は伏せる。

（5）「討債」を台湾語の発音で読んだものである。

（6）実際、中国語の各種方言辞典において、「討債鬼」・「討債仔」といった言葉が罵倒語として採用されている。中国の方言詞典における採用例は以下の通り。

討債鬼：罵人的話（多用于責罵糾纏不休或闖了禍的小孩）。呉連生他編『呉方言詞典』（漢語大詞典出版社、一九九五年、一二三頁）。朱彰年他編『寧波方言詞典』（漢語大詞典出版社、一九九五年）も同じ記述（七三頁）。

討債仔：婦人罵小孩語。蔡俟明編著『潮語詞典』（一九七六年）。

また俗語として、「後生是怨仇、査某囝来討債（「査某囝」は女児のこと）」陳宗顕『台湾人生諺語』（常民文化、二〇〇〇年）一〇〇頁。「児是冤家、女是債」荘永明『台湾警世良言　台湾諺語浅釈』（時報文化出版社、一九八九年）五三頁という例がある。

（7）初刊は一九七七年、国書刊行会からであるが（一三〇～一四九頁）、本書は中公文庫版によった。中公文庫版一七八～二〇三頁。「索」は「討」と同じく、「（借金を）取り立てる」という意味の動詞。
（8）上海古籍出版社、増補版は二〇一〇年、二一〇～二一三頁。旧版は一九九一年。
（9）この詩については、本書第五章で詳しく論ずる。
（10）『紅楼夢』の主人公賈宝玉は前世において赤霞宮の神瑛侍者であった。彼は絳珠草という草花に甘露を注いで育てていた。この絳珠草が林黛玉に転生し、前世に注がれた甘露と同じだけ涙を流して賈宝玉に返すことになった、という『紅楼夢』全体の背景をなすエピソードである。
（11）エーバーハルトの原著は、Wolfram Eberhard, *Typen Chinesischer VolksMärchen*, 1937. 日本における紹介は、馬場英子・瀬田充子・千野明日香編訳、東洋文庫七六二『中国昔話集　一・二』（平凡社、二〇〇七年）による。タイプ一四五は同書二の一一二～一一三頁および三一九～三二〇頁、一四六は一一四～一一五頁および三二〇～三二一頁。
（12）丁乃通著／鄭建威他訳『中国民間故事類型索引』（華中師範大学出版社、二〇〇八年）一〇四～一〇五頁。先に英語で出版されている。*A Type Index of Chinese Folktales: in the oral tradition and major works of non-religious classical literature*, Suomalainen Tiedeakatemia Academia Scientiarum Fennica,1978. 中国語版は他に孟慧英他訳（春風文芸出版社、一九八三年）、鄭健威他訳（中国民間文芸出版社、一九八六年）があるが、本書では最新版を用いた。
（13）金栄華『民間故事類型索引』（中国口伝文学学会、二〇〇七年）
（14）永尾龍造『支那民俗誌』（支那民俗誌刊行会、一九四二年）六八三～六八九頁。第六巻第五篇第一章第六節一項二のロ「討債鬼」
（15）中村元『仏教語大辞典』（東京書籍、一九八一年）一四三一頁「輪廻」項。
（16）一つは本書第二章で取り上げる姚秦・鳩摩羅什訳『衆経撰雑譬喩』所収「嫉妬話」。もう一つは北涼・曇無讖訳『大般涅槃経』「梵行品」に見える阿闍世王の父殺しのエピソードである。
（17）『中国思想史・下』（第三文明社、一九七八年）二八一～二八七頁。
（18）梁恭辰『北東園筆録四編』巻五「討債鬼」、銭泳『履園叢話』巻十五「討債鬼」、湯用中『翼駉稗編』巻一「討債鬼」。

第一部　討債鬼故事の成立まで

第一章　仏典および六朝・唐代小説における輪廻と復讐

一　はじめに

本章では、討債鬼故事が成立するに至るまでの、転生復讐譚の変化の歴史を追う。変化の一応の到達点は、現存最古の討債鬼故事である唐・牛僧孺『玄怪録』巻二「党氏女」とする。この作品については第三章で詳述するが、本章の議論に必要なため、あらすじをここに挙げる。

元和のはじめ、茶商人の王蘭という者がいた。彼は、彼が泊まっていた家の主人である蘭如賓に殺され、財産もすべて奪われた。如賓はこれ以来裕福になり、また玉童という子供にも恵まれた。しかし玉童は父母に溺愛されて放蕩に走り、挙句に病気で早死にしてしまい、如賓夫妻は毎年玉童のために盛大に法事を営んでいた。ある年、隣村に住んでいる党という家の娘が、自分の家に物乞いに来た僧を通じて、自分が実は玉童の生まれ変わりであることを夫妻に伝えた。如賓夫妻はその娘に会いに行くが、娘は結局、手土産の反物を受け取っただけで夫妻に会おうとせず、父母を通じて、これで王蘭の財産を使い果たしたはずだと告げた。娘が知るはずのない王蘭の名を聞いて、如賓夫妻はあたふたと逃げ去った。その後、娘は自分の両親に対して、前々世では、自分は王蘭という者で、蘭如賓に殺されたが、あの世で上帝の許しを得て彼らの子供の玉童に生まれ変わり、奪われた財産をあらかた使い尽くしたこと、また今受け取った反物ですべての金を取り返したことを語った。さらに彼女は、王蘭から茶を買った代金をまだ払っていなかった者から、結納の形でその金を取り返し、父母にこの金を与えて養育の恩を謝し、善行を勧める言葉を残して姿を消した。

討債鬼故事は、債権者（復讐者）が仇の子供に転生し、借金の取り立てを行うという話であり、輪廻という要素は欠くことができない。しかし、輪廻が仏教とともに伝来した後漢期から、現存最古の討債鬼故事「党氏女」が登場する中唐期までの間には、七〇〇年を越える年月が流れており、輪廻という観念や輪廻に関する仏教説話の伝来が直ちに討債鬼故事を形成するものではなかった事情が伺える。

「党氏女」では、殺人の被害者である王蘭は自分を殺し、金を奪った者から金を取り返すという目的を持って転生をする。このような輪廻のあり方はどのように成立したのだろうか。インドの本生譚をはじめとする仏教説話や、六朝から盛唐にいたる小説作品の中における輪廻と復讐のあり方の考察を通して明らかにしていきたい。

二　本生譚・仏教経典における輪廻

それでは中国の輪廻転生譚を論じる前に、まずインドの説話における輪廻と復讐について概観しよう。

インドにおいても、輪廻ははじめから存在した観念ではなかった。『リグ・ヴェーダ』（紀元前一二〇〇年前後成立）では、死者の魂は輪廻せずに天国か地獄に送られている。輪廻という観念があらわれるのは、ウパニシャッド文献（紀元前五〇〇年前後数百年にわたって編纂）においてであり、ここに見られる輪廻の原則は、「悪いカルマ（行為）は悪い来世を、良いカルマ（行為）は良い来世をもたらす」というものである。[(1)] 続いてあらわれた仏教（紀元前四〇〇年前後成立）においても、この原則は引き継がれた。輪廻は経典の中で教義の一部として説かれるだけではなく、仏教説話の題材ともなった。特に上座部仏教で伝承されたパーリ語版のジャータカは、原始仏教の思想を強く残すものである。ジャータカでは、この輪廻の原則はどのように運用されているのだろうか。

なお、筆者はサンスクリット語またはパーリ語の原典を読むことができないため、以下の記述は邦訳および漢訳の文献を利用して行うものである。パーリ語ジャータカは、中村元の監修ですべてが翻訳され、春秋社刊行の『ジャータカ全集』全十巻にまとめられているので、これによって考察を行う。以下で引用するジャータカの通し番号は、この全集による。それではまず、第四十五話の「ローヒニー前生物語」[(2)] を見てみよう。あらすじは以下の通りである。

釈迦の信者である豪商のもとに、ローヒニー（赤牛）と呼ばれる下女がいた。彼女の母親がアブに刺されて、ローヒニーにアブを追い払うように言いつけた。ローヒニーは母にたかるアブを杵で撃ったが、アブもろとも母親も撃ち殺してしまった。豪商がこの顚末を釈迦に告げると、釈迦はその母と娘が前世においても親子であり、娘は同じように母親を撲殺していたことを教え、情け深い愚か者よりも、敵であっても聡明な者の方が優れているとした。

ローヒニーの母殺しは、確かに前世での行為によって導かれたものであるが、被害者は被害者に、加害者は加害者に転生を繰り返し、何度も同じ後悔をすることが苦となり悲しみとなる。このような転生の原理は、私たちが普通に理解している、「現世で悪いことをすると来世に報いを受ける」といういわゆる因果応報とは異なっている。では、この関係を逆転させるためには、いったい何が必要なのだろうか。このことを考えるために、やはり転生と復讐をテーマにした第五一四話の「六色牙象前生物語」(3)を見てみよう。

昔六色の牙を持つ白象がいた。この象には二頭の妻がいた。ある日、片方の妻が嫉妬心から夫を憎悪し、「来世は人間の王妃に生まれ変わって、あの牙を取り上げてやれますように」と祈願し、自殺した。妻の象は人間の女に転生して王妃となり、猟師に賞金を出して六色牙象の牙を手に入れたが、妻は、夫の牙を得たとたん、後悔に苛まれて死んでしまった。

先のローヒニーの転生の例に照らせば、夫の二心に苦しめられた妻は来世でも同じ目に遭うことになるはずである。これを逆転し、夫に復讐するためには、生前に祈願を立てなければならなかったのである。パーリ語ジャータカ以外の話ではあるが、例えば元魏・慧覚等訳『賢愚経』巻三「微妙比丘尼品」(4)は、同じく前世の宣言どおりの来世が実現する話である。主人公の微妙比丘尼は前世において、ある男の正妻であり、第二夫人が生んだ子供をひそかに殺した。第二夫人から問い詰められた彼女は、「もし貴方の子を殺したならば、来世もまた次の世もずっと私の夫は毒蛇に殺され、子供があれば水に溺れ、狼に食われるでしょう。私は生き埋めにされて自分の子を食うことになるでしょう。父母や兄弟は火事で焼け死ぬでしょう(若殺汝子、使我世々夫為毒蛇所殺、有児子者、水漂狼食。身見生埋、自噉其子。父母大小、失火而死）」と言い放った。そして彼女の意に反して、ここで言明したことは来世においてことごとく実現したのである。ある来世を導き出すためには、来世のことを口に出す、という行為をしなければならないのである。

しかし、「六色牙象前生物語」では、王妃はわざわざ運命を逆転させて復讐を成し遂げたにも関わらず、後悔のうちに死んでしまう。このように、ジャータカをはじめとする仏教説話においては、転生して前世の復讐をなしとげることは決して喜びとはならない。このことは、復讐は仏教においては肯定されない行為であることを示している。

なお、インドでは、自分や他人の輪廻を知ることは「宿命通」と呼ばれる特殊な能力で、一般の人間にはできないこととされており、(5) 本生譚でも人々の前世の説明は、ほとんど必ずといってよいほどその能力を持つ釈迦や高僧によってなされている。

三　中国における亡霊復讐譚

仏教の中国への伝来は漢代とされる。森三樹三郎『中国思想史』によれば、因果応報・輪廻転生の説は、それまで人生は現世で完結し、善行や悪行に対する報いは必ずしも正しく与えられないと考えてきた中国の人々に大きな驚きと救いを与えたという。(6) 輪廻は中国の亡霊復讐譚にもまた影響を与えたはずである。それを考えるために、まず輪廻が伝来する以前の情況から振り返ってみよう。

1　輪廻を含まない亡霊復讐譚

中国における亡霊による復讐譚の古例は、先秦のものとしては『墨子』「明鬼下」に周宣王が臣下の杜伯の亡霊に殺された例がある。杜伯は無実の罪で王に殺された時、三年以内に王を殺すことを宣言し、果たして期日内に狩り場に姿を現し、衆人環視のもとで復讐を行ったのである。また『春秋左氏伝』昭公七年には、鄭人によって殺害された鄭の貴族伯有が、人の夢に現れては「某月某日に某を殺す」と予言し、それがことごとく的中したため、鄭人がパニックに陥ったことが見え、成公十年の条には、晋侯の夢に、ざんばら髪の幽霊があらわれて、「私の孫を殺したのは不義であった。私は天帝に（復讐をする）許しを得たぞ。」というと、門を壊して押し入った、それをきっかけに晋侯は病気にかかり、死んでしまった、というエピソードがある。『左伝』の例は両方とも夢に亡霊が現れて復讐を宣言し、その結果標的となった者が死ぬ話であるが、後者では亡霊が天帝の許しを得たことに言及するところが注目される。

六朝志怪小説にも、多くの亡霊復讐譚が残されているが、それらは大きく二種類に分けることができる。一つは死者の亡霊　が直接復讐に現れ、目的を達するものである。一例を挙げると、

晋・干宝『捜神記』巻一「于吉」(7)

孫策は道士于吉を憎み、雨乞いを命じて雨が降ったにも関わらず于吉を殺害し、それ以来于吉の亡霊に付きまとわれるようになった。鏡に映った于吉に殴りかかったところ、できものが崩れてたちまち死んでしまった。（以上あらすじ）

孫策欲渡江襲許、与于吉倶行、時大旱。……令人縛置地上暴之、使請雨若能感天、日中雨者、当原赦、不爾、

行誅。俄而雲気上蒸、膚寸而合、比至日中、大雨総至、渓澗盈溢。将士喜悦、以為吉必見原、並往慶慰。策遂殺之。将士哀惜、蔵其戸。天夜、忽更興雲覆之。明旦往視、不知所在。策既殺吉、毎独坐、彷彿見吉在左右。意深悪之、頗有失常。後治瘡方差、而引鏡自照、見吉在鏡中、顧而弗見。如是再三。撲鏡大叫、瘡皆崩裂、須臾而死。

もう一つは、官や肉親に訴えて復讐をして貰うか、冥府で天帝[8]の許可を得てから復讐に現れるものである。これらの例では、何らかの理由で亡霊自身による復讐が制限されているように見受けられる。

『志怪』「張禹[9]」（『太平広記』巻三一八）

頓丘李氏の妻は一男一女を遺して死に、子供たちは後妻に苛められていた。李氏の妻は墓で夜明かしした黄門将張禹に「亡者は「気」が弱いので、憑依しなければなりません。あなたが助けて下さって事が成れば、あつくお礼するでしょう」と助力を乞い、ついに後妻を殺害することを得て、張禹にお礼の品として織物五十匹を贈った。（以上あらすじ）

永嘉中、黄門将張禹曽行経大沢中。天陰晦、忽見一宅門大開。……見一女子、年三十許、坐帳中。……曰、我是任城県孫家女。父為中山太守。出適頓丘李氏。有一男一女、男年十一、女年七歳。亡後、幸我旧使婢承貴者。今我児毎被捶楚、不避頭面、常痛極心髄。欲殺此婢、然亡人気弱、須有所憑。託君助済此事、当厚報君。禹曰、雖念夫人言、縁殺人事大、不敢承命。婦人曰、何縁令君手刃。唯欲因君為我語李氏家、説我告君事状。李氏念昔、承貴必禳除。君当語之、自言能為厭断之法。李氏聞此、必令承貴莅事、我因伺便殺之。

……既而禹見孫氏自外来、侍婢二十余人、悉持刀刺承貴、応手仆地而死。未幾、禹復経過沢中、此人遣婢送五十匹雑綵以報禹。

晋・干宝『捜神記』巻十六「蘇娥」（『太平御覧』巻八八四）[10]

旅の途中、好色な亭長を拒んで殺害された未亡人蘇娥は、交州刺史何敞の前に亡霊となってあらわれ、天に届くほどの恨みを訴えることができないと哀願し、亭長を裁くように訴えた。何敞は亭長一味を捕らえ、斬刑に処した。（以上あらすじ）

漢、九江何敞、為交州刺史、行部到蒼梧郡高安県、暮宿鵠奔亭、夜猶未半、有一女従楼下出、呼曰、妾姓蘇、名娥、字始珠、本居広信県修里人。……従同県男子王伯賃牛車一乗、直銭万二千、載妾并繒、令致富執轡、乃以前年四月十日到此亭外。於時日已向暮、行人断絶、不敢復進、因即留止、……寿（亭長）因持妾臂曰、少年愛有色、冀可楽也。妾懼怖不従、寿即持刀刺脅下一創、立死。……妾既冤死、痛感皇天、無所告訴、故来自帰于明使君。……敞乃馳還、遣吏捕捉、拷問、具服。下広信県験問、与娥語合。寿父母兄弟、悉捕繋獄。敞表寿、常律、殺人不至族誅、然寿為悪首、隠密数年、王法自所不免。令鬼神訴者、千載無一、請皆斬之、以明鬼神、以助陰誅。上報聴之。

傍点部のように、亡霊たちは「復讐したくても〈気〉が弱いので自力ではできない」、「恨みを訴えることができない」ということを訴える。彼らは敵の居場所に移動したり、事件を公にしたりすることができず、たまたま自分を助けることができる人間が通りかかるのを待つ他ないようである。また、自ら復讐する亡霊でも、『左伝』

の晋侯の夢にでた亡霊のように、天あるいは天帝の許しを得ていることをことわる者がある。

斉・祖冲之『述異記』「陶継之」（『太平広記』巻三二三）

陶継之が元嘉末年に秣陵の令であった時、無実の楽人を強盗の一味として処刑した。まもなく陶の夢に楽人が現れ、天に訴えて無実であることが認められた、貴方の命をもらう、と言って陶の口に飛びこんだ。ところがすぐまた出てきて「今陶の命をとっても仕様がない、王丹陽のことも問題にしなければ」と言った。まもなく陶も王も死亡した。（以上あらすじ。王丹陽については故事の中に記述がない）

陶継之元嘉末為秣陵令、殺劫、其中一人、是大楽伎、不為劫而陶逼殺之。将死曰、我実不作劫、遂見枉殺、若見鬼、必自訴理。少時、夜夢伎来云、昔枉見殺、訴天得理、今故取君。遂跳入陶口、仍落腹中、須臾復出、乃相謂云、今直取陶秣陵、亦無所用、更議王丹陽耳。言訖遂没。陶未幾而卒。王丹陽果亡。

この楽人は自ら自分を処刑した役人の命を奪っているが、そのためには天の許しが必要であると考えている（傍点）。ここにも復讐に対するある種の規制を見ることができる。それにしても、なぜある死者は直接祟るのに、別の死者は祟らないのか、これについては鄭の伯有の祟りがあった時にすでにこのような疑問を持つ者がいた。鄭の大夫子産は、横死者は死後に祟りをなすことができるが、特に生前に豊かな飲食を享受して魂魄の気を大いに養った者は祟る力が強い、としている。[11] しかし六朝志怪においては貴賤の別に関係なく、「直接復讐ができるもの」と「できないもの」の両者が存在している。

なお、『志怪』の先妻の霊は復讐が成ったあと協力してくれた張禹に謝礼の品を渡して喜びを分かち合い、『捜神記』「蘇娥」の交州刺史何敞は、皇帝に「鬼神によって訴えが起こされるとは、千年に一度もない珍しいことです。一味を斬刑に処して鬼神のことを明らかにし、冥府の復讐の手助けをさせてください（令鬼神訴者、千載無一、請皆斬之、以明鬼神、以助陰誅[12]）」と上奏し、復讐を後押しすることから、これらの作品において復讐という行為は正義を実現する手段として肯定的に捉えられていることが分かる。

2　顔之推『冤魂志』について

顔之推『冤魂志』[13]は、殺生をした結果悲惨な目に遭う者たちの話を集めた志怪集であり、悪人が直接報いを受ける以外に、亡霊自身が現れて復讐を行う例が多く見られる。前節では亡霊が直接復讐する場合と、間接的に復讐する場合があることを述べたが、王国良『顔之推冤魂志研究』下編校釈に収められた六十五編（うち五編は存疑）のうち、二十篇は明らかに亡霊自身が直接復讐するものであり、十九篇は天帝の許しを得て復讐するか、官などの助けを得て復讐するもので、二つの復讐方法が並存している。

『冤魂志』には、まことにバラエティに富んだ復讐方法が記されているが、輪廻が関係するもの、すなわち転生して敵のもとにあらわれて復讐を果たす例がないことは注目すべき点である。作者顔之推は、『顔氏家訓』巻五帰心篇第十六釈五において来世のために善行を積むことを子孫に求めている以上、輪廻について知らなかったはずはない。現存する他の六朝期の志怪集でも輪廻によって敵のもとに現れる例がないことから、これは顔之推が個人的に排除したものではなく、六朝志怪の全般的な傾向を反映したものと思われる。

3　輪廻を取り入れた復讐譚（一）——六朝

輪廻を用いた復讐譚は、筆者の知る限り六朝志怪の中では見出すことができない。しかし中国撰述の『高僧伝』の中には多くの例を見出すことができる。吉川忠夫は、『中国人の宗教意識』[14]において、多くの高僧が自分が前世の仇に遭遇し、殺害されることを予知していると指摘している。彼らはそれを甘んじて受けるのが前世の大罪を償う道であるといい、従容として殺されていくのである。一例を挙げよう。

梁・釈慧皎撰『高僧伝』巻十「晋襄陽竺法慧」（神異下）

竺法慧という高僧がいた。時に征西将軍の庾稚恭が襄陽に赴任してきたが、彼は大の仏教嫌いで、法慧の評判を聞いて嫉妬心を起こした。法慧は「私の前世の仇がやってくるだろう」と言って死に支度をした。二日すると庾稚恭は法慧を捕らえて処刑した。（以上あらすじ）

竺法慧。（略）後征西庾稚恭鎮襄陽。既素不奉法。聞慧有非常之跡甚嫉之。慧預告弟子曰。吾宿対尋至。誡勧眷属令懃修福善。爾後二日果収而刑之。

庾稚恭には前世の記憶があるわけではない。自ら知ることがない前世の因縁に引きずられて竺法慧に悪意を抱き、殺害したにすぎず、輪廻の前には無力な存在である。先に挙げた六朝志怪の復讐譚では、復讐する者の立場から、復讐を実現するまでの過程が肯定的に描写されているが、『高僧伝』では従容として死につく僧侶の超俗的な姿をたたえるために、前世の罪とそれに対する復讐という契機が使われているのである。

ただ、これら『高僧伝』中の復讐譚は、いずれも高僧自身がただ「前世の敵が来た」というばかりで、前世にどのようなドラマがあったのか、復讐する側にいったいどのような事情があるのか、詳しく記されることがない。そのため、高僧の徳を称揚する付属的なエピソードにすぎないものとなっている。

4　輪廻を取り入れた復讐譚（二）――唐代

1で見たように、ある種の亡霊は生きた人間の手を借りないと復讐できないが、もしも彼らが輪廻によって自身が活きた人間となり、仇敵の前に現れることができれば、これほど都合の良いことはない。輪廻という観念が中国で受け入れられるにつれ、討債鬼故事の成立に先だち、輪廻を取り入れた復讐譚が生まれた。いずれも唐代になって成立した作品であるが、それらは、有名な人物に関する風聞を伝えるものである。

唐・張鷟[15]『朝野僉載』「梁武帝」（『太平広記』巻一二〇）

梁の武帝は南斉の東昏侯を殺して位を奪い、多くの人を殺した。東昏侯が死んだ日に侯景が生まれた。後に侯景は梁武帝を監禁して餓死させ、その子弟を皆殺しにしたので、当時の人々は、侯景は東昏侯の生まれ変わりであると噂した。（以上あらすじ）

梁武帝蕭衍殺南斉主東昏侯、以取其位、誅殺甚衆。東昏死之日、侯景生焉。後景乱梁、破建業、武帝禁而餓終、簡文幽而圧死、誅梁子弟、略無孑遺。時人謂景是東昏侯之後身也。

唐・戴孚『広異記』「太華公主」（『太平広記』巻三八七所収[16]）

太華公主は則天武后に殺された王皇后の生まれ変わりなので、母則天武后の顔を見ると機嫌を悪くしたという。生まれて数年たつと「数珠を取って」というようになったが、周囲の者には何のことか分からなかった。公主は乳母に抱かれて王皇后の御殿を通りかかった時に、その数珠の在りかを教えた。（以上あらすじ）

世伝太華公主者、高宗王皇后後身。雖為武妃所生、而未嘗歓顔、見妃輒嗔。年数歳、忽求念珠、左右問何得此物、恒言有、但諸人不知。始皇后雖悪終、然其所居之殿、及平素玩弄倶在。後保母抱公主従殿所過、因廻指云、我珠在殿宝帳東北角。使人求之、果得焉。

王青は『西域文化影響下的中古小説』において、太華公主というのは太平公主の間違いであろうとしているが、それは適切な指摘であろう(17)。太平公主は則天武后の娘で、母の側近となり、母の退位後も権勢を振るい続けた。則天武后は多くの政敵を殺害する一方で実子や孫とも対立し、子供である中宗を廃位したり、孫である永泰公主を処刑したりした。彼女が家庭内に不和を抱え続けることに対して、彼女に殺された人々が彼女の子孫に転生しているからであろう、という世人の憶測があったことが、この一文から読み取れる。ただ太平公主は、この話の中では復讐に走ることはなく、史実でも則天武后と敵対することはなかったようである。

侯景・梁武帝・太平公主・則天武后といった人々は、現実には前世の恨みなどではなく、現世で彼らが遭遇する出来事に応じて行動していたにすぎないであろう。しかしそれを傍観していた当時の人々は、権力者たちの想像を絶する粛正の理由を説明するために、彼らの前世にその理由を求めたのである。なお、「時人」の噂が転生を示唆するのは、中国の輪廻譚の特徴といえる。先に述べた通り、インド哲学では輪廻を見抜く力を特殊な能力と見なしており、普通の人間である「時人」が人の前世を知るという設定は見られない。

次に、前述した『高僧伝』と同じ型の話ではあるが、前世にどんな罪を犯したのか、具体的な記述のある作品を挙げる。

唐・張鷟『朝野僉載』「榼頭師」(『太平広記』巻一二五)

梁武帝は榼頭師という高僧を尊敬していて、ある日宮廷に呼び寄せた。彼が到着して、家来がそれを告げた時、帝はちょうど碁を打っていて、相手に「(石を)殺す」と言った。それを聞いた家来は榼頭師を殺した。榼頭師は「(今の)私には罪はありませんが、前世で小坊主であった時、畑仕事をしていて、前世でミミズであった陛下を誤って殺してしまいました。今その報いを受けるのです。」と言い残して死んだ。武帝は後悔したが後の祭りであった。(以上あらすじ)

梁有榼頭師者、極精進、梁武帝甚敬信之。後敕使喚榼頭師、帝方与人棋、欲殺一段、応声曰、殺却。使遽出而斬之。帝棋罷曰、喚師。使答曰、向者陛下令人殺却、臣已殺訖。帝歎曰、師臨死之時、有何所言。使曰、師云、貧道無罪。前劫為沙弥時、以鍬剗地、誤断一曲蟮、帝時為蟮、今此報也。帝流涙悔恨、亦無及焉。

この梁武帝の話の前半部は、実は、『賢愚経』巻四の「摩訶斯那優婆夷品」という長い話の一部分がもとになっている。インドのある国の国王曇摩苾提は二十年の間正しく国を治めていたが、ある日、博戯に熱中し、不用意な発言をしたために人ひとりを死刑に処してしまうのである。[18] ただしこの処刑された者は、『賢愚経』ではそれきり登場せず、王はその罪ゆえに来世で海中の怪魚に転生する。「榼頭師」ではこの後半部が改変され、転生復讐譚となったのである。

梁武帝は、先に挙げた『高僧伝』の庾稚恭と同様、前世の因縁に操られ、復讐を実現してしまったが、それは現世の彼としては全く望まないことであった。この復讐譚において、輪廻は、当事者の思い通りにならないものであり、知らぬ間にその人物を支配しているのである。

なお、盛唐までの中国の小説で、人間が自らの輪廻をコントロールする物語が存在しないわけではない。だが、筆者の調査した限りその例は二つだけである。

斉・王琰『冥祥記』「王練」（『太平広記』巻三八七）

晋の王玫には、インド人僧の知り合いがいた。僧は常々王玫の人柄を敬愛し、「来世にはこの方のためにお子さんになれたならば、願いがかなったも同然だ」と言っていた。インド人僧が死ぬと、まもなく王玫の子供練が生まれた。練は外国語を解し、見たこともないはずの外国の珍奇な品物についての知識を持っていた。また漢人よりもインド人を好んだので、皆で練はあのインド僧の生まれ変わりであろうと噂した。（以上あらすじ）

晋王練。字玄明。琅耶人也。宋侍中。父玫字季琰。晋中書令。相識有一梵僧。毎瞻玫風彩甚敬悦之。輒語同学云。若我後生得為此人作子、於近願亦足矣。玫聞而戯之曰。法師才行正可為弟子子耳。頃之沙門病亡。亡後歳余而練生焉。始生能言。便解外国語。及絶国奇珍銅器珠貝。生所不見未聞其名。即而名之識其産出。又自然親愛諸梵過於漢人。咸謂沙門審其先身。故玫字之曰阿練。遂為大名云。

唐・戴孚『広異記』「李元平」（『太平広記』巻三三九）

李元平が寺に泊まって学問をしていると、夜に美女が現れて、「あなたは前世で私の家の門番だった。私はその家の娘であなたを慕い私通したが、あなたは先に死んでしまった。そこで私はいつも千手千眼菩薩呪を持して、来世では二人とも貴族に生まれて結婚できるようにと祈った。私はこれから生まれ変わり、十六年後にあなたと結婚するのだ」と告げた。（以上あらすじ）

李元平者、睦州刺史伯成之子、以大暦五年、客於東陽精舎読書。歳余暮際、忽有一美女、服紅羅裙襦、容色甚麗、有青衣婢随来、入元平所居院他僧房中。……謂元平曰、所以来者、亦欲見君、論宿昔事。我已非人、君無懼乎。……女云、己大人昔任江州刺史、君前生是江州門夫、恒在使君家長直、雖生於貧賤、而容止可悦。我以因縁之故、私与交通。君纔百日、患霍乱没、故我不敢哭、哀倍常情。素持千手千眼菩薩呪、所願後身、各生貴家、重為婚姻、以朱筆塗君左股為志。君試看之、若有朱者、我言験矣。元平自視、如其言、益信、因留之宿。久之、情契既洽、歓愜亦甚。欲曙、忽謂元平曰、託生時至、不得久留、意甚恨恨。言訖悲涕、云、後身父今為県令、及我年十六、当得方伯、此時方合為婚姻、未間、幸無婚也。然天命已定、君雖欲婚、亦不可得。言訖訣去。

いずれも復讐とは全く関係なく、人を慕うゆえに転生先を選ぶに至ったものである（傍点）。特に八世紀後半に成立したと思われる『広異記』では、転生の目的は恋愛を成就することである。「六色牙象前生物語」であれ、「微妙比丘尼品」であれ、仏教説話における輪廻は苦痛や後悔をもたらすものであり、仏教ではそれゆえに輪廻からの解脱を救いとした。それに対し、ここでは輪廻が人の希望を叶えるものとして積極的に選択されている。中国独自の輪廻観が生まれつつあることを示す例と言えるだろう。

四　まとめ

本章では、古代インドで成立した仏教説話からはじまり、中唐に討債鬼説話があらわれる直前までの輪廻と復讐の説話の変遷を論じた。

仏教説話において、輪廻して復讐を遂げる物語は、ジャータカなどの仏教説話にすでに現れていたが、これらの説話において、復讐者は自分の行為を後悔する結末となった。仏教は復讐という行為を肯定していなかったためである。一方、中国に仏教伝来以前からあった死者の復讐譚では、復讐者が後悔するという場面は見られず、むしろ時の政府や天帝の後押しを受けるなど、復讐を正義の実現として肯定的に捉える傾向が強かった。

また仏教伝来において普通の人間が輪廻する場合、普通あくまでも生前に祈願する必要があり、転生後には記憶も復讐への意志も失っているとされていた。しかし中国の復讐する死者の亡霊は死後も復讐の念を失わず、天帝やたまたま通りかかった生者に苦衷を訴え、なんとかして復讐を遂げようとする。この両者の違いは六朝期には乗り越えられることはなく、仏教文学中の輪廻復讐譚と、志怪小説に見られる中国の伝統的な復讐譚が、一つに結びつき、新たな作品を生み出すことはなかった。

盛唐期に至って、仏教の復讐否定の思想を遺しながらも、中国の小説に輪廻復讐譚が取り入れられはじめ、また世俗的な願いを叶えるために、転生する者が自ら輪廻をコントロールする作品も見られるようになった。討債鬼が自覚的に輪廻を利用して復讐を行い、その復讐を肯定する討債鬼故事成立の条件が、ここに至ってようやく整ったのである。

なお、「党氏女」において王蘭は玉童に転生・死亡したあと、さらに党氏の娘に転生して自らの正体を告げるという大変面倒な手続きを踏んでいる。玉童は、単に親の財産を蕩尽して死ぬだけの人格であるのに対して、党氏の娘は自分の輪廻について説明し、多方面の借金取立てを完了すると忽然と姿を消す。『広異記』「李元平」中の娘の亡霊も、死亡して次の転生をするまでの合間にあわただしく李元平の前に姿を現すが、ここにも、普通の人間に自らの転生を語らせるわけにはいかない、という規制が働いているように思われる。党氏の娘も、この女性に類する存在で、同様の規制が働いたことから、物語に登場したのではないだろうか。

転生のコントロールの仕方について言えば、「党氏女」では、生前に祈願を行う仏教説話とは異なり、死後天帝に相談して自らの転生先を決めている。これも六朝志怪に見られた、復讐の許可を天帝に求めるという要素の延長線上にあるといえる。

「党氏女」がそれまでの転生復讐譚のいずれとも異なっているのは、主人公の復讐への意志である。インド本生譚中の転生復讐では、復讐者は復讐が成ったとたんに後悔にさいなまれた。また中国の仏教説話においても、高僧を殺害した庾稚恭や梁武帝は輪廻の操り人形にすぎず、自らの行為の真の理由を知ることができなかった。しかし王蘭は、かわりに復讐してくれる人もない状況下で、輪廻という経路を使って前世に奪われた財産を取立て、自覚的に復讐を遂行していく。さらに「天帝は私に肉体を与えてこの地上に遣わし、おろかな人々に警告を与えたのです」といい、この復讐は天帝の承認を得て行われる、正当な行為であると主張するのである。これは六朝志怪中の復讐者像に近く、六朝志怪の復讐観がここにおいて輪廻を取り込んだ、といえよう。

「党氏女」において輪廻は、党氏の娘が商人の「王蘭」という名前や、彼が病死ではなく殺害されたこと、さらに奪われた金額を知っていることによって証明されている。「王蘭」という名については「何十年か前に姿を消した商人」として耳に入る可能性もあるが、王蘭が奪われた金額は、純粋に王蘭と加害者夫妻しか知らないものである。そして奪われたものと正確に同じ金額を消費させて去っていく。この金額の一致に執着する点は、後世の討債鬼故事の中に脈々と受け継がれ、中国の討債鬼説話の特色となっていく(19)。

また、「党氏女」をはじめとする討債鬼故事には、これ以外の復讐譚には見られない大きな特色がある。それは「敵を殺すことを第一の目的としない」ということである。

『墨子』・『春秋左氏伝』以来の前代の復讐譚では、復讐者の目的はただ一つ、仇の死である。中には、相手が死の恐怖を味わう暇もなく殺してしまう例もあることから、主たる目的は死そのものであって、それに付随する恐怖や苦痛ではなかったと考えられる。

それに対して、討債鬼説話では「悪人」に死は訪れず、子供にまつわるありとあらゆる苦悩（子供の病気・放蕩にまつわる心理的圧迫・子供そのものを失う痛み）を何十年にもわたって舐めさせられ、財産を失い、最後に愛児が実は前世で奪われた財産を取り戻しに来た債鬼であったと知らされる。このような復讐を成し遂げるために、復讐者本人が再び死ぬことすら辞さないのである。

注

（1）早島鏡正監修／高崎直道編『仏教・インド思想辞典』（春秋社、一九八七年）「輪廻」項（七五五～七五六頁）。小口偉一・堀一郎監修『宗教学辞典』（東京大学出版会、一九七三年）「輪廻」項（四八四～四八九頁）。

（2）中村元監修『ジャータカ全集』第一巻（藤田宏達訳。春秋社、一九八二年）二八六～二八七頁。

（3）『ジャータカ全集』第七巻（上村勝彦、長崎法潤訳。春秋社、一九八八年）二一〇～二一三頁。

（4）『大正新脩大蔵経』（以下『大正蔵』と略す）第四冊、三六七頁a～三六八頁c、元魏沙門慧覚等訳。

（5）姚秦・竺仏念訳『出曜経』『出曜経』巻三十（『大正蔵』第四冊、七七三頁b）「ただ如来等正覚のみがこの宿命通を持っている（唯有如来等正覚得此宿命通）。」
（6）森三樹三郎『中国思想史・下』（第三文明社、一九七八年）二八一～二八七頁。
（7）「于吉」は『法苑珠林』巻七九に収められ、出典は『冤魂志』となっている。しかし『太平御覧』巻七一七ではこの結末を引いて出典を『捜神記』としている。本書における『捜神記』原文の引用は、基本的に学津討原本『捜神記』に拠る。
（8）天・天帝・上帝は万物の主宰者を指す言葉として先秦から用いられている。『論語』巻二「八佾」に、「天に罪であるとされれば、祈っても仕方ないことだ（獲罪於天、無所禱也）」とあり、天が正義の基準であるとされていたことが分かる。
（9）李剣国『唐前志怪小説輯釈』（文史哲出版社、一九九五年）は、『志怪』という書名の書物が数多くあり、「張禹」については、そのうち作者が判明しているもののどれに属するか、それとも未知の作者によるものであるか不明であるため、仮に作者不明の『志怪』に属するものとした、としている（六五五頁）。
（10）原文は学津討原本『捜神記』に拠る。
（11）『春秋左氏伝』昭公七年。「物を沢山用いて精気が多いと魂魄も強くなります。つまらぬ者でも横死すれば人に取り付き悪さをするものです。まして良霄（伯有）は……三代にわたって権力を持っていたのですから……鬼神になるのは当然のことです（……用物精多、則魂魄強。……匹夫匹婦強死、其魂魄猶能憑依於人、以為淫厲。況良霄〈伯有〉……三世執其政柄……能為鬼、不亦宜乎）。」
（12）『太平御覧』巻八八四では「陰教」に作る。
（13）王国良『顔之推冤魂志研究』（文史哲出版社、一九九五年）六頁によれば、隋代の成立。
（14）吉川忠夫『中国人の宗教意識』（創文社、一九九八年）Ⅲ「償債と謫仙」の章二～四（一五六～一八四頁）。
（15）作者張鷟の生没は六五八～七三〇年。
（16）顧況「戴氏広異記序」（『全唐文』巻五二八）によれば、作者戴孚は至徳二年（七五七年）に科挙に合格していることから、八世紀後半をその活躍期として良いであろう。
（17）王青『西域文化影響下的中古小説』（中国社会科学出版社、二〇〇六年）一三五頁。
（18）『大正蔵』第四冊、三七九頁a～c。

(19)　日本でも江戸・明治期になると中国の討債鬼故事を翻案した作品が作られるが、金額の一致という特色は受け継がれない。詳しくは本書第八章。

第二章　転生して復讐する者たち 1
――『日本霊異記』中巻第三十縁の背景――

一　はじめに

本章は『日本国現報善悪霊異記』中巻第三十縁「行基大徳子を携ける女人を過去の怨と視て淵に投てしめ異しき表を示す縁」[1]を切り口として、唐代中期に生まれた転生復讐譚と、それに先立つ仏教説話を取り上げたい。

1　『日本霊異記』中巻第三十縁について

「行基大徳携子女人視過去怨令投淵示異表縁」は、日本現存最古の仏教小説集である『日本国現報善悪霊異記』[2]中の一話であり、中巻第三十話に当たる（以下「『日本霊異記』中巻第三十縁」と略す）。『日本霊異記』は九世紀初[3]、日本人僧景戒が漢文書で書いたものである。その訳と原文は以下の通りである。

行基が難波[4]の江を掘らせて船着き場を開き、説法をした。僧俗貴賤を問わず、集まって聴聞した。その時、聴衆の中に河内国若江郡川派の里[5]から子を連れた母が来ていた。子供は大声で泣き喚き、母に説法を聞かせなかった。その子は十歳をすぎても歩くことができず、泣いてばかりで乳離れせず、大食いだった。行基は母に「子供を淵に捨てるように」と言った。衆人はこれを聞き、頭を寄せあって「慈悲のあるお聖人さまが、どうしてこんなことを言うのだろう」とささやきあった。母も子供が可愛くて、なおも抱いたまま説法を聞いた。翌日も子供を連れて聴きに来た。やはり子供は泣き喚き、聴衆も説法を聴けなかった。行基が子供を淵に捨てるよう強く勧めたので、母は不思議に思い、子供を捨てるのは忍びないとは思ったものの、子を深い淵に投げ捨てた。子供は水上に浮かんで足を擦り目を剝き、口惜しそうに言った。「悔しい！ もう三年、取り立てて食ってやろうと思ったのに！」母は不思議に思いながら、また説法の場に入って聴いた。行基が子を捨てたかと訊くと、母はその様子をつぶさに語った。行基は、「お前は前世であの者から物を借りて返さなかったので、貸し主が子供になって取り立てて食っていたのだ。あれは前世の貸し主なのだ。」

ああ、恥ずかしいことだ。ひとから財貨を借りて返さないで、どうして死ねるだろうか。来世では必ずその報いを受けるのだ。『出曜経』で「一銭の塩の代価を払わなかったために、牛に転生して塩を運ぶために追い使われ、貸し主に償った。」とあるのは[6]、これを言うのである。

行基大徳、令堀開於難波之江而造船津、説法化人。道俗貴賤、集会聞法。爾時、河内国若江郡川派里、有一女人、携子参往法会聞法。其子哭讁、不令聞法。其児年至於十余歳、其脚不歩、哭讁飲乳、噉物無間。大徳告曰、咄彼嬢人、其汝之子持出捨淵。衆人聞之、当頭之曰、有慈聖人、以何因縁、而有是告。嬢依子慈不棄、猶抱持、聞説法。明日復来、携子聞法。子猶讁哭、聴衆障囂、不得聞法。大徳嘖言其子投淵。爾母怪之、不得思忍、擲於深淵。児更浮出於水之上、踏足攅手、目大瞻暉、而慷慨曰、惻哉、今三年徴食耶。母怪之、更入会聞法。大徳問言、子擲捨耶。時母答、具陳上事。大徳告言、汝昔先世、負彼之物、不償納故、今成子形、徴債而食、是昔物主。嗚呼恥矣。不償他債、寧応死耶。後世必有彼報而已。所以『出曜経』云、負他一銭塩債故、堕牛負塩所駆、以償主力者、其斯謂之矣。[7]

この説話は、日本の歴史上に実在する高僧・行基の霊験故事である。行基は天智天皇七年（六六八年）に生まれ、十五歳で出家し、玄奘の弟子道昭に師事した。文武天皇四年（七〇〇年）に道昭が死ぬと、行基は独自の活動を開始した。土木事業を指導して、大衆の生活を改善しながら、同時に仏教の教えを説いたのである。行基の活動が始まった当初は、政府から再三弾圧を受けたが、後には政府も彼の事業の重要性を理解して、ようやく方針を転換し、天平十二年（七四〇年）には行基を大仏の建造に参加させた。そして天平二十一年（七四九年）行基が死去すると、「行基菩薩」の諡号を賜った。『続日本紀』巻十七によると、行基について「霊異神験、類に触れて多し」[8]とあり、『日本霊異記』にも多くの行基の霊験譚が遺されている。中巻第三十縁はその中の一つである。

『日本霊異記』中巻第七縁によると、行基は天平十六年（七四四年）十一月に大僧正に任じられたが、[9]この時彼は正に難波で橋を架け、港湾を開発していた。これは聖武天皇による難波京建設計画の一環であった。[10]『日本霊異記』中巻第三十縁は、この時期の活動を背景としたエピソードであろう。

作者景戒の伝記は、『続日本紀』などの歴史書には記載がなく、わずかに『日本霊異記』の中に自伝が残るのみである。景戒は「諾楽右京薬師寺沙門景戒」[11]と自称しているが、『日本霊異記』下巻第三十八縁において「延暦六年丁卯（七八七年）秋九月朔四日甲寅酉の時、僧景戒は恥じ入り悲しみ、嘆いて言った。……俗家にいて妻子を蓄えているのに、食べさせる物もなく、菜も食もなく塩もなく、衣もなく薪もない。（延暦六年丁卯秋九月朔四日甲寅酉時、僧景戒、発慚愧心、憂愁嗟言……居於俗家、而蓄妻子無養物、無菜食無塩、無衣無薪。）」と書いている。このことから、景戒は出家した後も、妻子を養い続けていたようである。また延暦十六年（七九七年）にも彼の息子が死亡したとの記載があることから、延暦六年から延暦十六年までの十年間、景戒は何人かの子供たちの父親であったと見られる。ここから年齢を推測するに、景戒が生前の行基に会ったことはおそらくなかったであろう。

2　先行研究と研究目的

慈悲の心を持つべき高僧が、母親に無理矢理その子供を殺すよう命じ、しかも母親が唯々諾々と手を下すという驚くべき話ではあるが、この話は中国各地で子供を叱る際にしばしば使われる言葉「討債鬼」や、それに類する語を連想させる。例えば台湾には「討債囝[12]（「囝」は方言で子供のこと）」という罵り言葉や「息子はかたき、娘は借金取り（後生是怨仇、査某囝来討債[13]）」ということわざがある。この古代日本で記述された説話と、現在の華人の親が「討債鬼」、「討債囝」と子供たちに言うことは、どちらも子供は前世から来た歓迎されざる者であるという認識に基づいているのである。

先行研究の中には、『日本霊異記』中巻第三十縁は日本の土着信仰に基づいているとする意見がある。例えば井上正一の「不具の子を捨てる民俗」では、日本の民間の捨て子の習慣を述べ、その習俗を起点に、古代には時に養えない嬰児を捨てて、彼らを神の世界に帰すことがあったと言う。井上は二つの例を挙げるが、一つは日本神話中の伊邪那岐と伊邪那美の二神が、日本を生み出す以前に蛭子を産み、彼を小舟に乗せて水に流したこと、もう一つは本章で取り上げる『日本霊異記』中巻第三十縁であり、行基の下した恐ろしい命令は、実は民間の信仰に基づくという理解である。井上は、子供を捨てることはこれを神の世界に返すのと同じことであり、子供を捨てる場所は神のいる場所でなければならず、それは深山幽谷かあるいは清浄な水の中ということになるとする。[14]その他の日本の土着信仰に根拠を求める説では、港湾を建設する際の安全を求めて水神に備えた生け贄という説や、人柱にするという説が挙げられている。[15]

上述の説に対して、二人の国文学者が中国の民話の影響を指摘している。一人は丸山顕徳であり、彼は「『日本霊異記』の討債鬼説話と食人鬼説話」[16]において、『日本霊異記』中巻第三十縁は中国の「鬼索債譚」(討債鬼故事)[17]の影響を受けているとする。説話の舞台となったのは当時の港湾都市である難波であり、ゆえにこの説話が海外から来日した外国人によってもたらされたと考えたのである。いま一人は後小路薫であり、彼は「近世説話の位相―鬼索債譚をめぐって―」[18]において近世の日本を舞台にした「鬼索債譚」を研究し、やはりこれらの説話は『日本霊異記』中巻第三十縁に遡ることができることを指摘する。彼が指摘した例のうち最も注目すべきは賛寧『宋高僧伝』巻十九「唐虢州閿郷阿足師伝」と日本の仏教小説集である栄海『真言伝』(日本正中二年〈一三二三年〉成立)に納められたものである。これらの二つの説話は、どちらも唐代にまで遡ることができるからである。つまり『宋高僧伝』「唐虢州閿郷阿足師伝」は薛用弱『集異記』佚文「阿足師」(『太平広記』巻九十七所収)を、『真言伝』所収の説話は唐代に成立した偽経『仏頂心陀羅尼経』下巻第三故事(以下「『仏頂心経』下巻第三話」と略す)を出典とするものである。

なお、インド古典学者の小林信彦の「死を越えて追いかける借金取り―日本の説話に使われた中国のモチーフ―」は、仏教学の立場から『日本霊異記』中巻第三十縁を分析しており、仏教教学の立場から、自主的な転生が行われることや借金を返さないことを罪悪視すること、そして子殺しを強いることが仏教の教理と全く合致しない、中国で付け加わったモチーフであることを指摘し、景戒の関心があくまでも日本の超自然現象(自土の奇事)

の記録にあり、そこに中国伝来の討債鬼故事のモチーフがもたらされたことを指摘する。

なお小林は行基の役割について、彼の行動は決して仏教の理念を体現しておらず、「トラブルの解消者」という優れて日本的な役割を果たしているのみであることを指摘している。[19] 行基の役割の異質さに関する小林の指摘は、筆者も強く首肯するところであるが、惜しむらくは中国の討債鬼故事の代表例が清代の蒲松齢『聊斎志異』「四十千」であり、『日本霊異記』中巻第三十縁と比較するにはあまりふさわしくなく、このため行基の性格の説明のうち、中国との比較の部分が不完全なものになっている。

筆者はもとより外来説に同意するものである。そして外来の諸作品について、さらに深く掘り下げ、そして日本人が何を受け入れ、何を受け入れなかったのかを明らかにしたいと思う。

二　『衆経撰雑譬喩』下巻「嫉妬話」

鳩摩羅什訳『衆経撰雑譬喩』下巻「嫉妬話」[20] は、『日本霊異記』中巻第三十縁故事が属する故事類型の中で現存する最古の作品であり、おそらくはこの類型の鼻祖である。以下は『衆経撰雑譬喩』「嫉妬話」故事のあらすじである。

昔、一人の男が大婦（年かさの妻）と小婦（若い妻）を持っていた。大婦には子がなかったが、小婦が男の子を一人生んだ。大婦は子を可愛がるふりをして一年余、家中誰もが大婦の愛情を疑わなくなってから、子供の脳天奥深く針を突き通した。子供は泣き叫び、誰も理由が分からないまま死んでしまった。小婦は後にこれが大婦の仕業であることを知り、寺に行って僧から八戒斎を受け、復讐を祈願した。そして七日後に死んで大婦の子供に転生し、一歳で死んだ。このように小婦は七回大婦の子に転生し、そのたびに幼くして死に、大婦に耐え難い悲しみを与えた。最後は十四歳まで生きて、嫁に出す前夜に死んだ。大婦は口もきけず食事も喉を通らず、毎日棺をそばに置き、美しいままで腐らない死骸をながめながら暮らしていた。二十日あまりすると、一人の阿羅漢がやって来て、強いて大婦との面会を求めると、大婦の過去の罪を暴き、死んだ娘が小婦の生まれ変わりであることを教え、棺の中を見るように言った。遺体は醜く腐り、悪臭を放っていた。死んだ娘は母を殺すために毒蛇に転生し、翌朝受戒のために寺に向かった大婦の行く手を阻んだ。大婦が寺に行けるように念ずると、阿羅漢がこれを知ってその場に現れ、彼らが前世でも前々世でもその前もずっと同じように同じ夫の大婦と小婦となって憎み合ってきた因縁を解き明かし、悪因縁を終わらせた。毒蛇はそこで命を終えて人身に転生し、受戒した。

昔有一人両婦。大婦無児、小婦生一男。端正可愛、其婿甚喜。大婦心内嫉之、外徉愛念劇於親子。児年一歳許、家中皆知大婦愛重之、無復疑心。大婦以針刺児囟上令沒皮肉、児得病啼呼、不復乳哺。家中大小皆不知所以。七日便死。大婦亦復啼哭。小婦摧念啼哭昼夜不息、不復飲食垂命。後便知為大婦所傷、便欲報讐。行詣塔寺問諸比丘、大徳、欲求心中所願。当修何功徳。諸比丘答言、欲求所願者、当受持八戒斎、所求如意。即従比丘受八戒斎便去。却後七日便死、転身来生大婦。為女端正、大婦愛之、年一歳死。大婦端坐不食。悲咽摧感劇於小婦。如是七返。或二年或三年、或四、五年、或六、七年、後転端正倍勝於前。最後年十四已許人、垂当出門、即夜便卒死。大婦啼哭憂悩、不可復言、不復飲食。昼夜啼哭、垂涙而行。停屍棺中不肯蓋之、日日看視死屍。光顔益好勝於生時。二十余日有阿羅漢、見往欲度脱、到其家従乞。令婢持一鉢飯、与之不肯取、語婢、欲得見汝主人。婢還報云、欲見大家。答言、我憂愁垂死。何能出見沙門。汝為持物乞与令去。婢持物与沙門、故不肯去。沙門言、欲見主人。婢如是数反、沙門不去。婦愁憂無聊、沙門正住不去、乱人意不能耐之。便言呼来。沙門前見婦、顔色憔悴、自掩面目、不復櫛梳。沙門言、何為乃爾。婦言、前後生七女、黠慧可愛便亡。此女最大、垂当出門便復死亡、令我憂愁。沙門言、櫛梳頭拭面、我当語汝。婦故哭不肯止。沙門謂言、汝家小婦今為所在。本坐何等死。婦聞此言、意念、此沙門何因知之。意中小差。沙門語言、梳門頭逮、我当為汝説之。婦即斂頭訖。沙門言、小婦児為何等死。婦聞此語、黙然不答、心中慚愧、不敢復言。沙門言、汝殺人子、令其母愁憂懊悩死。故来為汝作子、前後七反、是汝怨家、欲以憂毒殺汝。汝試往視棺中死女、知復好不。婦往視之、便爾壊爛臭不可近。問、何故念之。婦即慚愧、便蔵埋之、従沙門求哀欲得受戒。沙門言、明日来詣寺中。女死便作毒蛇、知婦当行受戒、於道中待之、欲嚙殺之。婦行、蛇遂遮前不得前去、日遂欲冥、婦大怖懅、心念言、我欲至沙門許受戒、此蛇何以当我前、使我不得行。沙門知之、便往至婦所。婦見沙門、大喜便前作礼。沙門謂蛇曰、汝後世世更作他小婦、共相酷毒不可窮尽。令現世間大婦一反殺児、汝今懊悩已七返、汝前後過悪皆可度。此婦今行受戒、汝断其道、汝世世当入泥犁中無有竟時。今現蛇身、何如此婦身。蛇聞沙門語、乃自知宿命、煩怨詰屈、持頭著地不喘息、思沙門語。沙門呪願言、今汝二人宿命更相懊悩、罪過従此各畢、於是世世莫復悪意相向。二俱懺訖、蛇即命終便生人中。於時聴沙門語、即心開意解歓喜、得須陀洹道、便随沙門去受戒、作優婆夷。是故罪業怨対如此、不可不慎之。(21)

『衆経撰雑譬喩』は鳩摩羅什が翻訳した仏教故事集である。隋・費長房撰『歴代三宝紀』(22)巻八の記載によると、鳩摩羅什は弘始七年（四〇五年）十月に長安逍遥園において『雑譬喩経・道略集』一巻を訳しているが、これが

『衆経撰雑譬喩』に相当する。

干潟龍祥の研究によると、この経典の伝承は複雑であり、『高麗大蔵経』所収の『雑譬喩経』と宋版系統の『大蔵経』に収録されている『衆経撰雑譬喩』では、両者の収録する故事に違いがあるが、それぞれの語彙的な特徴から判断するに、どちらも鳩摩羅什訳と言って良い、という[23]。杉山龍清の「『衆経撰雑譬喩』と『大智度論』の関係について[24]」と松村恒の「シビ本生話と捨身供養[25]」はどちらも『衆経撰雑譬喩』所収の故事の多くが、同じく鳩摩羅什訳の『大智度論』中に見出せることを指摘する。松村恒はまた鳩摩羅什は先に『衆経撰雑譬喩』を翻訳し、『大智度論』を翻訳した際にこれを参考にした可能性を指摘している。以上から『衆経撰雑譬喩』は確かに鳩摩羅什の手になるものであると考えて良いと言えるが、『大智度論』には「嫉妬話」やそれに類する故事の記載はない。

『衆経撰雑譬喩』の梵文の原典は不明であり、かつ干潟龍祥は『衆経撰雑譬喩』梵文の原本はなく、おそらくはばらばらに伝承された故事を集めて成立したのであろうとしている。なお『衆経撰雑譬喩』は副題に「比丘道略集」とあり、故事を集めた人物はおそらく比丘道略であって鳩摩羅什ではないが、比丘道略の正体をうかがい知る資料は全く伝わっていない。

「嫉妬話」には二つの注目すべき要素を見出すことができる。一つ目は大婦が頭頂に針を刺すという手段で小婦の子を殺すという点であり、二つ目は小婦が復讐するために仇敵の愛児に転生し、主人公に子供を失う苦しみを味わわせる点である。第一の要素を見出すことができる他の仏典には、元魏・慧覚等訳の『賢愚経』巻三「微妙比丘尼品[26]」と唐・義浄訳『根本説一切有部毗奈耶雑事』巻三十「游方与瘦瞿答弥婚姻事[27]」の二つがある。この二つの説話で、女主人公はいずれも前世において、夫が別の大婦に生ませた子供を殺し、手段はいずれも尖った物で嬰児の急所を刺すことであった（「微妙比丘尼品」では頭頂、「游方与瘦瞿答弥婚姻事」では喉の奥）。彼女たちは悪報を受け、転生してから、ありとあらゆる不幸を経験し、すべての応報を受け終わった後に、釈迦の弟子となり救いを得るのである。[28]これらの故事の始まりの部分はどちらも「嫉妬話」と同じであるが、後半で彼女たちを痛めつけるものは天災人災、野獣、通りすがりの盗賊等々であり、[29]子を殺された母が復讐のために転生するという記述はない。仏典の中で、女性がありとあらゆる苦悩を嘗めた後に出家して救いを得る物語は、パーリ語仏典の『長老尼偈』（*Therīgāthā*）[30]中のキサー・ゴータミー（Kisāgotamī）の告白にまで遡ることができる。「微妙比丘尼品」、「游方与瘦瞿答弥婚姻事」が描く薄命の女性の出家物語も、この原始仏教の伝統に基づいているということができる。これらの物語においては、不幸な女性を救済するのは、あくまでも彼女たち自身の悟りを求める行動であり、これは原始仏教の出家主義を反映している。

「嫉妬話」の前半は確かに古い説話の型に基づいているが、後半には二人の新しい登場人物が登場する。すなわち主人公を痛めつける復讐者と、神通力を発揮して主人公を救う救済者である。復讐者の人間離れした恐ろしさは、主人公のなした悪を霞ませ、救済者は主人公が苦しみを嘗め尽くす前に手をさしのべてしまい、主人公が自らの力で自分の内なる悪と対峙し、救いを得る可能性を断ってしまう。それによって物語の主題は自力での救済から救済者の神通力への崇拝へと変化するが、それはこれから論じる一連の作品にも共通するものである。以下において、この故事において成立した「復讐者、復讐対象、救済者」という三種の登場人物による構図が、後世にどのように受け継がれていったかを考察する。

三　「嫉妬話」の中国における受容

「嫉妬話」は、同時代の中国の文献においては同じ構造を持つ故事を見出すことができず、数百年の間忘れられていたようであるが、九世紀になって突然いくつかの類似する作品が現れる。すなわち『仏頂心経』下巻第三話と薛用弱『集異記』佚文「阿足師」、『太上三生解冤妙経』、そして『日本霊異記』中巻第三十縁である。中国では、前章で述べた通り、亡霊が直接出現して復讐する作品は数多く作られていたが、「嫉妬話」のように敵の身辺に転生するというのは、斬新な復讐の方法であると言える。

本節では中国で作られた二つの作品を取り上げるが、これらの作品が作られた順序は、今のところ確定することができないので、暫定的に『仏頂心経』下巻を先に、「阿足師」をその次に、それから道教経典『太上三生解冤妙経』について論じる。

1　『仏頂心経』下巻第三話ついて

『仏頂心経』第三話の大略と原文（敦煌本P三九一六による）は以下の通りである。

また、昔一人の婦人がいて、いつも『仏頂心陀羅尼経』を供養していて欠かすことがなかった。この婦人は三生以前に他人を毒殺していた。殺された者は仇を殺して、怨みを晴らそうと、その子供に生まれ変わって胎内に入り、母親の心肝を抱えて難産の苦しみを味わわせた。生まれてくると大変端正な容貌をしていたが、二歳に満たないうちに死んだ。母親は非常に悲しんだ挙げ句、子の遺体を水中に捨てた。このようなことが二回繰り返され、三度目にもあらゆる手を使って母親の心肝を抱きしめて悶え苦しませ、絶叫させたが、生まれ落ちるとまた特に端正な容貌を具えていた。そしてまた二歳に満たないで死んでしまった。母親はこれを見て、どんな悪行因縁があってこんなことになるのかと嘆き、子供の遺体を抱えて川のほとりに至ったが、しばらくの間、水に棄てかねていた。そこに僧に化して袈裟を着た観音菩薩があらわれて言った。「婦人よ。泣いてはいけない。これはあなたの子供ではなく、仏弟子（すなわち婦人）の三世前の仇敵なのだ。三回ともあなたの子供に転生して母親を殺そうとして果たさなかった。なぜならあなたがいつも『仏頂心陀羅尼経』を持して供養し、欠かすことがなかったからである。だから殺すことができなかったのだ。もしあなたの仇を見たかったら、私の手を見るがいい」といって僧が一拍すると子供は夜叉の形になって水中に立って言った。「お前はかつて私を殺したので、今復讐に来たのだ。しかしお前が大道心[31]を持ち、常々『仏頂心陀羅尼経』を持して、善神が日夜守っているので殺せなかった。私は今観音菩薩の御蔭をこうむって成仏する。もうお前への恨みもおしまいにする。」そして水中に没し、忽然と見えなくなった。この女人は両目から涙を流し、繰り返し菩薩を礼拝し、家に帰るとさらに発心して、身の回りの物を売り払い、人に請うて[32]『仏頂心陀羅尼経』一千巻を書写し、前にもまして受持し、片時も休まなかった。九十七歳まで生きて秦国の男子に転生した。

又昔曽有一婦人、常持此仏頂心陀羅尼経、日以供養不闕。乃於三生前之中、曽置毒薬、殺他命。此怨家不曽離前後、欲求方便、致殺其母。遂以託陰此身、向母胎中、抱母心肝、令慈母至生産之時、分解不得、万死万生。及至産下来、端正如法、不過両歳、便即身亡。母憶之、痛切号哭、遂即抱此孩児、抛棄向水中、如是三遍、託陰此身、向母腹中、欲求方便、置殺其母。至第三遍、准前得生、向母胎中、百千計校、抱母心肝、令其母千生万死、悶絶叫㘁。准前得生、特地端厳、相貌具足、亦不過両歳、又以身亡。既見之、不覚放声大哭、是何悪業因縁。准前抱此孩児、直至江辺、直経数時、不忍抛棄、感観世音菩薩、遂化作一僧、身披百衲、直至江辺、乃謂此婦人曰、不用啼哭、此非是汝男女。是弟子三生前中怨家、三度托生、欲殺母不得。為縁弟子常持仏頂心陀羅尼経、並供養不闕、所故殺汝不得。若欲要見汝這怨家、但随貧道手看之。道了、以神通力一指、遂化作夜叉之形、向水中而立。報言、縁汝曽殺我来、我今欲来報怨、蓋縁汝大道、常持仏頂心陀羅尼経、善神日夜擁護、所故殺汝不得、我此時既蒙観世音菩薩与我受記了、従今永不与汝為怨。道了、便沈水中、忽然不見。此女人両涙交流、礼拝菩薩、便即帰家、冥心発願、貨売衣裳、更請人写一千巻、倍加受持、無時暫歇、年至九十七歳、捨命向秦国変成男子之身。(33)

『仏頂心経』はかつて大いに流行したことがある偽経であり、作者は不明である。『大蔵経』には収録されていないが、漢文・西夏語・ウイグル語のテキストが遺されおり、中国、朝鮮、日本、ベトナムで刊行された版本が現存する。年代が最も早い二種の写本はどちらも敦煌で発見されている（P三九一六とP三二三六）。しかしその内容と唐宋時代の石刻記録から判断すると、『仏頂心経』の本文は中国本土で成立したと見るべきであり、敦煌などの辺縁で成立したものではないと考えられる。(34)

『仏頂心経』は上、中、下の三巻からなり、下巻には四つの故事が記載され、いずれも『仏頂心経』の功徳をたたえる内容である。第一と第二の故事は唐・智通訳『千眼千臂観世音菩薩陀羅尼神呪経』(35)か唐・菩提流志訳『千手千眼観世音菩薩姥陀羅尼身経』(36)から取られたものであり、第三と第四の話の出所は不明である。(37)

『仏頂心経』下巻第三話の、特に「嫉妬話」と類似する点は以下の通りである。舞台は中国ではない場所であり、復讐の対象は母親であって父親ではない。そして復讐者は繰り返し三回転生している。この反復性は、ジャータカから近代まで続くインドの説話の特色であると思われる。例えばソーマデーヴァ『屍鬼二十五話』(*Vetalapancavimsatika*)[38]では、主人公は二十四回尸鬼を捕まえるが、屍鬼も二十四回逃走する。これに対して、中国の討債鬼は取り返す金額が満たない場合以外は転生し直すことはなく、目的を達すると永遠に赤の他人となる。

「嫉妬話」と相違する点としては、「嫉妬話」がどのような宗派を背景とする説話であるかはっきりせず、僧も「高僧である」という以上の具体的な属性は与えられていないのに対して、『仏頂心経』は観音菩薩を称揚する偽経であるので、救済者も当然観音菩薩となっている。ただし女の前に姿を現す際には僧に化身しており、その点は「嫉妬話」が継承されているといえる。

僧(観音菩薩)が「怨家」を見破る場所が水辺である点も、「嫉妒話」と比較した場合の大きな違いである。この特徴は「阿足師」や『日本霊異記』中巻第三十縁にも見出せる、重要な特徴である。『仏頂心経』下巻第三話では、母親が子供を水に投げ入れるのは、水葬という比較的特殊な葬送方法に従うためとされる。このことは、以下の二つのどちらかを表現している可能性がある。一つは外国の風俗を取り入れエキゾチズムを演出することである。物語の結びで母親がこの経典の功徳によって「秦国」の男子に転生するという記述があることも、この考え方を補足している。なお当時水葬が行われていた場所には、インド(唐・玄奘『大唐西域記』巻二による)[39]、扶南国(『南史』巻七十八「夷貊上・海南諸国・扶南国伝」)[40]がある。もう一つは、例えば前近代台湾の俗諺に「死んだ子供は川に流す(死囝仔、放流水)[41]」とあるように、死亡した嬰児を川に流すような習俗が、唐代の中原にあった可能性を示唆するものである。

しかし『仏頂心経』下巻第三話だけではなく、他の説話においても救済が水辺で行われる、さらに根源的な理由は、別のところに求めることができると考えられる。北條勝貴「〈水辺の憂女〉の古層と構築――『古事記』『日本霊異記』の向こう側を探る――」において、『古事記』の因幡の白兎の説話や『日本霊異記』中巻第三十縁における救済者と被救済者の遭遇の場に水辺が選ばれることの背後に、神が水辺で「憂女」を救済する、中国の伝説が存在することを指摘している。それは丹波康頼撰『医心方』が引く隋・徳貞常『産経』に、禹が雷沢のほとりで子供に死なれた女に出会い、彼女を救う処方を与える説話である。[42] この説は「嫉妬話」を源とするであろう複数の説話が、その説明を異にしながらも、皆水辺を救済の場とすることの有効な説明になっていると同時に、（実際の作品の成立の順番はさておき）被救済者が女性である物語が古い型であることを示唆している。

2　薛用弱『集異記』佚文「阿足師」

唐・薛用弱『集異記』佚文「阿足師」の日本語訳と原文は以下の通りである。

阿足師が何処からやってきたのかは分からない。姿形や表情は愚者のように見えたが、口をきくとそれは未来を予言する言葉だった。居場所は定まらなかったが、大概閿郷に住み、（信者が）我先にと礼拝に来たが、寺院の僧たちや檀那衆は彼を顧みなかった。もし病気に悩む者が阿足師の指南を得れば、その霊験は速やかにあらわれた。

時に陝州に富豪の張臻という者がいた。巨万の富を持っていたが、子供は男児一人しかなかった。年齢は十七歳ほどであったが、生まれつき愚かで、手足がひきつり、言葉がはっきりせず、その上大食らいでその口は深い谷のよう（に食物を呑み込ん）だが、父母は溺愛して彼に尽くし、医者を迎え薬を求めるのに千里さえ遠いとは思わなかった。十数年もすると、家産はほとんどなくなっていた。ある人が「阿足師は聖人であり、今の世ではこれを仏としています。おすがりして治して頂いてはいかがでしょうか。」と言ったので、張臻とその妻は閿郷に行き、叩頭して涙をぬぐい、助けを求めた。阿足師はしばらくして言った。「お前たちの悪因縁は未だに終わっておらず、あと十年は続くはずだ。しかしお前たちが勤勉であり敬虔であることに免じてその悪因縁を除いてやろう。」すぐに日を選ばせて河のほとりで潔斎を行い、多くの人を呼び集め、ともに度脱を見ることとした。その日は息子を連れて来させ、道場へ向かった。時に人々は皆阿足師には神通力があると噂していたから、観衆は垣のように取り囲んだ。皆がつま先立ち、首を伸ばして見守っていると、阿足師は力のあるもの三、四人に指図し、息子を引っ張っていって河に投げ入れさせた。張臻をはじめ、居合わせた人は皆その行為の意味をはかりかねた。阿足師は張臻を顧みて言った。「お前のために災いを除いたぞ。」ややあって、息子は河の下流十数歩の水面に立ち上がり、その両親を指さして言った。「お前たちとは前世からの仇同士であったが、聖者に会ったから、ここで離れてやる。もしこんなことがなければ、まだまだ終わりの日は来なかっただろう。」胸を張って高々と声を挙げ、全く愚かな様子はなかった。たちまち水に沈み、何処に行ったか分からなくなってしまった。

阿足師者、莫知其所来、形質痴濁、神情不慧、時有所言、靡不先覚。居雖無定、多寓閿郷。憧憧往来、争路礼謁。山嶽檀施、曽不顧瞻。人或憂疾、獲其指南者、其験神速。時陝州有富室張臻者、財積鉅万、止有一男。年可十七、生而愚騃、既攣手足、復懵語言、惟嗜飲食、口如溪壑。父母鍾愛、尽力事之、迎医求薬、不遠千里。十数年後、家業殆尽。或有謂曰、阿足賢聖、見世諸仏、何不投告、希其痊除。臻与其妻、来抵閿郷、叩頭抆涙、求其拯済。阿足久之謂臻曰、汝冤未散、尚須十年。愍汝勤虔、為汝除去。即令選日、於河上致斎、広召衆多、同観度脱。仍令齎致其男、亦赴道場。時衆謂神通、而観者如堵。跂竦之際、阿足則指壮力者三四人、扶拽其人、投之河流。臻洎挙会之人、莫測其為。阿足顧謂臻曰、為汝除災矣。久之、其子忽於下流十数歩外、立於水面。戟手於其父母曰、与汝冤仇、宿世縁業。頼逢聖者、遽此解揮。儻或不然、未有畢日。挺身高呼、都不愚痴。須臾沈水、不知所適。[43]

薛用弱『集異記』佚文「阿足師」は、『太平広記』巻九十七に収められている。李剣国は『集異記』の成立を長慶四年（八二四年）頃としている。[44]宋・賛寧『宋高僧伝』巻十九「唐虢州閿郷阿足師伝」の内容は「阿足師」とほとんど同じであるが、主人公は大暦・建中年間（七六六〜七八三年）に活躍したとの記述があり、さらに徳宗貞元十二年丙子（七九六年）、勅命により大円禅師という諡号を賜り、今に至るまで陝虢の地で熱心に信仰されている、とある。[45]諡号を賜ったことは、『冊府元亀』巻五十二帝王部崇釈氏二にも記載されている。呉曽祺『旧小説』所収の『集異記』では、主人公の名を「阿走師」としている。長谷川兼太郎が中国東北部の民間故事を集めた『満蒙鬼話』に「張家の鬼」という話があり、あらすじはほとんど「阿足師」と同様であるが、主人公は道士となっており、名前は「阿走師」となっている。[46]本書では『太平広記』の表記にならい「阿足師」を採用する。

なお「阿足師伝」のなりたちについて、北條勝貴は、同じ閿郷出身の高僧万廻の伝承がベースとなっている可能性があること、またこの閿郷は「水辺における救済」という要素の元となった禹の治水伝承のある地であるな

ど、『仏頂心経』下巻第三話との接点が少なくないことを指摘している。(47)

「阿足師」は「嫉妬話」によって形成された「復讐者、復讐対象、救済者」の三角構造を引き継いでいるが、主人公を誰にするかについては相違がある。「嫉妬話」（そして『仏頂心経』下巻第三話）の主人公は復讐対象であったが、「阿足師」の主人公は救済者である阿足師となり、復讐対象である張臻夫妻は脇役に回っている。このことによって、特定の教義や特定の人物（ここでは阿足師）を称揚しようという意図が、さらに明確になってくる。「嫉妬話」と『仏頂心経』下巻第三話においては、高僧の描写は抽象的で印象も薄いが、それに対して阿足師の様子は「姿形や表情は愚者のように見えたが、口をきくとすべて未来を予言する言葉だった」、「寺院の僧たちや檀那衆は彼を顧みなかった」というように、外見の異様さや、他の僧たちや土地の有力者から敬遠されていたことが神秘的能力強調し、それがすなわち救済者としてのカリスマ性を表すものとなっている。なお「阿足師」においても、水辺で「怨家」を見破り、救済する要素を見出すことができるが、「水葬」の背景は用いられず、水のほとりで行われる宗教儀式として描写されている。

「嫉妬話」および『仏頂心経』下巻第三話とのもう一つの違いは、「阿足師」の故事の背景が父系の血族関係を重視する中国社会であるため、復讐者と復讐対象の関係が父子となっていることである。そのため復讐者は難産や夭折によって母親を痛めつけるのではなく、無為徒食と医薬の費えによって家族をむしばむ。張臻と仇敵の前世の問題が金銭に関係あるとは書かれていないが、復讐の方法は討債鬼故事とよく似ているのである。しかし生まれつき「手足がひきつっていて、言葉もわからない」はずの子供が、正体を見破られると水面に立ち上がり、すらすらと口を利く。この描写には「嫉妬話」および『仏頂心経』下巻第三話の強い力を持つ怪物的な復讐者の痕跡が残されており、この特徴は討債鬼故事には見られなくなっている。

「嫉妬話」と「阿足師」の間の差異は、「嫉妬話」と『仏頂心経』下巻第三話の間の差異と比較すると大きく見える。しかしこの違いは、必ずしも「阿足師」が『仏頂心経』下巻第三話よりも後にできたことを意味するわけではない。『仏頂心経』は中国で成立してはいても、やはり仏教経典を模倣して作られたため、仏教の（そしてインド文学の）説話の特徴を備えていると考えられるからである。これに対して『集異記』は中国で執筆された小説であり、仏典故事の伝統的な表現からは離れているのである。

まとめると、現存する「復讐者、復讐対象、救済者」の三者によって構成される転生復讐故事の中では、「嫉妬話」が最も早くに現れ、『仏頂心経』下巻第三話と「阿足師」はこれを継承している。しかし以下の二点が付け加わっている。一つは子供の正体を見破る場所が水辺になっていることであり、もう一つは救済者の性格が明確になったことである。これらの改変は皆『日本霊異記』中巻第三十縁に受け継がれている。

3　『太上三生解冤妙経』

以上はいずれも仏典または仏僧についての説話であったが、道教経典にもこの型を持つ説話が存在する。『太上三生解冤妙経』がそれである。この霊験故事のあらすじと原文は以下の通りである。

かつて浄梵国という国があったが、風俗が乱れていて人々は苦しんでいた。尋声救苦天尊は浄梵国の人々を救うために化身して下界に降りた。君臣后妃は皆天尊を歓迎し、正一妙法を聴いた[48]。この時皇后が「国王様はもう若くないのに、まだ跡継ぎがいません。なぜならば私が流産してしまうか、生まれた子供たちが早くに死んでしまうかするからです。これは何の悪因縁なのでしょう」と尋ねた。天尊はその因果を解き明かした。つまり皇后は前世で妊娠した時、不注意のために流産し、その時流産させられた子供は母親を恨み、皇后の胎内に生まれ変わって復讐したが、皇后が前世で善行をして功徳を積んだために、命までは奪えなかったのである。それから夜叉の姿をした子供を皇后に会わせた。皇后はすべてを知って、深く後悔した。天尊はそこで皇后に『太上三生解冤妙経』を授け、読誦させた。冤魂はこれによって済度され、中土の富貴の家の子弟に生まれ変わった。

爾時、尋声救苦天尊、……観見西方於内一国王、号浄梵。此国人民多生淫殺、不造善功、多沈地獄、多失人身、念彼衆生、遂即化身下降。……国王大臣、后妃天親、及諸市民、座下囲繞、観聴演説正一妙法。……皇后告曰、今王年老、予嗣未立。先有所懐、数月之中、遂致損落。其或月蒙、所得男女、或一歳二歳、或三歳、或五歳之間、即便死亡。未知前生今世何罪、致得如是。若蒙哀愍、則仰受訣言。天尊曰、是汝前生之中、懐孕不慎、殺落其胎。児女心内憎嫌、故得今身如此之報。恐汝不信、吾今摂此冤魂、汝当親問。天尊指処、皇后視之、見一夜叉、面如葉藍、眼如怪星。指皇后而言、前生之時、我受陰注、投你為母。你身年幼、全無惜護、随性作為、因此不慎、殺落我身。今欲還報、縁汝前世生居中国、敬奉天地日月星辰、……積此善功、今生証為小国之后、若非此福、我即殺你、料応多日。皇后聞言、心神懼怕、戦戦兢兢、拝跪道前、我有先身、曽作如是、今日雖知、悔之何及。伏望天尊略示方便、捨自己之財、尽為布施、願求解釈。天尊曰、善哉善哉、汝雖前生建大功徳、広作福田、即知不曽懺悔身中之冤結。……是時、念経七偏、夜叉座前拝謝天尊、我今承斯功徳、徑往中土、託生富貴之家。拝謝而去。衆人聞之、皆大歓喜。[49]

この経典の成立年代について、王卡は「内容と言語から見て、唐宋期の道士の作である」としている。[50] 主人公である尋声救苦天尊という神は、遊佐昇の研究によると、六朝期にはすでに存在し、唐中期には広く衆生を救済する神として一般社会で広く信仰されていたが、唐末に地獄からの救済を願う十王信仰に取り入れられたとする。(51)『太上三生解冤妙経』は、救済者としての救苦天尊を描いているけれども、それは地獄の亡者の救済ではなく、あくまでもこの世で生者に害をなしている亡者の救済であることから、年代はともかく信仰の内容としては十王信仰に転換する前の状態を反映していると思われる。

この話は先に紹介した「嫉妬話」系列の故事と同じく、子供（復讐者）、母親（復讐対象）、そして尋声救苦天尊（救済者）の三者関係によって構成されている（ただし救済が行われている場所は水辺ではない）。救済者はここでは道教の神である尋声救苦天尊であり、これは「嫉妬話」系説話に共通の「復讐者、復讐対象、救済者」の構造は仏教の専売特許ではない、ということを示している。

話の舞台は「浄梵国」であり、この国が仏教国であること示唆している。しかしその風俗は乱れているとされ、この経典の作者が仏教に対して競争意識を持っていたことをうかがわせる。皇后が何度も流産した原因は、前世で不注意によって起こった流産であり、流産させられた子供が何度も母親の胎内に宿って、母に危害を加えたのである。この子供は救苦天尊に救済されてから、「中国の富貴の家の子弟」に転生する。このような結末は『仏頂心経』下巻第三話の母親は「秦国男子」に転生するのと同じ発想である。この経典からは、道教側が仏教文学において流行していた「復讐者、復讐対象、救済者」の物語を取り入れながら、同時に仏教に対してライバル心を持っていたという状況を窺い知ることができる。

四　まとめ――日本人は何を受け入れ、何を受け入れなかったのか

最後に再び『日本霊異記』中巻第三十縁について考えてみたいが、それ以前に、景戒は『仏頂心経』を読む機会があったのだろうか。八、九世紀の日本にはすでに多くの中国撰述の偽経が流入しており、『天地八陽神呪経』、『高観世音経』、『父母恩重難報経』の写本が正倉院に収められている。しかし『仏頂心経』が日本に存在した最古の記録は、鎌倉時代の目録『高山寺法鼓台聖教目録』巻二に見えるもの(52)と、先に触れたやはり鎌倉時代の『真言伝』であり、それ以前には『仏頂心経』が日本に伝来した記録はない。

では、景戒には『集異記』を読む機会はあったのだろうか。『日本霊異記』中巻第三十縁には、「阿足師」と大変近い部分がいくつかある。『日本霊異記』と『集異記』はほとんど同時期に成立しているが、阿足師その人はおそらく行基よりも若い。もし景戒が『集異記』を読んだことがあるとすれば、薛用弱がこの本を書き上げてから直ちに、この日本の何の地位もない僧の手に届かなければならない。つまり、景戒が直接『集異記』を見た可能性も高くない。そして薛用弱が『日本霊異記』を見た可能性は当然さらに低い（大唐帝国の文人が外国の地位の低い僧侶が書いた小説を求めて読む可能性は低い）。筆者が推測するに、この種の物語は当時大変流行しており、多く出回っていた話のどれかが薛用弱や景戒らに影響を与えたが、もとになった作品が今では伝わっていない、（または発見されていない）ということであろう。

以上のように直接の影響関係は証明できないが、「嫉妬話」系故事のうち、『仏頂心経』下巻第三話および「阿足師」の二作品の特徴は確かに『日本霊異記』中巻第三十縁中に認めることができる。いずれの作品も「復讐

者、復讐対象、救済者」の三者で構成されており、救済者の行跡を称揚する内容である。また復讐対象と復讐者は現世においては親子関係であり、子供は難産、夭折、泣き騒ぐこと、大飯を喰らうことなどさまざまな手段で親を苦しめる、それから高僧に正体を見破られた後は水面に立って親を責める。ここまでの類似は偶然によって発生したとは考えにくく、これに類する話が国外よりもたらされて成立したのであって、日本における独創ではないと考えられる。興味深いのは、『日本霊異記』の母親と子供の前世の悪因縁が「お前は前世で彼のものを借りて返さなかったために、現世で子供となって債を取り立てて食っているのだ。彼は前世の貸し主なのだ」と記述されていることである。つまり悪因縁のもとは経済的なトラブルとされており、この点は復讐者が親に向かい、「お前とは前世からの仇」としか言わない「阿足師」よりも、討債鬼故事に近づいているのである。

それにも関わらず、『日本霊異記』中巻第三十縁には一点「嫉妬話」系列の故事とは非常に異なった所がある。それは救済者の冤魂に対する態度である。行基も阿足師も、ともに強いカリスマ性を持つ宗教指導者ではあるが、彼ら二人の行為の意味は実は全く違うのである。

このことを論じるために、先に「嫉妬話」、「阿足師」、『仏頂心経』そして『太上三生解冤妙経』における冤魂の処置について見てみよう。六朝期の「嫉妬話」において、復讐対象と復讐者に対する救済者の態度はきわめて公平である。高僧は女主人公に対して必ずしも優しくはなく、彼女に罪を認めることを厳しく求める。その一方で高僧は大蛇と化した復讐者に対して諄々と教え諭す。故事の最後に描かれる復讐者の救済については、復讐対象のそれよりもさらに詳しく描かれている。

蛇はその生を終えると人間に生まれ変わった。そして沙門の言葉を聞き、たちまち心が開き理解して歓喜し、煩悩を脱することができた。そこで沙門に従って受戒し、在家の女性信者となった。

蛇即命終便生人中。於時聴沙門語、即心開意解歓喜、得須陀洹道。便隨沙門去受戒、作優婆夷。（「嫉妬話」）

中国で創作された故事においては、復讐者を救済する描写はやや簡単になるが、いずれも彼らが怨みから解放されたことが保証される。

観音菩薩が私の成仏を証して下さったので、今よりお前を恨むことはしない。

蒙観世音菩薩与我受記了、従今永不与汝為怨（『仏頂心経』下巻第三話）

聖人に出会ったおかげで、これで恨みを解く。

頼逢聖者、遽此解釈（「阿足師」）

この功徳を受けると、まっすぐ中土に行き、富貴の家の子に生まれ変わった。

承斯功徳、徑往中土、託生富貴之家（『太上三生解冤妙経』）

以上の故事において、仏教道教を問わず、救済者は復讐者が心に抱えた怒りを理解し、ときほぐすことができ、それによって怨恨を放棄させるのである。しかし『日本霊異記』中巻第三十縁の故事では、これらの話とは違い、冤魂は正体を現すと、「足を踏み手をもみしだいて目を大きく見張り、悔しそうに言った。『悔しい。もう三年は取り立てて食うところだったのに』」と母親を罵倒し、もがきながら水中に没していく。ここには全く救済が存在せず、行基は単に人に害をなす悪霊を追い払ったにすぎない。母親が元々は加害者であることを思えば、行基の行為は公平であるとは言えない。

『日本霊異記』よりも約三〇〇年後に成立した説話集『今昔物語』巻十七には、この中巻第三十縁の故事が再録されている。あらすじはほぼ同じであるが標題が「行基菩薩女人に悪しき子を教へ給へる語」に改められており、『日本霊異記』の標題よりも直接的になっている。復讐者はストレートに「悪しき子」と呼ばれており、彼には救済など必要ないことが表明されている。ここから、少なくともこの三〇〇年の間、日本人が冤魂を救済するという発想を持たなかったことがうかがえる。

これ以外にも、筆者は『日本霊異記』にある「ああ恥づかしきかな（嗚呼恥矣）」の一語にも注目したい。これは景戒がこの母親を批判した言葉であると同時に、この母を例に挙げての読者に対する訓戒の辞ともなっている。この言葉のニュアンスは、他の「嫉妬話」系列の説話と比較すると明らかに違っている。もしこの言葉が冤魂に対して向けられたものだとすると少しおかしい。冤魂に対して向けられた言葉であれば、何らかの謝罪の言葉であるべきだからである。「嗚呼恥矣」はそうではなく、彼女を取り囲んで見ている人々を意識したものであり、公衆の面前で罪を暴かれた際の心情を表したものである。この母親は、行基が説法をした難波から三、四キロほどの距離にある「河内国若江郡川派里」に住んでおり、集まった群衆の中には顔見知りもあったはずである。このことから、この語を記した景戒は前世からやってきた復讐者の怒りよりも、同じ生活圏で生活している人々の目を気にしていたと言える。未知の世界からやってきた復讐者は、排除すべき「悪子」にすぎないからである。阿足師もまた公衆の面前で冤魂の正体を暴いているけれども、張瑧夫妻が「恥」という感情を持つことはない。

彼らにとって重要なのは、彼らを取り巻く観衆よりも、怨みを抱いた霊魂が彼らに害をなすことであり、これを何よりも恐れていたのである。

少なくとも『日本霊異記』中巻第三十縁の分析から見ると、古代日本人は中国の転生する復讐者の故事を受容したものの、復讐者を救済する思想は取り入れなかったのである。そのため正体を見破られた復讐者は救済を得ることができず、そのまま社会の外に放り出された。復讐対象から見て、復讐者の姿が目の前から消えてくれればそれで結構、彼らが自分を許してくれたかどうかには関心を持たず、地理的に近い場所で生活をともにする人々から、自分かどう見られているかこそが関心事であったのである。

注

(1) この題の訓読は、出雲路修による。
(2)『日本霊異記』は『日本国現報善悪霊異記』の略称である。
(3) 作品中に出現する最も新しい年号が弘仁十三年(八二二年)であることが根拠である。
(4) 難波、地名。今日の大阪市中央区附近。
(5)「河内国若江郡川派里」も地名である。今日の東大阪市川俣附近。
(6)『出曜経』のこの段については、本書第四章第三節第1項を参照のこと。
(7) 景戒撰述・出雲路修校注『日本霊異記』(『新日本古典文学大系』(岩波書店、一九九六年)第三十冊、一三七~一三八頁による。『日本霊異記』には数種の版本があるが、出雲路修が採用した底本は真福寺本である。標題の書き下しも出雲路による。
(8) 菅野真道・藤原継縄等撰/黒板勝美校訂『続日本紀』(経済雑誌社編『国史大系』所収、経済雑誌社、一九〇一年)第二巻、二七七頁。
(9)『続日本紀』巻十六によると、行基は天平十七年(七四五年)正月二十一日大僧正に任じられたとされ、時間に少しずれがある。同前注、二五七頁。

(10) 聖武天皇は唐の洛陽にならい、平城京以外に、首都に匹敵する都市を建設しようとしていた。
(11) 「奈良」と同じ。
(12) 中華民国教育部ホームページ『台湾閩南語常用詞辞典』によると、この語の意味は「敗家子、不肖の子。祖先の財産を思うがままに浪費する不肖の子孫。」URL: http://twblg.dict.edu.tw/holodict_new/index.html その他の地域については、本書緒論注6を参照のこと。
(13) 陳宗顕『台湾人生諺語』(台北常民文化出版社、二〇〇〇年)一〇〇頁。
(14) 井上正一「不具の子を捨てる民俗―霊異記の民俗史料―」、『日本歴史』第二八三号(一九七一年)九三～九九頁。
(15) これについては、丸山顕徳が整理をしている。次の注を参照。
(16) 丸山顕徳「『日本霊異記』の討債鬼説話と食人鬼説話」(丸山顕徳等編『論集古代の歌と説話』和泉書院、一九九〇年)二一九～二三七頁。丸山は水神への生け贄とする説の例として河村全二「淵に捨てられた子供―景戒の発想と方法―」(『紀要』第十二号、一九七六年)、守屋俊彦「日本霊異記中巻第三十縁考」(『日本霊異記論―神話と説話の間―』和泉書院、一九八五年)を挙げ、人柱とする説の例として黒沢幸三「日本霊異記小論―行基説話の意味するもの―」(上田正昭等編『日本古代論集』笠間書院、一九八〇年)、米山孝子「『日本霊異記』中巻第三十縁考―「子供を淵に捨てる」説話の成立事情―」(『仏教文学』第十三号、一九八九年)を挙げている。
(17) 中国の討債鬼故事と対照するために彼らが使用した資料は、永尾龍造『支那民俗誌』(支那民俗誌刊行会、一九四二年)、第六巻、六八三～六八九頁「討債鬼」項、澤田瑞穂『鬼趣談義』(国書刊行会、一九七六年)一三〇～一四九頁「鬼索債」である。『鬼趣談義』は文庫化されている(『鬼趣談義　中国幽鬼の世界』中央公論社、一九九八年、一七八～二〇三頁)。この故事に「鬼索債譚」という名称を与えたのは澤田瑞穂である。
(18) 後小路薫「近世説話の位相―鬼索債譚をめぐって―」(井上敏幸等編『元禄文学を学ぶ人のために』世界思想社、二〇〇一年)一一五～一三二頁。同じく澤田瑞穂説に基づいて議論している。
(19) 『桃山学院大学人間科学』二十三、二〇〇二年、三五～七五頁。
(20) 『大正蔵』第四冊、五四〇頁a～c。「嫉妬話」の標題は『仏書解説大辞典』(大東出版社、一九三五～三七年)「衆経撰雑譬喩」項による。なお荊三隆・邵之茜『衆経撰雑譬喩注釈与弁析』(中国社会科学出版社、二〇一二年)では「婦殺人子喩」の標題を付している。本書では「嫉妬話」を採る。
(21)『大正蔵』第四冊、五四〇頁a～c。
(22) 隋・費長房『歴代三宝紀』(『大正蔵』第四十九冊、七八頁b)。
(23) 干潟龍祥『本生経類の思想史的研究・本編』(東洋文庫、一九五四年)一一七頁。
(24) 杉山龍清「『衆経撰雑譬喩』と『大智度論』の関係について」、『印度学仏学研究』第四〇巻第二号(一九九二年)六八～七〇頁。
(25) 松村恒「シビ本生話と捨身供養」、『印度学仏学研究』第五十二巻第二号(二〇〇四年)七六～八二頁。
(26)『大正蔵』第四冊、三六七頁a～三六八頁c。
(27)『大正蔵』第二四冊、三五一頁b～三五七頁c。
(28) 妻が夫の別の女との間にできた子供を攻撃する話には、他に漢訳のないパーリ語の仏典『餓鬼事経』第六話・第七話がある。これらの話において、妻は計略を用いてライバルの子供を流産させ、疑惑がかけられると「もし私が有罪であれば餓鬼に転生する」と偽りの誓いを立て、その結果餓鬼に転生し、罪を悔いて僧に回向を乞う。邦訳は藤本晃『死者たちの物語──『餓鬼事経』和訳と解説──』(国書刊行会、二〇〇七年)五〇～五八頁。
(29)「微妙比丘尼品」では、前世において彼女は嫌疑を逃れるために以下のような偽りの誓いを立てる。「もし貴方の子を殺したならば、来世もまた次の世もずっと私の夫は毒蛇に殺され、子供があれば水に溺れ、狼に食われるでしょう。私は生き埋めにされて自分の子を食うことになるでしょう。父母や兄弟は火事で焼け死ぬでしょう。」転生した後これらの誓いはことごとく実現する。
(30)『長老尼偈』の主要な内容は釈迦の弟子の比丘尼が自ら語った出家の因縁である。日本語訳には中村元『尼僧の告白』(岩波文庫、一九八二年)があり、キサー・ゴータミーの告白は同書の四九～五〇頁である。
(31) 大道(偉大な悟り)を求める心。(中村元『仏教語大辞典』東京書籍、一九八一年)
(32)『漢書』などで外国人が中国を言う時の呼称。『大漢和辞典』巻八「秦」の項四。
(33) 上海古籍出版社、フランス国立図書館編『法国国家図書館蔵敦煌西域文献』(上海古籍出版社、一九九五年)第二十九冊『仏頂心観世音菩薩大陀羅尼経』三三一～三三二頁。

(34)『仏頂心経』の成書年代については、本書の補論「偽経『仏頂心陀羅尼経』の成立と版行・石刻活動」第一節を参照のこと。
(35)『大正蔵』第二〇冊、八三頁b～九〇頁a。
(36)『大正蔵』第二〇冊、九六頁b～一〇三頁c。
(37)『仏頂心経』下巻第四則故事と『日本霊異記』下巻第四縁もよく似ているが、唐代の中国本土には比較すべき作品が見当たらない。この問題についても、本書補論で触れる。
(38) 日本語訳に、上村勝彦訳『屍鬼二十五話』(平凡社、一九七八年)がある。
(39) 唐・玄奘『大唐西域記』巻二「三国・印度総述・病死」に、「死者を送り殯葬をするやり方は三つある。一つ目は火葬であり、薪を積んで焼く。二つ目は水葬であり、流れに沈めて漂い散らす。三つ目は野葬であり、林間に捨てて獣に食わせる(送終殯葬其儀有三、一曰火葬，積薪焚燎。二曰水葬，沈流漂散。三曰野葬：棄林飼獣)」『大正蔵』、第五十一冊、八七七頁c。
(40)「国の風俗は、喪に服する時は鬚と髪を落とす。死者を葬る方法は四つある。水葬は川に投じ、火葬は焼いて灰にし、土葬は埋葬し、鳥葬は野原に捨てるのである(国俗、居喪則剃除鬚髪。死者有四葬、水葬則投之江流、火葬則焚為灰燼、土葬則瘞埋之、鳥葬則棄之中野)」、唐・李延寿『南史』(中華書局、一九七五年)第六冊、巻六十八、一九五四頁。
(41) 魏英満・陳瑞隆編著『台湾生育冠礼寿慶礼俗』(台南世峰出版社、二〇〇二年)四五頁。
(42) 瀬間正之編『「記紀」の可能性〈古代文学と隣接諸学10〉』(竹林舎、二〇一八年)一七～三八頁。禹の説話の原文については、北條の論文二七頁を参照のこと。なお水辺において困難を抱えた女性が救済される中国の文学作品には、他に唐・李朝威「柳毅伝」(ただし救済者は人間)や、少し時代は下るが『西遊記』の白骨精(困っている女性に化けて三蔵一行に近づこうとする)のくだりを挙げることができる。
(43) 宋・李昉等編・張国風会校『太平広記会校』(北京燕山出版社、二〇一一年)第四冊、二六二一～二六二三頁。
(44) 李剣国『唐五代志怪伝奇敘録(増訂本)』(中華書局、二〇一七年)上冊、六四一頁。
(45) 陝州と虢州はどちらも現在の河南省にあり、隣接している。
(46) 長谷川兼太郎『満蒙鬼話』(長崎書店、一九四一年)二八六～二八八頁。
(47) 北條勝貴前掲論文。四四～四五頁。
(48) 正一派は、道教の教派の一つ。

（49）『道蔵』第六冊、三一三〜三一四頁。
（50）胡孚琛主編『中華道教大辞典』（中国社会科学出版社、一九九五年）二七一頁。
（51）遊佐昇『唐代社会と道教』（東方書店、二〇一五年）第二部第三章「唐代に見られる救苦天尊信仰について」二六三〜二九一頁。
（52）高山寺典籍文書綜合調査団編『高山寺経蔵古目録』（東京大学出版会、一九八五年）一五六頁。

第三章　転生して復讐する者たち　2
――「党氏女」の周辺――

一　はじめに――現存最古の討債鬼故事「党氏女」について

討債鬼故事の中で、現存最古のものは九世紀に作られた「党氏女」という作品である。討債鬼故事とは、金を奪われたり、借金を踏み倒されたりした者が、死後加害者（あるいは加害者の生まれ変わり）の子供に転生して、今度は逆に親の金を蕩尽するという話である。「債権者が債務者の子供に転生する」、「子供であるということを利用して、金を取り返す」という二要素がそろっていることを討債鬼故事成立の条件とし、前章で取り上げた諸作品については、借金を取り立てる要素がないため、従来討債鬼故事であるとされていても、「転生復讐譚」と呼んで区別する。

「党氏女」は、唐代の作品ながら『太平広記』には収録されておらず、『玄怪録』単刻本である北京国家図書館所蔵の陳応翔刻四巻本『幽怪録』[1]の巻二および高承埏稽古堂刻本『玄怪録』巻三に収められている。程毅中は、旧版の中華書局の『玄怪録　続玄怪録』の校点説明において、「党氏女」の成立時期（文中の年代から考えて八三二年より後）が牛僧孺（八四八没）の老年期に当たり、『玄怪録』の推定成立年代より新しいこと、『夷堅志』補巻六の「王蘭玉童」でこの作品が『続玄怪録』所収の作品とされていることから、これが李復言『続玄怪録』

から『玄怪録』に混入した可能性をも示唆している。[2] 李剣国も『唐五代志怪伝奇叙録（増訂本）』において、議論の辞や末尾の体が李復言の文体に近いことや、この話の作者が太和六年（八三二年）に聞いたとすると、当時宰相であった牛僧孺では年代が合わないとしているが、[3] いずれにせよ現存最古の討債鬼故事であることに変わりはない。

次にその翻訳と原文を示す。

党氏の娘は同州韓城県（現在の陝西省韓城市のあたり）芝川南村の者である。これに先立ち、芝川に蘭如賓という者が居を構えていた。元和の初め（元和元年は八〇六年）、王蘭という男が（蘭の）客となっていて、銭数百万で茶を商っていた。蘭の家に数年留まっていたが、やってくる親戚友人もなかった。ある日病に臥し、如賓は「あとに面倒のない者だから」と彼を殺した。（それ以来、）衣食や車輿、奴僕を派手にして、貴族のような暮らしを営むようになった。

その年に男児を一人もうけた。可愛くて賢く、孔融や衛玠[4]が人並みはずれて優れているといってもなお比べものにならないくらいであった。一家でこれを愛し、驪珠趙璧[5]にも勝るということで、玉童と名づけた。この子の衣食には一日数金をかけても良しとした。もし心喜ばないということがあれば、神仏への祈禱の費えは、一日で空となっても、省みることはなかった。やがて成長すると、ふわりとした毛皮をまとい肥えた馬にまたがり、気ままに出歩くようになった。不良少年たちと交流し、妓楼に歌い酒をほしいままにし、音楽や博打に耽り、一日も休まず、乱暴者でもその威勢に屈服した。こうして不正に築いた財はようやく傾き、収穫が良くなければ、借金をしてその年の豊作を待ち望むようになった。元和十年（八一五年）に玉童が急死すると、父母の悲しみは衛玠を亡くした親の慟哭にもまさるほどだった。泣き声は道行く人の心をも動かし、自分が代わりになれないことを怨ませるほどだった。如賓は困憊のあまり病気になった。その葬儀の準備は、僧への喜捨、仏画や寺の飾りつけ、宴席や奏楽の費えに至るまで、家で行うとは思えない有り様だった。葬式が終わっても、忌日ごとに僧に供養し、追善して泣いた。その頃から藺如賓は次第に財産を失って、昔と同じような状態になっていた。

太和三年（八二九年）の秋、玄照という僧がいて、党氏の家で食を乞うた。すると十三、四歳の娘が門扉の向こうで見え隠れしつつ、「母も兄も出払っておりますので何も差上げられません。この北数里の芝川店に藺氏という人がいて、亡児の忌日ですので、ちょうど僧に施しをしています。お坊さんがいらっしゃれば必ず喜ぶでしょう。お訪ねになっては如何ですか。」僧は尋ねた。「女は村や町中に出入りするものではありません。なぜそんなことを知っていると言って私をからかうのですか。」娘は笑って言った。「亡くなった子はつまり私の前世なのです。」玄照は不思議なことだと思い、その理由を聞こうとしたが娘は答えないで奥に入ってしまった。

玄照はそこで藺氏の家の門に行った。中に入ると幕を広げ、筵（むしろ）を高くし、盛大に法事を行っているのが見えた。門番が玄照を喜んで出迎えたので、礼をして入った。やがて食事が終わると、如賓は悲しみに堪えない様子だった。玄照は言った。「ご老体がこんなに死んだ子供のことを思っていらっしゃるのであれば、生まれ変わりに会いたいと思いませんか。」如賓は大いに驚いて尋ねてきたので、玄照はつぶさに答えた。如賓は急いで党氏の家に行き、面会を請うた。父母がこれを告げたが、娘は出てこようとしなかった。如賓はますます会いたいと思ったが、母が来ていないからであろう、そして助けになるものがないから出て来ないのであろうと一人合点し、帰ることにした。

翌日妻と二人で、蜀の錦二十匹を面会の手土産として携えて会いに行った。娘は錦を受け取ったが、出てこようとしなかった。如賓夫妻は言葉を尽くして党氏の親に求めたので、親は如賓の熱心さにほだされて、うちに入って娘に言った。「お前が会いたくないならば、あんなことを言うべきでなかった。言ったから蘭じいさんがあんなふうに請うているのだ。どうして無理を通して会わないわけにいくだろうか。」しかし女はやはり口をきかなかった。父母が、「どうしても会わないならば、何と言って断ろう。」というと、娘はこのように言った。「あの人たちにこう言って下さい。どうしてまた会わなければならないのですか。ただ、その子が生まれてから死ぬまでさぞかし物入りだったでしょうね。王蘭の財産は使い果たしたでしょうか、ただこう言いさえすれば、もう会いたいと言わないはずです。」父母が出て行ってその通り告げると、如賓は妻を顧みて無言で退いた。彼らが去ってから、父母が娘に理由を聞くと、娘は答えた。

「子供の前世は茶商人の王蘭なのです。銭数百万を持って、如賓の家の客となっていました。元和の初めに頭がくらんで寝つき、その時如賓に殺され、財産を奪われました。如賓はそれで財産を築いたのです。私は死んでから上帝に訴えました。すると上帝はどうやって報いたいかお尋ねになりました。蘭は、彼の子供になって奪われた財産を蕩尽してやりたいと願い、それで転生し、財産を使い果たして死んだのです。最近これを勘定してみると十環(6)たりなかったので、蜀の錦を出させたのです。もう今から後は如賓が子供を思って施しをすることもないでしょう。韓城に趙子良という人がいて、昔、茶を五束仕入れてまだ支払いを済ませないうちに蘭が死にました。今まさにその額の金で私を嫁にしたいと求めていますから、結納を貰ったら去ることにします。妻になることはないでしょう。」するとにわかに仲人の言があり、子良の子が結納を持ってきた。婚礼は年の初めと定められた。結納が終わると娘は居なくなり、父母は子良に責められるのを恐れて場所を代えて葬式をした。その夕方に娘に遇った。彼女は言った。

「天帝は天下の人が愚かであり、おおよそ皆人は陰で悪事にいそしみ道を曲げ、いつわりにあの手この手を使い、『人は押し切ることができ、神は騙すことができる』と言っているのだとお思いです。人を騙す者はまた人がこれを騙し、人を惑わす者は人がまたこれを惑わし、人を嫉み誣告する者は人がこれを誣告するとお思いです。この俗を矯めることは虚しく、報いを与えることには完全でないこともありますが、あの世のことはまことに騙すことはできないものです。自分のしていることを理解して人を咎めない人は少ないものです。そこで私を遣わし、この身に託してこの地に近づき、愚かな人々を驚かしたのです。この頃は口に出すこともありませんでしたが、父母にお仕えすることができて、この心はすっかり啓かれましたので、さらにもうこれ以上留まることは難しいでしょう。育てて下さったご恩は、昔の関係で得たものでお返しします。お別れするに当たっては後ろ髪引かれる思いで、懐かしく思い出さないことができません。各々善い企図に努めて下されば、惑いも多恨もありません。」言い終わると去った。これが天の戒めでないことがあろうか。太和六年（八三二年）、通王府[7]の功曹[8]である趙遵約が言ったことである。

党氏女、同州韓城県芝川南村人也。先是、有藺如賓者、舎於芝川。元和初、客有王蘭者、以銭数百万鬻茗、止其家積数年、無親友之来者、一旦臥疾、如賓以其無後患也、殺之。服饌車輿僕使之盛、擬於公侯。其年生一男、美而慧、雖孔融、衛玠之為奇、猶未可為比。其家念之、謂驪珠趙璧未敵、名曰玉童。衣食之用、日可数金。其或不予、舞神拝仏之費、一日而罄、不顧也。既而漸大、軽裘肥馬、恣其出入。於是交遊少年、歌楼酒肆、悦音恣博、日不暫息、雖狂徒皆伏其豪。然而孳産稍衰、稼或不登、即乞貸望歳。元和十年、玉童暴卒、父母之哀、哭玠之不若也。号哭之声、感動行路、恨不得自身代之。如賓極困成瘵。其所飾終之具、洎捨財梵侶、仏画蓮宮、致席命楽之費、若不以家為者。雖喪畢、毎忌日、飯僧施財而追泣焉。自是稍稍致貧、如旧日矣。太和三年秋、有僧玄照、求食於党氏家。有女子年十三四、映門曰、母兄皆出、不得具饌。此北数里芝川店、有藺氏者、亡子忌日、方当飯僧。師到必喜、盍往焉。僧曰、女非出入村市之人、何以知此而紿我也。女笑曰、其亡子即我之前身耳。照大異之、問其所以、不対而入。照於是造藺氏之門、入巷而見其広幕崇筵、及門人者喜照之来、揖之而入。既卒食、如賓哀不自勝。照曰、丈人念亡子若此、要見其今身乎。如賓大驚、乃問之、照具以告。如賓遽適党氏、請見之。父母以告、女不肯出。如賓益聳躍、独念不以其母来、且無藉手、此所以不出也。遂帰。明日、與其妻偕、携蜀紅二十匹為請見之資。女納紅、復不肯出。如賓求其父母万辞、父母以如賓之懇也、入謂女曰、汝既不欲見、不当言之、既言而藺叟若此之請、安得不強見。女不復語。父母曰、必不見、則何辞。女曰、第告之、何必相見。但云、其子身存及没、多岐所費、王蘭之財尽未。聞此、必不求矣。父母出、以告、如賓顧其妻、無言而退。既出、父母問其故、女曰、児前身茗客王蘭也、有銭数百万、客其家。元和初、頭眩而臥、遂為如賓所殺而取其財、因而巨富。某既死而訴於上帝、上帝召問欲何以報、蘭言願為子以耗之、故委蛻焉。耗之且尽而死。近與之計、唯十環未足、故有蜀紅之贈。而今而後、如賓不復念其子而斎罷爾。韓城有趙子良者、嘗貰茗五束、未酬而蘭死。今当以其直求為婦、幣足而某去耳。亦不為婦也。俄而媒氏言、子良之子納幣焉。親迎之期、約在歳首。既畢納而失女、父母懼子良之責也、偽哭而徙葬焉。其夕遇女曰、天帝以天下人愚率皆欺暗枉道詐心万端、謂人可以言排、神可以詐惑。以詐惑人者、人亦詐焉。以妄欺人者、人亦妄焉。以嫉誣人者、人亦誣焉。雖虚矯之俗、交報或闕、而冥寞間良不可罔。知己之所為而不咎人者鮮矣。故遣某、托身近地、而警群妄耳。頃者未言、得侍昏旦、此心既啓、難復淹留。撫育之恩、亦償旧徳。乍辞顧盼、能不悵懐、各勉企図、無惑多恨。言訖而去。此非天之勧戒耶。太和壬子歳、通王府功曹趙遵約言。[9]

党という姓は、北魏皇族拓跋氏の子孫が名乗り、党項（タングート）に由来する。[10] また同州は少なくとも北周にはソグド商人のコロニーがあり、薩保（官選ソグド・コロニーの長・ゾロアスター教の指導者）も置かれた。[11] この話の舞台は、経済活動の活発な、多くの民族が住む地域なのである。

この話において「討債鬼」となった王蘭は茶商人であった。茶商人は、中唐期において注目すべき職業であった。例えば白居易「琵琶行」において、都の妓女を落籍し、彼女を置いて外地に商売に出たきり帰らないのも、茶商人であった。[12]

唐代茶商人の活躍は、西岡弘晃「唐後半期の茶税制度と商業発展」に詳しい。茶の飲用は唐代の中期に唐全域と周辺異民族に広がり、生活必需品となったが、産地（主に江淮地方と四川地方）と大消費地（長安・洛陽）は離れており、産地と消費地での価格差が広がり、冒険的な商人を台頭させることとなった。

茶への課税は建中二年（七八一年）より行われる。元和十五年（八二〇年）の茶税増税に対する李珏の批判より、当時茶が米や塩並の生活必需品とされていて、貧民・農民まで飲用していたことがうかがえる。藩鎮もそれぞれ茶に課税し、そのことが茶の末端価格を引き上げる結果となったが、中央政府はそれを規制できなかった。また、官人が直接茶の売買に関わることは再三禁止されたので、民間の富商が台頭することとなった。[13] 王蘭もそのような富商の一人だったのである。茶商人は産地と消費地が遠いため、彼も「琵琶行」の茶商人のように家族を故郷に置き去りにして、外地で商売にいそしんでいたのである。知る者もいない土地で大金を動かす王蘭は、密かに殺しても彼のことを詮索しに来る者のいない、悪人にとってはまことに好都合な者であって、如賓夫妻はその存在に金銭欲をかき立てられ、犯行に至ったのである。

そして王蘭を殺した薗如賓は、宿屋の主人である。後世の討債鬼故事では、金を奪い奪われる関係は、友人同士や仕事仲間、汚職仲間など、ある程度情の絡んだ間柄が多い。しかし「党氏女」とその影響を大きく受けた作品では、一様に宿屋の主人かそれに類する者とその客という関係が悪因縁の発生源となっている。古くは『列異伝』の蘇娥という女性が鵠奔亭の亭長によって殺される話[14]、唐代では客を驢馬に変える板橋三娘子、時代は下るが『水滸伝』には泊まり客を殺してその肉で饅頭を作る孫二娘がいるように、旅人相手の商売の者は油断がならない、という見方が反映されているのであろう。

二　「党氏女」の特徴

「党氏女」は「債権者が債務者の子供に転生する」、「子供であることを利用して金を取り返す」という討債鬼故事の特徴を満たした現存最古の作品である。また多くの討債鬼故事に共通する、奪われた金額と取り返す金額の一致もすでにあらわれている。

しかし一方で「党氏女」には本書の緒論冒頭で紹介した章思文の話とは異なった特徴もある。その特徴は、王蘭が二回転生することによって生ずる。これによって、二回目に転生した時の親や、党氏の娘が如賓夫妻を呼び寄せるために使った僧といった登場人物を出さねばならなくなり、物語が複雑になるのである。また、思文が我が子の正体を知るのは、討債鬼である子供が死ぬ時であるのに対して、「党氏女」では王蘭が死んでから玉童が生まれ、蕩児となって死に、党氏の娘が生まれて結婚適齢期になり、正体を明かして別件の債を結納の形で取り返すまで、少なくとも二十五年ほどの歳月が流れる。玉童が蕩児らしい蕩児になるには、本当はもう十年は生きなければならなかったのではないかと思われるが、これ以上彼を長生きさせると、如賓夫妻の方が先に天寿を全うしてしまうであろう。しかしこのかなり無理がある二回転生は、「党氏女」の後しばらくの間、忠実に受け継がれていくのである。以下の章で、これが受け継がれ、宋代に至ってやっと解消されるまでを見て行こう。

三　「党氏女」の類作

1　「党氏女」の直接的な模倣作

李剣国は「党氏女」の類作として、唐・盧肇『逸史』逸文の「盧叔倫女」（『太平広記』巻一二五）と『夷堅志補巻六「王蘭玉童」を挙げている。[15]

盧肇『逸史』逸文「盧叔倫女」（『太平広記』巻一二五）の内容は以下の通りである。

長安の南に、食を乞う僧がいて、たまたま桑の木の上にいる娘に「このあたりに信心深い食事を恵んでくれる家はあるか」と訊いた。娘は「ここから三、四里行ったところに王という家があり、お斎を設けており、和尚さんが行けば必ず喜んでお迎えするでしょうから、急いで行きなさい」と答えた。僧は指さされた通りに行くと、果たして一群の僧が座ろうとしているのが見えた。（主人は僧を）大変労って、招き入れた。食事が終わると、主人夫妻は時間通りやってきたのを怪しんで、これに問うたので、僧はつぶさに実際にあったことを伝えた。主人夫婦は驚いて「では一緒にその娘のところに行きましょう」と言い、僧とともに出かけた。娘はまだ桑の木の上にいた。それは村人盧叔倫の娘だった。老夫婦を見ると、そのまま木を降りてかごを捨てて家に帰り、二人はその後を追った。家に着くと、父母も知っている人であった。娘は部屋に入ると、ベッドで戸を押さえて、がんとして開けようとしない。娘の母は驚いて問うたので答えた。「私は今日家でおときをもうけたのですが、娘さんから教えられて来たという僧がいたのです。私は人にこの功徳をなすことを語ったことがなかったので、娘さんが知っているのはおかしいと思い、こうやって見に来たのであって、他意はありません。」その母は戸を押して娘を出そうとしたが、娘は決して出ようとはしなかった。母は続いて娘を叱った。娘は言った。「私はこのじいさんとばあさんに会いたくはないのです。そのことのどこが悪いのでしょうか。」母は言った。「隣村のおじいさんとおばあさんがあなたに会いに来たというのに、なぜ出て来ないのですか。」二人はますます怪しく思い、懇願した。娘は唐突に大声で言った。「某年某月某日、羊を商う胡人の父子三人は今どこにいるのか。」老夫婦はそのまま走り去り、振り返ろうともしなかった。去ってから母は（ことの次第を）問うた。娘は答えた。「私は前世では羊を商っていて、夏州（現在の陝西省楡林市）から来てあの翁の宿に泊まりました。父子三人は一緒に殺され、その財産は奪われました。私は前世で彼らの子供となりましたが、人よりも聡明で、彼らは（私を）とても愛しました。十五歳で病気になり、二十歳ちょうどで死に、その前後に医薬に費やした金は、奪った金の数倍になりました。彼らはまた私のために命日ごとに法事を行い、両親が流した涙は計ったところ二、三石を超えました。たまたまお坊さんが食を乞えるところを聴いたので、私はそのまま指さしただけです。これもまた償債だったのです。」老夫婦はこれ以後また法事をすることはなかった（原文省略）。

李剣国による「盧叔倫女」の推定作者の生卒年代と「党氏女」作者のそれは重なっており、「盧叔倫女」の作中には具体的な年の記述はないので、考証的な意味では、どちらが先に成立したのかは、今のところ特定することができない。「党氏女」を先行作とする判断は、内容に拠るものである。

「党氏女」は、王蘭の死、玉童の誕生と死、如賓夫妻による僧への施し、党氏の娘と僧の出会い、如賓夫妻の党氏訪問、党氏の娘の退場が、時間軸の通りに素直に描かれ、それぞれの登場人物の言葉と行動も、自然に次の場面につながるように、非常に慎重に描かれている。

一方「盧叔倫女」は、はじめにいきなり二度目の転生者（盧叔倫の娘）と僧の出会いを置き、過去に何があったのかは、最後に娘によって語らせるという、「党氏女」よりも凝った叙述法をとっている。それぞれの登場人物の発言が適切であれば、ミステリーとして「党氏女」よりも優れた作品になったのではないか、と思われるが、叙述に欠陥があるため残念ながら成功していない。

矛盾の第一は、盧叔倫の娘が僧に語った言葉である。娘は「この先に行った王家でおときをしている」ということしか言っておらず、「自分は王家の亡児の転生である」という言葉がない。王家の老夫婦は、僧からこのことを訊いて直ちに娘を訪ねて行くが、僧への供養は賑やかに宣伝することではないとはいえ、秘密にするほどのことではない。娘は屋外で肉体労働をしており、供養のことを聞き知る可能性は十分にあるから、別に不思議な発言ではない。一方党氏の娘は、女性が家から出ないような家の娘であり、その上はっきり「自分は如賓夫妻の息子の生まれ変わりである」と言っているので、まさにその言葉に反応して如賓夫妻は慌てて党家に駆けつけたのである。

また、「盧叔倫女」の王家の老夫婦は、桑畑に駆けつけた段階でも娘が自分の息子の転生であるということを知らされなかっただけではなく、娘の家に行っても「某年某月某日、羊を商う胡人の父子三人は今どこにいるのか」としか言われない。つまり、老夫婦の視点から見れば、「近所に住んでいる村娘が、なぜか自分の過去の隠された罪を知っていて不気味だ」ということであって、その娘と自分の亡児の関係は、結局わからないままである。（王家夫妻が殺したのは三人であるが、そのうちの誰が転生したのだろうか。）「党氏女」においては、如賓夫妻はあらかじめ通りすがりの僧から党氏の娘が自分たちの亡児の転生であると聴かされており、その上娘本人から亡児が王蘭の財産をほぼ使い果たしたことも聴かされ、王蘭の転生の目的をも知ることになる。最低限のほのめかしでことの次第を犯人に対して明らかにした上で、その後で何も知らない今の両親（と読者）に向かって懇切丁寧に事の次第を説明するのである。

「盧叔倫女」は、もし「党氏女」や後世の討債鬼故事が存在しなければ、登場人物の行動は不可解そのものの作品である。単独ではとうてい理解しえない作品であり、そのため、今のところ「党氏女」の模倣作と考えている。

もう一つの作品は宋・洪邁『夷堅志』志補巻六「王蘭玉童」である。なお、この作品には、志村五郎『中国古典文学私選　凡人と非凡人の物語』の「「夷堅志」抜き書き」に邦訳がある[16]。少し長い作品なので、全訳ではなく、あらすじを挙げる。

某州に、王蘭という商人がいた。吝嗇な男で、市街から離れたところに居を構えていた。女遊びが好きであったが、妻を恐れていたので、下男を連れずに一人で宿に泊まることが多かった。ある日彼は宿で急死した。宿の主人は役人に知らせようとしたが、妻がそれを引き留めて、死体を山奥に埋めて財産を着服した。

その後夫婦には初めて玉のような男の子が生まれたので、玉童と名付けたが、十七歳になる頃にはいっぱしの放蕩児になって両親の不義の財の大半を使い果たしていた。この子が死ぬと両親は大変悲しみ、毎日お斎を設けて法事を行った。百日の法事の日の午後、ある僧が五里離れたところにある小さな家で食を乞うた。家の娘は、我が家には与える飯はないが、西に行けばある長者がお斎を設けていると教えた。僧がなぜそれを知っているのかと訊くと、娘は、自分が王蘭という商人の生まれ変わりであること、そして前世でその長者の家で急死し、死体を遺棄され財産を奪われたこと、陰司に訴えたが、殺されたわけではないから、彼らの子供に転生して財産を取り返したこと、分身して同時にこの家の娘にも転生したこと、ほとんどの金額通り取り返したものの、紅のうすぎぬ十疋(ひき)分だけ残額があることを告げた。僧は長者の家に行き、彼の家に紅羅十疋があることを確かめ、娘の言葉を告げた。長者夫婦が娘に会いに行き、娘もまた十七歳であることを知った。夫婦は子供を失った打撃から立ち直れず、相次いで死に、家も絶えた。私は『逸史』「盧叔倫女」や『続玄怪録』「党氏女」を記憶していて、おおよそ似ているが、同時に違うところに転生して、一人は男で一人は女とは、聴いたことがない。明州の王夷という人物からきいた話であるが、具体的にどこでいつ頃起こったことかはわからない。

この作品は、「党氏女」中の登場人物・王蘭と玉童の名がそのままあらわれており、明らかに「党氏女」の影響を受けている。『夷堅志』の話の多くは、話の提供者からの話をそのまま載せているとされる(17)。この話も同様であれば、「王蘭」・「玉童」という固有名詞が、あたかも現代の都市伝説中の怪物の名のように、あらすじと一緒に中国各地に伝播していて、それらのうちからたまたま明州（寧波）で語られていたものが洪邁に拾われたことになる。この話の場合、江南の地が舞台であるから、娘の姓も「党」ではなくなっている。また王蘭が家を離れて死んだ理由が、茶の商いのためではなく、恐妻家であるから、ということになっている。

「盧叔倫女」・「王蘭玉童」は、「係累のない泊り客を宿の主人が殺害して金を奪う」・「被害者が加害者の子供で夭折する男児と、加害者を遠くからうかがう女児の二つの人格に転生する」・「被害者は冥府での話し合いを経て加害者の子に転生する」・「通りすがりの僧が転生した女児と会話を交わすことによって前世の因縁が解き明かされる」という多くの共通点をそなえており、このことから「盧叔倫女」と「王蘭玉童」はいずれも「党氏女」の直接の模倣作と見てよいだろう。

「盧叔倫女」では、復讐者は一回目の転生の時に二十歳まで生きたというが、盧叔倫の娘が何歳であるかは分からない。玉童に当たる人物が長生きしすぎた結果、今度は盧叔倫の娘の年齢に触れることができなくなっているのである。「王蘭玉童」では、この問題をもっと合理的に解消するために、一人の人物が同時に二人に転生するというさらに不自然なことになった。

また、二回の転生によって生じた錯綜したモノ（反物）と金の往来であるが、「党氏女」では如賓夫妻・王蘭（＝玉童＝党氏の娘）・韓城の趙子良・党氏の娘の現両親の間できちんと貸借が清算されるが、「盧叔倫女」と「王蘭玉童」では、この複雑な貸借関係が飲み込みきれなかったのか、あまりきれいに片付いていない。「盧叔倫女」では、王家の老夫婦から盧叔倫の娘に渡る金がないので、盧叔倫の娘が何のためにいる登場人物なのか、今ひとつ不明確になっている。また「王蘭玉童」では、夫妻から娘へ紅羅十疋が渡ると、金額が合うことは言及されているが、作中でこの紅羅十疋が娘の手に渡る場面は描かれていない。「盧叔倫女」と「王蘭玉童」は、「党氏女」を模倣して物語を生み出すことの困難を物語る作品であるといえる。

2　「党氏女」の新たな展開

「党氏女」をはじめとする三話の影響を強く受けていると見られる作品には他に、『夷堅志』支志戊巻四所収の「呉雲郎」と『夷堅志』志補巻六所収の「周翁父子」がある。やはり洪邁が自分で創作した作品ではなく、聞き書きなのであろうが、転生の処理がかなり改善されている。「呉雲郎」のあらすじと原文は以下の通りである。

呉江県から二十里離れた因瀆県の金持ちである呉沢将仕[18]の子雲郎は、幼少から学問好きであったが、進士の試験で補欠となり、紹熙五年（一一九四年）八月に病死した。翌年の冬、沢の弟滋が妻の実家に行く途中で船が暴風雨に遭い、洞庭湖畔の福善王廟のあたりに難を避けたが、廟の門で雲郎に出会った。雲郎は取り調べのために冥府に引き留められていると訴えて、両親が自ら会いに来ることを切望した。滋は即刻帰宅し、沢夫妻を連れて廟を再訪した。船着場で待っていた雲郎は、両親に駆け寄り、泣いて窮状を訴えたが、その言葉も終わらぬうちに、突如目を怒らせて父に飛びかかり、「お前は私の命を奪い、金を盗んだ。私に五、六十年もの間恨みに身を焼く苦しみを味わわせてくれたな。今日は決して逃がさないぞ」と罵った。沢と雲郎はつかみ合いになって水に転落した。滋たちが水に飛び込んで沢を救ったが、沢は夕方まで一人で誰かと争う様子を見せた。滋がわけを尋ねると、沢は昔戦乱のどさくさに同宿の少年を殺して路銀を奪ったことを告白した。沢はそれ以来鬱々として食事も取れなくなり、十日ほどで死んだ。

呉江県二十里外因瀆村富人呉沢将仕、生一子、小字雲郎。自少即向学、嘗応進士、預待補籍。紹興五年八月、以疾亡。父母追念痛割。明年冬、沢之弟助教滋、往洞庭東山婦家沈氏。未至数里、暴風打船、暫泊於福善王廟下。登岸縦行、望廟門半掩、見雲郎著皂綈背子、緩歩而出。滋大駭、就語之曰、汝父母曉夜思念汝、欲一会面不可得、何為在此。対曰、児為一事拘繋、留連対証、説来極苦。告叔為道此意于二親、若要相見、須親自来乃可。歎息而去。滋亟還舎、白兄嫂、皆相持悲哭。三人者共乗元舟、復抵廟歩。雲郎已立津次、奔至父母前、下拝泣訴、具述幽冥辛苦之状。語未竟、忽怒目奮捽父衣、大呼曰、汝陥我性命、盗我金帛、使我銜寃茹痛五六十年、今日決不相舍。遂互相拏搏、滾入水中。滋与僕従及舟人渉水救、沢始得脱登岸、因之垂死。傍人初無所覩、但見沢挙首揮争、至暮乃定。滋不知沢有隠慝、試問之、嚬蹙而言、昔虜騎破城、一少年子相投寄宿、所賷嚢金頗厚。吾心利其貲、至之数月、殺而取之。自念寃債在身、従壮至老、未嘗不戚戚。此児於壬午、今日之報、豈非此乎。自是憂悶不食、渉旬而死。魏南夫丞相之子羔如表弟李生、呉氏婿也、為魏説此。

「呉雲郎」において、一旦死んだ息子が転生するのではなく、亡霊となって再登場するところは、復讐の時間を短縮しようとする工夫が見て取れるが、呉沢が行きずりの者を殺して金を奪った点、父の弟という第三者が父を呼び出すためのメッセンジャーに使われている点に「党氏女」系故事の影響を見ることができる。

「周翁父子」は、慶元二年（一一九六年）に建康（現在の南京）から来た南康（南康軍。現在の江西省廬山市）出身の船頭の陳太から聴いた話である。

建康府の絹商人の周翁の長子は不孝者で、しばしば酒を飲んで暴れ、刃物を振り回して父の殺害をほのめかすので、とうとう近隣の者から訴えられて身柄を拘束された。本人は素面の時は父への孝養を言い、訴えに対しては、薬を飲んで人事不省となった時の発言であると答えた。取り調べを行った張尚書は、城隍祠に詣でて、表に出れば街全体の恥辱となる不届き者が出たことについて城隍神を責めた。その晩の夢に神が現れて、あの父子はもともと真の骨肉ではなく、前世の敵が、債を取りに来たにすぎないこと、息子は前世では他所者の商人で、三十年前財産を持って周家にやってきて、周がその財産に目をつけ、一緒に船に乗って街を出て、わざと船をひっくり返して彼を溺死させ、財産を着服し、それ以来周家の家計はだんだん豊かになったこと、若者があの世の役所に訴え出て、周の息子に生まれ変わり、その行いに対して悪報を与えたいと願ったことを教えた。その朝張尚書は周を呼び出し、この件では裁かないことを条件に旧悪を白状させ、城隍神から聞いたことを告げた。息子の生年がまさに符合した。そこで周翁に命じてすぐに銭千貫を出させて度牒（出家した者に官から支給される許可証）一通を買い、息子を出家させて当地を離れさせ、穏便に事をおさめた。（上記はあらすじ）

南康船師陳太、慶元二年従建康来、云近者知府張尚書処置一公事、極為奇異。初、本府絲帛主人周翁、長子不孝、常常酗酒凶悖、毎操刀宣言、会須殺死老畜生、父不勝憂懼。隣里慮事或成、不惟玷辱郷風、且将貽累、相結約共訴于府。張引問其悉、遣喚周、初不告以何事。周至叩之、対曰、誠然。即使偕諸隣詣案供状、末乃呼悖子、子至、先以好言問其居家委曲、対曰、父年老、身供子職。張以状示之、懼而亟拝曰、実為狂薬所使、不覚忘形、悪言遽発耳。張釈它人、独下子于獄、而敕推吏勿猛施桎梏。自命駕謁城隍祠、焚香曰、部内百姓、至於子謀殺父、非天理所容、郡守固不逃失教之愆、神亦何顔安享廟食、坐視弗聞乎。禱畢還府。是夕夢神至、曰、尚書責誚如此、吾豈不知。彼家父子、原非天性骨肉、蓋宿冤取債爾。其子本外州商賈、三十年前挟貲到周家、周見少年独行、心利其財、因与泛江出郭、陽為舟覆、溺殺之、而隠没所齎。故生計日進、更無人知。少年前詣冥司、乞往生為子、見世索報、尚書宜鑑此因縁也。遂退。明日、張呼周至、語之曰、汝自揣一生曽做何等不義事。始拒言、雖為細民、粗守行止、未嘗与人有一詞案煩官府、初不省作小悪。張曰、記得三十年前殺某客於江中乎。今已経大赦[19]、無人作対、無戸可験、言之何傷。周流汗至足、叩頭謝過。張曰、我不復推究前事、汝之子、乃客後身也。周計其生年正合、愈益駭怖。張曰、我欲為汝究竟此段悪事、汝能捐銭千貫、買度牒一道、使之出家為僧、永絶冤業、汝意如何。又謝曰、民尚有二子、正所願、但恐渠不従爾。張曰、汝且去、我自諭暁之。旋謂子曰、據汝所犯、便当伏刑市曹、縁不是一府美事、已与汝父約、使汝為僧、汝意云何。子欣然曰、某幸未娶、得棲身空門、亦所幸願。乃命周即日持銭、買官庫祠部牒、当庁削子髪、別給道費、使出遊四方。張子温為南康戸曹、識陳船師、聞其説。

この作品では、子供が自ら前世の因果を語るのではなく、県令がメッセンジャーとなって城隍廟神から事の次第を聞き、それを父に突きつける、という経過をとっており、その回りくどさは「党氏女」やその類作と共通している。周翁が旅行中の客を殺して金を奪う点、復讐者を転生させることを冥府が決めたことに触れる点も「党氏女」とその類作に共通する。奪った金は子供の度牒を買うという形で返済させられ、討債は完遂されるとともに、息子は憎しみを消して父の元を穏便に離れ、一応ハッピーエンドと言える結末になっている。これらの二作品は、「党氏女」型故事のパターンをある程度踏襲しながらも自由に展開し、新しい物語が生み出されていく中間点にあるといえるだろう。

3　宋代以降の討債鬼故事へ

『夷堅志』には上述の「党氏女」の影響を色濃く残す複雑な筋立ての作品の他に、子供が死ぬ間際にみずから因果の解き明かしを行う、志補巻六「徐輝仲」のようなシンプルな形の討債鬼故事も収められている。

永嘉の徐輝仲は丹陽に行き、博労の親方から銭束千本を借りた。返さないうちに親方が死んだ上、証文がなかったので、徐は親方の遺族に何も言わないで帰った。後に子が一人生まれ、大変賢かったが八歳で病気になり、父母は大変憂えた。医者や薬には数え切れないほど金を使った。病気の子が、親しくしている尼の温師にふとこう語った。「私はもう帰るよ。」尼は怪しんで尋ねた。「お父さんお母さんがこんなに悲しんでいるのに、何処へ帰ると言うの？」すると答えた。「私は丹陽の人間で、昔徐さんに私の金百万銭を貸したのです。私が死んだのをいいことに返さなかったので、取り返しに来たのです。もう満額になりましたから、帰ります。」言い終わると直ぐに死んだ。輝仲の孫娘が朱亨甫の子の嫁になってこの話をした。

永嘉徐輝仲往丹陽、詣大駔貸銭千緡。未及償而駔死、既無契券、徐不告其家而帰。後生一子、極俊敏、八歳而病、父母憂之。召医市薬、所費不可勝計。病子忽語其所親尼温師曰、我欲帰去。尼怪問之曰、父母憐汝如此、汝復何帰。曰、我乃丹陽人、昔徐公貸我銭百万。幸我死不償、故自来取之。今已償足、我当帰矣。言畢而逝。輝仲孫女為朱亨甫子婦言之。

「徐輝仲」と「党氏女」の大きな違いは転生の回数である。「党氏女」では、王蘭が殺され、玉童が成長して不良少年となって死に、それから党氏の娘に転生して適齢期になるまで、二十五年以上の年月が流れるが、これに対して「徐輝仲」では転生を一回に減らすことによって、金を取り立てたことを宣言するまでの期間が大幅に短縮されている。「党氏女」では党氏の娘が玉童の転生であることを伝言する僧は欠かせない存在であったが、「徐輝仲」の尼はこれに対応するものであろう。しかし病床のうわごとで前世のときあかしを行うのであれば、この尼のような第三者は必要なく、父母に直接告げれば良い。現に本書の緒論冒頭に挙げた宋・郭彖の『睽車志』巻四「章思文」では、子の顔が前世のそれに変化して、自ら討債鬼であることを親に明かすという形となり、物語はより簡素化し、洗練の度を加えていくのである。「党氏女」の影響を直接受けた作品がいずれも長大であるのに対して、「徐輝仲」や「章思文」はその半分ほどの長さしかなく、登場人物も少ない。中国文学史では、一般に改作を重ねるうちに物語の筋立てが複雑になり、登場人物もふえていくことが多いが[20]、討債鬼故事については複雑から簡素へ、という発展をとげているのである。この変化により、討債鬼故事は作りやすくなり、その後さまざまな作品が生まれる礎になったのである。

四 「党氏女」と「嫉妬話」系説話との比較

先に第二章で論じた「嫉妬話」系の一連の説話は、「党氏女」と同じく前世において何らかの悪因縁のあった相手が我が子に転生してくる内容である。『衆経撰雑譬喩』「嫉妬話」は鳩摩羅什の漢訳であり「党氏女」よりも遥かに古いが、『仏頂心陀羅尼経』下巻第三話と薛用弱『集異記』「阿足師」、そして日本におけるバリエーションである『日本霊異記』中巻第三十縁は、いずれも「党氏女」とほぼ同時代である九世紀後半に作られたと思われる。「党氏女」とこれらの作品がどのような順序で成立したのかはまだ分からない。しかし『仏頂心陀羅尼経』下巻第三話と薛用弱『集異記』「阿足師」が「嫉妬話」の話型と思想（宗教による冤魂の鎮魂）を踏襲しているのに対して、「党氏女」はそうではないことから、おそらくは先に「嫉妬話」系説話群が流行し、これを利用して「党氏女」が作られたと考えられる。以下において、「嫉妬話」系列の話のうち、「党氏女」と同じ国で、同じ世俗の知識人によって書かれた薛用弱『集異記』「阿足師」を取り上げ、その背景となる思想の違いを比較したい

（「阿足師」あらすじは第二章を参照のこと）。

先ほど述べた通り、「党氏女」と「阿足師」の二つの物語の共通点は、「仇敵の子供に転生して復讐する」という点である。しかし、これらの物語は復讐を違う視点から描いている。

「阿足師」の物語は、完全に「復讐される側」に感情移入するように作られている。主人公は復讐される側であり、復讐者は邪悪な存在として描かれる。復讐者は本懐を果たすことなく高僧によって救済され、復讐されるべき主人公もともに救われる。

一方、「党氏女」系の物語では、人を殺して金を奪う極悪人を、復讐者は執念深く追い詰め、復讐は必ずやり遂げられる。ここで読者は仇の子供に転生するという奇想天外な手段に驚嘆を覚えつつ、「阿足師」にはないカタルシスを味わうことができる。復讐は、「党氏女」の娘が語るように天の意志によって肯定される。

この二種類の話の間には、復讐に対するスタンスの違いが現れている。多賀浪砂『干宝『捜神記』の研究』[21]では、『捜神記』中の作品とそのもとになった漢訳仏典中の説話との比較が行われている。多賀によると、仏典は「復讐」という行為を描きながらも、悪人をも許すことによって善人を導くことや、怨念の消滅を目指し、教訓としては人から恨まれる悪因縁を作らないことを提唱するが、六朝志怪の登場人物たちはあくまでも復讐の完遂を目指しているという。つまり、仏教説話では自分が誰かによって害を加えられるのは、すべて前世の因縁であるから、「復讐」が成り立たず、説話の主眼はむしろ「因果を解きほぐす」ことに置かれている。多賀は例として『六度集経』所収の話（『大正蔵』第三冊、一頁a～c）と、『捜神記』巻十一所収の「三王墓（干将莫邪の話）」とを比較し、「三王墓」が、「賞金の懸けられている首」、「父の敵を討とうとする息子」というモチーフを『六度集経』から取り込みながら、息子の復讐は完遂され、敵味方の和解が全く見られないことに注目している。

多賀の指摘したことは、「党氏女」と「阿足師」のスタンスの違いにも当てはまるであろう。「党氏女」は、仏教の与えた輪廻という道具立てを使用しながらも仏教の提唱する「ゆるす」という思想については取り入れていない。「阿足師」は仏教説話をもとに作られたが、作者は「党氏女」と同じく、唐代中期に生きた世俗の知識人である。この二つの作品は、復讐者に肩入れし、復讐の完遂にカタルシスを得る物語と、復讐される者を主人公とし、前世から来た復讐者に苦しみ、救済される物語が、同時に享受されていたことを示している。小説の作者と読者にとって、復讐に対するスタンスの違いは、多様な物語を生み出す動力源の一つであった。しかし「党氏女」型の復讐譚には、多くの後継者があるのに対し、「阿足師」はその後、唐宋の小説の中に類似の作を見出せない。現実の世界では、転生してくる復讐者の害を防ぐために、仏教・道教の儀礼や『仏頂心経』の印刷が行われたが（本書第五章および補論参照）、物語の作者はこのモチーフに新たな発展の契機を見付け出せなかったのであろう。復讐者と復讐対象、そして救済者の三者で構成される物語が、再び文芸作品の中に姿を現すのは、元末明初に成立したと推定される戯曲「崔府君断冤家債主」を待たねばならない（この作品については第六章で論じる）。

復讐を正義の実現として肯定する復讐観に中国独自の輪廻の受容が結びつき、討債鬼故事が生まれた。森三樹三郎は、インド人にとっては恐るべきものであった輪廻という思想が、中国ではむしろ現世の徳行が来世で報われるという救いをもたらしたことを指摘している。[22] 同じく中国で流行した「畜類償債譚」[23]は、借金を踏み倒した人間が家畜に転生して償債するというもので、まだしも輪廻が（被害者のかわりに）復讐を遂げてくれる、というひかえめな発想であった。一方「党氏女」では復讐するのは被害者本人であり、輪廻は手段にすぎない。輪廻は、ここにいたって復讐者の愛用する便利な道具となったのである。

注

（1）「玄」が「幽」に置き換えられているのは、宋代の避諱による。
（2）程毅中点校『玄怪録　続玄怪録』（中華書局出版、一九八二年）一～一二頁。
（3）李剣国『唐五代志怪伝奇叙録（増訂本）』（中華書局、二〇一七年）中冊、九三六頁。
（4）孔融（一五三～二〇八）と衛玠（二八六～三一二）。二人とも少年時代から英明をもって知られていた。
（5）驪珠は驪龍（黒い龍）のあごの下にある宝玉。趙璧は和氏の壁の別称。戦国時代趙の宝。
（6）鍰と同じ。鍰は貨幣の単位。
（7）王府とは皇族の住まいをいう。唐代に「通王」を称した記録のある皇族には徳宗（七四二～八〇五）の子李諶と宣宗（八一〇～八五九）の子李滋がある。しかし李滋は『旧唐書』では夔王、『新唐書』では通王となっており、記録が混乱しているとみられる。確実に通王であるのは李諶である。
（8）官名。参軍に同じ。
（9）程毅中点校『玄怪録　続玄怪録』（中華書局出版、二〇〇六年）二五～二七頁による。
（10）陳明遠・汪宗虎『中国姓氏大全』（北京出版社、一九八七年）五四頁。
（11）石見清裕編著『ソグド人墓誌研究』（汲古書院、二〇一六年）「安伽墓誌」訳注語釈②七～八頁、「墓主の事跡(1)―同州薩保について―」一八～二一頁。および吉田愛「同州と西魏・北周の覇府」二五～三〇頁。
（12）陳寅恪『元白詩箋証稿』（上海古籍出版社、一九七八年）第二章「琵琶引」五八頁。なお陸鍵東『陳寅恪的最後二十年』（三聯書店、一九九五年）第十章「哭泣的一九五八年」には、陳寅恪が「元白詩証史」という授業を開講し、「琵琶行」を取り上げて茶が唐の財政で果たした役割や茶商を取り巻く社会環境について詳しく講じたことが見える。しかし講義の内容は書物にまとめられることはなかった（二四七頁）。
（13）『中村学園研究紀要』四、一九七一年、九～一七頁。
（14）「蘇娥」については本書第一章第三節第1項を参照のこと。この話はもともと伝曹丕『列異伝』にあり、形をととのえられて『捜神記』に収められたとみられる。
（15）李剣国前掲書中冊、九三六頁。

(16) 志村五郎『中国古典文学私選　凡人と非凡人の物語』(明徳出版社、二〇〇八年)の「「夷堅志」抜き書き」より一七一〜一七六頁。「党氏女」、「盧叔倫女」、「周翁父子」についてもあらすじがある。

(17) 『夷堅志』乙志序「人は私のことを奇を好み異を尊ぶと思い、面白い話を聴くたびに千里を越えて話を送って寄越し、こうして五年もするとまた前編と同じだけの巻数帙数となったので、「乙志」とこれを名付けた(人以予好奇尚異也、毎得一説、或千里寄声、於是五年間又得巻帙多寡与前編等、乃以乙志名之)。」

(18) 将仕は唐代の官名。将仕郎のこと。宋以降は無官の富豪を呼ぶ際に使われた。

(19) 慶元元年には寧宗が即位しており、その恩赦である。

(20) 例えば、唐・白行簡「三夢記」は、唐代の後継作、唐・薛漁思『河東記』「独孤遐叔」(『太平広記』巻二八一)や唐・李玫『纂異記』「張生」(『太平広記』巻二八二)において、すでに描写が詳細になり、登場人物も増しているが、さらに下って『聊斎志異』「鳳陽士人」になると、物語の構成自体がより複雑なものになっている(「三夢記」の後世への影響については李剣国前掲書、上冊、四九八〜九頁)。

(21) 多賀浪砂『干宝『捜神記』の研究』(近代文芸社、一九九四年)一三頁〜一八頁。

(22) 森三樹三郎『中国思想史』下(第三文明社、一九七八年)二八四〜二八七頁。

(23) 畜類償債譚については次章を参照のこと。

第四章　金額一致表現から見た畜類償債譚

一　はじめに

畜類償債譚は、中国で古くから語り継がれてきた民間故事である。その内容は、借りた金を返さないで死んだ者が、金を貸した者の家の家畜に転生して償う、というものである。それだけではなく七十回本『水滸伝』の第二十回で、薬売りの王公に、宋江が棺材を買ってやると言うと、王公が「この老いぼれは現世では恩返しできませんが、来世では驢馬にも馬にも転生して、押司様に報いましょう（老子今世不能報答、後世做驢做馬報答押司）」と言い、清・呉敬梓『儒林外史』第三回で一度は科挙の受験を諦めた周進に、義兄金有余らが監生の資格を買ってやる話を持ちかけると、周進が「もしそうでありましたら、あなた様は大恩人です。私周進は驢馬にでも馬にでも転生して報いなければなりません（若得如此、便是重生父母、我周進変驢変馬也要報効）」と叩頭する。さらにごく近い例でいうと、二〇一〇年公開の馮小剛監督の映画『唐山大地震』（日本公開二〇一五年、邦題同じ）では、地震で夫を亡くしたばかりの妻は「この通りお願いします！　私は生まれ変わったら牛にでも馬にでもなって恩返しします！（我求求你們！　我下個輩子給你当牛做馬！）」と、がれきに埋まった子供たちの救助を求める。このように驢馬や馬に転生して恩返しをする、という言葉は人に感謝を伝える際の常套句となるほど、人口に膾炙している。

畜類償債譚は、討債鬼故事と同じく、借金と転生を重要な要素としている。そして人間として作った借金の額と家畜となって返済する金額の一致という要素を持つことを特徴としている。それではこの「金額の一致」という要素は、どのように形成されていったのだろうか。この疑問を解くために本章では畜類償債譚の中国への伝来とその後の変化を追い、金額の一致表現が何時どのようにして生じたか、どのような意味を持つのかを考察する。

二　先行研究について

畜類償債譚に関する先行研究には、民話分類と中国文学研究の二方向からのアプローチがある。まず民話分類について紹介すると、ドイツの中国学者エーバーハルトは、畜類償債譚と討債鬼故事を合わせて「冥界と再生」の部のタイプ一四六「借金の償い」に分類している。[1] その後AT分類による分類を行った丁乃通は、AT七六一A「前世の罪悪によって畜生に転生する（前世有罪孽投胎為畜生）」[2] に、金栄華はAT七六一「悪地主が馬となって罪を償う（悪地主変馬消罪孽）」[3] に畜類償債譚を分類しているが、いずれの場合も「神罰の話」に分類するため、被害者が自ら復讐する討債鬼故事は入っていない。

この種の話を「畜類償債譚」と命名し、考察したのは、澤田瑞穂が最初である。澤田には、畜類償債譚について二つの論考がある。一つは「釈教劇叙録」中の龐居士劇の節である。[4] この論文では、劉君錫作の元曲「来生債」に描かれる、借金を返せずに死んだ者が驢馬・馬・牛に生まれ変わるという挿話が、仏教を介してインドから伝来したことを述べ、仏典における例を紹介し、インドの説話が専ら牛への転生のみを描くのに対して、中国では驢馬をはじめとする多彩な家畜へと対象が広がっていくことを指摘している。もう一つは中国の作例を詳しく紹介した「畜類償債譚」[5]である。「畜類償債譚」という命名は、こちらの論文でなされており、六朝期から清代にいたる作例を、転生する動物別・時代別に分類して、実に一〇〇話以上挙げている。澤田は、動物たちが自分の前世を伝える方法が、人語を語って直接誰かに伝えることから、夢や体の模様で表すことに変化すると指摘するとともに、借金を踏み倒される側に寺院が多いことに注目し、寺院の財産を守るための教戒譚として発達し、さらに寺院の金融を利用する在家、そして世間一般に拡散したとした。

また岡田充博は『唐代小説「板橋三娘子」考—西と東の変驢変馬譚のなかで—』第三章「中国の変身譚のなかで」[6]において、仏教伝来以前に中国にはすでに動物変身譚の伝統があったことを指摘し、人から驢馬への変身譚へと議論を収斂させている。畜類償債譚が仏教とともに中国にもたらされたという澤田の説を肯定しつつ、中国の作品は仏典に比べて現実的であり、現世肯定の傾向が強いことを指摘している。

先行研究において、畜類償債譚は、動物変身譚の一つとして、動物の種類や人間とのコミュニケーションの取り方を中心に論じられてきたが、本章では、討債鬼故事との比較をするためにも、登場人物たちの借金に対するスタンスに注目して考察する。

三　仏典から中国の志怪小説へ——借りた金は返さねばならない、という倫理の強調

1　仏典の畜類償債譚

原始仏教の説話を最もよく伝えているのは、パーリ語のジャータカである。中村元による日本語訳の全集[7]には

しかし、畜類償債譚といえるような話は見当たらない。よって本章では漢訳の経典が主な考察の対象となる。仏典の畜類償債譚は、澤田瑞穂「釈教劇叙録」が四つの例を挙げている。後漢・支婁迦讖訳『雑譬喩経』第十一話、姚秦・竺念仏訳『出曜経』巻三の話、西晋・竺法護訳『生経』巻四第三十九話、梁・釈宝唱撰『経律異相』第四十七引くところの『譬喩経』の話である。この他、岡田が訶梨跋摩撰・鳩摩羅什訳『成実論』の「六業品」、つまり六業の一つに「畜生報業」があり、人が借金をして償わない場合に畜生に転生するという記述があることを指摘している。さらに筆者はもう一つ、『経律異相』に「梵志諂施比丘説一偈能消六」という、畜類償債譚に題材をとった作品があることを指摘したい。畜類転生の道理を述べた『成実論』を除き、五つの畜類償債譚が残るが、そのうち、一番古い時期に訳されたものは、後漢・支婁迦讖訳『雑譬喩経』第十一話である。[8] あらすじを示す（仏典については紙幅の関係により原則として原文を省略し、あらすじのみを示す）。

昔、裕福な兄弟がいた。兄は家業を顧みず仏道に心を寄せ、弟が家業を継ぎ、財産の管理に専念した。弟は兄を批判し、兄は出家した。弟は「己の家や土地に執着し（所居舎宅田地汲汲所楽）」、「行いが悪く吝嗇で嫉妬深く、仏法を軽んじ僧たちを軽蔑した（本行不善慳貪嫉妬。不信仏法軽慢聖衆）」報いで牛に転生した。兄は老牛となった弟に再会し、飼い主から引き取って寺に納めると牛は忉利天に転生した。（以下「『雑譬喩経』話」と略す）

この説話では、弟の債務不履行や盗みについての記述はなく、不信心と財産に対する執着が牛への転生という結果を導く。これに対して、姚秦・竺仏念訳『出曜経』巻三は、[9] あらすじはほとんど同じであるが、弟が牛に転生した理由は、牛の持ち主に対して塩の対価一銭を払わないでいたため（我弟昔日負君一銭塩価）であるとする（以下「『出曜経』話」と略す）。しかし、弟の生前の生活の描写ではこの塩の対価のことは触れられておらず、兄による説明は唐突の感が否めない。この二種の経典の関係は不明であるが、二話を比較すると、『雑譬喩経』話が本来の形であり、後になって塩の代金の未払いが付加されたのではないかと考えられる。なお中国でも、財産に執着したために畜類に転生する話はあるが、常に悪徳高利貸や、酒を薄めて売るなどの悪行を伴っており、世俗への執着そのものが悪因縁になることはない。[10]

なお、（債務不履行ではなく）財産への執着から畜類に転生する話には、他に西晋・法炬法立訳の『法句譬喩経』「喩愛欲品」[11]がある。吝嗇なバラモンの長者が妻子とともに炙った鶏肉を食べている時に、沙門に化身した仏が現れ、食べ物を施すように言ったことにバラモンが怒ると、仏は食われている鶏は長者の前世の父で、吝嗇の報いで畜類に転生したこと、妻は前世の母であったこと、子供は前世で長者を食った羅刹であったことを示した、という話である。他のインドの話では、澤田が指摘した通り皆牛に転生するのに対して、この話では鶏に転生する点が興味深い。

西晋・竺法護訳『生経』巻四「仏説負為牛者経第三十九」[12]は、また別のパターンの話である。そのあらすじを示す。

ある日、釈迦が弟子とともに祇園精舎にいたところ、殺されそうになった牛が、手綱を切って釈迦のもとに走り寄り、跪いて命乞いをした。釈迦はこのことの因縁を解き明かした。

遠い昔、転輪王という名君が天下を治めていた。ある日、外出し、五十両の借金のために木に縛りつけられている古い知人に会った。転輪王は借金取りに、自分が代わりに一〇〇両の金を出すと申し出たが、借金取り自身もまた別に一〇〇両の借金を負っていると言うので、彼の借金も一緒に出すことを約束して釈放させた。借金取りは後で宮殿に金を取りに行ったが、金を受け取ることはできず、債務者も逃げてしまった。その時の転輪王は今の釈迦に、債務者は牛に転生したのである。返しそこねた負債が数千両金に膨れあがったため、釈迦に助けを求めたのである。

釈迦は托鉢して牛の持ち主に牛を買った対価を支払うことを申し出たが、持ち主は中々同意しなかった。ついには帝釈天と梵天が万両の金宝を積み上げて購った。牛は七日して死に、最後には天上に生まれた。

（以下「『生経』話」と略す）

この話は、借金を作った者が牛に転生しているという点では確かに畜類償債譚なのであるが、釈迦の前身たる転輪王は借金の取り立てをむしろ妨害している。なお十世紀頃にインドで成立した仏教説話集『ディヴィヤ・アヴァダーナ』の第十一章「ブッダに救いを求めた牛の過去と未来」[13]は、儀式のために殺されそうになった牛が脱走して仏陀の足下にひれ伏して救いを求め、来世に独覚として悟るであろうことを予言される話であり、『生経』話の類話であると考えられるが、この牛が背負っていた因縁は、遠い前世において六十人の高僧を殺すように五〇〇人の悪党を唆し、以来九十一劫の間地獄か畜生界に転生して常に刃物で殺され続け、今世も牛に転生したというもので、借金に関する言及は全くない。要するにこの説話の核心は牛が釈迦のもとに突進するという事件であって、畜類償債は、その理由説明の一つにすぎないのである。以上のことから、仏典の畜類償債譚において、「借金は必ず返すべし」という教戒は重要なものではなかったと考えられる。

なお、小林信彦は、『生経』話の借金に関する部分は中国で付け加わった可能性が大変強いことを指摘している[14]。つまり借金の話は話の本筋から見て、取り外したり取り替えたりがきく部分であった、ということを意味している。

最後に、『経律異相』にある二話を紹介する。まず巻四十七雑獣畜生部「迦羅越牛自説前身負一千銭三反作牛不了四[15]」のあらすじを示す。

昔、財産家の金貸しがいた。二人の人が銭一万を借り、期間が来たので返した。後日二人は「今度は二人で各々十万ずつ借りて、返さないでおこう」と語り合った。すると籬（まがき）の裏に繋がれていた牛が二人にこう語った。「私は前世で銭一千を借りて返さなかったため、三度牛に生まれ変わりましたが、まだ返せません。ましてあなた方が十万も盗めば、罪が尽きる時は来ませんよ。」二人は驚き怪しみ、夜が明けてから出て来た主人に、牛の言葉を伝えた。主人はその牛を解放し、この牛がもう畜類に生まれないように祈り、残金があれば、それは布施とするといった。牛はその後人間に転生した。（以下「『経律異相』①」と略す）

もう一つの作品は、巻四十梵志部「梵志諂施比丘説一偈能消六[16]」である。

昔、あるバラモン（梵志）がいた。財産家で学問もあったが、正道を信じず、沙門と論争しては負けていた。精進しない沙門が信者の布施をうけると、死後布施をした者の牛馬に転生すると聞き、牛馬を得るために、寺に行って五〇〇人の沙門に食事を与えた。しかし上座（指導者）はその意図を知って皆に真面目に修行させた。そしてバラモンに「これであなたに償債したことになる。牛馬は得られないであろう」と告げた。梵志は恥じて改心した。（以下「『経律異相』②」と略す）

これら二つの話では、「負債があると来世で貸し主の牛に転生する」という前提が強く共有されており、負債の有無よりは仏道への関心を重視した『雑譬喩』話や、釈迦と牛の因縁を説明するために畜類償債を用いた『生経』話とはかなり違った傾向の作品となっている。

『経律異相』は、梁武帝の勅命を受けて中国で編集された仏教類書である。これらの二話は、いずれも出典が確認できないが、やはり仏典中の話であろう。しかしその中から「借金返済としての畜類への転生」のみが選択されており、その結果、先に挙げた漢訳仏典の説話とは毛色の違う作品が集まったと考えられる。この借金返済というテーマの重視は、後述する中国の畜類償債譚の特徴であり、たとえ話そのものはインドや西域で作られたとしても、中国人の読者が求める作品が集められたもの、と言える。

『経律異相』所収の作品には、他にも特筆すべき点がある。インドでは、自他の前世を知ることは「宿命通」と呼ばれる特殊な能力とされており[17]、本生譚においても人々の前世の説明は、ほとんど必ずその能力を持つ釈迦やそれに準じる高僧によってなされている。『雑譬喩経』話・『出曜経』話では弟の僧が、『生経』話では釈迦が因縁を解き明かす[18]。しかし『経律異相』①では「宿命通」を持つ聖者は登場せず、牛が直接自分の前世を語っている。そして、救われた牛は天に生まれるのではなく、人間の世界に戻って来る。岡田充博が中国の畜類償債譚の特徴とした人間社会の肯定が、この選択にすでに現れている。

最後に、これら仏典説話の金額表現について検討する。五話のうち、『出曜経』話、『生経』話、『経律異相』

①に借りた金額の記述があるが、いずれの話でも転生した動物は借りた金額よりも遥かに大きい金額の分まで働かされ、借金額と返済額が一致するといった表現は見られない。特に『生経』話では、初めの負債額、転輪王が支払うと申し出て支払わなかった金額、その結果債権者が負った負債の額、牛を解放するため支払われた金額が、どんどん膨れあがっていく。罪を無限に膨らませて行く輪廻への恐怖が、膨れ上がる金額に反映しているかのようである。

2　六朝期の畜類償債譚

前述の仏典は後漢から南北朝期にかけて、すでに中国で流布しており、そこに含まれる畜類償債譚もまたそれなりに読まれていたと思われるが、中国文学において畜類償債譚が爆発的に増え始めるのは、現存する作品から推察するに唐代以降のことである。六朝期の畜類償債譚は、現在二つを挙げることができる。一つは『太平広記』巻一〇九および巻三七七所収の「趙泰」であり、もう一つは『太平御覧』巻九百に引く劉義慶撰『宣験記』の、天竺僧の話である。「趙泰」は岡田『唐代小説「板橋三娘子」考』で、『宣験記』の話は澤田「畜類償債譚」ですでに紹介されている。

「趙泰」は、『太平広記』巻一〇九では劉義慶撰『幽明録』を出典とし、巻三七七では王琰撰『冥祥記』を出典としている。この話では主人公趙泰が冥界めぐりをした際に、借金を返さなかったために動物に生まれ変わる者たちの姿を目撃する。『太平広記』巻一〇九（出『幽明録』）によると、その様子は以下の通りである（訳および原文）。

> ……（趙泰が北門を入ると、数千数百の土の家の中心に、大きな煉瓦造りの建物が見えた。）下には五百余人の役人がいて、人名を記録し、善悪の行状の記録を作成し、彼らがどんな動物に身を変えるかを言い渡す。……盗んだ者は豚や羊になり、身を肉にされて人に償う。……借金のある者は驢馬、馬、牛、魚や鼈（すっぽん）となるのだが、大きな家の下には北向きの地下室があり、南にも出入り口があって、北の口から呼ばれ、南の口から出て行く者は、皆鳥獣の姿に身を変えている。

> ……下有五百余吏、対録人名、作善悪事状、受是変身形之路、……偷盗者作猪羊身、屠肉償人。……抵債者為驢馬牛魚鼈之属、大屋下有地房北向、一戸南向、呼従北戸、又出南戸者、皆変身形作鳥獣。

澤田が指摘するように、仏典では負債を持つ者が転生する動物はほぼ牛に限られたが、「趙泰」では動物の種類が一気に増えている。これには動物と人の関わり方の中印における違いが反映していると思われる。また『冥祥記』は『幽明録』と異なり、魚と鼈が脱落しているが、魚や鼈は、当時野生のものを捕食していたことから除かれたのであろう。人が鼈に変身する話は、『晋書』や『宋書』の五行志に見え、[19]当時はむしろ災異（天が警告のために下す異常な現象）として認識されていた。『幽明録』のリストに鼈があることは、輪廻による動物への転生が、当初災異の一つである動物への変身と重なるものとして理解された可能性を示唆している。

六朝期の畜類償債譚のもう一つの例は以下の通りである（全文引用）。

> 天竺に僧がいて、一頭の雌牛を飼い、一日に三升の牛乳を得ていた。ある人が自分にも牛乳を出してくれないか、と頼んだが、牛がこう言った。「私は前世では召使いでした。その時お坊さんの食事を盗み食いした

ので、現世で乳を出して償っているのです。量に限りがありますから、他の人に与えるわけにいきません。」天竺有僧、養一牸牛。日得三升乳、有一人乞乳、牛曰、我前身為奴、偷法食。今生以乳饋之。所給有限、不可分外得也。

『宣験記』の話は舞台が天竺であり、他の志怪小説のように中国の具体的な地名や人名は出て来ない。『宣験記』の中には三国呉・康僧会訳『旧雑譬喩経』所収の「鸚鵡救火」の鸚鵡を雉に改作した話のように、仏典から採られた話もあり、この話もまた未知の仏典から採られた可能性がある。なお『宣験記』は、『経律異相』①と同じく、牛が自ら前世の因果を語ること、偏に債務を返すための転生が強調されていることから、『経律異相』の作品群と近い性質を持つ作品であると考えられる。

これらの作品から推測できるのは、畜類償債譚は六朝期の中国社会にまだ定着しておらず、娯楽的な冥界めぐり譚の一部や、外国の話として物語られていたことである。また漢訳仏典の場合と比較すると、「人の物を盗んではいけない、借りた金は返さなければならない」という倫理を啓蒙するという目的性がはっきりとしている。しかし、「趙泰」では鳥獣への転生は役人たちによって淡々と処理されており、『宣験記』所収の話の天竺僧も、読者の前に姿を現さない。金を失った被害者の姿が、読者から見えない点は共通している。そこがこれから語る唐代以降の作例との大きな違いとなっている。

四　唐代における金額一致表現の登場

唐代に至ると、中国を舞台にした畜類償債譚が急速に増加する。これらの話では、前節で見られた変化、つまり財産への執着を戒めるよりは、盗みの罪悪を強調する方向性がさらに強められる。その結果どのような展開がみられたのかを概観するために、『太平広記』、『法苑珠林』および『釈門自鏡録』中の作例を検討する。『太平広記』においては、前に述べた「趙泰」を除き、畜類償債譚の作例は、借金の踏み倒し以外のトラブルによって畜類に転生するもの、または畜類に転生したものの借金を返済しない例を含めて巻一三四（報応三十三・宿業畜生）に十六例、巻四三四（畜獣一・牛）に五例、巻四三六（畜獣三・馬駱駝騾驢）に六例が集中して残されている他、巻四三九（畜獣六・羊豕）にも一例が存している。『法苑珠林』では、巻五十七「債負篇第六十五」と巻七十四「十悪篇第八十四之二偸盗部第五」に収められている。また、『太平広記』、『法苑珠林』に入っていない畜類償債譚が、唐代の仏教説話集・懐信撰の『釈門自鏡録』巻下（慳損僧物録十）に二例存している。(20)

これらの作品を本章では、貸した者と返す者の人間関係によって①類、②類、③類に分類し、表にまとめた。出典は、『太平広記』における出典を示すが、＊は李剣国『唐五代志怪伝奇叙録（増訂本）』(21)により書名を改めた。「金額」欄の記号「△」は、借金額返済額どちらか一方にのみ言及したもの、「◎」は、借金額返済額両方の金額に言及するものの、金額は一致しないもの、「●」は借りた金額ちょうどを返済する例であることを示す。また畜類償債譚は、唐代に大きな変化を起こしているため、詩史の時代区分である初・盛・中・晩唐の語を用い、各作品のおおよその年代を示した。作例の探索に当たっては、先行研究に負うところが大きい。澤田「畜類償債

	標　題	出　　典	『広記』巻次	金額	研究
①	竹永通	？『異録』		◎	S
	解奉先	盛唐・劉餗『国史纂異』			S
	童安玕	五代・王轂『報応録』		△	S
	劉自然	宋・何光遠『鑑誡録』＊	巻一三四	△	S
	劉鑰匙	五代・王仁裕『玉堂閒話』			S
	施汴	五代・徐鉉『稽神録』			
	公乗道	宋・孫光憲『北夢瑣言』			
	汴士瑜	初唐・唐臨『冥報記』		△	S
	路伯達	初唐・郎余令『冥報拾遺』＊		◎	S
	戴文	晩唐・皇甫氏『原化記』	巻四三四		S
	河内崔守	晩唐・張読『宣室志』			S
	王氏老姥	五代・徐鉉『稽神録』			S
	唐雍州人程華	『法苑珠林』巻五十七			
②	宜城民	初唐・釈道世『法苑珠林』			
	韋慶植	初唐・釈道世『法苑珠林』			S
	趙太	初唐・釈道世『法苑珠林』	巻一三四		S
	李信	初唐・郎余令『冥報拾遺』		△	
	王甲	初唐・釈道世『法苑珠林』	巻四三六	△	O
	耿伏生	初唐・郎余令『冥報拾遺』	巻四三九	△	
	唐潞州人李校尉	『法苑珠林』巻五十七		◎	
③	上公	五代・王仁裕『玉堂閒話』	巻一三四	●	S
	盧従事	中晩唐・薛漁思『河東記』		◎	S O
	韋有柔	中唐・戴孚『広異記』		●	S
	呉宗嗣	五代・徐鉉『稽神録』	巻四三六	●	S
	張高	中晩唐・李復言『続玄怪録』		●	S O
	東市人	晩唐・段成式『酉陽雑俎』		●	S O

譚」・岡田『唐代小説「板橋三娘子」考』に言及のあるものは「研究」欄にそれぞれ「S」「O」字で示す。

①類は、悪辣な債務者が債務を踏み倒し、その結果債権者の家畜に転生する。家畜には前世に誰であったかを示す身体的な特徴が現れる。債権者はその家畜を見世物にしたり、虐待したりする。債務者の家族が、家族への憐憫や恥の感情から家畜を買い取る（または買い取ろうとして拒否される）。

②類は、家族の成員（主に女性）が家の財産を無断で使ったために家畜に転生し、自分の家に戻る。まさに殺されそうになった時や虐待された時に、家族の夢に現れるなどの手段

で自分の前世の因縁を語り、許しを請う。

①と②は、いずれも初唐から現れるパターンであり、六朝期の作品とは違い、借金を踏み倒された側が読者の前に登場する。

①について、金額描写に注目すると、畜類に転生した者の家族が、家畜の持ち主から大金で自分の元家族を買い戻す、または買い戻そうとする場面がしばしば描かれるが、これは、謝罪の意を示して家畜の持ち主の感情を宥めるためであろう。借金と同額を返したのでは、債権者の怒りを買い、買い戻しに失敗する恐れがある。しかしにも関わらず、家畜の持ち主はしばしば買い取りを拒否し、さらし者にし、あるいは虐待して復讐を選ぶ。金額の一致は、この種の話では意味を為さないのである。①の代表として、巻一三四の「竹永通」を挙げる（あらすじおよび原文）。

隋并州盂県の竹永通は、かつてある寺家[22]から粟六十石を借りたまま返さず、催促を受けると返したと言い張り、また仏堂において「もし本当に返していないなら、その寺家の牛になろう」と誓った。彼が死ぬと、寺家では一頭の黄色い子牛が生まれた。足の模様が、育つにつれ「竹永通」という字に読めるようになった。これが噂となり、日に数千人もの人が見に来るようになった。竹の家族はそれを知ると、粟百石で子牛を買い取り、別に牛のための家を建て、生前のように仕えた。また牛のために仏像を作り写経をすると、牛はひと月余りで死んだ。

隋并州盂県竹永通、曽貸寺家粟六十石、年久不還。索之、云、還訖。遂于仏堂誓言云、若実未還、当与寺家作牛。此人死後、寺家生一黄犢、足有白文、後漸分明、乃是竹永通字。郷人漸知、観者日数千。此家已知、遂用粟百石、于寺贖牛、別立一屋、事之如生。仍為造像写経、月余遂死。出『異録』。

②は、債務者と債権者の人間関係の内実が①とは全く違っている。債権者が家長、債務者が娘や母親というように、家族内の出来事として描かれる。この程度のことは罪にならないだろう、または、ばれなければそれで良いだろう、と人々が思いがちな家庭内の軽微な盗みに対して、畜類への転生という罰を与えることによって戒めとしているのである。『太平広記』巻一三四「韋慶植」を例に挙げる（あらすじ・原文）。

唐の貞観年間、魏王府の長史韋慶植の娘が死に、二年後、韋が賓客と食事をするために、家の者が羊を買った。夜、慶植の妻が死んだ娘の夢を見た。娘は白い上着に青い裙を身につけ、髪には一対の玉釵を挿していた。母を見ると泣いて語った。「昔いつもお父様お母様の物を黙って使っていたので、羊に生まれ変わって償いをすることになりました。明日の朝には殺されます。白い頭の青い羊が私です。どうか命ばかりはお助け下さい。」母は驚いて目覚め、自ら羊を見に行った。果たして頭と足が白い、青い羊がいる。頭の横には玉釵のような白い筋があった。母親は泣いて羊を殺すのを止めさせ、夫が来るのを待って放してやろうとした。間もなく慶植が来て、食事を出すように催促した。料理人が「奥様が殺すなと仰せです」と言うと、慶植は怒って、すぐ殺すように命じ、結局羊は殺されてしまった。後で羊が自分の娘の生まれ変わりであると知った慶植は、悲しみの余り病気になり、起き上がることができなかった。

唐貞観中、魏王府長史韋慶植有女先亡、韋夫婦痛惜之。後二年、慶植将聚親賓客、備食、家人買得羊、未殺。

夜、慶植妻夢見亡女着青練裙白衫、頭髪上有一双玉釵、是平生所服者、来見母、涕泣言、昔常用物、不語父母、坐此業報、今受羊身、来償父母命。明旦当見殺、青羊白頭者是、特愿慈恩、垂乞性命。母驚寤、旦而自往観、果有青羊、項膊皆白、頭側有両條白、相当如玉釵形。母対之悲泣、止家人勿殺、待慶植至、放送之。俄而植至催食、厨人白言、夫人不許殺青羊。植怒、即令殺之。宰夫懸羊欲殺。賓客数人已至、乃見懸一女子、容貌端正、訴客曰、是韋長史女、乞救命。客等驚愕、止宰夫。宰夫懼植怒、但見羊鳴、遂殺之。既而客坐不食、植怪問之、客具以言。慶植悲痛発病、遂不起。京下士人多知此事。出『法苑珠林』。

韋慶植の娘は、父母の物を勝手に使うという、些細な罪によって羊に生まれ変わり、殺されるという罰を受けた。しかし娘は罪を悔いてはいるが、（殺され、食われなければ「償債」は成らないにも関わらず）殺さないでほしい、と懇願している。冒頭で取り上げた恩返しを誓う白話小説の登場人物たちとは違い、彼女に償う意志や自覚があるかは疑わしい。父母もまた、金銭の返済は全く望んでおらず、まして返済金額の一致という要素が、この種の話に入り込む余地はない。

なお、同じく②の作品である『太平広記』巻四三六の「王甲」では、米五斗を盗んだ母が息子の驢馬として五年働き、同書巻四三九の「耿伏生」では絹二疋を盗んだ母が息子に子豚二匹を産んで与えており、象徴的な意味で数字を合わせる、という意識がすでにあることが見て取れる。しかし五年の労働や二匹の子豚を与え終わった時におのずから関係が切れる、ということがないため、誰かの夢に現れるなどして「もう勘弁してほしい」と懇願しなければ解放して貰えない。①と同じく、なされるがままに罰を受ける、無力な罪人の姿が描かれている。

この二つの型はその後も永きにわたって作られ続けるが、少し遅れて、中唐期になると、また違った型の畜類償債譚が現れる。

③類は、債務者が債権者に、家畜に転生して返済することを申し出る。不思議なことに、何も知らない第三者がその家畜を返済すべき金額で買いとる。

③の中でも現存最古の作である「韋有柔」（『太平広記』巻四三六、出典は戴孚『広異記』）を見てみよう（あらすじ・原文）。

建安県令韋有柔の家で、彼の馬のくつわをとっていた召使いが、二十余歳で病死した。有柔の食客で呪術を良くする者が召使いの夢を見た。召使いは主人に銭四万五千の借りがあるので、冥官の命令により異なる毛色を併せ持つ馬に転生して返すと語った。翌年、有柔の馬が、一頭の白馬を産んだが、目の周りが黒いところは召使いの言葉通りだった。数歳になると、馬の価値は（夢で告げた額を遥かに超える）十万余銭となったので、有柔は、夢は当たらないものだと思った。まもなく、裴寛が採訪使[23]となって、有柔を補佐官とした。裴寛は白馬を見て売って欲しいと言い、値段を尋ねた。有柔は三万銭でよいと言い、裴寛も承諾した。有柔は、あの召使いはまだ一万五千銭返していないから、また来るだろうと言った。数日後、裴寛は有柔に「良い馬だったから、先日の値段では安すぎる」と言い、一万五千銭を有柔に支払ったので、確かに夢の通りの金額になった。

建安県令韋有柔、家奴執轡、年二十余、病死。有柔門客善持呪者、忽夢其奴云、我不幸而死、尚欠郎君四十五千。地下所由、令更作畜生以償債。我求作馬、兼為異色。今已定也。其明年、馬生一白駒而黒目、皆奴之態也。後数歳、馬可直百余千。有柔深嘆其言不験。頃之、裴寛為採訪使、以有柔為判官。裴寛見白馬、求市之。問其価直、有柔但求三十千、寛因受之。有柔曰、此奴尚欠十五千、当応更来。数日後、寛謂有柔曰、馬是好馬、前者付銭、深恨太賤。乃復以十五千還有柔。其事遂験。出『広異記』。

このように貸し借りの金額が一致する例は、『太平広記』巻四三六を中心に五例ほど見られるが、いずれも中唐より後の作品である。この種の話では債務者自らが夢などによって自分がなぜ家畜に生まれ変わったかを告げ、売れば負債とちょうど同額に売れるであろうと告げる。読者は主人公とともに、「そんなにうまくいくだろうか」という期待と不安を持って読み進めることになる。さて、夢の通りに家畜を売りに出すと、事情を知らない第三者が偶然その金額で買っていく。家畜の飼い主は、時に試すかのように夢とは違う金額を買い手に提示するが、買い手はなぜか夢のお告げの通りの金額で買ってしまう。つまり③の畜類償債譚においては、債権者に①や②のような激しい愛憎がないので、「金額の一致が成るか否か」への興味を描くことができるのである。「韋有柔」の場合も、召使いはおそらくは給金の前借りをしたまま病死したのであろうが、主人はとうに諦めていた様子であり、金を返すということはあくまでも召使いの問題なのである。次に、これよりもう少し後に成立した李復言『続玄怪録』を出典とする「張高」(『太平広記』巻四三六)を見てみよう(あらすじ・原文)。

長安に金持ちの商人で張高という者がいて、長らく一頭の驢馬を飼っていた。元和十二年(八一七年)秋八月に高が死んだ。それから十三日目に、張高の妻は息子の和に、驢馬に乗って近郊に行き、僧に食事を施す手配をするよう命じた。しかし驢馬は里の門を出たところで、進まなくなった。鞭打つと、驢馬が突然口をきいて、なぜ打つんだと訊いた。和は驚き、お前は二万銭でうちに買われたのだから、当たり前だと答えた。驢馬は、自分は前世で張高から力を借りていたから驢馬となって力を返していたが、お前には借りていないから、お前は乗るべきではない。しかし昨夜父の張高が計算したところ、お前は餌を余計にくれたから、お前から銭一緡(さし)半[24]借りていることになる。だから自分を売れ。麩を売っている王というあごひげの男が、自分から二緡借りているから、売り値の一緡半はお前が取り、残り半緡は自分のえさ代として取り返し、驢馬としての生涯を終えるのだ、と提案した。息子が母親にそれを告げると、母は借金を帳消しにするから、たんと餌を食べて長生きすれば良いと言ったが、驢馬はその申し出を拒否した。驢馬は売りに出され、結局西市の麩商人の、あごひげの男に一緡半で売られた。他の者とは商談が成立しなかった。あごひげの男は、名を問うてみると果たして王という姓であった。その後数日の間雨が降り続き、驢馬は一度も乗られることなく死んでしまった。

長安張高者、転貨於市、資累巨万。有一驢、育之久矣。唐元和十二年秋八月、高死。死十三日、妻命其子張和乗往近郊、営飯僧之具。出里門、驢不復行。撃之即臥。乗而鞭之、驢忽顧和曰、汝何撃我。和曰、我家用銭二万以致汝、汝不行、安得不撃也。然甚驚。驢又曰、銭二万不説、父騎我二十余年、吾今告汝人道獣道之倚伏、若車輪然、未始有定。吾前生負汝父力、故為驢酬之。無何、汝飼吾豊。昨夜汝父就吾算、侵汝銭一緡半矣。汝父常騎我、我固不辞。吾不負汝、汝不当騎我。汝若強騎我。我亦騎汝。汝我交騎、何劫能止。以吾之肌膚、不啻直二万銭也。只負汝一緡半、出門貨之、人酬亦爾。然而無的取者。以他人不負吾銭也。麩行王胡子負吾二緡、吾不負其力。取其緡半還汝、半緡充口食、以終驢限耳。和牽帰、以告其母。母泣曰。郎騎汝年深、固甚労苦。緡半銭何足惜、将捨債豊秣而長生乎。驢擺頭。又曰。売而取銭乎。乃點頭。遂令貨之、人酬不過緡半、且無敢取者。牽入西市麩行、逢一人、長而胡者。乃与緡半易之、問其姓、曰王。自是連雨、数日乃晴。和覘之、驢已死矣。王竟不得騎。又不負之験也。和東隣有金吾郎将張達、其妻、李之出也。余嘗造焉、云見驢言之夕、遂聞其事。且以戒貪昧者、故備書之。出『続玄怪録』。

この作品において、複雑な貸借関係を思い通りに仕切っているのは、人間ではなく驢馬であり、「韋有柔」で召使いに転生を命じた冥官も、ここには現れない。債権者である息子とは、人語で自在に語り合っていた驢馬は、面白いことにその母の前では一語も発しない。ただ首を振るだけであるが、それでも断固たる意志を示すのである。彼は、①②の主人公たちのように罰を受けて転生する受け身の存在ではなく、自らの意志で着実に債務を整理し、それが終わると飄然と去って行く。

この作品が筆者にとってもう一つ興味深い点は、「党氏女」という作品との関わりである。前章で取り上げた「党氏女」のあらすじを貸借関係に注目して整理すると、茶商人の王蘭が、滞在していた家の主人である蘭如賓に殺され、金を奪われる。王蘭は如賓の息子玉童に転生し、放蕩と病気によって自分が奪われた財産のあらかたを使い果たし、成人前に死んでしまう。玉童はさらに隣村の党氏の娘に転生し、通りがかりの僧に自分が玉童の生まれ変わりであることを告げ、如賓を自分のもとにおびき寄せる。如賓が彼女に対面するために用意した蜀錦二十疋を差し出すと、そこで王蘭が奪われた額を満額取り戻したことになったので、彼女は面会を許すことなく、夫妻に王蘭殺しの罪を告げて追い返す。娘はさらに、王蘭に茶の代金を払っていなかった趙子良という者の息子と婚約し、結納金を受け取っておいて結婚せず、蘭と趙から回収した財貨で現在の父母に対して撫育の恩を返して去る。

畜類償債譚であれ討債鬼故事であれ、作中の貸借関係は一対一であるのが普通であるが、「張高」の場合は驢馬と張高、張高の息子、王というあごひげの男の四者、「党氏女」の場合は王蘭＝玉童＝党氏の娘と藺如賓、趙子良、党氏の娘の現在の父母の四者が関係する複雑な貸借関係が張り巡らされている。また、ある者から取り立てたものを右から左へ別の者への借金の返済に充てる筋立ても共通している。「党氏女」は現存する二種の『玄怪録』単刻本に収録されているので牛僧孺作とされているが、『夷堅志』志補巻六にある、「王蘭玉童」では、この作品の出典を『続玄怪録』としており、程毅中の『玄怪録・続玄怪録』の解説でも「党氏女」の作中年代「太和六年（八三二年）」が牛僧孺晩年の、淮南節度副大使に任じられた時に当たることから「党氏女」は『続玄怪録』に属する可能性があると指摘している。[25]少なくとも「張高」と「党氏女」は、入り組んだ貸借関係を描き、しかもそのすべてをきちんと清算するという点で、きわめて近縁の作品ということができる。「韋有柔」に見られた金額一致の表現は、晩唐までには畜類償債譚の域を超えて討債鬼故事とも結びついていたのである。

五　貸し手の希薄化——誰もが当事者に

最後に、金額一致表現がもたらした畜類償債譚の変化が、宋代以降にいかに受け継がれたかを考察したい。金額一致表現に伴って表れた債務者の能動性は、まさに冒頭で挙げたような恩返しを誓う常套句へと繋がっていくのであるが、それに対して、債権者側の物語への関与は、さらに希薄なものとなる。南宋・洪邁『夷堅志』にも多くの畜類償債譚が収められているが、その中には『太平広記』の作例中には例がなかった「貸した側に全く覚えがない」というパターンが現れる。[26]甲志巻十四「許客還債」の例を見てみよう（あらすじ・原文）。

楽平の士人許元恵卿の父は、黒衣の客が来て銭三百を返すと告げる夢を見たが、全く身に覚えがなかった。夢を見た翌日、飼っている鴨の群れの中に、黒い鴨が一羽紛れ込んでいた。召使は他所の鴨だと思って追い出したが、この鴨は許の家に戻ってきて、毎日卵を一つずつ産み続け、三十個ほど産むと来なくなった。最後まで誰が返しに来たのか解らなかった。卵の価はちょうど三〇〇銭であった。

許元恵卿、楽平士人也。其父夢有烏衣客来語曰、我昨貸君銭三百、今以奉還。未及問為何人及何時所負而覚。明日思之、殊不能暁。平常蓄十余鴨、是日帰、於数外見一黒色者。小童以為他人家物、約出之。鴨盤旋惣于傍、堕一卵乃去。自是歴一月、毎日皆然。凡誕三十卵、遂不至。竟不知為誰氏者、計其直、恰三百銭。

許の父は誰かに銭を貸していて、その相手が鴨に生まれ変わり、償債しているのであるが、それが誰なのか、最後まで思い出せない。討債鬼故事にも身に覚えのない前世の罪を問われる話が存在するが、許の父が金を貸したのも、前世の出来事であったのかもしれない。この場合、債権者は「韋有柔」や「張高」以上に傍観者的な態度をとり、サスペンス的な面白さは消えてしまうが、そのかわり現世では人に金を貸したことがないような人でも、「前世で金を貸した誰かが返しに来てくれる棚ぼたが、自分にもあるかもしれない」と思えるようになってきたと言える。清代になると、さらにこのような「誰もが債権者」という心理を利用した奇妙な詐欺行為を描いた作品が現れる。呉敬梓作『儒林外史』第二十四回において、この回の主要人物である牛浦郎が起訴された際に、一緒に裁かれた二つの事件のうちの一つ「為活殺父命事」である。ある僧が頭にあらかじめ塩を塗っておいて、これはと思う肥えた牛に舐めさせ、塩分に反応した牛が涙を流すと、牛の飼主に「これは私の父の生まれ変わりなので、私を思い出し、頭を舐めて涙を流すのだ」と申し出て牛をだまし取るという手口である。僧はこのようにして得た牛を処分しては、別の牛を父と称して引き取ることを繰り返していた。つまり牛の持ち主たちは皆この僧の説明を受け入れていたのである。僧は結局「父の生まれ変わりを売って儲けた極悪人」として罰せられた。

このような発想の背景に「畜類償債譚」の広まりと、誰もが債権者となり得るという理解があるのである。

六　まとめ

畜類償債譚は討債鬼故事と同じく借金と転生をテーマとする話型であり、おそらくは討債鬼故事に「貸借金額の一致」という要素をもたらしたと思われる。

畜類償債譚は、討債鬼故事とは違い、『大蔵経』所収の経典に出典を数多く見出すことができる。財産への執着から畜類に転生する仏教説話は、仏教の伝来からまもなく中国社会に流入していったと推定される。

六朝期中国の畜類償債譚は、「前世の報いから動物に転生する」という型を用いて、教戒を目的として知識人主導で導入されたと思われる。しかし唐代前期に流行した畜類償債譚は、勧善懲悪というよりも、財産を奪われたものの怨みを晴らすことや、または罪を犯して畜類となった者が、家族を悲しみの底につき落とすといった、恩讐の葛藤を描くことが全面に出ている。

金銭が絡む説話であるため、前世の負債額や転生後に家畜として返済する金額は、大蔵経典の段階からしばしば言及されていたが、負債額と返済額はなかなか一致しなかった。むしろ中印を通じて、元々作った負債よりもずっと大きな額を返さなければならない、と読者を脅かす傾向があったといえる。

貸借金額の一致は、「党氏女」よりも一足早い作品（戴孚『広異記』「韋有柔」）で現れ、「党氏女」の作者でもある可能性がある李復言によって複雑精緻なものとして完成する（李復言『続玄怪録』「張高」）。しかし畜類償債譚における金額の一致は、復讐感情が消え、運命の実現を見届ける好奇心に取って代わられることによって出現したのに対し、討債鬼故事における金額の一致は、討債鬼が親に対して「私はお前の悪事を知っている」と宣言することに等しく、読み手には冷たく、不気味な印象を与えるものである。

宋代には貸し手にとって身に覚えのない借金を返しに来る例が現れ、恩讐や心の葛藤はさらに薄まる。畜類償債譚の成立と変容は、討債鬼故事よりも常に一歩先を進んでいる。畜類償債譚において起こった「脱怨恨」は、討債鬼故事にも少し遅れて現れる。その模様は本書第七章で詳しく追っていきたい。

注

（1）馬場英子・瀬田充子・千野明日香編訳『中国昔話集二』（平凡社、東洋文庫七六二、二〇〇七年）一一四〜一一五頁および三二〇〜三二一頁。
（2）丁乃通『中国民間故事類型索引』（華中師範大学出版社、二〇〇八年）一六三頁。
（3）金栄華『民間故事類型索引・上冊』（中国口伝文学学会、二〇〇七年）二八三頁。
（4）澤田瑞穂『仏教と中国文学』（国書刊行会、一九七五年）一一五〜一二四頁。
（5）澤田前掲書、二二九〜二五八頁。
（6）知泉書館、二〇一二年、一八九〜三八二頁。
（7）中村元監修・補註『ジャータカ全集』全十巻（春秋社、一九八二〜九一年）。
（8）『大正蔵』第四冊、五〇一頁b〜c。
（9）『大正蔵』第四冊、六二五頁a〜b。
（10）前者の例は『太平広記』巻一三四「劉鑰匙」、後者の例は『同』巻一三四「謝氏」。
（11）『大正蔵』第四冊、六〇一頁c〜六〇二頁b。

(12)『大正蔵』第三冊、九八頁a～c。
(13) 平岡聡『ブッダが謎解く三世の物語　『ディヴィヤ・アヴァダーナ』全訳』上・下（大蔵出版、二〇〇七年）二五七～二六四頁。
(14) 小林信彦「死を越えて追いかける借金取り―日本の説話に使われた中国のモチーフ―」『桃山学院大学人間科学』二十三、二〇〇二年、四二～四五頁。
(15)『大正蔵』第五十三冊、二四八頁b。
(16)『大正蔵』第五十三冊、二二二頁c。
(17)『出曜経』巻三十（『大正蔵』第四冊、七七三頁b）「ただ如来のように悟った者にのみこの『宿命通』がある（唯有如来等正覚得此宿命通）。」
(18)『生経』話では牛が口をきいて命乞いをするものの、それは釈迦の居合わせた場であった。この状況はジャータカの「アッサカ王前生物語」に類する。この話ではカブト虫に転生した王妃が、釈迦の前世である苦行者に促されて自ら前世を語る。中村元前掲書、巻三、四五～四八頁。
(19)『晋書』巻二十九「五行志下・人痾」、『宋書』巻三十四「五行志五・人痾」。
(20)『釈門自鏡録』の例はいずれも僧が寺の財産を盗んで畜類に転生する例である。
(21) 李剣国『唐五代志怪伝奇叙録（増訂本）』中華書局、二〇一七年。
(22) 寺家は、寺に従属する家をいう（『大漢和辞典』巻四）。
(23) 裴寛は、同姓同名の人物の伝が『新唐書』巻一三〇にあるが、彼がこの地で採訪使となった記録はない。「採訪使」は「採訪処置使」の略。官吏の監察をつかさどる。節度使と兼任が多い。
(24) 一緡は銭千枚を糸でくくったもの。
(25) 程毅中点校『玄怪録　続玄怪録』（中華書局出版、二〇〇六年）七～八頁。他にも「崔環」「呉全素」など元和から大和年間の年紀がある作品の中には『続玄怪録』に入るべきものがある可能性がある、としている。
(26) 甲志巻七「張仏児」、同巻十四「許客還債」、丙志巻十一「牛媼夢」、三志己巻三「倪彦忠馬」、志補巻四「楊一公犬」。

第二部　討債鬼故事の変容

第五章　寃家債主との葛藤

――王梵志詩「怨家煞人賊」の解釈について――

一　はじめに

王梵志は謎に包まれた詩人である。そもそも実在したのか否か、実在したのであれば、何時ごろ活躍したのかも定説がない。この詩人の作とされる詩を集めた『王梵志詩』という書巻の中に「怨家煞人賊」という詩がある。その原文は以下の通りである（訓読は筆者による）。

怨家煞人賊	怨家　煞人の賊
即是短命子	即ち是れ短命の子
生児擬替翁	児を生むは翁に替はるに擬するに
長大抛我死	長大して我を抛ちて死す
債主蹔過来	債主蹔く過り来たりて
徴我夫妻涙	我が夫妻の涙を徴す
父母眼乾枯	父母　眼の乾き枯るるは

良由我憶你　良(まこと)に我你(なんぢ)を憶ふに由る
好去更莫来　好し去れ　更に来たる莫かれ
門前有煞鬼　門前に煞鬼有り

これを現代日本語に訳すと、おおよそ以下のようになる。

早死にの子供というものは、まさに仇であり人殺しだ。(1)
男児をなすとは父〈である私〉の代をひき継ぐことと思っていたのに、
ようやく大きくなったら私を捨てて死んでしまうとは。
借金取りはしばしの間立ち寄って、私たち夫婦の涙を取り立てる。(2)
父母が涙を流しつくし、その眼は枯れ果てるのは、
全く私がお前のことばかり思っているからである。
さようならもう二度と来るなよ　門前には〈煞鬼〉がいるのだ。

この詩は、子供の早世を嘆くものである。子供とは両親から涙という形で負債を取り立て、冷酷にも親子の縁を断ち切って去って行く借金取りであるという発想に、討債鬼故事と通じるものがあることは、緒論でも述べた通り、項楚によってすでに指摘されている。
なお、金品ではなく涙を取り立てるという表現は、小説では『逸史』逸文の「盧叔倫女」（『太平広記』巻

一二五）[3]に見られるだけであり、一方、詩においては、この「怨家煞人賊」の他にも唐・孟郊の「悼幼子」（『孟東野詩集』巻十）に、「我に十年の恩を負はせ　爾に千行の涙を欠く（負我十年恩　欠爾千行涙）」や唐・李群玉「哭小女痴児」[4]の「爾に負ふ五年恩愛の涙　眼中惟だ涸泉の知る有るのみ（負爾五年恩愛涙　眼中惟有涸泉知）[5]」という詩句が見られる。「負」・「欠」はいずれも債務を負うという意味の動詞であり、これらの詩句の意味するところは、子との死別によって流した涙と恩育の年月は、前世の債であったという嘆きである。子に転生して前世の負債を取り立てるモチーフに対し、小説とは異なる描き方のあったことがうかがわれる。

「怨家煞人賊」において、涙という形で債を取り返す子供は、「怨家」、「債主」と呼ばれている。そして、討債鬼もまた時に「冤家債主」と呼ばれることがある（「怨家」は「冤家」に通じる。後述）。例えば、本書の次章では「崔府君断冤家債主」という戯曲を扱うが、主人公の息子の一人がまさに討債鬼であり、「冤家債主」も彼を指していると思われる。また中国四大奇書の一つである『金瓶梅』第五十九回において、西門慶の跡取り息子である官哥児が幼くして死んでしまった時、いんちき尼の薛姑子は官哥児の母である李瓶児に言う。「泣いてはいけませんよ、あれはあなたのお子さんではなく、前世から来た冤家債主だったのです（休要哭了。他不是你的児女、都是宿世冤家債主）。」それから本書第二章で取り上げた『仏頂心経』巻下第三の物語を証拠として挙げ、さらにこのように言う。

「……あなたのこのお子さんは、きっと前世に仇で、あなたのもとに生まれ変わって財産を使い果たし、あなたの身をも苦しめるつもりだったのでしょう。あなたが『仏頂心陀羅尼経』一五〇〇巻のために喜捨したので、この功徳があり、彼もあなたを害することができず、今ここで離れたのでしょう。遠からぬ先に産まれて来る子こそ、あなたの本当に息子であり娘なのです。」

「……你這児子、必是宿世冤家、托来来蔭下、化目化財、要悩害你身。為你捨了此『仏頂心陀羅経』一千五百巻、有此功行、他害你不得、故此離身。到明日再生下来、才是你児女。」

薛姑子は、官哥児が『仏頂心陀羅尼経』下巻第三話に出てくるような「冤家債主」であったに違いない、というだけではなく、それが「前世の仇を返すために財産を使い果たしに来る」というのである。この挿話からは薛姑子が「過去の債を取り返すために転生して来る子供」、つまり本書で言う討債鬼を、「冤家債主」であると認識していたことが分かる。

しかし、「冤家債主」という四つの漢字のかたまりは、討債鬼故事の誕生よりも古い時代から存在し、その意味するところも多岐にわたっている。本章では討債鬼と結びつく以前の、この言葉の意味のなりたちを検討し、「怨家煞人賊」の解釈に役立てたい。

また、「冤家債主とは何か」という問題から派生するもう一つの問題として、「怨家煞人賊」の最後の一句「門前有煞鬼」の「煞鬼」が何者であるかということがある。「煞鬼」とは、一般に中国の俗信では新たに死んだ死者で、自分の家に戻ってきて居合わせた者を殺す悪霊（回煞）を指す。[6] 項楚『王梵志詩校注』は、「煞鬼」について、同書所収の「愚人痴涳涳」詩の楚案（項楚による按語）を参照するように注をつけている。[7] その楚案では「回煞」について解説しているので、彼も回煞説を取っていると思われる。辰巳正明は、項楚の『王梵志詩校注』を定本として和訳を行ったが、この「煞鬼」を「死の使い」と訳出している。[8]

しかし、回煞であれ死に神であれ、詩の最後の行に至って唐突にそれまで登場していなかった種類の悪霊があられるというのは、奇妙なことである。「煞鬼」は「回煞」ではなく、すでに詩の中に登場している超自然的存在であり、筆者はそれが「怨家債主」であると考える。

二　王梵志について

「怨家煞人賊」は、フランス国立博物館蔵の写本P三二一一『王梵志詩』に収められている。排印と校注には、項楚『王梵志詩校注』〇七五番、(9)張錫厚『王梵志詩校輯』〇七六番、(10)趙和平・鄧文寛「敦煌写本王梵志詩校注」、(11)朱鳳玉『王梵志詩研究』下巻〇七〇番、(12)陳尚君輯校『全唐詩補編』中巻「全唐詩続十巻五　王梵志」七一〇頁が(13)ある。また辰巳正明『王梵志詩集注釈―敦煌出土の仏教詩を読む―』には現代日本語訳がある。(14)

始めに挙げた問題の検討に入る前に、詩を論じる上で基本的な問題について触れておきたい。すなわち詩の作者についてである。

先ほども述べた通り、詩集の作者の名は王梵志とされる。王梵志の伝記や名前は、唐宋期の文献に散見されていたが、(15)作品はすべて散逸し、伝わっていなかった。

王梵志詩の再発見は、一八九九年に敦煌莫高窟から『王梵志詩集』、『王梵志詩』といった表題のあるテキストがまとまって発見されたことから始まった。研究の草分けである胡適は、『白話文学史』において王梵志を「七世紀に出現した何人かの白話の大詩人」の一人として紹介している。(16)

王梵志の伝記については、胡適の説以外にも実にさまざまな見方が示されている。朱鳳玉は『王梵志詩研究』(17)において、胡適から張錫厚までの十人の説を詳述し、かつ各説の妥当性について検討し、以下のようにまとめている。

⑴胡適之説　王梵志は五九〇～六六〇年にかけて生存　（『白話文学史』一九二八年）

⑵任二北説　王梵志は初唐の人　（『敦煌歌辞集総編』稿本）

⑶矢吹慶輝説　『王梵志詩集』は少なくとも大暦（七六六～七九九）以前に成立。王維と同一人物　（「鳴砂余韻解説」一九三〇年）

⑷入矢義高説　王梵志は天宝・大暦年間（七四二～七九年）の人（ただし唐末五代の可能性もあり）　（「王梵志について」一九五五・一九五六年）

⑸呉其昱説（敦煌写本P四九七八「王道祭楊筠文」[18]の発見者）　王梵志は隋末唐初の人　（「有関王梵志的敦煌巻子」一九五九年）

⑹遊佐昇説　王梵志は初唐の人。ただし遺されている詩のすべてが彼の作であるとは限らない　（「王梵志詩集一巻について」一九八〇・一九八一年）

⑺趙和平・鄧文寛説　王梵志の活動時期は早くて初唐武徳年間（六一八～二六年）から、遅くて開元二十六年（七三八年）までの間　（「敦煌写本王梵志詩校注」一九八〇年）

⑻戴密微説　王梵志の生存した時代は八世紀　（「王梵志詩附太公家教」一九八二年）

⑼菊池英夫説　王梵志は実在せず、詩集は巻によって成立した時期が違う　（「王梵志詩集和山上憶良『貧窮問答歌』之研究」一九八三年[19]）

⑽張錫厚説　王梵志は初唐の民間詩人である　（『王梵志詩校輯』一九八三年）

⑾朱鳳玉本人の説　王梵志は隋代に生まれ、初唐に活躍した（『王梵志詩研究』一九八七年）

朱鳳玉は項楚の『王梵志詩校注』を挙げていないが、項楚は内容と思想の雑駁さから、これらを「数百年の間に、多くの無名の白話詩人によって続々と書き継がれたもの」[20]としており、特定個人の作とは見ていない[21]。このように王梵志の伝記に関する見解は研究者によってまちまちであるのが現状である。ただ、隋から唐代にかけてに生きた誰かが作った作品であるという点のみが、ほぼ一致しているといえる。

本章では、王梵志が実在したかどうか、その生平がどうであったかについては立ち入ることはしない。また「怨家煞人賊」という作品を王梵志という人物の伝記と結びつけることもしない。

三　「怨（冤）家債主」の変遷

敦煌写本Ｐ三二一一にみる「怨家煞人賊」詩の「怨」字は、「死」の下に「心」があるという書体で書かれており、張錫厚だけは「冤家」に改め、彼以外の注釈者はすべて「怨家」を当てている。張錫厚の改変について、周一良は「王梵志詩的幾条補注」において、「仇敵と解するのであれば、「冤」と改める必要はない。校輯者はおそらく愛する者への呼びかけの〈冤家〉であるべきであるとしたので字を改めたのである。しかし愛する者の意味を持つ〈冤家〉は、出現が新しいので、梵志の詩句についてはやはり仇敵とするのが適当である」としている[22]。項楚と朱鳳玉はともに「怨家」を採用して、意味は「冤家」と同じであるとしている[23]。

「冤家」には、確かに愛する人への呼びかけという用法がある。『漢語大詞典』「冤家」項には一番目の「仇人」

以外に「情人に対する親しみを込めた言い方（対情人的昵称）」、「恨めしいような愛おしいような、自分に苦悩をもたらすがまた捨てがたい人をひっくるめていう（泛指似恨似愛、給自己帯来苦悩而又捨不得的人）」という語釈がある。[24] しかしこれらは男女間で使う言葉であり、子供を指す場合に使うのは疑問がある。また詩中では債務者を情け容赦なく苛む冷酷な「債主」と併せて使われることから、この「怨家」もやはり憎悪に凝り固まった仇敵の意味を採用すべきであろう。

「冤家」には、「怨家」と「冤家」の二つの書き方があることになるが、項楚は、「〈怨家〉は〈冤家〉と同じ。〈怨〉と〈冤〉は、わずかに声調に去平の違いがあるだけである」と述べている。[25] これによると、この二つの書き方には意味的な差異はないということで、筆者もこれに同意するが、以下で述べるように、先に「怨家」の表記が現れ、後に「冤家」に変化すると考える。

1　仏教文献中の「怨（冤）家債主」

「怨家債主」と「冤家債主」の語の用例は、各種電子検索の成果によると、仏教・道教の経典の用例が数量的に突出している。宗教的な文脈に多く現れる語彙であるといえる。

『大正蔵』所収の十五種の仏典の中には、全部で二十九個の「怨家債主」、三種の仏典の三個の「冤家債主」が現れるが、これらの「怨家債主」と「冤家債主」を子細に検討すると、その意味は時代によって変化していることが分かる。最初に後漢と魏の訳経の例を見てみよう。

①後漢・曇果共康孟詳訳『中本起経』巻下「須達品第七」

財産には八つの脅かすものがあって、損なわれ、利益を失う。何をもって八つとするか。一つ目は役所によって没収される。二つ目は盗賊に奪われる。三つ目は不注意によって火事を起こし、四つ目は水に没して失われる。五つ目は仇敵や借金取りに無法にも奪われる。六つ目は農作物の不作。七つ目は商売をしても利を得ることを知らないため。八つ目は不出来な子が博打に走り、無道なことに金をつかってしまうため。これらの八事はきわめて危険で、これらから財産を守ることは難しい。この八つの禍がやって来れば、力で押し止められるものではない。

財有八危、損而無益。何謂為八。一者為官所没、二者盗賊劫奪、三者火起不覚、四者水所没溺、五者怨家債主、横見奪取、六者田農不修、七者賈作不知便利、八者悪子博掩、用度無道。如是八事、至危難保。八禍当至、非力所制。(26)

②後漢・支婁迦讖訳『仏説無量清浄平等覚経』巻三

家があれば家について悩む。牛がいれば牛について悩む。馬がいれば馬について悩む。家畜がいれば家畜について悩む。奴隷がいれば奴隷について悩む。衣服、金銭、家財、金銀宝物があればまたこれについても悩む。何度も思い悩み、溜息ばかりつき、憂慮して恐れる。思いがけない水害や火災、盗賊や仇敵や借金取りが現れ、押し流したり焼いたり奪い去ったりして、財貨は唐突に失われるのである。

有宅憂宅、有牛憂牛、有馬憂馬、有六畜憂六畜、有奴婢憂奴婢。衣被銭財金銀宝物、復共憂之。重思累息、憂念懐愁恐。横為非常水火盗賊、怨家債主、所漂焼繋、唐突没溺。(27)

③魏・康僧鎧訳『仏説無量寿経』巻下

（この経典は『仏説無量清浄平等覚経』と同じ原典の、別の訳者による翻訳であり、引用した部分については内容も

ほぼ変わらないが、日本では浄土真宗などの法要でよく読まれ知名度が高いので、原文のみ参考に掲げる）
有田憂田、有宅憂宅、牛馬六畜、奴婢銭財、衣食什物、復共憂之。重思累息、憂念愁怖。横為非常水火盗賊、怨家債主、焚漂劫奪消散磨滅。[28]

これらの仏典によると、「怨家債主」のもともとの意味は幽鬼ではなく、現実に存在する「敵」と「債権者」であり、役人、盗賊、火災、洪水などの生活を破壊し、財物を損なう他の現実的な災いと同列に見られている。東晋になると、西域から来た帛尸梨蜜多羅や曇無蘭のような密教僧が首都建康において訳経活動を行い、密教呪術が流行した。密教の伝授や経典の翻訳は、他にも北魏や梁でも行われた。この時期の密教は、唐代の善無畏・金剛智・不空の伝えた体系的な純密に対して、雑密といわれるものである。[29] そして密教の伝来後、「怨家債主」の意味は変化し始める。雑密経典に分類される『七仏所説神呪経』における用例を見てみよう。

④晋代訳失三蔵名今附東晋録『七仏所説神呪経』巻四
鬼子母神説くところの神呪は、衆生から邪悪なものを遠ざけ、危険や災厄から救い出すことができる。盗賊や権力者に由来する災難も、脱出できないものはない。子供を授けてくれるように求めれば、その子らは男も女もみな挙措容貌が端正である。妻をめとって怨家債主を生むことがあっても、すべて解脱させることができて安穏にならないことはない。

鬼子母所説神呪、能令衆生抜邪救済危厄。盗賊王難無不解脱、所求男女皆悉端正。婚娶産生怨家債主、悉得解脱無不安穏。[30]

この「怨家債主」は、漢魏の仏典の例とは全く異なり、母の腹から生まれ出でたその時からの邪悪な存在である。そして鬼子母神の陀羅尼によって調伏される超自然的な存在であることが見て取れる。

「怨家債主」の超自然化に関係すると思われる出来事に、六朝期における水陸会の創始がある。水陸会は水陸にさまよう諸鬼に食をほどこし済度するというもので、梁代に武帝に与えられた夢告によって始まったという。[31]その儀式の目的は後述する施餓鬼に等しいが、基づく儀軌となる経典は不明である。ともかくもこの時期の中国において仏教が良からぬ超自然的存在の救済を担っており、またこれらの超自然的存在に名が与えられ、その一つが「怨家債主」だったのである。

さて「冤家債主」という表記は、施餓鬼という儀式の登場に従って現れた表記であり、『大正蔵』中の三種の施餓鬼に関する仏典中三カ所に現れている。施餓鬼とは、餓鬼に飲食を施す法会である。餓鬼はサンスクリット語ではpretaというが、これは古代インドにおいては子孫の供え物を期待する祖霊を指す言葉であった。仏教に取り入れられて、飢えて食を待つ亡霊である餓鬼を指すようになったのである。[32]餓鬼が人間に仇をなすということを説く以下の経典に基づき、行われるようになったのが施餓鬼である。[33]

⑤唐・阿謨伽撰『焔羅王供行法次第』

城隍廟のすべての神々とその眷属が道場に来て、私の供養を受けますように。現在過去の僧尼の未だに解脱していないもの、施主の今は亡き七代前までの遠い先祖、一切の霊魂および太古以来の冤家債主は、この道場に降臨して私の供養を受けますように。曠野大力[34]・焼面大王[35]および数え切れない数の餓鬼がおのおの眷属とともにこの道場に降り来たって、私の供養を受けますように。

城隍社廟一切神衆各与眷属、願到道場受我供養。今過僧尼未解脱者、施主先亡七代久遠。一切魂霊及無始時来冤家債主、降臨此道場受我供養。曠野大力、焼面大王、無量百千万億那由他恒河沙諸餓鬼等、各与眷属降臨此道場、受我供養。(36)

⑥唐・不空訳　西夏・不動金剛重集『瑜伽集要焔口施食儀』

また十類の孤魂のうち、第一法界(37)は全世界の辺境を守って力の限り命がけで陣に臨み、国のために死んだ官員将士兵卒の孤魂たち。第二法界は借財を負い、人の命を奪ったすべての者、情欲に縛られた者、お産で命を落とした者、冤家債主と流産した孤魂たち。（以下略）

又十類孤魂者。第一法界一切守疆護界、陣力委命軍陣相持、為国亡身官員将士兵卒孤魂衆。第二法界一切負財(38)(39)欠命、情識拘繋、生産致命、冤家債主堕胎孤魂衆。(40)

ここから分かるのは、「冤家債主」が、他の不成仏霊たちと列挙されているということである。この不成仏霊たちは、中国の宗教儀式において供養をされる「孤魂野鬼」である。田仲一成は『中国演劇史』において、中国郷村演劇が如何に成立したかを研究している。演劇の濫觴は祭祀であり、福神を招く儀礼は慶祝劇に、外来の邪神（瘟神など）を追い払う儀礼は武劇に転化したとする。孤魂野鬼を慰める儀礼は悲劇の源である。孤魂野鬼は子孫がおらず、子孫の供養を受けられないために亡霊となってさまようものである。つまり社会の内部から生まれた冤鬼であり、水害や旱害などの災害の成因となる。(41)

仏教経典における冤家債主の意味は、A＝現実的に存在する、人を苦しめるもの、B＝超自然的な存在、悪霊、

C＝Bの中でも特に孤魂夜鬼の一種、に分けることができた。

なお、『焔羅王供行法次第』や『瑜伽集要焔口施食儀』に見られるような「鎮撫される孤魂野鬼としての怨家債主」は、則天武后の時代の仏像の碑刻にも見出すことができる。龍門石窟の碑刻「孔思義造弥勒像記」を見てみよう。

⑦大周万歳通天元年（六九六年）五月二十三日、弟子孔思義、この世界の生きとし生ける者およびすべての家族のため、謹んで弥勒尊像一鋪を造る。願わくば未だ苦を離れられない者を苦から離れさせ、未だ楽を得られない者に楽を得させ、病を患う者の病が早く癒え、過去の行いから苦を受けている者および怨家債主がみな布施を行い歓喜し、速かに浄土に生まれ、満ち足りていない者はあまねく衆生を満たしますように、七代の祖先が皆一緒に菩提を発することを皆で願い、ここに仏像を造立します。

大周万歳通天元年五月廿三日、弟子孔思義、為法界倉生及合家眷属、敬造弥勒尊像一鋪。願未離苦者願令離苦、未得楽者願令得楽、病患者願得早恙、業道受苦及怨家債主悉願布施歓喜、速得神生浄土。不具足者普願具足衆生、普願七代同発菩提一時作仏。[42]

この石刻における「怨家債主」は、「未離苦者」、「未得楽者」、「病患者」、そしてとりわけ「業道受苦」と並び称され、同情と供養の対象となっていたことが分かる。

2　道教経典中の「冤家債主」

「冤家債主」は仏教文献だけでなく、道教経典の中にも見出すことができる。道教の「冤家債主」も仏教のようにおおよそ三種類に分類することができるが、Bに当たる超自然的な存在の性格は仏教とは違いが見られることと、経典の多くは正確な成立年代を特定することができず、仏教のようにこの三つが年代順に展開しているかどうかを考察することができないことを断っておく。

Aに属すると思われるものを見てみよう。

⑧『洞真太上太霄琅書』巻六

えびすや敵国は降伏し、冤家債主とは却って和睦する。

夷虜弭伏、敵国帰降、冤家債主、迴相和親。[44]

ここにおける「冤家債主」はつまり「夷虜、敵国」と同じく我々を脅かす存在である。なお『洞真太上太霄琅書』は魏晋南北朝期成立と推定されている。

さらにBに属するものを見てみよう。

⑨『太上霊宝洪福滅罪像名経』

あるいは邪な意志を持って鬼神を祀り、諂いによって賓客や朋友を招き、異性と婚礼を挙げ、社の祭りの時にはあちこちから料理人を呼んで好きなだけ動物の血を流し、美味を極め、脂火をともして夜中じゅう明るくしていれば、災いは限りなく、難は計りがたく、冤家債主は見えないところで冥府の訴訟事をたきつけて已まず、生死を牽引するので、魂魄は地獄に捕らわれ、罪をすすぐことも泣きつくこともできない。

或邪祀鬼神、諂延賓侶、及有男婚女礼、社節歳時、広致庖厨、恣情烹宰血肉、充羞之味、脂膏可継、永夜明燈、殃対無窮、難可計測、冤家債主、冥密道中、逮訟無休、牽引生死、所以魂囚九夜、魄繋三塗、洗雪無門、求哀無路。(45)

⑩『太上洞玄霊宝太玄普慈勧世経』

牛頭はもとより情けを持たず、獄卒に何の慈悲があろうか。鉄丸は燃えさかり、胃に詰め込まれ(46)、鉄鳥が飛来して目玉をついばむ。冤家債主は数えきれぬほどやってきて怨みを晴らしていく。

牛頭本自無情者、獄卒何能有慈仁。鉄丸炎炎充饑飡、鉄鳥飛来啄眼睛。冤家債主無頭数、一一酬還業報明。(47)

これらの「冤家債主」は、地獄にあって亡者を苦しめる者という例である。あるいは地獄の裁判にあらわれて人を陥れ、あるいは地獄の責め苦の一部となる。ところで、地獄そのものは仏教からもたらされたものである。仏教文献には「地獄にいる怨家債主」の例は見出せるのだろうか。『大蔵経』所収の仏典にはその例は見出せないが、敦煌文書「開元二十九年二月九日授得菩薩戒牒」(48)（Дx〇二八八一・Дx〇二八八二）では怨家債主が「天曹地府」や「善悪部官」、また「閻羅大王」と一緒に列挙されており、地獄と怨家債主の繋がりが道教だけのものではないことがうかがわれる。(49)

Cの例は『無上黄籙大斎立成儀』や『上清天枢院回車畢道正法』に現れる。

⑪南宋・蒋叔輿撰『無上黄籙大斎立成儀』（巻十三）

……お産で命を落とした女、赤子のうちに死んだ子供、冤家債主、負命欠財の悪霊……、すべてのよるべない孤魂野鬼、冥界の囚徒、鬼神の衆は、皆それぞれ捕縛されて読経を聴くべきである……。

……産乳血尸、襁褓夭折、冤家債主、負命欠財、……一切無依無主孤魂滞魄、長夜囚徒、神鬼等衆、各宜検束、形神聴経……[50]。

⑫『上清天枢院回車畢道正法』

およそ上清三台符なるものは大寧吉慶の宿であり、すべてを覆うものである。人の命は星宿に一致し、運命が行き詰まり、悪い星に纏われれば、頻りに訴訟に巻き込まれ、家には瘟黄の病がおこり、跡継ぎは病弱。女は難産。三世の冤家債主、負命欠財の悪霊がいて、解脱のしようがない。……黄色の綾にこの真符を書き、頭上に頂けばたちまち凶星は光を失い、冤鬼は侵さなくなる。

夫上清三台符者，大寧吉慶之宿，匯蓋万事。凡人命値星宿、運限不通、悪曜纏照、頻招官事、宅発瘟黄、長子多生疾患、及婦人難産、有三世冤家債主、負命欠財、無由解脱、……用黄綾書此真符、戴於頭上、即時凶星不照、冤鬼不侵。[51]（巻上）

これらはまさしく鎮撫される孤魂野鬼としての冤家債主の例である。この意味の「冤家債主」は、宋代以後に成立した経典に比較的多く見られる。そして仏教における施餓鬼とあわせ、宗教儀式における冤家債主の鎮撫は、現在まで受け継がれている。

四　王梵志詩「怨家煞人賊」中の「怨家債主」

仏教および道教の経典に見える怨（冤）家債主が、意味の変遷の最終段階において孤魂野鬼の一種であり、子供の早世に関わりがあることをうかがわせる存在に落ち着いたことを読み取ることはできるが、曖昧模糊としている感は否めなかった。ところが王梵志詩「怨家煞人賊」にいたって、「怨家債主」ははっきりと親を敵とするもの、そして債務者とする者として立ち現れる。

経典では漠然としていた親を苦しめる手段は、夭折して親の涙を絞るというように、具体的になる。また、孤魂野鬼のように通りすがりに入り込むのではなく、債、つまり過去に作った因縁によって来たという、経典にはない発想で作られている、新しい怨家債主像である。

そして「煞鬼」の解釈であるが、「怨家債主」であるという解釈で詩を読むならば、最後の句は、今、子供を失った悲しみに押しひしがれていても、また次の「怨家債主」が、子供として家庭に入り込もうと虎視眈々と狙っている、ということである。今いる子供には死なれるのは辛い。しかし、このような辛い思いをしないために、そもそも悪意を持った魂が我が子に産まれないようにと願うのである。

再来を防ぐ祈願は、討債鬼においてもなされたことである。これは二十世紀の例であるけれども、永尾龍造は『支那民俗誌』において、子供が死んだ時に死体を傷つけ、野外に捨てるなどの虐待をして、再来の意を捨てさせようとする民俗を報告している。(52) また費孝通は『生育制度』中の「従生殖到撫育」の章で、雲南大学在職中に当地で「討債鬼が再度来ないように、死んだ子供の遺体を木に架ける」という風習が禁止されたことに触れている。[53] 清末から民国期に上海で刊行された新聞『申報』には、上海やその周辺の都市で子供を亡くした親が路上や空き地に子供の死体を放置し、逮捕されるという記事が数多く遺されている。[54] この一見むごい行為は、親を傷つけるためにやってくる「煞鬼」に対する「好し去れ　更に来たる莫かれ」という願いのあらわれであると言える。

五　「嫉妬話」系統説話の子供たちと「冤家債主」

最後に、「冤家債主像の鮮明化」がもたらした、『仏頂心陀羅尼経』下巻第三話の子供に対する見方の変化について触れておく。

本書第二章で取り上げた「嫉妬話」の系統の転生復讐譚に出てくる子供たちは、いずれも前世の怨みをはらすために、前世の敵であった親のもとに子供として転生し、夭折や難産、親の生活をかき乱すことによって復讐する。しかし復讐を成し遂げる前に、高僧に救済されるという点は、「怨（冤）家債主」を思わせるに足るものである。特にその救済の方法として「子供を水に落とし、流す」という具体的な手段が描かれる。ある種の悪霊を除くために、そのような儀礼が行われていた可能性を示唆するものである。

このような「怨（冤）家債主」との共通点に依拠して、『仏頂心陀羅尼経』下巻第三話の子供が、宋代以降には「怨（冤）家債主」であると理解されていた証拠が残っている。[55]『仏頂心陀羅尼経』嘉祐八年（一〇六三年）の版本の跋文にこうある（訳・原文）。

虔州贛県孝仁坊清信弟子任士衡と妻干氏三娘は同じく丹心を発して『仏頂心観世音菩薩大陀羅尼経』五〇〇

巻を印刷いたします。願うところは、養うところの息子や娘が□寿をさずかるように、また夫妻の寿命の□□を切に願い、前世や今生で作った悪業の債主冤家が災いして、養うところの息子や娘が成長せず、多くの災禍に見舞われることを恐れます。

すべての冤家債主はこの『仏頂心観世音菩薩大陀羅尼経』によって、それぞれの恨みを解き……

大宋嘉祐八年癸卯（一〇六三）正月一日謹みて題す

虔州贛縣孝仁坊清信弟子任士衡及妻干氏三娘／同發丹心印造佛頂心観世音菩薩大陁羅尼経五／百巻意者伏為長養男女多有[56]□寿切慮夫妻年／命□□又恐前世今生悪業債主冤家是致長養男／女無成頻多災害所有冤家仗此／佛頂心観世音菩薩大陁羅尼経各相解釋冤家債／主……〔いくつかの字が判読不能〕／〔一行判読不能〕／……大宋嘉祐八年歳次癸卯正月一日謹題

これによると、任士衡夫妻は以前に何度か子供を失っていて、それが「前世今生悪業債主冤家」のせいだと考えており、そのため五〇〇巻の『仏頂心経』を印刷し「冤家債主」を鎮めようとしたのである。これは『仏頂心経』が、単にある母子間の復讐の物語を伝えているだけではなく、この経典が信者自身の親子間の宿冤をも解決すると考えられていたのである。そしてその宿冤における復讐者は「債主冤家」、あるいは「冤家債主」とされていることを示している。

『仏頂心陀羅尼経』下巻第三話の子供が「冤家債主」であると解釈されていたと考えられるもう一つの証拠は、敦煌変文「廬山遠公話」[57]中の難産描写である。

敦煌変文「廬山遠公話」は、現存する敦煌変文の一篇であり、晋の釈恵遠の行跡を題材としている。恵遠は修行していたところ、白荘という賊に捉えられ、奴隷にされ、さらに都の宰相に転売される（それは恵遠が前世の債を清算するために必要なことであった）。宰相は奴隷の恵遠を山門の外に待たせて釈道安の説法を聴き、帰宅してから夫人の求めに応じて道安から聴いた、『涅槃経』の八苦（人類が不天敵に遭遇する八つの苦）について語る。その一つである「生苦」には母親が「怨家債主」によって苦しめられる場面がある。「生苦」とは、お産の時に産婦と胎児がそれぞれ受ける苦しみをいう。以下は難産に関する叙述である。

月満ちて生まれる時には、母の心肝を掴んで母の腰骨に脚をつっぱり、何日も何日も安らかにさせない。これによって母は命の危険にさらされ、母は子供が死んだとみると地も揺らぐほどに叫び剣で心を削られるようである。兄弟や母親はどうして良いか分からない。怨家債主は命を得るまで止むことはない。

十月蒙足乃生、是時手把阿嬢心肝、脚踏阿嬢膀骨、三朝五日、不肯平安。従此阿嬢大命転然、其母看看是死、叫声動地、似剣剜心。兄弟阿嬢、莫知為計。怨家債主、得命方休。[58]

この怨家債主が親を苦しめる手段は難産であり、先の章で見た経典の怨（冤）家債主とも、「怨家煞人賊」の怨家債主とも違っている。難産をもたらす方法の一つは胎内において母の心臓や肝臓をつかみ、腹からなかなか出ていかないと同時に、心臓・肝臓の主である母に苦痛を与えるというものである。この特徴的な難産は、『仏頂心陀羅尼経』下巻第三話の「三度目にもあらゆる手を使って母親の心肝を抱きしめて悶え苦しませ、絶叫させた（至第三遍、准前得生下、向母胎中、百千計校、抱母心肝、令其母千生万死、悶絶叫噉）」と共通するものである。程毅中は「廬山遠公話」の作者と成立年代を考察して、「唐末五代の説話芸人の手になるものらしい」[59]と総括している。『仏頂心陀羅尼経』よりも少し遅れて成立したことになるが、腹の中から出ようとせず、母を苦しめる胎児が「冤家債主」と呼ばれて、難産の描写に『仏頂心陀羅尼経』が参考にされていたと考えられる。これらの『仏頂心陀羅尼経』下巻第三話理解が、本章第一節で挙げた『金瓶梅』第五十九回の薛姑子の発言につながっていくのである。

「怨家債主」は、元々仏典にあらわれる、現実に存在する仇と借金取りであった。しかし六朝期に超自然的な存在を指すようになり、やがて儀式で超度される孤魂野鬼の一種となった。その悪霊がどのように人間を苦しめるのかは、白話詩（つまり王梵志の詩）や変文によって具体化された。その過程で、『仏頂心陀羅尼経』下巻第三話のような説話の子供の造形も取り込まれたのである。

注

（1）この二句は、倒置法として訳した。

（2）「徴」については、項楚『王梵志詩校注（増訂本）』（上海古籍出版社、二〇一〇年）に「徴：討債」と注がついている（二一一頁）。『魏書』「釈老志」の「徴債之科、一準旧格」の他、『太平広記』中のいくつか用例が挙げられている。項楚『王梵志詩校注』は一九九一年版と二〇一〇年の増訂本があるが、以下特に断りがない限り増訂本を使用する。

（3）この話とその類話については本書第二章を参照のこと。

（4）『全唐詩』巻五六九。

（5）一に「眼中惟だ涸れて更に知る無し（眼中惟涸更無知）」に作る。

（6）澤田瑞穂『中国の民間信仰』（工作社、一九八二年）所収「魂帰る―回煞避殃のフォークロア―」四〇六～四五〇頁を参照のこと。

（7）項楚前掲書、二二一頁。「愚人痴涳涳」の「回煞」項は一二二一～一二二二頁。

(8) 辰巳正明『王梵志詩集注釈—敦煌出土の仏教詩を読む—』(笠間書院、二〇一五年)一一五～一一六頁。
(9) 項楚前掲書、上巻、二一〇～二一三頁。
(10) 張錫厚『王梵志詩校輯』(中華書局、一九八三年)五七頁。
(11)『北京大学学報 哲学社会科学版』(一九八〇年第五期)八一頁。本書は、以下の語句をこの詩の続きとしている。来如塵暫起/去如一隊風/来去無形影/変見極忩忩/不見無情急/業道自迎君/何処有真実/還湊入冥空
(12) 朱鳳玉『王梵志詩研究』(台湾学生書局、一九八七年)一〇八～一〇九頁。
(13) 中華書局、一九九二年。
(14) 辰巳前掲書、一一五～一一六頁。
(15) 胡適は『白話文学史』(新月書店、一九二八年初版。ただし本書では欧陽哲生編『胡適文集』八〈北京大学出版社、一九九八〉によった)において胡仔『苕渓漁隠叢話』前集巻五十六、費袞『梁渓漫志』巻十、陳善『捫虱新話』五、慧洪『林間録』、暁瑩『雲臥紀譚』上と、『太平広記』巻八十二「王梵志」を挙げる。「王梵志」は彼が林檎の木のこぶから産まれた次第を述べる。
(16) 王梵志の詩はしばしば「白話詩」と称されるが、これは胡適が『白話文学史』でそう呼んだのが始まりである。
(17) 朱鳳玉『王梵志詩研究』(台湾学生書局、一九八七年)研究篇第一章第一節「諸家対王梵志時代的看法」四三～六六頁。
(18) 王梵志の「直下孫」である王道により「開元二七年」に書かれたもの。この王梵志が詩人の王梵志と同一人物かどうか、「開元二七年」という年代が正しいかについてはまた多くの議論があるが、ここでは立ち入らない。
(19) 張錫厚『王梵志詩校輯』中華書局、一九八三年。
(20) 項楚前掲書、上巻、四頁。
(21) 同、一一一～一一六頁。
(22)『北京大学学報哲学社会科学版』一九八四年第四期初出。張錫厚『王梵志詩研究彙録』(上海古籍出版社、一九九〇年)所収、二八〇頁。
(23) 朱鳳玉前掲書、下巻、一〇八～一〇九頁および項楚前掲書、上巻、二一一頁。
(24)『漢語大詞典』巻八、四五九頁。

(25) 王梵志著、項楚校注『王梵志詩校注』(上海古籍出版社、二〇一〇年)上冊、巻二、二一〇～二一一頁。
(26)『大正蔵』第四冊、一六二頁b。
(27) 同、第十二冊、二九三頁c。
(28) 同、二七四頁c。
(29) 鎌田茂雄『中国仏教史』(岩波書店、一九七八年)二五七～二五八頁。
(30)『大正蔵』第二十一冊、五六一頁a～b。小野玄妙編『仏書解説大辞典』(大東出版社、一九三三～一九八八年)第四冊、三四〇～三四一頁。この項の執筆は神林隆浄による。
(31)『望月仏教大辞典』(世界聖典刊行協会、一九三六年初版)第三巻「スイリクエ(水陸会)」項、二八七八頁。根拠となる経典は宋・志磐撰『仏祖統紀』巻三十三「法門光顕志第十六」「水陸齋」項。『大正蔵』第四十九冊、三二一頁b。
(32) 中村元『広説仏教語大辞典』(東京書籍、二〇〇一年)一九二頁「餓鬼」項。
(33)『望月仏教大辞典』(世界聖典刊行協会、一九三六年)「セガキエ(施餓鬼)」項、二九〇七頁。
(34) 元魏・吉迦夜共曇曜訳『雑宝蔵経』巻八「大力士化曠野群賊縁」『大正蔵』第四冊、四八六頁c～四八七頁c。釈迦が王舎城にいた時、ある大力(力士)が曠野にいた盗賊を手なずけることに成功し、住民は彼に処女を与えることにした。しかし住民は一人の処女に扇動されて、後にこの取り決めを嫌うようになり、大力を殺害したので、大力は悪霊となって多くの住民を殺した。釈迦が彼の怒りを解き、彼を仏弟子に加えて、やっと災いが止まった。なお彼の供養を施餓鬼の起源とする説がある。
(35) 未詳。
(36)『大正蔵』第二十一冊、三七五頁b。
(37) この経典では孤魂野鬼を十のグループに分けており、そのグループを法界と呼んでいる。
(38) 唐・慧琳撰『一切経音義』巻六「負債」項(『大正蔵』第五十四冊、三四二頁b)により、「負財」は「負債」と同じと解釈した。
(39)「欠命」は、後世の例ではあるが、白話小説にいくつか用例がある。例えば『紅楼夢』に「欠命的命已還、欠涙的涙已尽(命で借りを作った(人の命を奪った)ものは命を返すことになり、涙で借りを作った(人を泣かせた)ものは(自分が)涙を流し尽くすことになる)」(第五回「飛鳥各投林」という歌の一節)というもの。

(40) 『大正蔵』第二十一冊、四八三頁b。
(41) 東京大学出版会、一九九八年、第一章「演劇発生の構造」五〜二五頁。
(42) 唐・孔思義「孔思義造弥勒像記」、劉景龍・李玉昆主編『龍門石窟碑刻題記彙録』(中国大百科全書出版社、一九九八年)下巻、二八〇〜二八一頁。大周万歳通天元年とは西暦六九六年である。
(43) 本書で言及する道教経典の成立年代は、Kristofer Schipper and Franciscus Verellen, ed., The Taoist Canon: A Historical Companion to the Daozang (Chicago: University of Chicago Press, 2004) と任継愈・鍾肇鵬主編『道蔵提要』(中国社会科学出版社、一九九一年)による。
(44) 『道蔵』(文物出版社、上海書店、一九八八年) 第三十三冊、六八一頁。
(45) 同前、三〇一頁。
(46) 仏典における地獄描写に現れる、亡者に責め苦を与える道具である。灼けた鉄球を亡者に食わせるのである(『仏説長阿含経』巻十九「第四分世記經地獄品第四」)。
(47) 『道蔵』第六冊、一五一頁。
(48) 戒牒とは、度牒と同じ。出家した者に与えられる身分証明。
(49) ロシア科学院東方研究所サンクトペテルブルグ分所蔵。上海古籍出版社編他『俄蔵敦煌文献』巻十(上海戸籍出版社、一九九八年)一〇九頁。
(50) 『道蔵』第九冊、四五一頁。
(51) 同前注、第十冊、四七八頁。
(52) 永尾龍造『支那民俗誌』第六巻(支那民俗誌刊行会、一九四二年)六八八頁。
(53) 北京大学出版社、一九九八年、一〇八頁。『生育制度』の初出は一九四七年。
(54) 例えば一九三〇年五月一日の「砍断死孩一臂」という記事では、江北人王四が死児の遺体を上海中興路の駅付近の空き地に放置し、逮捕されたことが見える。中国近代報刊庫の『申報』データベースで「討債鬼」を検索すると一八七二年四月三十日から一九四九年五月二十七日の期間に五十四件がヒットするが、その多くがこの死児の遺体放置の記事である。
(55) 張中一「郴県旧市発現宋代経巻」(『文物』一九五九年第十期)八六〜八七頁。出土地は湖南省郴県鳳凰山附近の北宋時期の古磚塔の跡である。
(56) この字は中国簡体字の「发」字に見える。
(57) 敦煌文献S二〇七三、大英図書館蔵。
(58) 項楚『敦煌変文選注』(中華書局、二〇〇六年)下冊、一八五二頁。
(59) 季羨林主編『敦煌学大辞典』(上海辞書出版社、一九九八年)五八五頁。

第六章　雑劇「崔府君断冤家債主」

——父親の救済——

一　はじめに

「崔府君断冤家債主」（以下「崔府君」と略す）は、張善友という一人の庶民が、息子や妻に次々と先立たれる不幸を通して、家族の縁とは所詮かりそめのものであると発見する過程を描いた戯曲である。

題名に見える崔府君は、冥府の神として知られている。もと実在の人であったというが、後漢の人とも隋の人ともいわれ一定しない。生前、昼間は県令として、夜は冥司で裁判を行ったという。その信仰は宋・金・元と国家による保護を受け盛んであった[1]。崔府君の登場する文学作品としては、この「崔府君」の他に敦煌変文「唐太宗入冥記」や『西遊記』がある。

「崔府君」は、雑劇の中でその筋立てに討債鬼故事を取り入れていることが注目される。本章では「崔府君」の戯曲史上の位置を検討するとともに、討債鬼故事と本作の関係を明らかにしたい。

二 「崔府君断冤家債主」のあらすじとテキストについて

「崔府君」には『脈望館鈔本校本古今雑劇』本と『元曲選』本の二種類のテキストがあり、加えて戯曲を基にした小説、凌濛初『初刻拍案驚奇』第三十五「貧窮を訴えた男が暫く他人の銭を預り、財産の番人が悪だくみをして冤家債主を買う（訴窮漢暫掌別人銭　看財奴刁買冤家主）」の入話（枕になる話）がある。『元曲選』本によるあらすじは以下の通りである。

（楔子）崔子玉は、この世においては一介の学者であったが、実は冥府で裁判官をしていた。彼は義兄弟である張善友が妻に執着して出家しないことを常々気にかけていた。ある日、貧乏人の趙廷玉は、母の葬儀を行うために張善友が貯めていた銀子五個を盗んだ。そこへたまたま五台山から来た勧進僧が、長者の誉れ高い張善友にそれまでに托鉢して貯めた銀子十個を預けていった。張善友が東岳廟にお参りに行って不在中に僧が銀を受け取りに来たところ、張の妻は自らの一存で銀を横領することを決め、ここは張善友の家ではないし、銀も知らないと白を切って追い返した。僧は心臓の痛みを訴えながら退場する。

（第一折）その後、張善友は福陽県に転居し、二人の子供をもうけた。長男の乞僧は仕事熱心で、両親のために一財産築くほどであったが、次男の福僧は毎日飲酒や博打に明け暮れ、取り巻きに金を毟り取られていたので、張善友はやむなく分家させた。[2]

（第二折）父の措置も空しく、次男は自分の取り分を使い尽くすと兄の分まで使い尽くした。長男は貧困の中で死に、その葬儀の時に次男の取り巻きが祭壇の台盞[3]を持ち去り、これを見た張善友の妻も逆上して死んだ。

（第三折）その後次男も死に、長男と次男の未亡人たちも実家に帰り、張善友は一人ぼっちになってしまった。彼は閻神（閻魔）と土地爺が非道にも彼の家族を取り上げたのだと考え、当時福陽県令となっていた義兄崔子玉に訴えたが、崔はひとまず取り合わなかった。

（第四折）張善友はその時急に睡魔に襲われ、夢の中で閻神の法廷に拘引されると、そこで子供たちに再会し、事の真相を知った。つまり前世では長男は泥棒の趙廷玉で、次男は五台山の僧であること、彼らは借金を返す（またはとりたてる）ために張の子に転生したこと、どちらの子も利息も含めて貸借関係を清算した今、すでに親子の関係は切れていたことである。また、妻は僧の金を盗んだ報いで地獄に落ちていた。張善友はこれらの出来事を仏道修行を始める因縁としてうけとめ、悲しみを克服した。

「崔府君」の現存テキスト間の最大の違いは、張善友の義兄弟の数である。『元曲選』本では崔子玉と張善友の二人が義兄弟となっているが、脈望館本では北極真武がさらに長兄として加わり、張に因果を悟らせる役割を果たしている（そのため崔子玉は、劇中でほとんど何も為すところがない）。また『初刻拍案驚奇』では崔子玉の存在が完全に消え去って、戯曲では楔子（前置き）で少し触れられている程度の東岳大帝（泰山府君）の霊験譚となっている。しかし『元曲選』本、脈望館本ともに劇の正名は「崔府君断冤家債主」であることから、崔府君が主人公であるべきこと、どのテキストでも舞台となっている「晋州古城」や「磁州福陽」が崔府君ゆかりの地名であること（後述）から、崔子玉と張善友の二人が兄弟であるというのが元々の設定であり、信仰される神の流行にあわせて北極真武や東岳大帝が加えられたのであろうと考えられる。

三　「崔府君断冤家債主」の作者と成立年代

「崔府君」は、元刊本が存在せず、『録鬼簿』に記載がないため、成立年代や作者について議論がある。本題に入る前に可能な限り先行研究を整理しておきたい。

1　文献の記載について

元雑劇のテキストと主な資料は、「崔府君」の成立年代と作者について以下のように記述する。

元刊本　なし

元・鍾嗣成『録鬼簿』　記載なし

明・無名氏『録鬼簿続編』　無名氏「鬧陰司　看経張善友帰仏教　冤家債主鬧陰司」

明・寗献王『太和正音譜』　記載なし（「鄭廷玉　冤家債主」という記述があるが、この作品は「看銭奴買冤家債主」の方である可能性が高い）

明・『脈望館鈔本校本古今雑劇』　元鄭庭（ママ）玉「断冤家債主　張善友論土地閻神　崔府君断冤家債主」(4)

明・臧懋循『元曲選』（万暦年間）　元代無名氏「崔府君断冤家債主雑劇　張善友告土地閻神　崔府君断冤家債主」

清・黄文暘『曲海総目提要』　元代無名氏「張善友雑劇」

概して、清代以前の諸文献はこの劇を元代の作と見なしているが、現代の学者は成立年代について留保を加えることが多い。王国維は『也是園書目』を根拠としてこれを鄭廷玉の作としているが、『元曲選』に無名氏撰とあることを併記している。[5] 青木正児は「元明間無名氏」の作品とし、[6] 厳敦易も『元劇斟疑』[7] の「三十五　冤家債主」でやはり作者不詳説を採り、さらに成立年代についても元代か明代か確定できないとしている。

『録鬼簿（外四種）』の出版説明によれば、『録鬼簿』には至順元年（一三三〇年）の序文があるが、本文には一三三〇年より後の出来事についても記述がある。本文中最も新しい記述は、版本によって異なる。しかしいずれにせよ『崔府君断冤家債主』についての記述はない。また後述の『続編』の成立年代は、おおよそ西暦一四二二年の後十年以内であるとする。[8]

『録鬼簿』に記載がなく、『録鬼簿続編』にやっとそれらしい作品が見えることから、「崔府君」の成立年代は、十四世紀半ば以降から十五世紀初めである可能性が高い。作者については、題名がよく似た「看銭奴買冤家債主」の作者が鄭廷玉であることから混同が生じたのではないかと推測される。

2　劇中の地名について

「崔府君」の舞台は、「晋州古城県」にはじまり、「磁州福陽県」に移る。「晋州古城県」は「晋州鼓城県（真定路・中統二年（一二六二年）置く）」を、「磁州福陽県」は「磁州滏陽県（広平路・至元十五年（一二七八年）置く）」[9] を容易に連想させる。このことは厳敦易が『元劇斟疑』「冤家債主」ですでに指摘しているが、文字の違いを重視して、作中の地名が元代のものと一致するという結論は出していない。[10] しかし吉田隆英によれば、崔府君が過去に磁州滏陽で県令であったとして、その地の神として信仰されていたことを証する文献が宋代にすでに複数出現しているという。[11] また崔府君の出身地については、文献によりばらつきがあり、「祁州鼓城県」[12]、「祁州古城県」[13] あるいは「蘄州彭城」[14] とされているが、祁州（河北省）および蘄州（湖北省）は、正史を見る限り、元明を通じてその下に「古城」または「鼓城」、あるいはそれに字形・発音の近い県名が見えない。つまり崔府君の出身地とされる地の中で、雑劇『崔府君』に出てくる「晋州古（鼓）城県」だけが、実在していたものに比定可能な地名なのである。なお明代になると鼓城県も滏陽県も廃止される。[15] 以上のことから、劇中の地名は元代までの地理に即し、崔府君ゆかりの実在の地名をもとに作り出されたものと考えられる。ただし、明代になっても旧地名が引き続き使われている可能性や、その地域で慣用的に使われている地名であった可能性もあり、ここから『崔府君』の成立年代を推定することは難しいであろう。

3　劇中の貨幣について

「崔府君」の本文には、紙幣と銀の二種類の貨幣があらわれる。張善友の働き者の長男があちこちで稼いでくる金は紙幣であり、張善友夫妻や五台山の僧が長期間貯えておくために所持しているのは銀子である。『元史』巻九十三・食貨志・鈔法によれば、元代は世祖中統元年（一二六〇年）に交鈔（中統鈔）を発行して以来、ほぼ一貫して紙幣流通を採用していた。またそれらの紙幣は銀と兌換可能であった。明代は初期には銅銭と紙幣、後には銅銭と銀の流通が行われる。[16]「崔府君」に見えるような貨幣のあり方は元代に一般的なものであり、描かれている状況は概ね元代の貨幣流通の姿であるといえるだろう。

4　神仙道化劇との関連

神仙道化劇とは、中国古典戯曲の一ジャンルを指す言葉である。明初の寧献王『太和正音譜』は雑劇を内容によって十二種類に分類しており、その一つが「神仙道化」である。

青木正児は神仙道化劇を、現存する作品内容に照らしてさらに二つに分類している。「神仙が凡人を説法して解脱せしめ、之を仙道に導く」「度脱劇」と、「素と神仙であった者が罪を犯して人界に生れ、悟道して再び仙界に帰る」「謫仙投胎劇」である。[17] 田中謙二は青木の二分説を継承した上で、度脱劇の特色を次のように述べている。「肯定されるべき神仙の世界を描くよりも、否定されるべき人間の世界を描くことに急であり、しかもそれは結局において否定されるがために、済度の対象はいよいよ人間臭い人間に、また否定されるべき人生はいよいよ生ま臭い人生に描かれがちである」。[18] 田中は度脱劇の主人公には胥吏（下級役人・直接庶民と接することが多かった）や肉屋といった「脂ぎった」職業の人間が選ばれるとし、典型的な作品として「鉄拐李」や「任風子」を挙げている。

中鉢雅量「神仙道化劇の成立」は、神仙道化劇は観客を祝福する慶寿劇から発達したもので、元雑劇の早期に流行したジャンルであるとする。[19] また田仲一成『中国演劇史』は、神仙道化劇を農村的な鎮魂祭祀に基づくものではなく、都市部の商工民が個人的な慶祝のために上演するべく発達したものであるとする。[20]

田中・中鉢・田仲は、ともに神仙道化劇の出家主義に、元代に流行した全真教の教義の影響を見ている。全真教とは、十二世紀中葉に華北で成立した道教の一派である。教義面で仏教を取り入れ、出家して厳しい修行に励むことを重視する。

張善友は胥吏や肉屋ほど脂ぎったところのない好人物であり、（道教の神である）崔府君が勧めるのは仏教の修養であって、「崔府君」は「神仙道化」劇の典型から少しずれた作品である。そのため過去の研究において本作を神仙道化劇の一例としたものはない。しかし「崔府君」は、家族への情にとらわれた主人公張善友を神である崔府君が悟りに導くという点で神仙道化劇の基本的性格を満たしており、趙廷玉が泥棒を働く様子や張善友の家族への執着、長男のワーカーホリックぶり、次男の放蕩ぶりがそれぞれ誇張して描かれるのも神仙道化劇の特徴にあてはまる。

なお中鉢は、現存する神仙道化劇の一部に「正末〔主演男優〕に神仙をやらせていたのだが、今度は済度される人間をやらせて見る」「仏教的な内容を盛ってみる」というような特色が見えるのは、神仙道化劇の人気が衰え始め、何か変化をつけて事態を打開しようとした時期（中鉢氏はそれを「元代の半ばを過ぎる頃」とする）の産物であるとしている。[21] 張善友が正末であり、内容も仏教への帰依をすすめるものであることは、中鉢氏の言う最盛期をすぎた頃の神仙道化劇の特色に当てはまるものである。

5　成立年代考証のまとめ

「崔府君」中に現れる地名や貨幣はいずれも元代の社会状況を反映したものではあるが、元刊本がなく、『録鬼簿』に記載がないことから、これらの文献がカバーしていない元末か、元代の記憶がまだ色濃く残っている明代最初期の状況を反映したものであろうと推定することができる。また、神仙道化劇としてみた場合の特色から鑑みるに、その流行の終末期に位置するものと考えられる。

四　「崔府君断冤家債主」と討債鬼故事

1　「崔府君断冤家債主」の原話について

現在のところ、「崔府君」の原話を探求した成果は、高橋文治の「崔府君をめぐって―元代の廟と伝説と文学―」[22]を唯一のものとして挙げることができる。高橋によれば「崔府君」のプロットは決して作者の独創ではなく、元代の民間伝承にすでに存在したものであるという。高橋は、清・鄭烺撰の『崔府君祠録』（道光十二年〔一八三二年〕序文）「治滏陽八事」の二番目に次のような話があることを紹介している。

崔府君がある日邯鄲の楊叟と碁を打っていたところ、楊叟の下僕が来て長男の死を告げた。楊叟は大して悲しまず、葬式が済むとまた碁を打ちに来た。また下僕が来て、今度は次男が死んだと告げた。楊叟は涙を流し、葬式が終わっても立ち直れない様子だった。崔府君が理由を聞くと、次男の方が働き者だったからだと答えた。崔府君はそこで楊叟を青いたてがみの馬に乗せてあの世に送り、子供たちに会わせた。長男は前世で楊叟に殺され金を奪われた旅人であり、次男は逆に前世で楊叟から金を借りていた者だった。二人とも借金の清算が終わった今は他人であると楊叟を拒絶した。楊叟は夢から覚め、また子供を思うことはなかった。（以上あらすじ）

府君嘗与邯鄲楊叟碁。一日叟僕至曰、長子死。叟自若。既帰葬其子、来碁。僕又至曰、次子又死。叟涕泗数行下、痛絶。府君曰、忍長、不忍次、父母之心乎。叟曰、長不類次克家也。又帰葬、且来且惨怛、失形状。

府君曰、吾舒君懐抱乎。与之青鬃馬曰、乗之出東門、信所之也。至漳河退灘柳林側、忽朔風吹沙、天地冥黒。叟怖、瞑目屏息、又忽聞人声喧集。張目視、則抵一城。入市見其長子呼之、不顧曰、爾夙世載渡、盗我銭貨、死我於水、今索銭貨足、吾帰、爾何子為。又至一渠、見次子臨橋上。叟喜呼其名。拒曰、我夙負君債償完、亦帰、爾何子為。叟不捨号之。驚覚、仍在河灘柳林下。方正午。帰謝府君。府君曰、父子相見、各有何述。叟知府君以神化顕示、不復思其子。

この話自体はもちろん清代に記述されたものであるが、高橋は『滙県志』（民国三十年〔一九四一年〕）に残る大徳元年（一二九七年）刻の李定時撰「元崔府君廟碑」碑文の中に「……磁州釜陽の県令に転任し（遷磁州釜陽県令）、……、楊叟の二人の息子の負債の冤をあきらかにする（決楊叟二子負債之冤）、……」とあることにより、「崔府君」のあらすじは元代にまで遡り得るものであろう、とする。ただ、自ら指摘する通り、「楊叟」がなぜ「張善友」になってしまったのかなど、ディテールの差異の説明は依然不明な点がある。[23] 先の考察のように『崔府君』の成立年代を『録鬼簿』のカバーする年代（十四世紀半ばまで）より後とすれば、この楊叟の話の方が「崔府君」より先に成立していたことになる。

さて、「崔府君」およびそのもととなったと思われる楊叟の故事の中には、前世で金を奪われた者が奪った者の子供に転生して家産を蕩尽するというエピソードが見られるが、これは討債鬼故事を取り入れたものである。以下では、討債鬼故事と「崔府君」の関係について考察を試みたい。

2　「崔府君断冤家債主」に見える討債鬼故事の要素

「崔府君」は、張善友の妻によって金を横領された僧が夫妻の子に転生し、その子供が奪われた金額だけ（正確に言えば利子も含めた額）を奪い返すという点でまごうかたなき討債鬼故事ではあるが、他の討債鬼故事には見られない特色がいくつかある。それは、①借金の取立てだけではなく、子供に転生して返済する話も対として描かれること、②父が冥界に行くことによって子供の正体を知ること、③親が悲しみから救われることに物語の重点が置かれていること、である。

ここで問題になる点は二つある。一つは、「崔府君」は討債鬼故事の変化の歴史の中で、どのように位置づけるべきものであるのかである。もう一つは、「崔府君断冤家債主」の「冤家債主」がどのような意味で、誰を指すのかである。本章では前者を、後者については次章で考える。

3　AT四七一B「老父陰曹尋子」と「崔府君断冤家債主」

AT分類とは、国際的に用いられている民話類型の分類である。丁乃通がこの分類方法を用いて中国の民話を分類したのが『中国民間故事類型索引』である。丁乃通の分類によるAT四七一B「老父陰曹尋子」は、息子に死なれた老父があの世にいる息子を訪ねるものの、そこで息子から拒絶され（冷たくあしらわれる、あるいは殺されそうになる）、この世に帰還し、それからは息子を恋しがらなくなるという型の話である。[24] なお、この型の故事はドイツ人の民俗学者エーバーハルトが一九三七年の著作において行った民間故事分類では、タイプ一四五「冥界への訪問二」に当たる。[25]

丁乃通が例として挙げる四つの話の中には、息子があの世で凶暴化している理由が明示されていないものもあるが[26]、凌純声・芮逸夫『湘西苗族調査報告[27]』所収の鳳凰県[28]の苗族に伝わる二つの例では、息子たちが討債鬼であることが父を拒絶する理由となっている。以下にその内容を紹介する。

（一二）討債的児子

ある夫婦に一人っ子がいた。十数歳の時に重病にかかり、医者や祈禱に大金を費やした。子供は老師を招いて家で飼っている驢馬を生贄にして祈禱をしてもらうように懇願した。父親は子供の言う通りにしたが、その甲斐もなく子供は死んでしまった。子供の死を諦めきれない両親は、人の噂で陰陽州の陰陽県に行けば死人に会えると聞き、そこを訪ねて宿屋に泊った。宿屋の主人は「その子は討債に来た子であるから、今会えばあなたは殺されてしまうかもしれない。私に考えがある。おからで作った人形をあなたに見せかけてベッドに寝かせておき、二階から様子を見てみよう」と言った。その通り支度をして子供を呼びにやると、子供は大きな刀で人形をめった切りにし、「もう驢馬も差し出させて借金は取り返したから、今度会ったら殺してやろうと思っていたのだ」と罵った。それを見ていた父親は震えて声も出なかった。子供が行ってしまうと家に帰り、それ以来子供を恋しく思うことはなかった。（鳳凰県呉良佐談）

（一三）討債与還債的児子

昔、ある金持ちの家に、二人の子供が生まれた。長男は父母の言うことをきかない放蕩者で、間もなく父母の家業を行き詰らせた。この息子は二十歳で死んだ。父母はこの子を不肖の息子だとして、死んでも悲しいと思わなかった。次男もあまり歳は離れていなかったが、誠実な性格で親孝行だったので父母から愛された。

成長すると仕事熱心で、三、四年も働くと兄が売り飛ばした田畑をすべて買い戻したが、二十歳をすぎるとやはり病気で死んでしまった。父母は大変悲しみ、父親は死者が住むという陰陽州の陰陽県まで子供を尋ねていった。父親はそこで宿屋に泊ると、主人に自分の来意を伝えた。主人は会ったところで何一つ良いことはないと言ったが、父親は自分にはどうせ後継ぎもなく、もうくたびれ果てていて生きていようが死んでしまおうが変わりもないから、どうしても会いたいと言い張った。主人はやむを得ず二人の息子を呼んだ。長男は「もう借金は取り返した。何の用があるのだ」と言い、次男は「借金はもう返したではないか、まだ何か欲しいのか」と言い、どちらも怒った様子で帰ってしまった。父親はこれを見てもう子供を恋しく思うことはなくなり、そそくさと家に帰ってしまった。（鳳凰県呉良佐談）

どちらもあの世へ行って息子が討債鬼であることを知るという点が「崔府君」と共通する。なお後者は怠け者と働き者が兄弟となっている設定が『崔府君』に酷似しており、「崔府君」をもとに作られた話ではないかと思われるほどである。

それでは「老父陰曹尋子」型故事の伝承は、いったい何時から存在するのであろうか。西晋・法炬法立訳の『法句譬喩経』道行品は、[29] 愛息を失ったバラモン（梵志）が、神界の役所に閻羅王を訪ねて、王の導きで息子に再会するものの、息子からその愚かさを罵倒されて追い返され、釈迦に救いを求める話であり、これが濫觴であると言えるかもしれない。しかしバラモンの父子の間には具体的な前世の因縁の説明はなく、子供への愛に溺れること一般を戒める内容である。討債鬼故事と結びついた例では、本書三章でも取り上げた宋・洪邁『夷堅志』支志戊巻第四所収の「呉雲郎」が現存最古である。あらすじと原文は同章に挙げている。「呉雲郎」はすでに述べた通り、「党氏女」から影響を受けたと思われる話である。ただし「党氏女」では、再登場した我が子との再会の場は隣村という日常的な場であり、子供が理路整然と自らの復讐について語り、敵の命を奪うことには関心を持たないのに対して、「呉雲郎」では、嵐で船が流され、偶然たどりついた廟で、冥府に勾引されているという息子と出会い、息子は父に対して殺意をむき出しにする。これらの相違点により「呉雲郎」は「老父陰曹尋子」型故事に発展していくものであるということができる。しかし二十世紀に鳳凰県で採録された「討債的児子」では、父は生還して子供を悲しむ心から解放されるのに対して、「呉雲郎」の父親は救われないままに死んでしまう。この点は「党氏女」と同様、罪を犯した親への復讐を主題とするものであるといえよう。

「呉雲郎」と、「崔府君」をはじめとするAT四七一B型故事との違いは、父の救済の有無であり、「救済者」が存在するか否かである。「呉雲郎」では父の告白を聴くのは救済する力のない弟であるため、父は救われない。それに対して、「崔府君」では崔府君や北極真武や東岳大帝が救済者として加わる。他のAT四七一B型故事においても、主人公を息子の害意から保護し、救済する救済者的な登場人物が現れる。つまり第二章で取り上げた「復讐者、復讐対象、救済者」の構図が甦っているのである。しかし「崔府君」の救済者は、「嫉妬話」系故事の救済者のように、復讐者（「崔府君」の場合は債権者と言うべきかもしれない）を断念させることはない。彼の救済は、復讐対象（債務者）に借金取り立ての意味を理解させ、納得させることである。「崔府君」では、債権者の借金取り立ても完遂され、債務者も救済される。「崔府君」には「党氏女」になかった復讐対象の救済と、「嫉妬話」系故事になかった復讐の完遂が、両方受け継がれているのである。

金から元にかけては現存する討債鬼故事の数自体が少ない。わずかに元代の『湖海新聞夷堅続志』前集巻二「報応門」の「図財殺僧」[30]や、「冤報解和」[31]があるばかりである。後者は悪事を犯した者の悔悟が描かれる点が興味深いが、「老父陰曹尋子」型の特徴は見出せない。そのため、「崔府君」が「親のあの世行き」「子供による拒否」「親の生還と悲しみからの解放」という要素がそろったAT四七一B型故事の現存最初の作品となるのである（先に挙げた「元崔府君廟碑」の段階で、この骨組みがすでに存在していた可能性はある）。「崔府君」自体は明代に凌濛初『初刻拍案驚奇』第三十五「訴窮漢暫掌別人銭　看財奴刁買冤家主」の入話として小説化されるが、それ以外にもこの型の作品は明代に創作されている。その例である陸粲『庚巳編』巻四「戴婦見死児」と智旭『見聞録』所収の話のあらすじと原文を以下に掲げる。

陸粲(32)『庚巳編』巻四「戴婦見死児」

長洲（蘇州府長洲県・作者の籍貫）陸墓の人、戴客は、豊かな陶器商人であった。一人息子を溺愛し、甘やかしていたが、十六歳の時に病気になり、半年ほど寝付いた末に医薬や祈禱の甲斐もなく死んでしまった。夫婦はいたく悲しみ、子供を厚く葬り、読経や供養に家産を傾けたが、それでもその子を失った悲しみは尽きることがなかった。ある日、老婆が船を漕いでやって来て、夫婦の悲しむのを見て同情し、子供に会いたくないかと聞いた。夫婦はその言葉に飛びついたが、老婆は母親だけを連れて船に乗り、にぎやかな市場に行った。そこにある米屋で子供が働いていた。子供は母を歓迎し、米屋の主人を呼びに行った。その間に老婆は母親を乗ってきた船にかくれさせた。様子を窺っていると、子供が帰ってきたが、まさに牛頭夜叉であった。そして「あの老いぼれは何処に行ったのか。奴らは俺に二十年分の借金がある。まだ四年分残っていたから、今その身に復讐してやろうと思ったのに、取り逃がしてしまった」と罵倒し、憤懣やるかたない様子で店に引っ込んだ。母親は老婆とともに帰宅し、見たことを父親に告げたので、夫婦の悲しみは収まった。老婆と船は捜しても見つからなかった。

長洲陸墓人戴客、以罌瓦器為業、頗足衣食、止生一子、極愛之、衣裘飲博、恣其所需。子年十六、得疾、臥牀褥者半年、医薬禱祠、百方不效、子竟死。夫婦痛惜、厚加殮葬、誦経建醮、費又不貲、家具為之一空、猶念其子不已、終日哭泣。一日、有媼拿舟艤岸、款門而入、不忍其夫婦之悲哽、因進曰、死生常理、何悲如此。然翁姥愛深難割、今念令嗣者、亦欲一見之否耶。夫婦掩涕謝曰、長逝之人、永沈冥漠、幽明隔越、安有見期。如媼之言、非所敢望也。媼曰、若然、亦易事耳。驚喜扣其説、媼曰、吾将引到一処、即当見之。然翁姥不須倶行、以一人往可也。戴喜、即令其妻偕入舟、媼戒不得妄窺。鼓棹如飛、食頃到一処、市廛中居民稠密、媼導以登、遥見其子立米鋪中、方持概為人量米、望見母来、即趨出拝母、喜可知也。子言、見今為此家開鋪、正念母、欲一見。母姑留此、吾入報主家、令相迎也。即奔入、媼招母入舟、以箬蓬密覆、漾舟中流使潜窺之。其子少選便出、装飾大畏、儼一牛頭野叉也、四顧罵曰、老畜安在。渠少我債二十年、尚欠四年未満、今来、我正欲報人執之、恨少遅、令得走卻。含怒而入。母伏舟中不敢喘、媼謂曰、已見之乎。放舟復還故処、述所見於其夫、自是悲念始息。尋媼舟亦不復見矣。

智旭(33)『見聞録』より

姑蘇（蘇州）金龍川の滸墅関に住んでいる作者の従弟に、子供が一人できた。いつも病気ばかりしていたが、ある時たまたま父子が同時に病に伏した。鬼がやって来て父の魂を捕らえて冥府に拘引した。冥府の役人は、「お前は人の借金若干を返していないぞ。なぜそんなに何時までも返さないでいるのか」と父を責めた。父は答えた。「私はそんなことは知りません。」そこで債権者を呼び出したが、それは自分の子供で、前世で負債があったことを思い出した。冥府の役人は、仏法僧に依って速やかに借金を返すよう命じたので、それを承諾した。目を覚ますと、子供は元通りベッドの上にいるが、父はすっかり悟っていたので、善事を行い医者を呼び、借金の額を使い果たすと子供は世を去った。母は子供のために慟哭したが、父は、「泣くことはないのだ。あれは昔の借金を取り返しに来ただけなのだ」と、前に見た夢について詳しく語った。そのため二人で戒律を守り修行につとめ今もまだ存命している。

金龍川又一表弟、住滸墅関、生一子、常病。偶父子同臥。頃有鬼摂父魂至冥府、冥官責云、汝欠某人債若干。何久不還。父答云、我不識渠。因喚出相認、即其子也。遂憶前世曾欠債事。冥官命曰、汝速於三宝中、為渠還卻。一諾而醒。其子宛然在床。心倍醒悟。後為作福延医等事、計満本数、子随去世。毋慟哭之。父曰、不須哭也。此是索旧債者耳。備述前夢。因相与奉戒修道、至今尚存。(34)

「戴婦見死児」はあの世がこの世と空間的に地続きであること、子供が人間離れした凶暴さを示すことなど、現代の「討債的児子」に酷似している。一方『見聞録』所収の話は、冥界の法廷という「崔府君」と似た場面が登場する。そしてどちらも「呉雲郎」とは違い、子を失った悲しみからの解放という結末に至る。特に『見聞録』所収の話は、「奉戒修道」という言葉で明確に宗教的な救いを表現しているところが「崔府君」と比較する上で興味深い。なお、この宗教的な救いは、「崔府君」および明代の作品にみられる特徴で、清代や民国の作品では、「親はもう悲しまなくなった」という程度の表現となり、宗教色は薄れていく。

この類型はその後も、清代の蒲松齢『聊斎志異』巻四「柳氏子」や、先に挙げた『湘西苗族調査報告』の二話、文彦生選編『中国鬼話』(35)所収の「討債鬼」のような作品を生み続けて今日に至る。

なお冥界に行く手段について言えば、この類型の民話では乗馬や船、徒歩といった通常の旅と同じ交通手段によることが多いが、「崔府君」では夢見という手段が用いられる。神仙道化劇において、被度脱者は悟りへと導かれる過程でほぼ必ず夢を見ることが指摘されており[36]、この点でも「崔府君」は神仙道化劇の基本形を備えているといえる。

復讐や勧善懲悪は演劇としても好まれる話であり、実際「冤を晴らす」ことを描く古典演劇は中国にも少なくない[37]。討債鬼故事が復讐譚として戯曲化されても不思議はなかったと思われるが、「崔府君」は逆に親が救済される姿を描くことによって俗人の度脱を描く神仙道化劇との親和性を増し、その結果、討債鬼故事に救済の物語という新しい側面を加えることとなったとも言えるのである。

五　まとめ

現存最古の討債鬼故事である「党氏女」は、殺人者への復讐の物語であった。宋代の討債鬼故事では、本書の緒論冒頭で挙げた話のように、可愛いさかりの幼子を失う親の悲しみが強調されるようになるが、親はあくまでも現世で罪を犯し、復讐を受けるのが当然の者として描かれた。このように復讐する者の立場で作られる討債鬼故事は、その後も消え去るわけではなく、明・顔茂猷輯『迪吉録』[38]のような勧善書には、悪人である親に復讐する話が収録されている。一方、第二章で論じた「嫉妬話」系故事の一つ「阿足師」[39]では、復讐対象である張臻は敬虔な善人だが、自分では与り知らない前世の罪のために、復讐に来た子供に悩まされ、阿足師の力で悪因縁を断たれ救われる。「崔府君」は、この二つの系統の故事が、それぞれ大きな変化を遂げて一つに合流したものである。「党氏女」からの変化は、討債鬼の親が悪人ではなく、むしろ読者の共感を呼ぶ普通の人間となり、糾弾されるのではなく、救済されることである。「嫉妬話」系故事からの変化は、救済者が登場するものの、復讐は阻止されず、債務の取り立てが完遂することである。復讐対象である父は、長男による債務の返済と同じく、これを運命として甘受する。復讐者の親となることを、我が身にも起こり得る不幸として恐れ、仏教・道教の儀礼や『仏頂心経』の印行によって防ごうとする試みは、その後も長く行われる。だが「崔府君」は、復讐される親を主人公としながら、恐れとは無縁の物語を作り出し、新しい潮流の源となっていく。明代になるとさらに、親の罪を本人のあずかり知らない前世のことにするのに加え[40]、止むを得ない事情で借金を返せなくなるという話が現れ、討債鬼の親となることは、ますます誰の身にも起こり得ることになる。清・蒲松齢『聊斎志異』[41]に収められた「四十千」という討債鬼故事[42]のあとには、以下の言葉がある。

昔、年老いて子がない者が、高僧に理由を聞いた。僧は言った。「貴方は人に借金がないし、誰も貴方から借金をしていない。どうして子供が得られるだろうか。」思うに良い子が生まれるのは、恩返しに来る縁があったのだろう。思い通りにならない子が生まれるのは、それで借金を取り返そうというのだろう。子が生まれても喜ぶことはなく、死んでも悲しむことはない。

昔有老而無子者、問諸高僧。僧曰、汝不欠人者、人又不欠汝者、烏得子。蓋生佳児、所以報我之縁。生頑児、所以取我之債。生者勿喜、死者勿悲也[43]。

「子供はなべて討債鬼である」とする結語は、「四十千」以外にも清代筆記小説の討債鬼故事にしばしば見られるものである。[44]ここには子供という仇敵に借金を取り立てられることは、特別な悪人だけに襲い掛かる不幸ではなく、誰にでも降りかかる運命と考え、心静かに受け入れる態度が読み取れる。討債鬼故事が被害者の立場に肩入れした復讐の物語のままであったとしたら、また復讐されるものを主人公とする「嫉妬話」系統の故事が、復讐を恐れ、災厄を免れたいと切望するもののままだったとしたら、我が子を「討債鬼」と罵る伝統が出現し、現在まで続くことはなかったであろう。親の救済を描いた「崔府君」は、討債鬼故事の歴史の大きな転換が表れた作品であるということができる。

注

（1）地方志や寺観の記録に散見される崔府君信仰に関する記述を編年的に追った研究には、吉田隆英「崔小玉と崔府君信仰」（『集刊東洋学』二十九、一九七三年）一〇四～一一六頁、「崔府君断冤家債主」と崔府君信仰のかかわりについては高橋文治「崔府君をめぐって―元代の廟と伝説と文学―」（『田中謙二博士頌寿記念中国古典戯曲論集』汲古書院、一九九一年）三五～八一頁がある。

（2）日本の「分家」とは意味が違う。家族が同居共財していた状態から、何らかの理由でそれが継続不能になった場合に、男子成員単位で財産を分割し、別居すること（滋賀秀三『中国家族法の原理』創文社、一九六七年、八一～八四頁）。

（3）台盞とは受け皿のついた酒器のこと。盤盞ともいう。（杜金鵬他編著『中国古代酒具』上海文化出版社、一九九五年、「鎏金銀酒注、酒盞」の項、三一五～三一七頁）。

（4）このテキスト群は、明・趙琦美所蔵の劇本を核として様々な系統のテキストが集合したものであるが、『崔府君』はそのうち来歴不明のテキストに属している（孫楷第『也是園古今雑劇考』上雑出版社、一九五三年、二四八頁）。

（5）『宋元戯曲考』（一九一二年）「元劇之存亡」章。「崔府君断冤家債主（元曲選庚集上。也是園書目著録、作元鄭廷玉撰。元曲選題無名氏撰。）」『王国維戯曲論文集』（中華戯曲出版社、一九五七年）八九頁。『也是園書目』は清初の銭曽の蔵書目録。約三〇〇種の戯曲を著録する。

（6）「元人雑劇序説」（春秋社全集第四巻所収）第七章「元人雑劇現存書目」（四）「無名氏」二〇七～二〇八頁。
（7）厳敦易『元劇斟疑』「冤家債主」中華書局、一九六〇年、二九八～三〇二頁。
（8）『録鬼簿（外四種）』（古典文学出版社、一九五七年）一～七頁。「出版説明」の執筆者は「古典文学出版社」となっている。
（9）『元史』巻五十八・地理志一・中書省真定路および広平路。
（10）厳敦易前掲書、三〇一頁。
（11）吉田前掲論文「崔小玉と崔府君信仰」一〇六～一一〇頁。
（12）『滏県志』所收の元代大徳元年（一二九七年）碑文「元崔府君廟碑」・『三教源流捜神大全』巻二「崔府君」。
（13）清・鄭烺『崔府君祠録』（道光十二年〔一八三二年〕序文）。
（14）明・王世貞『列仙全伝』巻五「崔子玉」項。
（15）『明史』巻四十地理志一および巻四十二地理志三。
（16）『明史』巻八十一食貨志五・銭鈔。
（17）青木正児前掲書、第二章「雑劇の組織」「雑劇の分類」三九～四〇頁。
（18）田中謙二『戯曲集上』（平凡社古典文学大系、一九七〇年）「李鉄拐」解説、四六六頁。
（19）『日本中国学会報』第二十八集、一九七六年、一七一～一八六頁。
（20）東京大学出版会、一九九八年、第二節1「神仙道化劇―慶祝劇―」一三一～一三五頁。
（21）中鉢前掲論文、一八四頁。
（22）高橋前掲論文、三五～八一頁。
（23）同前、六三頁、および八〇頁の注七五。
（24）華中師範大学出版社、二〇〇八年、一〇四～一〇五頁。
（25）馬場英子・瀬田充子・千野明日香編訳『中国昔話集二』（平凡社、東洋文庫七六二、二〇〇七年）。タイプ一四五は同書の一一二～一一三頁および三一九～三二〇頁、冥界譚を含まない討債鬼故事のタイプ一四六は一一四～一一五頁および三二〇～三二一頁。
（26）「想念児子的老人」（林蘭『換心後』北新書局、一九三〇年、三〇～三八頁）と「人鬼雑処的地方」（『民俗周刊』第八十三期、一九二九年、二一～二二頁）。

(27) 海商務印書館、一九四七年。この二話は二九九～三〇一頁に掲載。

(28) 現在の湖南省湘西土家族苗族自治州鳳凰県。

(29) 『大正蔵』第四冊、五九七頁b～五九八頁a。

(30) 季五公という男が、船に同乗した僧の忘れた財布を横領し、僧は船を追って水に入り、溺死した。翌年、季五公の妻が出産する時、その僧が家に来る夢を見た。生まれた息子もその孫も放蕩者で、家産は空となった。

(31) ある商人が船の同乗者を突き落とし、船べりにつかまる指を切り落として財産を横領した。夢の中で殺された男が隣家の子に転生したことを知り、商人はその養育費を出してやった。子供は博打好きとなって、商人にたかった。ある日商人が猶予を乞うと、その指を切り落とした。そこで商人は旧悪を告白し、全財産を与えた。

(32) 生没年は一四九四～一五五一年。嘉靖五年（一五二六年）の進士。

(33) 江蘇省呉県出身の学僧。一五九九～一六五五年。

(34) 『続蔵経』第一四九冊、四八五頁。

(35) 文彦生『中国鬼話』（上海文芸出版社、一九九一年）三六一～三六四頁。江呂という一人息子を失った父が、花山という山の上にある古廟にいる二人の不思議な老人の力を借りて息子の霊に会おうとして、自分と息子の間にあった前世を悪因縁を知り、それをきっかけに善行に励むという話。

(36) 福満正博「元雑劇中の度脱劇試論」（『日中学会報』第四十二集、一九九〇年）二二〇～二二二頁。

(37) 例えば、元・関漢卿「竇娥冤」や作者不詳「盆児鬼」のような一連の包公ものを挙げることができる。また『龍図公案』の「江岸黒龍」は、父殺しを企てた息子が前世で父に殺された宿の泊り客であったことを包公が夢のお告げに従って暴く、というもので、討債鬼故事が公案ものの戯曲として登場する可能性もあったことを示す作品である。

(38) 『四庫全書存目叢書』（斉魯書社、一九九五～九七年）子部、第一四九冊所収。

(39) 一般大衆に善行を勧めるために編まれた書籍。善書ともいう。

(40) 前掲の「戴婦見死児」および『見聞録』所収の故事。

(41) 明・凌濛初『二刻拍案驚奇』巻二十四「庵の中から悪鬼と善神を見て、井戸の中で因果応報を語る（庵内看悪鬼善神　井中譚前因後果）」入話。

（42）この話の本文は以下の通り。

新城の王大司馬のところにいた経理担当の執事は官職についてはいないが金持ちだった。夢の中で、突然、人がひとり飛び込んできて「お前は四十千（銭千枚を束ねたもの四十本）の金を借りっぱなしだぞ、今すぐ返せ」といった。どういうことかと質問したが、答えずにまっすぐ奥へ入っていった。夢から覚めると、妻が男児を産んだ。執事はこの子が前世の悪因縁だと知ったので、四十千を一室に一まとめにしておき、その子供の衣食住や薬代を皆そこから出させた。三歳か四歳をすぎた頃、部屋の中の銭を見ると、七〇〇ほどに減っていた。乳母が子を抱いているのに会ったので、からかいながら寄って行った。執事が子に向かって言った。「四十千はもうなくなるよ。もうそろそろ行ってしまう頃だろう。」言い終わると、子の顔色が突然変わり、首ががくっと折れて目を剝いた。再びこれを撫でてみると、すでに息絶えていた。残っていた金で葬式を出し、埋葬した。

新城王大司馬有主計僕、家称素封。忽夢一人奔入曰、汝缺四十千、今宜還矣。問之不答、徑入内去。既醒、妻産男。知為夙孽、遂以四十千捆置一室、凡児衣食病薬皆取給焉。過三四歳、視室中銭僅存七百。適乳姥抱児至、調笑于側、僕呼之曰、四十千将尽、汝宜行矣。言已、児忽顔色蹙変、項折目張、再撫之、気已絶矣。乃以余資置葬具而瘞之。

この作品は、は、『聊斎志異』三会本・異史本では巻一、二十四巻抄本では巻二、青柯亭本では巻十三に収録されている。「新城城王大司馬」は『聊斎志異』の別の話にも登場する。王大司馬は、明代の政治家・王象乾（一五四六〜一六三〇年）のことである。

（43）この言葉が明・徐樹丕『識小録』巻一「無子説」からとられていることは、欒保群の討債鬼故事を扱ったエッセイである「無債不成父子」（『捫虱談鬼録』江蘇鳳凰文芸出版社、二〇一七年所収）において指摘されている。欒氏は討債鬼故事が世に必要とされた理由について、子供を亡くした者へのなぐさめであるとし、「借金なくして親子なし（無債不成父子）」という語も子供を持たなかった者の弁護になっていると述べている。

（44）例えば程趾祥『此中人語』巻五「債」、銭泳『履園叢話』巻十五「討債鬼」、徐慶『信徵録』巻十三「児棤談債」に見える。

第七章　雑劇「看銭奴買冤家債主」
――息子の正体――

一　はじめに

「看銭奴買冤家債主」（以下「看銭奴」と略す）は、関漢卿や馬致遠と並ぶ元代の戯曲の巨匠である鄭廷玉の手になる雑劇である。ある貧乏な男が、神に富貴を得ることを祈って赤の他人の財産を手に入れたものの、財産の元の持ち主の子をそれとは知らずに養子にして、財産をとり返されるまでを描いている。

「看銭奴」とは「銭の番人」[1]、つまり神から金を借り、その金をほとんど使うことなく本来の持ち主に返した貧乏人・賈仁（弘義）であろう。その彼が買った息子は「冤家債主」と呼ばれるが、その意味するところは何であるか、それを考察することが、本章の目的である。

二　「看銭奴買冤家債主」について

1　「看銭奴」のテキスト

「看銭奴」のテキストには、元刊本と明本（息機子本と『元曲選』本）がある。テキストの年代は、息機子本が万暦二十六年（一五九八年）刊、『元曲選』が万暦四十三年（一六一五年）刊であるが、三者を読み比べると、元刊本を息機子本に書き換え、その書き換えで生じた矛盾点や錯誤を整えたものが『元曲選』本であることが見て取れる。

主要登場人物の数や大まかな話の流れについては三者とも皆同じであるが、元刊本には正末の台詞と唱しか記載されていないのに対して、明本では全員の台詞があり、さらに第一折の前に「楔子（前置き）」が加えられており、元刊本にはない状況説明が詳しくなされている。また登場人物の名前と身分が一部改変されている。なお、楔子の追加と、これらの登場人物の身分と名前の改変は、元刊本から息機子本への書き換えの際にすべて行われている。(2)

2 「看銭奴」の先行研究

「看銭奴」の主題について、青木正児は「まったくの運命の神の悪戯(3)」というが、その悪戯によってある種の思想が表現されているといえる。田仲一成は『中国演劇史』において、宗族の祭祀や社交の場で上演された、富家の盛衰をテーマとした演劇の一つとして、「看銭奴」を挙げる。善悪の応報による曲折を経ながらも、家が営々と続くことを説くこの作品には、宗族の子孫・財産の伝承に関わる願望が託され、金銭欲のために宗族の秩序が乱されることへの批判が見られる、とする。(4)小川陽一は、「看銭奴」をもとに書かれた『初刻拍案驚奇』巻三十五「貧窮を訴えた男が暫く他人の銭を預り、財産の番人が悪だくみをして冤家債主を買う（訴窮漢暫掌別人銭　看財奴刁買冤家主）」において、冒頭の貧乏人賈仁と増福神の台詞の多くが善書の文句から取られていること、またこれらの引用が凌濛初による改作段階ではなく、『元曲選』版にすでに認められ、戯曲もまた善書の影響によって書かれていることを指摘している[5]。なお「看銭奴」と善書の関係は、本章の内容とも深く関わってくることになる。

この他の「看銭奴」に関する先行研究は、元刊本と『元曲選』本の比較に集中している。太田辰夫「元刊本『看銭奴』考」[6]、日下翠「元雑劇『看銭奴』の演変」[7]、李簡「《看銭奴》雑劇〝元刊本〟与《元曲選》本之比較」[8]は、いずれも視点は違うものの最終的には元刊本の社会批判の鋭さを称え、研究においても元刊本を使うべきであるとする。

しかし本章の対象は、元刊本には台詞がない「看銭奴」たる父賈仁（元刊本では弘義）と、彼に買われた「冤家債主」たる長寿との交流を中心とする。そこで、本論文は明本、中でも読み物として整った『元曲選』を主に用いて考察を進めることとする。

3　「看銭奴」のあらすじ（『元曲選』による）

（楔子）主人公周栄祖が、妻子を伴って登場。彼は汴梁曹州の人で、代々金持ちであった。祖父周奉記は信仰篤い人であったが、父は信仰心が浅く、寺を壊して家を建てる材を取り、その後たちまち病死した。栄祖は学問をしており、科挙を受けるために財産を屋敷に埋めかくし、妻と息子の長寿を伴って旅に出る。

（第一折）貧乏人賈仁が、東岳廟に来て吾が身の不幸と貧乏について、東岳の御前にいる霊派侯に不平を並べ立てる。増福神は賈仁に財産を与えることに反対するが、霊派侯は懇願を容れて二十年後に返させることを条件に、曹州周家の福力を授けることとし、その旨を賈仁に言い渡す。

（第二折）賈仁の経営する質屋の帳付け係である陳徳甫が登場し、賈仁の現状を語る。彼はなぜか突然金持ちになったが、子宝に恵まれず、後継ぎを買おうとしているという。周栄祖は科挙に落ち、埋めた金は誰かに奪われ、洛陽の親戚にも会えず、尾羽うち枯らして登場する。そこで酒屋で酒をめぐまれ、酒屋の紹介で陳徳甫に会う。賈仁が登場し、他人の家の塀をこしらえていて金銀を見つけ、それをこっそり持ち帰り、金持ちになった次第を言う。周は陳徳甫に紹介されて彼に長寿を売る。しかし賈仁は恩養銭をきれいに払うことを拒み、一部を陳徳甫が肩代わりすることになる。周栄祖は賈仁を怨みながら去る。

（第三折）それから二十年後、長寿は自分のことをすっかり賈仁の子であると思い込んでいる。賈仁は吝嗇が昂じて病を発し、死にかけている（このあたりで、賈仁の吝嗇を示す挿話が多数挙げられる）。長寿は父の病気平癒を祈るため、お付きを連れて東岳廟を参拝する。乞食となった周夫妻も、ちょうど東岳廟に参拝に来る。夫妻は一番乗りで参拝するために、廟官に声をかけて場所取りをするが、後から来た長寿一行が、夫妻を殴ってその場所を強引に奪ってしまう。富豪の息子長寿の威光を恐れ、廟官も長寿の肩を持つ。ちょうどその頃、賈仁は死に、魂となって東岳に行き、実の親子をそれと知らずに再会させ、長寿に周栄祖を「父親」と呼ばせ、周はこれに返事をするが、そのことによって周は長寿に殴られる。長寿が父の病気平癒を祈ると、周夫妻がくしゃみをする。周夫妻が二十年前に売った息子の無病息災を祈ると、長寿がくしゃみをする。長寿主従はなおも周夫妻を殴る。

（第四折）第二折の酒屋の前を、周夫妻がさしかかる。妻が胸の痛みを訴えたので、周栄祖は酒屋で足を止める。主人から薬の施しが行われていることを教えられ、行った先で陳徳甫と再会する。陳から賈仁は死に、長寿が跡を継いでいることを聞く。陳徳甫によって長寿に引き会わされてみると、それは東岳廟で自分たちに乱暴を働いた若者であった。実の親を殴ったかどで役所に訴えてやる、と息巻く周栄祖に、長寿は金銀を差し出して怒りを解こうとするが、銀子の上には栄祖の祖父周奉記の名が彫られていた。事の不思議さに打たれて父子は和解し、周家に帰って来た財産を貧しい人々に分け与えることにする。最後に霊派侯が降臨する。

4　幸運児・張車子の話

「看銭奴」の原話が、東晋・干宝『捜神記』巻十[9]や、『文選』巻十五の張衡「思玄賦」の旧注[10]に見える張車子の故事に求め得ることは、すでに指摘されている[11]。

周擥嘖（「思玄賦」では周犨）夫妻は、道を好みながらも貧しかった。これを天公が憐れんで、まだ生まれていない「張車子」という者の財産を貸す、という夢告を与える。以来周夫妻は仕事上の幸運に恵まれ、徐々に豊かになる。

『捜神記』版では、周家で雇っていた張嫗という女が父なし子を身ごもったので周家を追い出され、車屋の軒先で出産した。その様子を周擥嘖が見に行くと、張嫗は天から「子供を車子と名付けよ」という天のお告げを受けていた。これ以来周家はだんだん貧しくなり、張車子は大富豪になっていく。

「思玄賦」版では、豊かになった夫妻は返済を逃れるために財産を車に積んで逃亡する。途中で車を止めて泊まったところで、同宿の夫婦がその晩子を産んでいた。その子は父によって「車子」と名付けられていた。以来周家はだんだん貧しくなっていった。

周擥嘖者、貧而好道、夫婦夜耕、困、息臥。夢天公過而哀之、敕外有以給与。司命按録籍、云、此人相貧、限不過此。惟有張車子、応賜禄千万。車子未生、請以借之。天公曰、善。曙覚、言之。於是夫婦戮力、昼夜治生、所為輒得、貲至千万。先時、有張嫗者、嘗往周家傭賃、野合、有身、月満、当孕、便遣出外、駐車屋下、産得児。主人往視、哀其孤寒、作粥糜食之。問、当名汝児作何。嫗曰、今在車屋下而生、夢天告之、名為車子。周乃悟曰、吾昔夢従天換銭、外白以張車子銭貸我、必是子也。財当帰之矣。自是居日衰減、車子長大、富於周家。（『捜神記』「張車子」）

昔有周犨者、家甚貧、夫婦夜田。天帝見而矜之、問司命曰、此可富乎。司命曰、命当貧、有張車子財可以仮之。乃借而与之期、曰、車子生、急還之。田者稍富、致貲巨万。及期、忌司命之言、夫婦輦其賄以逃、与行旅者同宿。逢夫妻寄車下宿、夜生子、問名於夫、夫曰、生車間、名車子也。従是所向失利、遂便貧困。（「思玄賦」注）

これらの「張車子」諸説話と「看銭奴」の相違点は、二つ挙げることができる。一つは、人が財産を持つ資格をどのように捉えるか、ということである。「張車子」では周擥嘖（犨）は善人であるにも関わらず金持ちになれぬ運命であり、張車子には、行いの善し悪しとは関係なく、ただその名前の持ち主であるというだけの理由で財産を与えられる。特に『捜神記』の張車子は、母の姓を名乗っていることからも分かる通り、父が誰であるか分からない。彼の財産は、先祖とは関係なく、あくまでも彼個人の運命によって与えられたものである。一方「看銭奴」では、周家の財産は周家に属する者に帰することが当然とされると同時に、栄祖の父の行いが良くないために二十年限定で取り上げられるとされることから、彼の財産の所有権は、周家に属しているという事実と、先祖代々の善行の二つの要素の兼ね合いによって定められているといえる。このような運命観は、小川が前掲書で指摘した功過格をはじめとする善書の「人間には予定された運命があるが、それは一定不変なのではなくて、本人の行為次第で変化するという」運命観とまさに一致するものである。小川は「杜子春」や「薛偉」といった唐代の小説が、明代に馮夢龍『醒世恒言』内に収められるに当たって善書の思想に従ってその結末が改変されていることを指摘している。[13]「張車子」と「看銭奴」の間にある差異も、この功過格思想の浸透によって生じたものであろう。

もう一つの相違点は、金の移動の説明の仕方である。「張車子」では、周擥嘖（犨）と張車子の間には直接財産の移動はない。そこに人間には見えないパイプがあって、周擥嘖（犨）の金が張車子の懐に流れていることを知るのは、天公だけである。それに対して、「看銭奴」ではモノとしての財産の移動が誰の目にも明らかな形で説明されている。賈仁は神の導きにより周栄祖の隠した財産を見つけ（第一折）、[14]その財産の正統的な継承者たる子供をそれと知らずに買い、その子の浪費と遺産相続により財産を返却することになる（第四折）。

さてこの子供、つまり長寿は、戯曲の題名において「冤家債主」であるとされている。「冤家債主」という言葉は、雑劇「崔府君断冤家債主」（以下「崔府君」と略す）の題名の中にも入っている。作中で「冤家債主」に目される者は、長寿と同じく主人公の「息子」という役回りであり、そして特にそのうちの一人は長寿と同じく浪費家である。彼は、前世で主人公（正確には主人公の妻）によって奪われた金を、浪費によって取り返す「討債鬼」である。討債鬼は、子供という立場を利用し、親の心情につけ込んで親の金を奪い取るものである。子供が病気になれば、いくら金がかかっても医者に頼り薬を買わずにいられない。子供が非行に走り、社会的な地位を失いかけている時、金で解決できるならば、親は費えを惜しまない。加えて、中国の伝統社会では、日本における勘当[15]のように、子供が親の財産を承継する権利を取り上げることはできなかった。父の財産は、最終的には拒みようもなく息子の手に落ちるのである。[16]「看銭奴」において長寿の果たす役割は、まさに討債鬼から発想されたと考えられる。それでは、彼はなぜ「冤家債主」と呼ばれるのか。そして「冤家債主」とはいったい何者で、討債鬼とはどのような関係にあるのだろうか。

三　長寿はなぜ「冤家債主」なのか

冤家債主とは、古くは「怨家債主」ともいい、元々は漢訳仏典において現実的存在の「仇敵と借金取り」を意味したが、六朝期の密教伝来の頃から一種の悪霊を指すようになり、さらに施餓鬼などの宗教儀礼において供養を受ける孤魂野鬼の一種を指すようになった。「冤家債主」はまた、王梵志詩「怨家煞人賊」や変文「廬山遠公話」において、前世の悪因縁によって生まれ、難産や早世によって親を苦しめる子供のイメージを併せ持つようになり、やがて討債鬼と混同されるようになっていった。[17]

1　長寿の立場

王洪『元曲百科大辞典』の「看銭奴」項では、「周栄祖の息子」について、出番は少ないものの、この戯曲が示す世態人情の堕落を体現している、として重視する。[18]本章でも、「冤家債主」という言葉が長寿を指す以上、彼を重視しなければならない。それでは、長寿の法的な立場について滋賀秀三『中国家族法の原理』[19]から確認してみよう。

賈仁は、本来得るべきではない財産を神々の根負けによって得てしまった。彼の病的な吝嗇は、元々貧乏暮らしが染みついた者に財産が転がり込んだショックと、財産を取り返しに来る者がいずれは現れるかもしれない、という恐怖によるものと考えられる。自分の入る棺材の代金さえも節約しようとする賈仁ではあるが、死後の世界まで財産を持って行くことができない以上、誰かに自分の財産を相続させなければならない。ところが彼には実子が生まれなかった（それもまた神の仕組んだことなのであろう）。もし実子のない者が、この事態を放置した場合、遺産は、宗族の中で嗣子を定めて嗣がせることになる。[20]「幼い時に父も母も亡くし、他に何ら親類眷族もなかったから、私はたったのひとりぼっち〔幼年間父母双亡、別無甚親眷、則我単身独自。（第一折）〕」で、皆から「窮賈児（第一・第二折）」と蔑まれていた賈仁は、自分の属する宗族との交際がとうに絶えていたと思われる。その場合、死後に名乗り出た「宗族」によって、勝手に財産を処分されてしまうことになる。そこで彼は、養子をとることにしたのである。

中国の伝統的な家族法における養子には、同姓の子供世代（甥）から迎える嗣子と、異姓の子を迎える養子がある。嗣子はもちろん実子と同じく自分の死後に祭祀をしてもらうために迎えるのであるが、今さら見ず知らずの賈姓の者を探し出して（存命の実父母がいるかもしれない）嗣子を迎えるのは、養子を取らずに事態を放置することと、結果はあまり変わらない。養子の場合、原則的には養父の宗族のメンバーシップを得ることはできず、養父が死に、財産を受け継いだ後は帰宗することになる。しかし現実には子供を他人の養子に出すような実家はすでに消滅していることが常であり、養子が養父の姓を名乗り、養父の死後も実家に帰らないことも多かったという。[21]つまり養子を迎え、実の親を子から完全に引き離し、子を完全に自分の家に同化することが、賈仁の意志に最もかなう解決であったといえる。

しかし賈仁は知らないうちに財産の正しい持ち主の子供を買ってしまい、その子供は実の父母と再会を果たしてしまう。「看銭奴」とは少し時代がずれるが、宋・程顥程頤兄弟『二程文集』巻十三には、程顥が裁いた事件として、父から財産を受け継いだばかりの富豪の息子のもとへ、見知らぬ老人がやって来て「私は昔、貧しさゆえにお前を売った実の父であるから同居せよ」と迫った事件が記録されている。この状況はまさに、「看銭奴」第四折の周栄祖と長寿の再会場面そのものであるが、裁判では「すでに子供を手放した実父が父として振る舞うことの是非」ではなく「この老人は本当に実父であるか」を争う。つまり本当に実父であれば、その要求は正当であると見なされているのである。「看銭奴」の長寿も、実父母と再会してしまったからには、周家に戻らなければならない。この時、周囲に賈氏の宗族の者が居れば、（賈仁の財産が実は周家のものであることを、まだ誰も知らない以上）財産の返還を求められる可能性はあるが、その可能性に触れていないところを見ると、やはり賈仁と宗族との交流は途絶えていたのであろう。

なお、第三・四折で描かれる、長寿による実父母殴打の件であるが、滋賀は清律の「祖父母・父母を闘殺又は殴殺した場合の刑罰（闘殺殴殺祖父母父母条）」の運用について、義子が実の父母を殴打した場合、実の子供として扱われると結論づけている。[22] 親の殴打に対しては、往々にして重い刑罰が設定されている。[23] 周栄祖の恫喝は十分有効なのである。

2　長寿と従来の「冤家債主（討債鬼を含む）」との比較

長寿は、売られた当初は賈仁を父と呼ぶことを拒む、けなげな子供であったが（第二折）、成人後には実の父母のことを全く忘れ去っただけでなく、養父の賈仁によって「この若いのは頭が悪くてだらしがなく、考えるのは喰ったり飲んだりすることだけ、金を見ても土くれにしか見えず、惜しいとも思わない。一銭余計に使ったら、私は死ぬほど心が痛むのに、どうしてそれが分かろうか〔這小的他却痴迷愚濫、只図穿喫、看的那銭鈔便土塊般相似。他可不疼。怎知我多使了一個銭、便心疼殺了我也。（第三折）〕」と語られるように、父の心に叶わないどら息子となる。賈仁は長寿の浪費を諫めてくどくどと訓戒を垂れるが、それらは何一つ長寿の心に残らない。使用人の陳徳甫によって「あの若い者は義を重んじて財を軽んじ、大旦那様とは全く違う〔那小的仗義疏財、比老員外甚是不同。（第四折）〕」と好意的に評されてはいるが、第三折における周栄祖夫妻への振る舞いや、第四折の最後に、自分を訴えようとする周栄祖を金で懐柔しようとするところを見れば、要するに何でも金で解決しようとする、愚かで取り入りやすい人間を、内輪の視点から好意的に形容した言葉というにすぎない。

ただ、長寿は金で何でも片付けようとする、愚かな浪費家である一方で、賈仁を本当の父だと信じ込んでおり、彼なりのやり方で孝養を尽くそうとしている。その証拠に彼は父のために金に糸目をつけず彼の好物や高い棺材を買おうとし、父のために内緒で蔵から多くの金銀を持ち出して東岳廟を詣で、一番乗りで神に祈るために、先客である見知らぬ乞食の老夫婦に殴る蹴るの暴行を加えるのである。賈仁の側もなぜかこの愚かな息子に真実を告げてこれを追い出し、もっとましな子供を買いなおすということはせず、聞こえた端から反対の耳へ抜けていくだけの訓戒を空しく繰り返すのである。「看銭奴」の親子関係は、血が繋がっていないとはいえ、吝嗇で口うるさい親と、万事にだらしがない愚かな息子の組み合わせ（それぞれの欠点はもちろんきわめて戯画化されている）という、世間にありふれたものである。劇を見る人々の多くにとっても「我が家も似たようなものだな」と思えるような、身近な光景であったろう。

それに対して、冤家債主はもともとが悪霊であり、人間に害意を持っているものである。冤家債主と同一視されるようになった、本書第二章で取り上げた転生復讐譚の子供たちも、いずれも何らかの形で親に対して底知れない憎悪を懐いている。親に悪意を持つ子供が皆親に先立って死ぬのは、それが一番親の心に打撃を与えるからである。

討債鬼も、借金の取り立てが終わると夭折し、親に多大な苦痛を与えるのが通例であるが、寿命はあくまでも取り立てる額によって決まるため、中には親よりも長く生きる者がある。しかしそれでも、しばしば親に対して底知れぬ憎悪を表現する。宋・郭彖『睽車志』巻五にある、平江（現在の湖南省岳陽市附近）の陸大郎の話では、大郎に騙され、金を奪われた僧は、生前から毎日香を焚いて彼の子に生まれ変わることを願って死ぬ。その後、生まれた大郎の息子は父の財産を蕩尽したばかりでなく、その墓に植えてあった樹を切り、棺材と副葬品を売り飛ばし、父の遺骸を焼いて湖に捨てる。また宋・洪邁『夷堅志』支志戊巻第四所収の「呉雲郎」では、息子の亡霊は眼をいからせて父に襲いかかり、水中に引きずり込んで殺そうとする。

しかし「看銭奴」では、賈が財を得たのも周が財を失ったのも、すべては神を介してのことであり、長寿の出生は、そもそも周家が神によって財産を取り上げられる以前のことであるから、長寿と賈仁の間には、前世の悪因縁など存在しようがない。よって長寿は、冤家債主や「嫉妬話」系故事の復讐者や討債鬼のような、前世にまで遡る、魂の奥底にわだかまる怨恨というものは持ちようがないのである。

結局、長寿に残った冤家債主と重なると言える特性は、「子供の立場によって自分が持ってしかるべき財産を取り返す」ことだけである。この特性は討債鬼出現以前の冤家債主にはなく、根拠を討債鬼の方に求めざるを得ない。それにしても、長寿本人には何の自覚も意思もないことを考えると、それはあたかも神の定めた運命を成就するための単なる「道具」と化してしまったといえる。

四　討債鬼故事における悪意の分離

冤家債主や討債鬼が親に対してしばしば尋常でない悪意と憎悪をむき出しにすることはすでに述べた。しかし怨恨と復讐を描く討債鬼故事が作られ続ける一方で、明清期のころから怨恨と借金の取り立てが分離していると思われる討債鬼故事もあらわれる。その例を以下に挙げる。

1　親が不可抗力で得た財を取り返す討債鬼

金の持ち主が主人公に金を預けたまま行方不明になってしまい、金を返せないでいるうちに子供が生まれ、その子が討債鬼であるケースである。以下のような作品がある。三つの作品のあらすじを挙げる。比較的短い作品のみ原文も付す。

明・凌濛初『二刻拍案驚奇』巻二十四「庵の中から悪鬼と善神を見て、井戸の中で因果応報を語る（庵内看悪鬼善神　井中譚前因後果）」入話

南京新橋の丘伯皐は仏教を篤く信仰し、誠実な人柄で知られていた。ある日、南少営という旅人が尋ねてきて、彼に包みを預けて北京へ行きたいと言った。丘伯皐は快諾して彼を饗応して送り出した。南少営は二か月ほどで戻ると言い残して去ったが、いくら待っても帰って来なかったので易者に占わせたところ、すでに死んでしまったとのことだった。そこで包みを開いてみると、金銀千両ほどであった。丘伯皐は法事を行

い、彼が生きて帰ってくるか、早く転生してくるかするよう祈願したが、やはり音沙汰なく、また残りの金銀を何処に返したらよいのか分らないでいるうちに自分の財産と区別がなくなってしまった。さて丘伯皐にはずっと子供がなかったが、例の法事の後、妾腹に息子を授かった。眉目秀麗であったが、学問は大嫌いで、悪友と交わり、博打に明け暮れ、郷里の人々から後ろ指を指された。丘伯皐は息子に嫁を取ったが、素行はますます悪くなった。丘伯皐は思い余って息子を一室に監禁した。丘伯皐の妻が哀れに思ってその部屋を覗くと、息子ではなく、南少営がいた。妻は夫にそのことを告げると、丘伯皐は悟るところがあり、息子を部屋から出して元のような暮らしをさせたところ、やがて病気でもないのに死んでしまった。丘伯皐が計算してみたところ、息子が浪費した金額はおよそ千両だった。丘伯皐そこではっきりと因果応報の理を悟り、息子のことを心に留めることなく、彼が遺した孫を養育することに専念した。

清・徐慶浜『信徴録』巻十三「為子索負」

杭州の呉元甫は誠実で篤実な人であった。明の崇禎十七年（一六四四年）に親類の役人陳朱明が官を辞して故郷の河南に帰る際、その部下の王某が、河南の治安が悪いのを恐れて、呉に千金を預けた。しかしその後二度と帰らず、呉はその財産を運用して家を豊かにした。順治乙未年（一六五五年）に鼎盛という息子が生まれたが、生まれつき碌でもない者であった。鼎盛が二十歳の誕生日に醮（道教の祭儀）と宴を催すことになり、その前に彼が入浴しているところをたまたま元甫が見ると、それはかの王某であった。元甫は息子に王某から金を預かってからの事の次第を述べ、家産をすべて譲って隠居すると宣言した。鼎盛も心を入れ替えて父に孝養を尽くし、後には戸部の役人となって家をもり立てた。

杭州呉元甫者、誠厚人也。明崇禎十七年、同郡河南監軍道陳朱明、為元甫之親、謝任帰家、有軍校王姓者送帰、因河南流寇未平、王有千金不敢携帰、寄呉元甫家而去、約平定来取。鼎革之後、杳无音信、元甫即将其貲経営、家漸裕矣。順治乙未年、生子名鼎盛、自幼頑劣、長更桀驁、不時与父尋釁、元甫隠忍、聴其花費。至鼎盛二十歳生日、元甫為子設醮、並宴親友、是夕令鼎盛于房沐浴、適元甫自外入、遙望見浴盆中人、即前寄銀王姓人也。因大驚悟、即設席南面、請其子坐。其子不肯、元甫曰、汝坐我有説話、強而後可。遂告其子曰、汝非我子也。汝前生王姓。曽有寄銀之事。久無音耗。故我権為営運、非我設謀呑騙也。我所有家貲、応帰于汝。我退閑優老可矣。遂以帳目鎖鑰之類、悉付鼎盛。鼎盛聞之亦覚大悟。叩首謝罪、従此自新作家、孝養其父終身。至康熙乙丑年、為戸部従事、迄今尚在。蘭墅言。

姜彬主編『中国民間文学大辞典』「西商報友」(24)

方某という貧乏で剛直な男には、西方から来た商人の友だちがいた。この友だちが方某に千金を託して、一年後に戻ると言い置いて帰郷したが、四、五年経っても帰らなかった。方の妻に子供が生まれようとする晩に、商人の幽霊があらわれて返済を求めた。子供は成長すると金を土くれのように惜しみなく遣ったが、商人の遺しただけの金額を遣い終わると、態度を改め真面目に学問に励み、家運も上向いた。

いずれも遠行する前に金を預けて二度と帰らなかった者が、金を預かってくれた者の子供に転生する話である。「庵内看悪鬼善神……」入話では、討債鬼は放蕩の限りを尽くした挙げ句に死ぬが、その一方で、金の預かり主に孫を遺すという報恩的な行動を取っている。「為子索負」では、父親から謝罪と事情の説明をうけた討債鬼は和解して孝行息子になる。「西商報友」では、預けた金額を遣い切った息子は打って変わって真面目になる。このような行動は、悪意や恨みから生まれた討債鬼にはなし得ないことであろう。

2　金を返しに来る息子たち

また、子供に産まれることによって借金を返す、というパターンの話があらわれるのもこの頃である。まず、比較のために明・馮夢龍『警世通言』巻二十二「宋小官が破れ笠のおかげで妻と再会する（宋小官団円破氈笠）」を見てみよう。この話の主人公宋金の前世は、当時子供が居なかった宋金の父に棺材を買ってもらった乞食僧で、恩返しのために転生したのであった。しかしその棺材の費用はたったの一両六銭である。宋金の親は早くに死んだが、宋金とその子孫は大いに繁栄し、その福分は一両六銭の対価としては過分であり、返金という視点では説明できない。では、恩返しではない、単なる返金のための転生であれば、どうなるか。ここで明・朱国禎『湧幢小品』巻二十四「薛満八」のあらすじと原文を見てみよう。

閩（福建）の薛如岡には、男児が三人あり、長男を鳴歧といった。一家は倭寇の難を避けて三山（福建省福清市三山鎮）に移り住んでいた。鳴歧は商才があったが、性格は凶暴で、あまり働かないで彼の稼ぎを当てにする弟たちとけんかになり、それを止めた母親にも暴力を振るった。長男の行動の理由を知るために父が天帝に祈ったところ、夢に見知らぬ道人があらわれ、鳴歧が前世では強盗「薛満八」で、前世の父とその一家を皆殺しにして金三〇〇両を奪ったので、今生でお前の子に転生したのだ、と教えた。金を返しに来たのであれば、そう経たないうちに事は終わるだろうと静観していたところ、鳴歧は病気になって苦しみながら死んでしまった。鳴岐の妻や妾の生んだ子は皆育たず、鳴岐の作った財産は皆父母のものとなった。

薛明岐、閩人。父曰如岡、生三子。長即明岐、少頑獷不馴。而有幹済才。以倭難、同父母避居三山、貿易為生。饒機変、射利如隼、不十載累千金、駸以驕奢。妻兪氏、忮婦人也。相与計。吾夫妻勤苦有尺寸、而仲季安坐享之、不能平。因時相闘鬩、母従旁解之、擲鉄器、中母額。幾殆。父屢誚責、不悛、将訟之官、明岐挟利剣、恐喝其父曰、訟我、我即屠若家。父無如何。則以丙夜焚香、書其罪状、訴之帝。如是久之、忽夢一道人語曰、汝前世、嘉善人也。尉嘉祥、家二十口、有金三百両。遇強賊薛満八、尽殺死、没汝金。今来為汝子。父醒、書之籍。心念此児以償債来。其不久矣。遂罷、不復訴。未数日、明岐疾作、徧体如刺、号呼之声、人不忍聞。屢自経求死。家人持之、則叩頭求哀曰、速与我死。免人磔我也。其舅台山先生為諸生。[25]往視、入門。即呼舅救我。曰、何方可救。曰、与我死、即救耳。如此者弥月乃死。兪氏屢挙子、不育。妾遺腹生子、未周歳亦死。遂絶不嗣。而如岡収其遺貲、帰故居。与妻孥、皆安楽寿考終。

また前章で取り上げた雑劇「崔府君」では、前世において主人公張善友の金を盗んだ男が、善友の長男となって働き詰めに働いた挙げ句死んでしまう。しかし息子を愛するあまり、あの世まで会いにきた張善友を、金を返したからもう他人だ、と冷たく突き放す。このような性格は、宋金よりは薛鳴岐に近い。確かに勤勉な「良い子」であり金を返したのであるが、子孫も残さず、親との間に情愛もなく、彼らには報恩の意図はないと考えるべきである。自動的に債権者の息子に産まれて、稼いだ金を親に吸い取られるのであれば、これもまた「看銭奴」の長寿と同じく、「道具」として働いているにすぎないといえる。

なお、筆者は、「崔府君」については、前章のもとになった論文を執筆した当時は、「冤家債主」は単純に討債鬼と同じものであると考えていた。そのため、主人公張善友の二人の息子のうちの弟のみを対象に論じ、金を返す兄の方は重視していなかった。しかし長寿のように金をあちらからこちらに移す役割を持つ者を「冤家債主」と呼ぶことからすれば、前世で盗んだ金を返すために転生した兄もまた（討債鬼ではないけれども）一種の冤家債主であったと言える。

3　天帝の意志の執行者

「不当に得た財産を取り上げる役割としての子供」の活躍の場は、討債鬼故事に限定されない。中国の郷村で冤魂鎮撫のために演じられる『目連戯』の地方テキストでは、目連の祖父からあこぎな手段で蓄えた財を奪うため、天帝から二つの災星（災いをもたらす星）が使わされ、息子として生まれて散財するという挿話が見える。彼らに目連の祖父に対する個人的な怨恨がないのは言うまでもない。彼らは冤家債主と呼ばれているわけではないが、このような特異な金の取り上げ方は、「金銭を移動する役割としての冤家債主・討債鬼」という観念がなければ存在し得ないものであろう。[26]

また、討債鬼が自分の取り立てるべき債を取り返す時に、同時に天帝の命を執行するというケースもあらわれる。清・湯用中『翼駉稗編』巻五「都司討債」では、死の床にある親が、討債鬼に対して、「私がお前から奪った分をお前が使い果たすことについては、私はもうあれこれ言うまい。しかし私が生涯の間に自分で積み上げてきた財産は、お前とは何の関係もないであろう。どうしてそちらまで傾けようとするのだ（我負汝者、汝尽蕩去、我亦不較。惟我生平手自積累、与汝無干、何乃亦欲傾之耶）」という。それに対して、子供はこのように言う。「上帝の命令なのです。お父さんが作った財産とやらは、いったいどういう出どころのものなのか（どうせ人をだましてや作った財産なのだろうに）（帝命也。翁所致財産、其来尚可問耶）。」と答える。つまりこの息子は、個人的な債を取り返しに来た討債鬼であると同時に、上帝の命令を執行しに来た者でもあり、その点では、目連戯の二災星と同じ役目を担っている。「息子の散財」は、天が人から不義の財を取り上げる手段ともなっているのである。

五 「冤家債主」の変容とその意味

後漢から六朝期にかけて語られていた「張車子」は、運命の不思議さと不可解さを、財産の転移によって表す説話であったが、『看銭奴』は、善書の思想を根幹に取り込み、財産（と運不運）は本人と先祖の善行悪行によって、スポーツの得点や買い物のポイントのように精密に加減されるものとされた。そしてその加減のルールに従って財産をあちらからこちらへと転移させる役割を、ある特定の人間に担わせたが、彼らは「冤家債主」と呼ばれた。

「冤家債主」は、もともとは生者に悪意を持つ霊、つまり冤魂の一種であり、母の胎内に入り込んで親に危害を加え、そして宗教儀礼によって鎮魂される対象であった。つまり「冤家債主」は、他者の恨みや悪意が人間の不幸の原因であり、供養や懺悔によってその他者の恨みを鎮め、解くことで、本来受けるべき悪報を退けることができるという、善書とは違った価値観によって生まれたものである。

中唐期から盛行した討債鬼故事では、討債鬼はやはり前世の悪因縁があって親を苦しめるのであるが、親は途中で神仏や高僧に救われることはなく、自らが元々奪った財産と同じ金額を子供に奪われる。同じような金額へのこだわりは、討債鬼故事と同じく借金と転生をする民間故事である畜類償債譚にも見出すことができる。畜類償債譚は、借金を返さずに死んだ者が、転生して貸し主の家畜となり、労働などによって返済するという話である。この話は、インドにおいては財産への執着を戒める内容であり、これを取り入れて隋から盛唐にかけての中国で作られた作品では、しばしば借金を踏み倒された被害者が家畜にぶつける怒りが描かれていた。中唐期に至って、それまでの怨恨の描写は影を潜め、人間時の負債額と家畜に転生した後に返済する金額の一致が語られるようになった[27]。畜類償債譚・討債鬼故事のどちらにおいても、中唐期を境に被害者の怒りという問題が後景に退き、金額として目に見える形となった「借り」を返し、返させることに重点が移ったと言える。この金額として可視化された貸し借りが、善悪の行いとその報いを数値化する功過格という善書の一種の思想と冤家債主（討債鬼）をなじませ、その果てに長寿という、恨みとは無縁の冤家債主が生まれたのである。この長寿像が、元刊本の段階ですでに成立していたのか、それとも『元曲選』の段階で成立したのかは明らかではない。しかしそこへ至る道は、実は中唐期の討債鬼故事成立の段階で、すでに始まっていたと考えられるのである。

長寿のような子供は、討債鬼故事に限らず、他の形式の物語にも登場し、財産を不当な持ち主から取り上げ、あるべき持ち主に返却し、ひいては善悪それぞれの行いに対してルールに則り、数値化された報いをもたらすようになった。そして自分が負ったさまざまな「借り」の調整者としての子供を、親たちは嘆きながらも静かに受け入れるようになったのである。

自分が負ったさまざまな「債」の調整者としての子供、という見方は、現代の中国社会にも受け継がれている。二十世紀初頭についていえば、例えば永尾龍造『支那民族誌』では、子供を亡くした者が「死んだ子が若し本当の子なら死にもすまい、本当に身に附いた財産なら散じもすまい（是児不死、是財不散）」という言葉で慰められている。[28]この言葉は、梅阡による戯曲版の『駱駝祥子』で、自前の車を失った祥子を、虎妞が慰める際にも使われている。これについて、戯曲を日本語訳した大山潔は、「（失われた子や財産はもともと前世の借金であったのだから）執着するな、悲しむな、悔しがるな、一からやり直すんだ」という慰めであり、励ましであり、救いである、とする。[29]討債鬼の親は、悪行の報いを受ける者から、慰められるべき普通の人になったのである。

また、李銀河・陳俊傑「個人本位、家本位与生育観念」では、中国人がなぜ出産するのか――（経済学的な前提に反して）子供を持つことに経済的な利点が全くない場合でも子供を持つ選択をすること、子供に養って貰えることが期待できないと考える場合にも、子供の結婚や養育に見境なく金をつぎ込む例が少なくない――について、個人ではなく家全体の繁栄を重視すること以外に、子供を持ち、彼らに金をつぎ込むことが自分の前世や先祖に対する「還債」であると考えるからであると指摘している。[30]このような子供への態度も、子供を「冤家債主」と見なし、彼らによる運命の調整を受け入れようとする態度に基づいていると考えられる。

注

（1）『漢語大詞典』によると、元代の文言白話の複数の作品に用例が見られる。

（2）元刊本と明本の改変は、元刊本では「賈弘義」とされている人物の名前が「賈仁」になっていること、主人公周栄祖が洛陽出身の庶民から曹州出身の読書人になっていること、また脇役の一人である陳徳甫も、もともとは読書人とされていることが指摘できる。

（3）青木正児『元人雑劇序説』第四章「初期の本色派」（三）「鄭廷玉・武漢臣の悲歓離合劇」『青木正児全集』巻四（春秋社、一九七三年）三八九頁。

（4）田仲一成『中国演劇史』第四章「元代演劇の形成」第二節「宗族祭祀に由来する元代雑劇」2「宗族指向劇―家庭劇―」（東京大学出版会、一九九八年）一三八頁。

（5）小川陽一『日用類書による明清小説の研究』（研文出版、一九九五年）第四篇「明代小説と善書」第一章「三言二拍と善書」三三九〜三四四頁。善書は日用類書の一種。本書第六章の注39を参照のこと。功過格は、善行悪行を条目化してそれぞれ点数をつけ、読者が自らの行いを採点できるようにした書物。

（6）太田辰夫『中国語文論集　語学篇元雑劇篇』（汲古書院、一九九五年）三〇五〜三二九頁。

（7）日下翠『中国戯曲小説の研究』（研文出版、一九九五年）二二〜三七頁。

（8）北京大学中文系・北京大学詩歌中心編『立雪集』（人民文学出版社、二〇〇五年）六五九〜六七三頁。

（9）巻次は学津討原本による。なお李剣国『新輯捜神記　新輯捜神後記』（中華書局、二〇〇七年）では巻九に収録されている。

（10）李善は『文選』の注において、この旧注について、作者張衡の自注という伝承があるが、それは疑わしい、と述べている。

（11）譚正璧『三言両拍資料』（上海古籍出版社、一九八〇年）下巻、七三七〜七三八頁。李修生主編『元曲大辞典』（江蘇古籍出版社、一九九五年）「看銭奴」項（李空廬）一六三〜一六四頁。

（12）小川前掲書、三四四頁。

（13）小川陽一「講演要旨　明清小説と善書―日本近世小説も視野に入れて―」（『近世文芸』七十九号、二〇〇四年）二九〜三〇頁。

（14）この「屋敷内に埋めてあった金を掘り出して富貴を得る」という説話の、中国民間文学における広がりについては、丸尾常喜『魯迅「人」と「鬼」の葛藤』（岩波書店、一九九三年）第二章五「『白光』と『掘蔵』」（九〇〜九五頁）を参照のこと。

（15）「勘当」はもともと臣下が主君の勘気を被って出仕を止められることを指したが、江戸時代になると親が子供との関係を断絶する行為を指すようになった。親が勘当をすることを町奉行所に届け出れば、子供は家を継ぎ財産を相続することができなくなる（以上は『国史大辞典』第三巻（吉川弘文館、一九八三年）八八四頁「勘当」項による）。

（16）滋賀秀三『中国家族法の原理』（創文社、一九七六年）第二章第一節中の「子の追い出し」（一七九〜一八三頁）を参照。行いの悪い息子は、親の存命中家から追い出す、あるいは一定の財産を与えて分家することはできるが、父の死後に財産を要求する権利を取り上げることは不可能である。

（17）本書第五章「冤家債主との葛藤―王梵志詩「怨家煞人賊」の解釈について―」を参照のこと。

（18）王洪『元曲百科大辞典』（学苑出版社、一九九二年）四八一〜四八二頁。

(19)　滋賀前掲書。
(20)　同前、第三章「実子なき者をめぐる諸問題」第三節「承継人の不存在—「戸絶」—」三九五～四〇九頁。
(21)　同前、第六章「不正規な家族員」第二節「義子」一「乞養」五七五～五九一頁。
(22)　同前、五七七頁。および六〇三頁注三。
(23)　『元曲選』が撰せられた明代の刑法『大明律』の場合、巻二十「闘殴」に「およそ子や孫が祖父母・父母を、妻妾が夫の祖父母・父母を殴った場合は皆斬刑に処す（凡子孫殴祖父母・父母、及妻妾殴夫之祖父母父母者、皆斬）」とある。
(24)　上海文芸出版社、一九九二年、三二六頁。
(25)　葉向高（一五五九～一六二七年）。台山は号。万暦の進士。
(26)　田仲一成『中国演劇史』（東京大学出版会、一九九八年）一九二～一九三頁、三五〇～三五二頁。また、田仲先生からは江西省贛劇団印の『目連救母』の脚本のコピーを頂いた。
(27)　畜類償債譚における金額の一致表現については、本書第四章。
(28)　永尾龍造『支那民俗誌』（支那民俗誌刊行会、一九四〇年）第五篇第一章第六節一項二のロ「討債鬼」六八三～六八四頁。「是児～」の訳は永尾龍造のもの。
(29)　老舎原作／梅阡脚本／大山潔訳注『戯曲　駱駝祥子』（東方書店、二〇一五年）。「是児～」の台詞は第一幕、四六頁。この台詞に関する大山の解説はコラム「子供は討債鬼である—慰めと励ましの表現—」三〇四頁。
(30)　李小江主編『性別与中国』（生活・読書・新知三聯書店、一九九四年）所収。三「生育作為家本位邏輯中的一環」四五四～四五五頁。

第三部　討債鬼故事と日本

第八章　落語「もう半分」に見る討債鬼故事の受容と変容

一　はじめに

古典落語の演目に、「もう半分」というものがある。現存最古の筆記である、明治三十二年（一八九九年）の初代三遊亭円左談「最う半分」口演筆記によると、そのあらすじは以下の通りである。

昔の永代橋の際に、小さな酒屋があった。ある日、そこに歳のほど五十五六の老人が酒を飲みに来た。一合入る茶碗に「もう半分、もう半分」と少しずつ注文しながら酒を飲み（一杯ずつ三杯飲むよりも半杯ずつ六杯飲んだほうが余計に飲めたような気がするというのである）、したたか酔ってから店を出て、風呂敷包みを忘れていった。中から出てきたのは大金が入った財布である。酒屋の亭主は老人に財布を届けようとするが、女房の意見で横領することに決める。そこに老人が慌てて帰って来るが、女房はしらを切る。老人は、自分は深川で八百屋をやっていたが、酒のために身代を潰して、妻の連れ子である娘が義理の父への孝養のためにと吉原に身を売った、その百両だという。その金は確かにここに置き忘れたはずだと言い募る老人を、酒屋夫婦は店から追い出す。老人は夫婦を恨み、永代橋から身投げする。

夫婦はその百両で新しい店をひらき、その店は大層繁盛する。老人の祥月命日に当たる日、女房は子供を生む。生まれた子は老人にそっくりで、その顔を見た女房は頓死してしまう。亭主は、罪滅ぼしのために赤子を大切に育てたが、乳母が次々に辞めて居つかない。その理由を一人の乳母から訊いた亭主が、夜ふけに別室からこっそり子供の様子をうかがったところ、果たして赤子は行灯から油を飲んでいる。思わず亭主が駆け寄ると、赤子が「旦那か、もう半分。[1]」

十四年後の大正二年（一九一三年）、三代目柳家小さんによって演じられた「モウ半分」[2]は、あらすじにいくつかの改変を加えることによって、話の性格を大きく違えている。

明治三十二年版と大正二年版を比較すると、明治三十二年版は「本格怪談としてのもう半分」であり、酒屋夫婦の罪深さ（人が良かったはずの亭主は、女房の言葉に乗って金を奪うことを決意するなり豹変する）、老人の怨みの深さ、子供の不気味さ（例えば、この型を語った古今亭今輔の、最後の「もう半分」の言い方は大変おどろおどろしい）[3]が強調され、聴く者に人の怨みを買うことの恐ろしさを思い知らせずにはおかない。大正二年版では、爺さんの飛び込む橋は永代橋から千住大橋に移る。宿屋の夫婦の掛け合いの滑稽さが強調され、亭主の女房に引きずられる弱い男の側面が強調される。老人が身投げする場面は、老人を心配してそっと跡をつけた亭主の視点からのみ語られ、老人が恨み言を述べるシーンが描かれない。この型を語った五代目古今亭志ん生による最後の「もう半分下さい」[4]も、財布を失う前そのままの屈託ない様子である。こちらは怖さと可笑しさを両方味わう「もう半分」である。

筆者はこれまで討債鬼故事について研究発表を行った際に、「（討債鬼故事というのは）まるで落語の「もう半分」のようだ」という指摘を何度か受けた。確かに金を奪われた老人が、奪った居酒屋夫妻の子供に転生し、復讐らしきことをするというところは、討債鬼故事らしく見えるが、中国の話とは、どこか肌合いの違いが感じられた。本章では「もう半分」と討債鬼故事を比較することにより、日本における受容の問題を考えていきたい。

二　討債鬼故事の日本への伝来

1　日本の討債鬼故事受容についての先行研究

先行研究において日本の討債鬼故事の鼻祖とされているのは、景戒撰『日本霊異記』中巻第三十縁「行基大徳携子女人視過去怨令投淵示異表縁」である。これは行基の説法を聴きに来た女と彼女が連れている泣き叫ぶ子供の間に、前世において物の貸し借りのトラブルがあったことを、高僧行基が見抜く話である。筆者としてはこの話を討債鬼故事というよりも、その前身となる説話の一つであると考える。(5) なお、この話は『今昔物語』巻十七にも転載されている。『今昔物語』には他にも巻十九「小児に依りて侍出家せる語第九」という、藤原師尹が家宝の硯を割ったと名乗り出た息子を「この子は子にはあらで前世の敵なりけり」と罵って勘当する話がある。師尹の言葉の背後には討債鬼故事的な発想の存在がうかがわれるが、硯を割ったのは実は家来の侍で、師尹の息子は家来を庇ったにすぎなかった。時代は下って安土桃山時代の『多聞院日記』天正十年十一月の条に、ある人が寵愛していた子を亡くし、聖となって諸国を遍歴し、善光寺で我が子と再会したものの、我が子が「アレハ我先生ノ一段ノ怨敵也」という言葉ともに大鬼となった、という風聞が載せられている。これは本書第六章で取り上げたAT四七一B型説話の影響をうかがわせるものである。

近世の討債鬼故事の受容状況については、後小路薫「近世説話の位相―鬼索債譚をめぐって―」が詳しい。後小路は、近世説話において、実際にあった御家断絶譚に「鬼索債（討債鬼に同じ）」が登場することを示し、この種の話が『日本霊異記』中巻第三十縁にまで遡ることを示す。そして中世のブランクの後、「鬼索債」譚が日本近世の仮名草子や小説に多く見出されるようになること、その来源として、江戸時代になって、勧善書などの形で盛んに出版されるようになった中国の怪異小説の翻案と、仏教僧侶による唱導があったことを指摘する（どちらも『太平広記』や『夷堅志』などの中国の小説から題材を取っている）。民間の「事実譚」のような大衆的なレベルでの「鬼索債」の盛行は、特に仏教の唱導に負うところが大きいとしている。(6)

2　近世の作品群

近世の作例については、後小路が多くの作品を紹介している。その論文に掲載されている順にあらすじを紹介する。

①椋梨一雪『続著聞集』報仇篇第六「殺害の僧子と為りて家を滅す」

江戸である大名家に仕えていた岩間勘左衛門という武士は、息子八十郎と六十郎が博奕に狂ったため、息子らとともに死罪となった。切腹の直前、検使に語って言うには、彼は若い頃ある商をする聖と念友であったが、聖が金子三百両を持っているのを見て悪念が起こり、殺して死体を隠し、金を奪った。その後妻を迎え、八十郎が産まれたが、殺した聖とそっくりで、その上身体の同じところに黒子があった。恐ろしく思っていたところ、果たしてこのようなことになってしまった。ここで懺悔したことが、後生の助けになってほしい。

そう言って回向を頼み切腹した。[7]

②曇龍東鯉『怪談信筆』「僧死して再び生まれ兄の子と為る」

僧である弟が預かって高野山に持っていくはずだった官金を、弟の病死の後兄が着服したため、弟が兄の子に転生し、若くして病死する。死に際に兄を激しく罵る。[8]

③編著者不詳『善悪報はなし』巻一「前世にて人の物をかり取り返さざる報により子と生まれ来て取りて返る事」

摂州の百姓夫婦が神に祈って子を授かるが、二十一歳になるも腰が立たない。その子がある日、自分には祈ることがあるので米一俵、銭三貫をくれれば立とうという。与えるとそれを持ったまま山に入り、背丈一丈ばかりの鬼となって、前世にお前たちが返さなかった銭と米を取り返したから、もう用はない、と告げ、山深くに入ってしまった。[9]

④浅井了意『善悪因果経直解』巻四「云何名為悪心……」の注中の話

銭を貯めていた僧が、海辺に新田を作る同郷の者に金を貸してだまされた。僧は彼の無頼の子となってその田を売り飛ばすことを祈願して死んだ。だました男の妻が夢を見て子を産んだが、その子は果たして非行の末に家業をつぶし、父は懊悩の末に死んだ。[10]

⑤猷山『諸仏感応見好書』「座頭を殺して子と生まる」

伊勢の国に住む男の家に座頭が泊まった。男は座頭を殺し、所持していた官金を奪い、豊かになった。やがて妻が男児を生んだが、盲目でその顔は座頭とよく似ていた。可愛がって育てたが、五歳から十四歳までの間に親の財産を使いつくし、「私は父に殺された座頭だ。私が奪われた官金は使い果たしたが、まだ命は

とっていない」と言った。父は恐ろしくて口もきけなかった。息子はある晩、父を殺して自らも自害した。(11)

⑥同「僧を殺して子と生まる」

武蔵国の宗也という男が高野山へ行く僧のために金を用意するが、金が惜しくなって僧を殺して奪う。家に帰ると、門のところに殺した僧が立っていて、ふと消える。やがて妻が子を産むが、長じて大不孝の者となり、公庫に強盗に入って、それが父の指図であると訴えたので、父もろとも死刑になった。(12)

以上の話を概観して気がつく点は、金を奪われた者が奪った者の子供に転生する、というところまでは中国の討債鬼故事と共通しているものの、しばしば金の取り立ては二の次にして、直接的間接的に親の命を奪って復讐していることである。この事実は、これらの話が討債鬼故事の定義に当てはまらないことを示すのみならず、本当に討債鬼故事を受容したものかどうか、という疑問をも生じさせる。しかし、仏典において「復讐のために仇の子に転生する話」は意外に少ない。管見の限りでは本書第一章で取り上げた姚秦・鳩摩羅什訳『衆経撰雑譬喩』「嫉妬話」の他には北涼・曇無讖訳『大般涅槃経』「梵行品八之六」(13)の阿闍世王の父殺しの話くらいしかなく、中国を介さずにこれらの仏典から直接影響されたとは考えにくい。また「嫉妬話」では、正妻に我が子を殺された妾が、自分と同じ苦痛を味わわせるために正妻の子に転生し、『仏頂心陀羅尼経』下巻第三話では、毒殺された復讐者が、殺人者の生まれ変わりの子供としてその腹に宿り、心肝を握り締めて難産の苦しみを与える。このように、仇の子供に生まれて復讐する動機には、実はいろいろなものがあり得たのに、中国では、中唐期に上記二要素を持つ最古の討債鬼故事「党氏女」が生まれた後は、専ら金銭をめぐる争いの物語に収斂している。日本においても「仇の子供に生まれて復讐する話」の発端が「金欲しさの犯罪」に偏るのは、中国の討債鬼故事を受容しているからであると考えられる。

以下において、これら近世の作品の性質を踏まえて、「もう半分」における討債鬼故事の受容について検討していきたい。

三　「もう半分」に見る討債鬼故事の変容

1　「もう半分」の先行作品

「もう半分」が何をもとにして作られたのかについては、すでにいくつかの論文や落語解説で論じられている。『口演速記明治大正落語集成』第五巻の興津要による「最う半分」の解説[14]では、類似する落語として「正直清兵衛」を、両者に共通する遠い原型として井原西鶴『本朝二十不孝』巻三「当社の案内申す程をかし」（貞享三年（一六八六年））を挙げている。また、「もう半分」の形成に影響を与えた作品を最も多く収録するのは、中込重明の論文「落語「もう半分」と「疝気の虫」の形成」[15]である。中込は興津の挙げた二作品に加え、以下の作品を挙げている。各要素を中込に従って分類すると、以下のようになる。

遺失物の横領の話　　井原西鶴『万の文反古』（元禄九年（一六九六年））巻三の「代筆は浮世の闇」、『西鶴織留』巻一の「品玉とる種の松茸」の入話（元禄六年（一六九三年））

他人の物を横領し、被害者が子供になって取り返す転生復讐譚　　『善悪報はなし』（元禄の刊本）巻一の一「前世にて人の物をかり取り返さざる報により子と生まれ来て取りて返る事」、『日本霊異記』中巻第三十縁「行基大徳、子を携ふる女人に過去の怨を視て、淵に投げしめ、異しき表を示す縁」（前述）、椋梨一雪『新著聞集』（寛永二年〔一六二五年〕）報仇篇「殺害の僧子となって家をほろぼす」
生まれた子の容姿の異常の描写　民話「鬼子」
養ってもらった老人が恩人の居酒屋夫婦の子に転生して飲酒する話　竹塚東子『滑稽奇談尾笑草』（文化八年〔一八一一年〕）第二話「恩金却嬰子ニむくゐ深夜飲酒」
類似する民話　民話「こんな晩」[16]
飲油の描写の類似　『久夢日記』中山勘解由の話

中込は、これらの話を、不明の作者、あるいは複数のアイデアマンが俎上に上せて生み出したのが「もう半分」である、という。

延広真治編『落語の鑑賞二〇一』「もう半分」[17]項も、おおむね中込論文と内容は重なるが、これらに加えて娘の身売り話の出処について、馬場文耕『当時珍説要秘録』巻六「鎌倉岸豊島屋重右衛門が事」（宝暦六年〔一七五六年〕）と落語「五人政談」[18]を挙げている。

三人の挙げる作品のうち、『善悪報はなし』と『日本霊異記』、『新著聞集』所収のものは、すでにあらすじを掲載した。また、興津の挙げた西鶴の「当社の案内申す程をかし」は、後小路たちは言及していないが、やはり殺害されて金を奪われた者が殺人者の子供に転生して復讐する話である。

2 「もう半分」の類話——落語「正直清兵衛」と漢文小説「鬼児」

「もう半分」がいつ頃成立したのかは、今のところ全く不明である。しかし現存するテキストはいずれも明治時代のもので、登場人物の性格付けや結末がそれぞれ異なっていることから、落語口演筆記[19]の行われた時代（明治半ば～大正初期）にはまだ型が定まっていなかったのではないかと思われる。現在はおおむね赤子が「もう半分」と言う落ちで終わる形が定着しているようであるが、現行の形に至る前に消えていった要素や、生き残った要素を比較検討することは、討債鬼故事の日本における変容を考える上でも興味深い問題である。

「もう半分」という題を持つ最古の口演筆記は、冒頭ですでに紹介したので、次に残る二つの類話について紹介したい。中込・延広の考証でも挙げられている類似作「正直清兵衛」は、結末が違うため「もう半分」という題名ではないものの、始まりから中盤までのあらすじは酷似しており、「もう半分」のバージョンの一つに数えてよいであろう。五代目林家正蔵談[20]によるあらすじは以下の通り。

天保年間、本所林町三丁目に、青物を商う清兵衛という者がいた。清兵衛にはおしげという十六歳になる娘が居た。清兵衛は毎日商いが終わると、二丁目と三丁目の角にある忠右衛門の居酒屋で酒を飲んだ。ある日良い酒を褒めて、もう半枡足して飲み、折から降ってきた雪の中、店を出て入り口に財布を落とした。酒屋の女房が拾って中を見てみると十五両入っている。妻から金を見せられた忠右衛門は、金を着服することを決める。そこに清兵衛が戻って来て、ここで財布を落としたと言い張ったので、忠右衛門は外で落としたのではないか、だいたいお前がそんな大金を持っているのはおかしい、としらを切る。清兵衛は外には雪が降っているから黒い財布がまぎれるはずがない、どうしてもないというなら奉行所に訴え出る、金は娘が親への孝養のために吉原に身を売って作ったもので怪しい金ではないと一度は強く出るものの、結局忠右衛門に押し切られ、諦めて帰る。忠右衛門は以前桶川の問屋場で働いていた時に、同種の問題を起こした過去があり、気が変わった清兵衛に奉行所に行かれては、その件も蒸し返される、と跡を追って出刃包丁で刺殺した。

その月、忠右衛門の女房が懐妊し、十月十日が経って出産した。生まれてきた子は皺だらけで白髪が生え、頭頂部が禿げており、清兵衛にそっくりである。忠右衛門は悪党ではあったものの生まれてきた子供は可愛くて殺すことができず、最後は成人したわが子に女房ともども殺された。

この話は、落ちらしい落ちもなく、志ん生がそうしたように演じようによっては笑いが取れる「もう半分」に比べると、ただひたすら陰惨なだけの作品である。また、奉行所に訴え出ると脅迫するかと思えば忽ち忠右衛門に押し切られてしまうというように、清兵衛の性格描写に一貫性がない。現在あまり高座にかけられないのも、このような理由によるものと思われる。

最後に落語筆記ではないが、「もう半分」の成立を考える上で重要と思われるものに、明治の漢学者石川鴻斎の手になる漢文怪奇小説集『夜窓鬼談』所収の「鬼児」がある。『夜窓鬼談』には、この作品をはじめ落語に取材したと思われる作品が多く含まれていることは、石川鴻斎の研究ですでに指摘されているが、[21]興津・中込・延広はこの作品を挙げておらず、落語研究の側からこの作品に言及した文献は管見の限りない。

石川鴻斎は、天保四年（一八三三年）に三河国の商家に生まれ、はじめは漢学者として研究と出版に活躍していたが、明治二十一年（一八八八年）に彼が主催していた出版社が倒産し、その後は雑誌『風俗画報』に日本の伝統に取材した文章を寄稿して生計を立てるようになった。晩年は耳を病んで画業に転じ、大正七年（一九一八年）静岡県にて没した。(22)

「鬼児」の収録されている『夜窓鬼談』上巻は明治二十二年（一八八九年）刊行であり、漢学の研究や出版の一線を退き、雑誌で一般的な読み物を書きはじめた時期の作品ということになる。「鬼児」のあらすじは以下の通りである。

江戸は神田に蕎麦売りの甚平という男がいた。甚平は酒が好きなために貧乏であった。ある日病に倒れて窮状に陥り、かねてから親のために身売りを考えていた娘を本当に吉原に売ってしまった。娘を売った帰り道、甚平は手に入れた五十両を持ってついつい馴染の酒屋に入り、そこで痛飲した末に、財布を忘れて店を出てしまった。酒屋の女房は財布を見つけてこっそり隠し、戻ってきた彼に、財布は外に落ちているだろうから外を捜すようにと言い、提灯まで与えたので甚平は感謝したが、財布は見つからず、絶望のあまり川に身を投げて死んでしまった。

酒屋の女房は後で亭主に財布を見せて事の次第を告げ、この金で新しく商売を始めることを承知させた。以来酒屋夫婦の家は豊かになった。夫婦には長らく子供がなく、神仏に願掛けなどもしていたが、四十すぎになってやっと子供が生まれた。その子は生まれてから泣くことがなく、生後すぐに歯と白髪が生えて皺がより、その顔は甚平にそっくりだった。成長するにつれて毎日家のものを壊しては親を悩ませた。ある日甚兵衛の財布を見つけ出してこれに砂を入れ、この五十両で立派な着物を買ってくれと母に告げて驚かした。それを嫌った亭主に叱られると暴れ出し手足を縛られた。すると高熱を出したので医者を呼んだが手の施しようがない。やがて叫び声とともに額から角が生え、口が裂けて鬼のような顔になった。亭主が子供を殺そうとすると、子供は縛めを抜け出して母の乳房に噛み付いた。亭主がなおも殴りつけると「お前は金を盗んだことを忘れたのか」と父親にも噛み付こうとした。亭主は我が子を鉄の分銅で殴り殺し、密かに葬ったが、女房はその後も夜毎甚平の悪霊に苦しめられて狂死した。家は没落し、盗難に遭うなどして人手に渡ってしまった。(23)

石川鴻斎はこの話について「林屋某の話す所」と記しており、当時高座で語られていた「もう半分」のバリエーションの中には、このようなものがあったのかもしれない。無論、鴻斎が落語を忠実になぞったのかどうかは不明であり、石川による全くの創作であった可能性も否定できない。

ここで「もう半分」「正直清兵衛」「鬼児」の三話について、共通点と相違点をまとめると以下のようになる。

共通点　娘が身売りして作った金を、父が居酒屋で酒を飲んだ際に置き忘れ、居酒屋夫婦に横領される。老人は死に、それから居酒屋夫婦の子に転生する。居酒屋夫婦の子供の顔が、老人にそっくりである。老人の職業については、「もう半分」と「正直清兵衛」では八百屋、「鬼児」は蕎麦屋であるが、都市の細民であるという点は一致している。

相違点　居酒屋夫婦のうちどちらが主犯であるか（「正直清兵衛」では夫が主犯であり、他二話では妻が主犯である）。老人の最期（「もう半分」と「鬼児」では自殺で、「正直清兵衛」では他殺）。子供が油を飲むこと（「もう半分」だけに見られる）。結末は三話それぞれ全く違う。

なお、「鬼児」における子供の金額へのこだわりと、家の経済的な破滅が語られるところは、やはりその起源に中国の討債鬼故事があったことを感じさせる。しかしそれは取り立ての具体的な行動というよりは親の心を痛めつけるための当てこすりであり、中国の討債鬼の金額へのこだわりがドライさを感じさせるのに比べ、むしろ陰湿さを感じさせるものである。

四　「もう半分」の各要素の検討

1　子供の容貌について

「鬼児」、「もう半分」、「正直清兵衛」に共通する要素に、「生まれてきた子供が死んだ老人そっくりであった」ということがある。これは、「もう半分」系列の話だけでなく、前節で挙げた近世の作品群にも見られる特徴である（第2項①⑤）。この要素は、中国の討債鬼故事ではほとんどと言っていいくらい見られないものである。棺の蓋を閉める前に、見納めに見た幼い我が子の顔が、昔自分が裏切った男のそれになったというもの（本書の緒論冒頭で挙げた宋・郭彖『睽車志』巻四「章思文」）、乱行を咎められて部屋に監禁されている息子を家人がひそかに覗いたところ、前世の姿に戻っていたというもの（明・凌濛初『二刻拍案驚奇』巻二十四「庵の中から悪鬼と善神を見て、井戸の中で因果応報を語る（庵内看悪鬼善神　井中談前因後果）」入話）、はじめに夢で正体を明かし、その後は普通の姿で生きていくもの（清・蒲松齢『聊斎志異』「四十千」[24]）があるが、いずれの例でも、普段は何の変哲もない息子の姿をしていて、ここぞというところでだけ前世の仇の姿を見せるのである。視覚を使わないで正体を知る例としては、子供が病気のうわごとで前世の因縁を語る話（宋・洪邁『夷堅志』志補巻六「徐輝仲」）、子供が突然行ったこともない山東省の方言で前世の悪因縁について語る話（清・袁枚『新斉諧』巻二十四「為児索価」）などがある。この場合も、見なれた我が子の口から、突然聞き慣れない言葉が飛び出すことが恐怖を生み出すのである。容貌に関する日中の相違をまとめると、中国ではあくまでも普通の子供の姿をしていて、親に対して自分の正体を明らかにする一瞬だけ「変化（へんげ）」するのに対して、日本の場合は出生時からその顔の上に自分の正体を刻印し、尋常の子ではないことを主張しているのである。

そして、近世の諸作品でも「もう半分」とその類作でも、明らかに自分を狙う仇敵であり、時には歯が生えて化け物のようである子供を、親はしばしば捨てることなく育てるのである。根っからの悪人である「正直清兵衛」の忠右衛門ですら「悪党でも親子の情愛はあるもので、此の子を手に懸けて殺すわけにも往かない[25]」と言い、最後は育てた子にむざむざと殺されてしまう。「最う半分」では父親が漏らす「斯ういふ子が出来たのも、因縁といふんであらう。併し此の子を大切に育て、遣らねば、爺さんにすまない[26]」というような罪滅ぼしの意識が、このような運命への屈従の理由になっていると考えられる。しかし、「もう半分」と「鬼児」の場合、子供の変容はさらにエスカレートし、親を追い詰めていく。

2　異形の者への変貌

「鬼児」の子供は、はじめ甚兵衛そっくりの見かけで生まれて来たものの、最終的には角の生えたいわゆる「鬼（おに）」と化す。父は鬼と化した息子を分銅で殴り殺すが、死後も夫婦につきまとい、その祟りから逃れることはできなかった。この子供は最早親の力では太刀打ちできない、超自然的な存在と化しているのである。後小路が挙げた日本の作品『善悪報はなし』所収の話（③）では、討債鬼（この鬼は前世で踏み倒されたもの全部を取り返して親と縁を切るので、中国の討債鬼故事の定義を満たしている）は、身の丈一丈の鬼となって山の中に消えて行く。これも我が子が人間たることから離れていく例である。

中国の討債鬼の中でも、口承の民間故事の中には人間離れした妖怪のような姿を現す例[27]があるが、あくまでも浪費や早世という、「人間的」な手段で復讐する。病弱な子供や放蕩息子は、世上ありふれた存在である。話の聞き手が人の親であれば、もしかすると自分自身が今まさに討債鬼に復讐されているのかもしれない、と感じることもあっただろう。「鬼児」や『善悪報はなし』のように異形の者と化したのでは、中国のように「聞き手の身の上にも起こること」と思わせる効果を狙うことはできない。

「もう半分」の子供も、角こそ生えてこないものの、やはり人間離れした特色を備えている。それは油を飲むという点である。このような行為ももちろん中国の討債鬼故事には見られないものである。『落語の鑑賞二〇一』は「油を飲む」という行為について、井原西鶴の「当社の案内申す程をかし」（『本朝二十不孝』巻三、貞享三年〔一六八六年〕）と、作者不詳の随筆『久夢日記』延宝四年（一六七六年）条の記事[28]を挙げたあと、ろくろ首や遊女の妖怪など油を舐める怪異を示している。つまり、「もう半分」の子供は、人間を離れて妖怪の域に入りつつある存在なのである。

なお、子供に油を飲ませたのは「もう半分」が初めてではなく、興津要も井原西鶴『本朝二十不孝』巻三の「当社の案内申す程をかし」を挙げている。ただ、中込が指摘するように、「もう半分」の飲油描写の細部の来源は『久夢日記』延宝四年五月の項の、中山勘解由[29]が、鬼と化して行灯の油を舐めた我が子を切り殺した風説を書いたものの方である。勘解由の子供が鬼と化した理由は全く不明である。「当社の案内申す程をかし」のあらすじを挙げる。

鎌倉に宿屋を生業にする者の娘がいた。親を亡くしてから、胡散臭い流れ者の男を婿に迎えた。二人の間に子供ができ、その子が三歳になると、夜毎に行灯の油を酒のように呑むようになった。両親はこの子を人に見せた。五歳の春、その子のために盛大な袴着の儀式を執り行ったが、その席で子供が、自分の父が五年前に油売りを斬り殺して金を奪ったことを暴露した。招待客の中に殺された油売りの従弟が居て、親類を集めて相談を始めたので、男は妻を殺して自分も死んだ。子供は行方不明になった。

「当社の案内申す程をかし」では、子供が油を飲むのは前世で油商人だったからであり、生前の酒の飲み方を油で再現する「もう半分」と同じ方向性を持っている。なお、この話の父の自殺という結末は本書次章で検討する「世間による親への圧力」という問題を先取りしているかのようである。

中国の討債鬼故事では、討債鬼はあくまでも子供であることによって親を苦しめ、金を満額取り返すと、親に「子供と死別する悲しみ」というリアルな苦痛を与えて去って行くもので、あくまでも親子の人間的な絆の中で復讐が行われていた。しかし日本には、子供が子供であることからも、はては人間であることからも遠ざかる型が存在していた。自分の妻の腹から生まれた子供が頭から角を生やして巨大化し、または妖怪のように油を呑むのは、中国の討債鬼のそれとはまた違った恐怖である。そのような系譜の上に「もう半分」が成立したのである。

3 「娘を売った金」ということ

老人が娘を売った金を失うという設定は、「もう半分」、「正直清兵衛」、「鬼児」のすべてに共通するものである。

一九五九年の古今亭今輔の口演では、金を奪われて永代橋の上に立って、ひたすら娘へ死んで詫びること、娘の幸せを草葉の陰から祈ることを独白し（十九分二十二秒〜二十分四秒）、居酒屋夫婦への怨みは、「形相ものすごく」無言で酒屋を睨むことによって表現される。[30] 一九六六年の古今亭志ん生の口演では、酒飲みの老人は、「あの金がないと、私（わたくし）はとても生きちゃいられないんでございますから（十九分三十五〜四十五秒）」「ごめんくださいい。とても生きちゃいられない。さよなら（二十分二十三〜二十九秒）」と、居酒屋夫婦に向かって聞かせるともなくつぶやいてから、死に場所である橋におもむく。[31] いずれの場合も、口をついて出るのは、娘に対する申し訳なさである。この金を作るために身を売ったのは老人の娘であり、老人は金を失った口惜しさではなく、娘への申し訳なさから死ぬ、というのである。なお、娘を売った金をめぐって窮地に陥るという設定は、『落語の鑑賞二〇一』が挙げた「鎌倉岸豊島屋重右衛門が事」「五人政談」以外にも三遊亭円朝作「文七元結」にも見えており、当時好まれていた題材と思われる。

さて、中国文学は、娘が身を売った金を父がなくした時の父をどのように表現しているのだろうか。三言二拍などの白話小説においては、親とはぐれ、その保護を失って妓女になるケースはしばしばあっても、親の経済的な危機を救うために進んで身売りする娘を描く、という作品は見当たらない。範囲を現代文学にまで範囲を広げてみると、老舎の作品には、売春婦に転落する女性がしばしば描かれる。[32] 中でも「駱駝祥子」[33] の二強子と小福子父娘の関係が「もう半分」のそれに近いようであるが（それでも二強子ははじめから娘を妓女に売るのではなく、小福子が売春を始めるのは、金目当てにさせられた結婚が破綻してからのことである）、小福子は置かれた状況から一方的に犠牲を強いられるばかりの存在であり、「もう半分」の娘のような主体性を持っていない。また張愛玲の「琉璃瓦」[34] では、主人公の姚先生は長女を自分の勤める会社の大株主の息子に嫁がせるが、長女は夫から「あなたは父親の仕事に便宜を図らせるために結婚したのだろう」と言われると断固として否定し、実家との交際を断ち、後に父親が会社で苦境に立った時も便宜を図ることを拒絶する。姚先生の方も、内心は娘の援助を期待するものの、娘に直接父の役に立つように行動しろと要求することはない。姚先生父娘はそれぞれに「娘が経済的に父の役に立つ」のは恥ずべきことであると捉えているのである。このことから考えて、中国文学では、娘が自発的に身を売って父の経済的な危機を救い、父が娘に感謝する、という場面が描かれるとは考えにくい。

なお、先に挙げた日本の作品を見ると、預かった公金または官金を奪われて、奪った者の子供に転生するケースが少なからず存在することが分かる（本章第二節第2項②⑤⑥）。一方中国では、ほとんどの話で「自分自身の金」が奪われており、そうでないものは、僧が寺院再建のための費用を奪われるという雑劇「崔府君断冤家債主」と、明代の勧善書である李長科撰『広仁品』所収の「抵鏹絶嗣」[35]があるのみである。「公金を失う」という設定は日本の作品に特徴的なものと言えるだろう。

そもそも公金を失ったためにその預かり手が討債鬼になるというのは、実は奇妙なことである。なぜならば、実際に金を失って懐を痛めたのは預かり手ではなく、討債鬼になって金を奪い返さなければならないのは、本来の金の持ち主であるからである。官金や公金であれば、強いて言えばその持ち主である役所や寺院が、金を取り返す権利を持つ者ということになる。実際本書第四章で取り上げた畜類償債譚では、例えば『太平広記』巻一三四の「竹永通」のように、寺院から借りた金を返さなかった者は寺院の家畜に転生している。

財産が単に財産というだけではなく、本書第七章で示した通り、天から各人に与えられ、その善行悪行に伴って増減する運命や、人と人の間の恩讐の可視化であるならば、やはり奪われる金は、預かりものではない、自分自身のものであらねばならない。ここに金を預かっただけの第三者が入り込む余地はないのである。

また、現実的制度的な面においても、討債鬼故事における金銭は当事者のものであることが望ましい。父子間の血のつながりが、財産の継承と強く結びついているからである。滋賀秀三『中国家族法の原理』第一章第三節三「父子一体、夫妻一体」を見てみよう。父子一体について滋賀は言う「むすこは父の継承人であり、父の人格はむすこに延長する。ところでその関係は、その不可分の反面として、むすこの人格は父に吸収せられるという関係を伴っていることを忘れてはならない。家産をめぐる権利関係において、父が生存する限り、むすこの存在は父の蔭にかくれて無にひとしいのであり、その反面として、父が死亡すればむすこは父にそのまま代る存在として現れるのである」[36]。息子は父の人格と権利を何にも邪魔されずに継承するからこそ、息子が討債鬼であっても、これを排除することができない。排除できない場所に入り込むから、討債鬼はたちが悪いのだということができる。

一方、日本の前近代の家制度は、例えば溝口雄三の「儒教と資本主義―東アジア知識人会議での報告―」で簡潔にまとめられている通り、中国のように血統主義をとらず、家業を守り続けることを重視し、そのためには異姓の養子や婿養子をとることさえもいとわないものであった。そして「藩やお店（たな）とか、一種の集団的人間関係」を血縁社会や個人の自立よりも大切にした[37]。このような家観や倫理観に照らせば、財産というものが父から息子へと不可避に受け継がれていくことを前提にした討債鬼故事の底に流れる原理が眼に入らないのは無理からぬことである。そして、中国の討債鬼故事のように、自らが完全に権利を有している財産を失うよりも、もっと日本人にとって心理的重圧の大きい金の失い方、つまり自分が属する集団から預かっている金を奪われたことによって、転生して復讐に走る方が、より自然でかつ劇的な筋立てとなったのも当然であろう。実際、公金を失って破滅する（しそうになる）ドラマは、「冥途の飛脚」や「文七元結」などのように、日本の文芸において繰り返し描かれている。

「もう半分」の老人が奪われた金は、娘から父に送られたものであった。なくしたからといって、公金や官金を失った時のような厳しい社会的な制裁が待っているわけではない。しかし、娘の戒めに背いて居酒屋に入り、結局父に店を持たせるという願いを空しくしたことへの悔恨は、自分だけの金を失うことをはるかに超えた、公金を失うことに勝るとも劣らぬ重さをもって老人の心にのしかかり、復讐の原動力となったのである。

注

（1）もと『百花園』第二百二十八号（一八九九年）所収を暉峻康隆他編『口演速記明治大正落語集成』第五巻（講談社、一九八〇年）に転載、一六三～一六八頁。

（2）『文芸倶楽部』第十九巻十四号定期増刊（一九一三年）一三二～一四六頁。

（3）『隔週刊CDつきマガジン　落語　昭和の名人決定版十八　五代目古今亭今輔　二代目三遊亭円歌』（小学館、二〇〇九年）所収、古今亭今輔談「もう半分」於一九五九年七月三十一日文化放送「怪談五話」。

（4）五代目、古今亭志ん生『子別れ／もう半分』（ビクター、二〇〇一年）。一九六六年三月三十一日於東宝演芸場録音。

（5）本書第一部第二章を参照のこと。

（6）井上敏幸他編『元禄文学を学ぶ人のために』（世界思想社、二〇〇一年）一一五～一三二頁。

（7）『假名草子集成』巻四十五（東京堂出版、二〇〇九年）二一三～二一四頁。

（8）後小路前掲論文、一一八～一一九頁。後小路によれば、『怪談信筆』写本は未公開とのことである。あらすじはこの論文に掲載の排印テキストによる。

（9）吉田幸一『近世怪異小説』（古典文庫、一九五五年）一四七～一四九頁。『善悪報はなし』は、元禄年間（一六八八～一七〇三年）刊行の仏教説話集。

（10）浅井了意全集刊行会『浅井了意全集　仏書編』一（岩田書院、二〇〇八年）二二五～二二六頁。

(11) 西田耕三『仏教説話集成』一（国書刊行会、一九九〇年）一一七頁。江戸時代の漢文による仏教説話集。
(12) 浅井了意全集刊行会前掲書、一一七頁。
(13)『大正蔵』第十二冊、四八三頁c。
(14)『口演速記明治大正落語集成』第五巻前掲、四八三～四頁。
(15)『法政大学大学院紀要』第三十号（一九九三年）二三八～二二〇頁。
(16)「こんな晩」とは、日本昔話の一類型である。人里離れた家に住む夫婦が、一夜の宿を借りた六部を殺し、その後、子を授かる。子供が口をきけるようになったある晩、親とともに外の厠に行き、月を見て「お前が私を殺したのは「こんな晩」だった」と言う。稲田浩二他編『日本昔話事典』（弘文堂、一九七七年）「こんな晩」項、三六八頁を参照。
(17) 新書館、二〇〇二年、二〇九頁。
(18) 口演筆記は残念ながら残っていない。落語の各種事典にも項目が立っておらず、いつから存在するのかも定かでない。
(19) 速記の歴史とその意義については『口演速記明治大正落語集成』第一巻所収の暉峻康隆「落語速記発掘の意義」（四八一～四八八頁）に詳しい。なお、西本晃二『落語『死神』の世界』（青蛙房、二〇〇二年）の「みちくさ・その一―速記術の濫觴―」には、資料として速記を使うために注意すべき点が述べられている。すなわち、速記が高座でとられたのではなく、噺家の自宅や楽屋で、取られたことから、当時の観衆が聴いたそのままではない可能性があること、むしろ噺家が芸を盗まれることを恐れて肝心の部分を変えて話すこと、噺とは、持ち時間や客の反応で臨機応変に変わっていくことである（二四頁）。「もう半分」は口述筆記や録音が多く残されており、それらをもとに最大公約数となる要素を取り出すことは可能であると考える。
(20)『文芸倶楽部』第十三巻第十号（一九〇七年）二八七～二九三頁。
(21) 石川鴻斎著／小倉斉・高柴慎治訳注『夜窓鬼談』（春風社、二〇〇三年）所収の高柴慎治「『夜窓鬼談』の世界」五〇九頁。
(22) 前注前掲書所収の小倉斉「石川鴻斎とその時代」二三五～二七六頁。
(23) 石川鴻斎戯編『夜窓鬼談』（吾妻健三郎、一八八九年）一九～二〇頁。
(24) 本書第六章第五節を参照のこと。
(25)『文芸倶楽部』第十三巻第十号（一九〇七年）二九三頁。
(26)『口演速記明治大正落語集成』第五巻前掲、一六七頁下段。

(27) 林蘭『灰大王』(北新書局、一九三二年)所収の「討債鬼」(二八~三〇頁)では、海に住む小鬼が主人公の九福じいさんの子供に生まれて来る。しかしこの討債鬼も生まれた後はあくまでも人間の子供として過ごしている。また、本書第六章で取り上げたAT四七一B型故事には、死後の世界で夜叉のような容貌になる討債鬼が登場するが、これも仇の息子として暮らしている間は、人間の姿である。

(28) 森銑三・北川博邦編『続日本随筆大成』別巻近世風俗見聞集、巻五(吉川弘文館、一九八二年)一九~二〇頁。

(29) 中山勘解由の公的な事跡については『寛政重修諸家譜』巻六五九に詳しい。中山勘解由と呼ばれる人物は、中山直守(一六二三~一六八七年)と中山直房(直守の子、一六五七~一七〇六年)の二人がある。父子ともに盗賊追捕の任についている。延宝四年には直守は四十三歳、直房は十九歳。

(30) 古今亭今輔前掲CD。

(31) 古今亭志ん生前掲CD。今輔版では、居酒屋の亭主は老人を殴って戸を閉め切り、店から閉め出すので、老人の最後を見届けない。しかし志ん生版では亭主は老人の後をつけてその死を目撃する。そのため今輔版ではこの場面は老人の視点で、志ん生版では亭主の視点から描かれるのである。

(32) 例えば「微神」(一九三三年)、「月牙児」(一九三五年)などが挙げられよう。

(33) 『老舎全集 3』「駱駝祥子」人民文学出版社、二〇一三年。

(34) 張愛玲「琉璃瓦」は一九四三年発表。『張愛玲全集 6 回顧展。Ⅱ 張愛玲短篇小説集之二』(台湾皇冠叢書、一九九一年)三五六~三七〇頁。

(35) あらすじは以下の通り。東台場の金持ちの曹某は、若い時は博打うちで貧乏であった。ある日泊った宿で、安徽商人の若い者の某乙と同室になった。乙が熟睡している間に、乙が枕にしていた大金の入った袋を持ち去った。乙は主人に合わせる顔がないと首をくくって死んだ。曹某はそれ以来大金持ちになり、何もかも思い通りになった。妻のお産の時、乙がふらふらと部屋に入って来て、姿を消したのを曹某が見ると、子供が生まれた。この子は長じてやはり博打うちになり親の財産を使い果たした挙げ句、借金取りに追い回されて首をくくった。その年齢はまさに乙が死んだ年齢と同じであった。

(36) 滋賀秀三『中国家族法の原理』(創文社、一九七六年)第一章第三節三「父子一体、夫妻一体」一一九頁。

(37) 溝口雄三『中国の公と私』(研文出版、一九九五年)一二三~一二四頁。

第九章　もしも子供から「お前は前世で私を殺した」と言われたら

——討債鬼故事の日中比較——

一　はじめに

宮部みゆきの小説に「討債鬼」[1]と題するものがある。本所松坂町大之字屋の主人宗吾郎は、ある日、突然店前にあらわれた行然坊という僧から、息子の信太郎が「討債鬼」であると告げられる。宗吾郎はそこで忠実な番頭に、息子を斬ってくれる者を探させる。番頭は困りはてた末に、信太郎が通う寺子屋の師匠であり、この小説の主人公である青野利一郎に白羽の矢を立てる。利一郎は、信太郎の命を守るため、寺子屋の子供たちと奔走し、その過程で行然坊の正体や、大之字屋とその主人宗吾郎の秘密が解き明かされていく。

ほとんどの読者にとって全く馴染みのない言葉であると思われる「討債鬼」という言葉については、主に主人公利一郎の雇い主である老師匠の口を借りて、その意味や中国から伝来したことが作中において明示される。筆者は二〇〇九年にこの作品が『怪』二十六号に掲載された時に早速読んだのであるが、この父親がなぜ子供を殺そうとするのか、理解できなかった。それまで筆者が親しんできた作品では、討債鬼はとにかく満額を取り立てるまで何度でも生まれ変わってくるもので、殺したところで逃れることはできない。それどころか、殺生という大きな罪を重ねるのであるから、払わねばならぬツケがますます重くなるばかりである。しかしその後、別の作品をいくつか読むうちに、どうも日本では、子供の正体が前世の仇であると知った親は子供を殺すということになっており、宗吾郎もそのような通例に従ったにすぎないのではないか、と考えるようになった。

例えば高橋克彦「前世の記憶」[2]では、盛岡市の裕福な家に使われている使用人「豆っこ」が、主家の老婆とその娘、娘の息子である明彦の三人を殺害する。殺害された明彦は、「豆っこ」の息子に転生し、三歳になり、口がきけるようになったある日、「豆っこ」に自分が明彦の生まれ変わりであることを告げる。「豆っこ」は泥酔して息子の首をしめている現場を妻に見つかり、撲殺される。

また、インターネットの怪談サイトで発見した「イジメを苦に自殺した同級生と我が子の共通点」[3]では、ある男が学生時代に同級生をいじめて、死に追い込む。彼は大人になって結婚し、生まれた次男の身体に、その同級生の身体に煙草の火を押しつけてつけた痕と同じ場所に痣があるのを発見する。この子が自殺した同級生の生まれ変わりだと思い込んだ父は、その子を殺して捕まり、刑務所に入ることになる。

後の二話は、現代が舞台となっており、宮部の「討債鬼」とは趣を異にしている。しかし「討債鬼」も後の二話も、もし父親が前世の敵である子供を殺そうと思わないならば、成立しない話であることは共通している。つまり「討債鬼」において、行然坊が「信太郎は討債鬼」と言い立てるのは、宗吾郎に信太郎を「除かせる」ためであり、後の二話においても、子が父に「私は前世でお前に殺された」と告げるのは、父に対して子殺しを促し、罠にはめるために他ならない。前章で論じた近世の親たちのように「この子を養育することが罪滅ぼしになる」などと言い出されたら、はかりごとが成立しなくなってしまう。

これら我らが同時代の作品における「自分が過去に死に追いやった者が我が子として転生してきた時、親（父）はその子を殺さなければならない」という強い必然性はどうやって生まれたのか、中国から伝来した討債鬼故事が、いつ、どのように子供を殺す話に変容したのか、時代を追って考えていきたい。

二　中国の討債鬼故事の親たち

先にも述べた通り、討債鬼故事は元来中国の怪談であり、金を奪われたり、借金を踏み倒されたりした者が、加害者（あるいはその生まれ変わり）の子供に転生して、奪われたり、踏み倒された分だけ親の金を蕩尽したところで早死にするという話である。(4)

本書巻末に中国の文献にあらわれる討債鬼故事を百余話ほど集めた表を付すが、その中に親が子を殺す話は一つも存在しない。他人が相手なら、法も義理人情も平気で踏みにじる人間でも、我が子のためとなればいくらでも金を吐き出すからこそ、債権者は子供に生まれ変わるのであり、親が子を殺さないという前提があって話が成立しているからである。確かに好き好んで子供を殺す親などいない、ということはあらゆる社会に共通の認識であると思われるかもしれない。日本の場合も「我が子に手をかけなければならない」ということが考え得る限り最大の不幸であるからこそ、先ほどの話が恐ろしいのだといえる。しかし中国では特に「親不孝には三つあり、跡継ぎがないことが一番重大である（不孝有三、無後為大）」（『孟子』「離婁章句上」）とされ、また自分を祀ってくれる跡継ぎがない者は、孤魂野鬼（供養されず、この世をさまよい、生者に危害を加える悪霊）になってしまう。娘に婿養子をとって家を継がせることは忌避されたため、跡継ぎになり得ない女児は経済状態が生育を許さなければ殺害されることもあったが、(5)男児の命を保つことは自分自身の欲するところであると同時に、社会からも強く求められたのである。林蘭編『灰大王』所収の「討債鬼」を見てみよう。

九福じいさんは、ある日の日暮れに誰かが海辺でヒソヒソと相談しているのをきいた。これから生まれ変わる討債鬼が、借金の取り立てを終えて死ぬ時の算段を仲間と話し合っていたのである。それは片方が三三〇三元を取り返し、さあ婚礼という夜に、相棒が大蛇となって毒気を浴びせて討債鬼を殺し、一緒に海に帰る、という計画であった。この討債鬼は、まさに九福じいさんの家に生まれるのだと言っていた。帰宅すると果たして老妻が男児を生んでいた。じいさんは養育にかかった費用をすべて記録させ、婚礼の晩に新郎新婦の寝室に飛び込み「よし。時は来た。借りた金はもう余分に返したぞ」と宣言した。床下の大蛇は何も言えず、独りですごすご帰るしかなかった。(6)

九福じいさんの息子は、そもそも海辺の妖怪のようなものであった。しかし九福じいさんはそんな息子を真っ当な和解ではない、だまし討ちのようなやり方で、無理矢理この世に引き留める。他ならぬじいさんのために「果たしてそれで良かったのか」と首をかしげざるを得ない結末であるけれども、たとえ討債鬼であっても、息子のいない不幸とは比べ物にならないのである。

なお、中国には、討債鬼以外にも転生によって子供という立場に入り込んで親を苦しめる「鬼」が存在する。冤家債主と偸生鬼である。討債鬼とこれらの鬼は、しばしば混同される。

冤家債主とは、後漢期の漢訳仏典から見え始める語で、六朝期からは生者に悪をなす超自然的な存在を、唐代までには孤魂野鬼の一種を意味するようになった。この鬼は母親の胎内に入り込んで子供として生まれ、難産・流産・早世によって親を苦しめる。冤家債主は当然家に来てほしくないものであり、事あるごとに「我が家には生まれてこないように」、と祈願されはするけれども、すでに産まれてしまった冤家債主を殺すということは考

えられない。(7)

もう一つの「鬼」である傴生鬼は、正規の手続きを経ずに冥界から逃げだし、たまたま居合わせた妊婦の腹に宿って子供として生まれて来る子供を指す。我が子が早死にした場合、それを傴生鬼であるとして、もう二度と母の胎内にやって来ないように、子供の亡骸をうち捨てて葬らないなどの虐待を加える習俗がある。しかし今現に育てている子供が病弱で、傴生鬼であると疑われる場合は、泰山府君に見つかり、冥府に連れ戻されないように、子供を東岳廟に近寄らせないようにして延命を図る。(8)

つまり中国では子供が討債鬼（冤家債主・傴生鬼）であっても、やはり我が子として、遮二無二親子の縁を続けようと努めるのである。

三　日本の討債鬼故事と子殺し

1　討債鬼故事の伝来と変化――明治から昭和の例

討債鬼故事の日本への伝来状況については、前章ですでに述べた。本書第二章で取り上げた『日本霊異記』の説話は、日本における討債鬼故事に関連する作品の中では最古のものであり、子殺しを結末とするものであるけれども、これが後世の日本の討債鬼故事にどのようにつながるかについては、未だ不明である。

後小路は日本における本格的な討債鬼故事の翻案創作が、江戸時代に明の勧善書が大量に輸入され、その中に記載された討債鬼故事が翻案されることによって始まることを指摘している。(9) 前章では「もう半分」の議論の前に、近世日本における翻案例を概観したが、結末について言えば、むしろ成長した子供が親を殺す方が多かった。

逆に親が子を殺す結末があらわれるのは、近代以降においてである。

『山形日報』大正六年（一九一七年）六月二十日の記事「人間は再生が出来るか」を見てみよう。

> 上州安中の与平治は、壮年の頃笛吹峠で同行の旅の僧を殺し、金を奪って江戸で商人となり、家庭を持って子供をなした。ある日与平治がその子を抱いて居眠りしていたところ、子供が眼を見開き「先年笛吹峠にての苛き仕業覚えありや」告げた。与平治は直ちに子供を庭に投げて踏み殺し、髻を切って出奔し、諸国を漂泊した。この話は晩年旅の途中で懺悔して語ったものであるという。[10]

話の舞台は江戸時代であるものの、書かれたのは大正時代であるから、大正時代の作品として扱うべきである。与平治の場合、子供を殺した後で出家という行動に出るが、その理由については説明がない。出家してわびるなら、なぜ子供を殺すのか。子供を殺して過去の罪悪が暴かれるのを防いだのに、なぜ出家して出奔するのか、全く支離滅裂な行動である。しかしこの種の子殺し譚は後に引き継がれ、作られ続ける。野村純一が論文「昔話と世話話――「こんな晩」の位置――」で他の「こんな晩」型の民話[11]とともに紹介している話を見てみよう。もともとは、昭和三十一年（一九五六年）に刊行された水沢謙一編『昔あったんてんがな』の所収である。そのあらすじは以下の通りである。

> 昔々、年夜にある家に六部が泊まった。その家の主は六部を殺して金を奪った。その後主の妻は身ごもり、男の子を産んだが、産まれた時に泣かず、その後も全く口をきかなかった。この子が七歳になった年取りの

日に、主がまな板に年取り魚を置いて妻に「かか、この魚、どうきればいいや」と訊くと、この子が「六部を殺したようね切ればいいねかし」と言ったので、この子は六部の生まれ変わりと思い、殺した。(12)

親が子供を仇の生まれ変わりと認識すると、あっという間に殺してしまうのであるが、その理由が語られないことは、「人間は再生が出来るか」と同じである。

なお、新しく子殺しという結末があらわれて、他の結末がなくなった訳ではない。明治四十二年（一九〇九年）発表の夏目漱石「夢十夜」の第三夜は、むしろ子による親殺しを暗示する結末であるし、前章で取り上げた現行の落語「もう半分」の結末も子殺しではない。野村純一が論文「昔話と世話話―「こんな晩」の位置―」で紹介している九つの「こんな晩」型の話のうち、子供の殺害で終わるものは上述の一話のみであり、むしろ子供が前世の記憶を話したところで終わる作品が多い。子殺しという結末は、それが登場した後も、決して主流ではなかったのである。

ところが、平成になると、子殺しという行為が不可避のものとなる。その理由を考えるために、日本の諸作品における子殺しの背景を探ってみよう。

四　子殺しの背景を探る

1　子殺しの背景　その一――鬼子殺し

実は「人間は再生が出来るか」以前に、子殺しを結末とする日本型討債鬼故事が存在していた。前章で取り上げた現行の落語「もう半分」の先行作と思われる、石川鴻斎が明治二十二年（一八八九年）に発表した『夜窓鬼談』所収の作品「鬼児」である。この作品では、「もう半分」と同じく、客の老人である甚平から金を騙し取った居酒屋夫婦の間に、甚平そっくりの子供が生まれる。それ以降の経緯をもう一度示すと、以下の通りである。

……その子は生まれてから泣くことがなく、生後すぐに歯と白髪が生えて皺がより、顔は甚平にそっくりであった。成長するにつれて毎日家のものを壊しては親を悩ませた。ある日甚平の財布を見つけ出してこれに砂を入れ、この五十両で立派な着物を買ってくれと母に告げて驚かした。この嫌がらせを亭主に叱られると暴れ出し、手足を縛られた。すると高熱を出したので医者を呼んだが、手の施しようがない。やがて叫び声とともに額から角が生え、口が裂けて鬼のような顔になった。亭主が子供を殺そうとすると、子供は縛めを抜け出して母の乳房に噛み付いた。亭主がなおも殴りつけると「お前は金を盗んだことを忘れたのか」と父親にも噛み付こうとした。亭主は我が子を鉄の分銅で殴り殺し、密かに葬ったが、女房はその後も夜毎甚平の悪霊に苦しめられて狂死した。家は没落し、盗難に遭うなどして人手に渡ってしまった。[13]

親が子殺しを行う現存最古の日本型討債鬼故事である「鬼児」の父母は、元々は近世の親たちのように子供を大事に育てて罪滅ぼしをしようとしていた。しかし子供の頭に角が生えた鬼の姿となった途端に態度を変え、子供を殺してしまった。これはなぜだろうか。

近藤直也『「鬼子」論序説―その民俗文化史的考察―』によると、鬼子とは、日本の俗信にあらわれる存在であり、生まれつき、または異常に早くに歯が生える、立ち歩く、毛が生える、通常よりも非常に長く母の胎内に留まるといった一定の特徴を持った子供である。そのような子は、「鬼子」であるとされてすぐに（文字通り、または象徴的に）殺された（七三頁）。鬼子と見なされる子供を実際に殺害することは、少なくとも昭和二十年代までは行われていたとみられる（六九頁）。

鬼子はなぜ殺されるのか。第一の理由は、鬼子は父母を殺すからであるという（二〇頁、四二頁）。実際、鬼子が登場する民話や物語では、親、特に母が出産後に死ぬことが多いのである。他に鬼子はケダモノである（七一～七二頁）、鬼子を産むことは恥ずかしいことだ（八五～八六頁）という理由も挙げられる。もう一つの注目すべき理由は、鬼子は人を殺すからである、というものである。親以外の誰かを殺す前に、親が責任を持って鬼子を殺さなければならないのである。現にいくつかの民話においては、しばしば鬼子を殺さない親を世間が圧迫する様子が描かれている（九六頁、一五〇頁）。鬼子殺しは、「悪霊である」と見なされた子供を殺すことが、中世・近世から行われていたことを示している。[14]

ところで、中国では子供が悪霊であることを理由に殺す習慣がないことは先に述べた。それでは「生まれながらに歯が生えた異形の子供」はどのように扱われるのであろうか。永尾龍造は、新生児に歯が生えている場合の俗信があるが、そのような歯を「馬牙」といい、赤子が痛がり乳を飲めないので取り去ることのみを報告している。[15] また魏英満・陳瑞隆によれば、台湾にも「歯が生えて生まれた子は父母を食う」という俗信があるということであるが、問題の子を殺すのではなく、生えている歯を抜いて親が食べるか、女の子であれば早くに童養媳に出してしまう。[16] このように中国文化圏では、歯が生えて産まれた不祥の子については、問題の歯を抜くか、それとなく早くに家から出すことによって対応し、殺さねばならない、ということはなかったのである。[17]

鬼子の民俗と結びついた作品には、「鬼児」の他に、前章からたびたび言及している現行の落語「もう半分」

がある。じいさんの生まれ変わりである子供には、生まれながらに歯が生えているとされることが多い[18]。また宮部みゆきの「討債鬼」にも、宗吾郎が息子を庇ってつかみかかって来た自らの妻を「鬼子を産んだ」として逆に責める場面がある[19]。宗吾郎は息子を殺すことを正当化するために、鬼子の民俗を使ったのである。

しかし、鬼子殺しの影響では、平成までに連なる子殺し譚のすべてを説明することはできない。民俗としての鬼子殺しが、「鬼子を殺せ」という世間の要求に応えることによって親が世間に受け入れられ、そこで生き続けるための行動であるのに対して、第三節で挙げた話では、世間から自分の存在を跡形もなく消すために子供を殺しているからである。

2　子殺しの背景　その二――明治大正期における親子心中の増加

さて、伝統的な鬼子殺しや、いわゆる間引きなどとはまた別の動機による子殺しが、明治中期になって発生していた。柳田國男は大正十五年（一九二六年）に『山の人生』第一章の「山に埋もれたる人生あること」で、出版の三十年ほど前（つまり明治三十年代）に起こった二件の子殺しについて記述している。両者とも貧しさから生活が立ち行かなくなった親が、子供を殺して自らも死のうとして死にきれず、捕らえられて牢に入れられる話である[20]。そして五年後の『明治大正史　世相篇』第九章「家永続の願い」[21]において、再度親子心中としての子殺しについて取り上げる。つまり明治になって財産分与や移動が比較的自由になり、これに人口の増加が相俟って家の解体（小規模化）と拡散（柳田の言葉で言えば、土を離れること）が進み、親が子を残して逝っても子供たちを引き受けてくれる者も共同体もなくなり、「自分が死にたいがために、まず最愛の者を殺さねばならぬ」（全集五、五二四頁）事態に親が追いこまれたのである[22]。

柳田は『明治大正史　世相篇』において、親子心中の多発の原因を、村や家の崩壊と、親自身の無知と心弱さに求めているが、『山の人生』で挙げた子殺しのうちの二件目において、親の許さぬ結婚をして子を産み、深刻な生活苦に陥った女は、「恥を忍んで郷里に還って見ると、身寄りの者は知らぬうちに死んで居て、笑い嘲る人ばかり多かった」[23]と述懐している。村や家が崩壊した跡は単なる「無」になったわけではなく、冷たい敵意が居座って、敗残者の復帰を阻んでいたのである。貧困によって追い詰められ、世間に存在することを拒絶されれば、子を殺し自らをも社会から葬るしかなかったのである。

では、この子殺しはどれほどの頻度で起こっていたのか。第十二章「貧と病」の末尾によれば、「日本で毎年の自殺者は一万数千、このごろ東京だけでも一日に五人ずつ死んで行く。……しいて妻子のその意思もないものを同伴として」（全集五、五七一頁）死んだという。[24]『明治大正史』が書かれた昭和五年の日本の総人口が六四四五万人[25]であることから考えると、人口比にして現在と同じかそれ以上の自殺者がいたことになるが、そのうち少なからぬ者が一家心中の死者であったのだろうか。この時代、「親が自ら子を殺し、自分自身をも葬る」という新しい破滅の形が、瞬く間に身近なものになったのである。「人間は再生が出来るか」における父の、子を殺し、家を捨てて一人のたれ死にを待つ姿は、『山の人生』の子を殺した親たちの姿に似る。

なお、先に挙げた「人間は再生が出来るか」において、父は子供を殺した後出家していたのであるが、中には、子殺しには触れず父の出家だけを描くものがある。「人間は再生が出来るか」の少し前の、『帝国新聞』明治四十五年（一九一二年）七月十九日夕刊「怪談涼み床」其の六「鯛の料理」では、父は子供を捨てて一人家を飛び出して出家する。あらすじは以下の通りである。

かつて鈴ヶ森のあたりで旅の絹商人の首を掻き切り、金を奪った男が、大阪福島羅漢前に魚十という魚屋を構える。その大阪でできた一人息子の首には、ぐるりと赤い糸のような筋があったのだが、ある日父が出刃包丁で鯛を料理しているのを見て「阿父さん丁度この鯛の首を落とすやうに私の首を切ったな」と言う。父は出刃も鯛もうち捨てて飛び出し、行方しれずになった。後に高野山で彼を見かけたものがいたという。(26)

この父の出家も一種の社会的な自殺であるといえ、状況が類似する上述の「人間は再生が出来るか」の子殺しが、鬼子殺しのような(自分が生き残るための)純然たる他殺ではなく、むしろ自殺の一形態であることを示している。

なお、子供の口から前世の罪を知って家を出る父の話は、江戸時代にもあった。江戸後期芸州で医師をしていた進藤寿伯が遺した『耳の垢』の宝暦十二年(一七六二年)四月の条には、旅の六十六部の懺悔が伝えられている。(27)

ある六十六部が、懺悔話をした。彼は若い頃、大井川の川越しをしていたが、ある日後ろ暗い金を懐にして焦って川を渡ろうとしていた客を川に落として殺し、金を奪っていた。その後江戸に出て嫁を迎え子をもうけたが、その子は三歳の時初めて「大井川の事忘れ給うな」と口をきいたので、妻に閑を出し、子を存分に育てるように言い置き、金子を渡して家を出て六十六部になったのである。(28)

この話の結末以外は確かに「人間は再生ができるか」に似ているけれども、彼は家を出るに当たって妻に子の養育を委嘱して、必要な金を妻に遺している。やはり「子を養育することが罪滅ぼしになる」と考える近世の例に連なるのである。

それでは、明治中期から大正期に相当する時代の、中国における子殺しの事情は、どうなっていたのであろうか。井出季和太『支那の奇習と異聞』に子殺しの動機の分析がある。一つ目は生活難および結婚費用の節約、二つ目は女児の殺害、三つ目は未婚女子の不品行から生まれた子の殺害、四つ目は障害者の殺害であるという。[29] これらはいずれも因習と貧困に覆われた社会を親が生き抜くための手段であり、清末といわずさらに古くから行われてきたことであろう。しかし、清末から民国期といえば、同じ時代の日本と同じく、中国においても、それまでの伝統社会の恒常的な貧困とは別種の貧困が人々を襲っていたはずである。親と子双方の生存が、世間からどうしても受け入れられない時は、どうなるのだろうか。

中国共産党の初期の最高指導者であった瞿秋白（一八九九～一九三五年）の家庭の例を見てみよう。瞿秋白の父は無能な男であり、その一家八人は困窮し、子供たちの学業継続は危機に追い込まれた。瞿秋白の母は、一九一六年に子供たちが瞿家の親戚たちに引き取られるようにするために自殺し、果たして秋白の弟妹たちは離散した。[30] 母が自殺することによって子供を誰かに引き取らせるという結末は、庶民のように子供を売るわけにいかないという読書人の家の体面の問題も影響していると考えられ、中国でも特異なケースと思われる。しかし極限まで追い詰められても、子供を殺すという選択はしなかったのである。

五　平成の作品における子殺しの考察

さて、冒頭の平成の例に戻る。現代の作家によって創作された作品の親たちは、昭和前半までの「子供を殺す」という行動は受け継いでるといえる。昭和前半までの例においては、子殺しという結末は多くのバリエーションのうちの一つにすぎなかったが、平成では「必ず子殺しをする」という確信を、作者と読者と、そして登場人物が持っているのが特徴である。

宮部みゆき「討債鬼」の宗吾郎は、表面的には「お店（たな）を守るため」に（その裏には、兄から店の跡継ぎの座を奪ったという負い目があるが）番頭に息子を斬る刺客を探させる。番頭は苦悩しながらも宗吾郎の命に逆らわない。「お店を守る」ということが子供の生存に優先することは、主従のコンセンサスとなっているのである。お店に害をなす者は要するにお店から出せば済む話であり（主人公利一郎とその仲間たちは、そう考えている）、それは子殺しではなく、寺に入れるなり他家に養子に出すなりすることによっても十分解決可能である。しかしそれらの手段も、あるいは逆に自分の方が出奔するという選択肢も、追い詰められた宗吾郎の頭には思い浮かばない。宗吾郎にはお店以外に居場所がなく、それを守るためには息子を殺さねばならない、と思い詰める。

高橋克彦「前世の記憶」では、父親は子供から過去の罪を告げられると途端に動揺し、その後、酒の力を借りて子供の首を絞める。「イジメを苦に自殺した同級生と我が子の共通点」では、家庭の中で何があったのかは明示されないが、父親はやはり何かに追い詰められ、気がついたら子供の口と鼻を塞いでいたという。乳幼児が自身の腕力で父を殺そうとする、ということは考えられないので、やはり恐れたのは何らかの形での罪の発覚、特に妻に対する発覚であろう。妻は最早近世の諸作品や落語「もう半分」の妻のような、夫と罪を共有する存在ではなく、妻に対して罪が発覚すれば、家庭内にも世間にも居場所はなくなる。子供は父の居場所を奪うものとして殺されたのである。しかし、子供に手を掛けた段階で、彼らの居場所はすでになかった。「前世の記憶」の「豆っこ」は現場を見つかって妻に殺害さる。「イジメを苦に自殺した同級生と我が子の共通点」の父は、子殺しの罪で新聞に名前を晒され、刑務所に入れられ、出所後もおそらくは「前科者」というレッテルを張られて、居場所のない世間に放り出されることになる。

平成の三例に共通するのは、自分の居場所を守るために不都合な子供があらわれた時には、親は最早その子とともに暫しの間でも生きることもできず、その子か、もしくは自分自身を放逐する先もないということである。だからこそ「子供を殺す」以外の選択肢がないと考えることが必然となったのである。

六　まとめと国際比較

日本における討債鬼故事受容は、近世に本格化したが、「人を殺し金品を奪った者が被害者の生まれ変わりである不気味な子供に責め苛まれる怖い話」として受容されていた。そして明治半ば以降に「親が子供を殺す」という中国では考えられない結末を持つものがあらわれた。これは、はじめは日本に従来からあった鬼子殺しの影響から始まったが、当時激増していた親子心中という形の子殺しの流行が反映して定着したといえる。貧困のため世間に居場所のなくなった家族は、全滅する他なかったのであるが、過去の罪が子供の口から知られた悪人とその家族も、同じように滅びることになった。平成の作品においては、問題の子供を穏便に排除するという選択肢がさらに見えなくなり、配偶者も自分とともに罪を背負ってくれる仲間ではなく、自分を押しつぶす世間の先鋒としか捉えられなくなったため、子殺しへの圧力は一層強くなっている。日本における討債鬼故事の変容には、世間と家族の非常に緊迫した関係が反映されている。

このような世間と当事者の関係は、『日本霊異記』中巻第三十縁で作者景戒の発した「ああ恥ずかしきかな」という言葉にすでにその萌芽が現れているといえる。何事も「世間からどう見られているのか」に思いを致すことが、物語の作者と読者の双方に共有されていたのである。これほどまでに世間に対して敏感であればこそ、世間の見方を忖度して子殺しに至ったのである。

それでは、中国の場合、世間と討債鬼の親の関係はどのようになっているのだろうか。『詩経』に「人の多言、亦た畏るべきなり（人之多言、亦可畏也）[31]」という一句があり、『漢書』に「千人から指を指された者は、病がなくとも死んでしまう（千人所指、無病而死）[32]」という古い俚諺があることは、中国でも世間が十分攻撃的であり得ることを示しており、確かに平素から金にものを言わせて庶民を虐めていた者の息子が放蕩者になれば、あれの息子は討債鬼だ、いい気味だと囃し立てる[33]。しかしそのように名指された親子それぞれの行状に何か変化が生じることはなく、親子ともども金の続く限りそれぞれの道を歩み、世間的な破滅は、悪評によってではなく、財産が尽き、経済力を失った時にようやく訪れる。

中国の親のこの心の強さは、いったいどこから来るのであろうか。そもそも「断子絶孫」が最大の罪悪である以上、世間の目と一家全滅を秤にかけるということがあり得ないと言えるが、さらには今挙げた世間の評判よりは経済力や権力を重視するという態度とともに、討債鬼に対する認識にも由来するものであろう。中国では、「党氏女」型の討債鬼故事が誕生した当初から、「嫉妬話」の流れをくむ転生復讐譚（本書第二章参照）と併存するという関係にあった。その一つ唐・薛用弱『集異記』所収の「阿足師」では、親は自ら与り知らぬ前世の罪により、転生してきた子供に苦しめられる。また本書第五章で論じた王梵志や孟郊の詩においては、子を亡くした親が、前世の負債のために涙を絞り取られるのかと嘆く。これらの作品から読み取れるのは、前世の仇を子に持つことは、特別な悪人にのみ降りかかるものではなく、誰の身にも起こると考えられていたことである。時には討債鬼を子に持つ親の身になって嘆き、また時には復讐する者に感情移入し、復讐の完遂を喜ぶ、この二つは、物語を享受する場において、同等のものとしてあった。自分の子供が馬鹿息子であれば前世の悪因縁を嘆き、自分の嫌いな人間が馬鹿息子に苦しめば因果応報と喜ぶが、いずれにせよ「自分は悪くない」という確信はゆらがない。よって、自分の過去の後ろ暗いところを子供に暴かれ、世間に居場所がなくなることへの恐怖は描かれない。

ここで参考までに韓国の討債鬼故事を見てみよう。臼田甚五郎・崔仁鶴編『東北アジア民族説話の比較研究』所収の野村純一「昔話と世話話――「こんな晩」の位置――」のむすびに上げられている任晳宰が語った韓国の昔話は、筆者が確認した唯一の韓国の討債鬼故事（関連作）である。唯一であるがゆえに、この作品が韓国の傾向を典型的に表しているとは断言できないが、中国の討債鬼故事と日本の翻案のどちらとも違う個性が表現されている。

> 木賃宿を営んでいた貧しい夫婦が、ある晩泊まり客である真鍮の食器売りを殺し、金を奪って死体を厩の下に埋めた。夫婦はその後男児を授かり、長じて科挙を受けて合格したが、家に帰るなり死んでしまった。夫婦はこのようなことは不当であるとして殿様に訴え、殿様はさらにその訴えを閻魔大王に取り次いだ。閻魔

大王は不平を並べる夫婦に厩の下を掘るように命じ、その罪を暴いた[34]。

ここで親は、殿様、そして閻魔大王という権威者に不平を訴える。そして権威者は彼らの言うことを聞き、吟味する。その結果は藪蛇なものであったが、とりあえず対話が成り立っているといえる。それに対して日本の世間は、あくまでも顔も声もない。顔もなく声もなく、したがって対話も成立しない世間には、訴えることも抗議することもできない。しかしまた中国人のように無視をするには、世間は恐ろしい。結局その意を忖度して、自らを滅ぼすことによって応えるしかなかったのである。

注

（1）初出は『怪』Vol. 26（角川書店、二〇〇九年）一一九〜一六九頁。単行本『あんじゅう』および角川文庫『お文の影』所収（一六六〜二六二頁）。固有名詞の表記は角川文庫版（二〇一四年）による。
（2）初出は『別冊文藝春秋』一九九二年、一九九号。単行本は一九九六年、文藝春秋社刊。文庫本は一九九九年、同社刊。
（3）怪談サイト「恐怖ナビ」より。https://kyouhunavi.net/
（4）現存最古の討債鬼故事については本書第三章を、討債鬼故事の父親像の変化については第六章を参照。
（5）『漢語大詞典』巻六「溺女」項には「産まれたばかりの女の嬰児を水中に投じて溺死させること。過去の男児を重んじ女児を軽んじた陋習」とある（四四頁）。
（6）林蘭編『灰大王』（北新書局、民間故事叢書一、一九三一年）二八〜三〇頁。本話の伝承地は不明であるが、二〇〇六年に筆者が台湾文学研究所と東京大学中国語中国文学研究室との合同研究討論会に参加した際、台湾大学台湾文学研究所の柯慶明教授が「学生時代に寧波から来た級友から聞いた話」として教えて下さった話は、この九福じいさんと話とほぼ一致していた。なお、その話では床下に潜んでいたのは蛇ではなくムカデであった。柯慶明教授は、二〇一九年四月一日にお亡くなりになった。ご冥福をお祈りしたい。

（7）本書第二部第五章参照。
（8）永尾龍造『満州・支那の民俗』（満鉄社員会、一九三八年）第二篇第一節第一項「偸生鬼」および第二項「討債鬼」四三頁～五二頁。「偸生鬼」の語は蒲松齢『聊斎志異』「緑衣女」（「緑衣女」は手稿本康熙本では巻三、青系本では巻八、異史本では巻四、二十四巻本黄本では巻十、鋳本では巻五）や、紀昀『閲微草堂筆記』巻五灤陽消夏録五「謂鬼無輪迴～」に見えるので、少なくとも清代半ばに遡ることができる。
（9）後小路薫「近世説話の位相―鬼索債譚をめぐって―」（井上敏幸等編『元禄文学を学ぶ人のために』世界思想社、二〇〇一年）一一五～一三二頁。なお明代の勧善書については顔茂猷『迪吉録』や勅撰『大明仁孝皇后勧善書』を挙げている。
（10）湯本豪一編『大正期怪異妖怪記事資料集成』上巻（国書刊行会、二〇一四年）七八三頁。
（11）本書第八章注16参照。
（12）臼田甚五郎・崔仁鶴編『東北アジア民族説話の比較研究』（桜楓社、一九七八年）一七八頁。
（13）石川鴻斎戯編『夜窓鬼談』（吾妻健三郎、一八八九年）一九～二〇頁。
（14）岩田書院、二〇〇二年。
（15）永尾龍造『支那民俗誌』（支那民俗誌刊行会、一九四二年）第六巻「児童」篇上巻第三篇「出産」篇第二節「産児の身体に関する俗信」二九四～二九五頁。
（16）童養媳とは、まだ幼児である男児に嫁をとることである。嫁の年齢は、子守をさせるために男児よりかなり年上であることもあれば、男児と同じくらいであることもある。この場合は、幼いうちに嫁に出してしまうのである。
（17）魏英満・陳瑞隆『台湾生育冠礼寿慶礼俗』（世峰出版社、二〇〇二年）「小児的生長過程」九八頁。
（18）例えば古今亭志ん生　飯島友治編『古典落語　志ん生集』（ちくま文庫、一九八九年）四一〇頁。「この子は……生まれながらお前（めえ）……歯があるよ……」。
（19）宮部みゆき『お文の影』（角川文庫、二〇一四年）一八一頁、二〇四頁。
（20）『柳田國男全集』三（筑摩書房、一九九七年）四八七～四八八頁。
（21）『柳田國男全集』五（筑摩書房、一九九八年）「家永続の願い」は五〇七～五二四頁、「家族愛の成長」は五二一～五二四頁、「貧と病」は五五八～五七一頁。

（22）岩本通弥は比較家族史学会編『事典　家族』（弘文堂、一九九六年）の「親子心中」の項において、世界各国の親による子殺しと比較し、日本の親子心中の場合、「家族以外の他人に迷惑をかけたくない」というメッセージがあること、明治期の捨て子の激減と罪悪化（捨て子という行為が子供に対しては非情であり、他人に対しては迷惑となるという考え方）を指摘している（九五頁）。和田宗樹の「明治大正期の親子心中の〝増加〟に関する考察」（『慶應義塾大学大学院社会学研究科紀要』二〇〇五年）は、親子心中が元々大家族を形成しているわけではない都市下層民の間に発生していることを指摘し、大家族の解体に発生の理由を求める説を否定している。また戦前において親子心中をする親に対して世論が決して同情的でなく、社会全体が親子心中を選好していたという説も否定する（一五～二八頁）。親子心中の発生と増加のメカニズムは、まだ説き明かされたとは言えないのである。

（23）『柳田國男全集』三、四八八頁。

（24）厚生労働省ホームページより「自殺死亡統計の概況」2の（1）「自殺死亡の年次推移」によれば、昭和十一年（一九三六年）の自殺者数は一万五四二三人。

（25）総務省統計局ホームページ「日本の統計」Ⅰ部第二章「人口・世帯」より「人口の推移と将来人口」http://www.stat.go.jp/data/nihon/02.htm

（26）湯本豪一編『明治期怪異妖怪記事資料集成』（国書刊行会、二〇〇九年）一二七五頁。

（27）六十六箇所の霊場を回る僧。六部と同じ。

（28）金指正三編『近世風聞・耳の垢』（青蛙房、一九七二年）七四～七五頁。

（29）平野書房、一九三五年、第一章「支那民族の奇習」第二「生児慣習」六「嬰児殺」六二～六三頁。

（30）陳鉄健『従書生到領袖—瞿秋白』（上海人民出版社、一九九五年）「母親之死」三三～三四頁。

（31）鄭風「将仲子」。

（32）班固『漢書』巻八十六、王嘉伝。

（33）例えば、清・余麗元輯『石門県志』巻十一の「西錦村」の話。また放蕩児を「討債鬼」に類する言葉で罵ることは広く行われている。

（34）臼田甚五郎・崔仁鶴編前掲書、一九九～二〇〇頁。

補論　偽経『仏頂心陀羅尼経』の成立と版行・石刻活動

一　はじめに――『仏頂心陀羅尼経』の内容と成立

1　『仏頂心陀羅尼経』の内容

『仏頂心陀羅尼経』はかつて一定程度流行したことのある仏典であり、別名『仏頂心大陀羅尼経』・『仏頂心観世音菩薩陀羅尼経』とも言う。この経典は上・中・下の三巻に分かれているが、そのうちの下巻にある四つの霊験譚は、日本や中国の仏教霊験譚の成り立ちを考える上で貴重な材料となるものである。

『仏頂心陀羅尼経』の内容を紹介すると、上巻には観音の発願と経典の功徳が説かれている。中巻には「陀羅尼秘字」を書いた紙を香水で呑み込んで難産や病気を治療するという呪術に関する記述がある（これは道教の「符水治病」[1]を取り入れたものと思われる）。下巻には経典を信仰した人にいかなる功徳があったかについての、四つのエピソードが収められている。

①賓陀国で疫病が流行した際、観音菩薩が白衣の居士となって現れ、『仏頂心陀羅尼経』を人に請うて写経させ、心を込めて供養させて人々を救う。

②婆羅奈国のある長者の息子が十五歳の時に病気になり、隣の一長者が『仏頂心陀羅尼経』を写経するように勧めたため、閻王がこの息子の寿命を九十歳まで延長する。

③毒殺された者が、殺人者の生まれ変わりである女の子どもに何度も転生して復讐しようとするが、女が『仏頂心陀羅尼経』を信仰しているために遂げることができない。ある日、観音菩薩の化身である高僧に正体を暴かれて成仏させられる。女はいっそう信仰を強め、九十七歳の長寿を得た後に、「秦国の男子」に転生する。

④ある男が懐州の県令に任じられたが、路銀がないので泗州の普光寺に行って常住銭（寺院が経営する貸金業）の金を借りる。取り立てのために普光寺の沙弥がついてくるが、男は金を返すのが嫌になったため、沙弥を袋につめて船から水中に投げ落とす。しかし沙弥は『仏頂心陀羅尼経』を信仰していたので、袋ごと空を飛んで懐州に先回りする。男は沙弥の姿を見て驚愕し、自らも『仏頂心陀羅尼経』に帰依したところ、経典の功徳によって勅命が下り、懐州の刺史に改められる。

2　『仏頂心陀羅尼経』についての先行研究

『仏頂心陀羅尼経』は、経録類にも記載がなく、『大蔵経』にも収録されていない、いわゆる偽経[2]に分類される経典である。そのためこれに言及する文献もきわめて少なく、残されている写本・刊本・石刻とそれらの題記がその性格や形成を知るための手がかりとなる。数多くのテキストが残存しているが、刊行された地域は中原の他に西域[3]・朝鮮半島[4]・ベトナム[5]・日本[6]に広がり、刊行に使用された言語は漢語以外にウイグル語[7]・西夏語[8]・朝鮮語に及ぶ。

この経典に関して、最も多くの資料を調査し考証を加えたのは、鄭阿財「敦煌写本『仏頂心観世音菩薩大陀羅尼経』研究」である。鄭阿財はこの論文において、敦煌写本・上海図書館蔵南宋残本・ロシア科学院東方学研究所サンクトペテルブルグ分院蔵西夏語および漢文本・応県木塔遼代写本・房山石経金代刻経本・日本天理大学図書館蔵西夏語本・台湾故宮博物院蔵泥金字本・米国インディアナポリス博物館蔵明正統刊本・ロシア科学院東方学研究所サンクトペテルブルグ分院およびベルリントルファン文献センター分蔵ウイグル語本についてそれぞれ別個になされていた叙録をまとめ、敦煌本によって排印を行い、この経典を研究するための基礎を築いた。また、成立時期については敦煌写本の年代考証や下巻の第四話に現れる中国の地名の考証から中唐期と推定している。成立地点については、はじめの経典の紹介では「（唐・五代には中原に伝わっていなかったが、西夏・遼・金ではなはだ信仰され、その後中原に入り、南宋・現代・明代に民間で流行した）唐五代中原不伝、然西夏、遼、金多奉行信受而甚至流行、其後伝入中土、南宋、元代、明代民間則多所流伝」としているが、「（唐代の中原で生まれた疑偽経典であろう）当是唐代中土所産生的疑偽経」という記述もあり、中原・西域のいずれとも定め難いと考えているようである[9]。

鄭阿財はこの経典の作者を不明としているが、西夏語のテキストについて紹介をしている西田龍雄は、『西夏王国の言語と文化』所収「西夏語仏典について」において、「経論法説沙門法戒」の名が訳者として付されているテキストの存在を指摘している[10]。この沙門法戒については、他の文献には全く見えず、本当にこの仏典の訳者といえるのかどうかも含め不詳である。

成立年代について、鄭阿財は、最も成立年代が早い二つの敦煌写本について以下のように考察している。P三九一六は十種の経典が描かれたものであるが、翻訳年代が最も新しいものが、沙門法成により漢訳された『諸

図10－1
『仏頂心陀羅尼経』の写本が発見された，
敦煌莫高窟第十七窟蔵経洞の入り口
（筆者撮影）

星母陀羅尼経』であることから、法成の活躍年代よりあとのものとした。この『諸星母陀羅尼経』の訳出年代については、上山大峻がさらに詳しく考証しており、翻訳年代を八四二～四六年に絞り込んでいる(11)。この結果を取り入れれば、写本P三九一六の成立年代は八四二年以降となる。なおもう一つの写本P三二三六は壬申年、つまり九一二年または九七二年の戸籍の裏側に書写された写本であることから十世紀のものであるとする。

陳燕珠は『房山石経中遼末與金代刻経之研究』中の「遼金単本刻経之探討　三《仏頂心観世音菩薩大陀羅尼経》」において、この経典に智通訳『千眼千臂観世音菩薩陀羅尼神呪経』(12)あるいは菩提流志訳『千手千眼観世音菩薩姥陀羅尼身経』(13)の文章の一部が使われていることを指摘している。このことから『仏頂心陀羅尼経』が両経典より後の成立であると考えられる。また房山石刻本と遼代の応県木塔から発見された版本の校勘を行っている(14)。

陳燕珠は経典名を挙げるに留まっているが、それぞれの経典の訳出年代は、『仏書解説大辞典』によれば『千眼千臂観世音菩薩陀羅尼神呪経』が貞観元年から永徽四年（六二七～六五三年）、『千手千眼観世音菩薩姥陀羅尼身経』は、訳者菩提流志の没年が、開元十五年（七二七年）(15)であるから、『仏頂心陀羅尼経』の成立は一番早くとも七世紀後半以降であろうと考えられる[16]。

なお近年、主に版本から『仏頂心陀羅尼経』の信仰主体を解明することに主眼を置いた研究が進んでいる。鄭阿財は「《仏頂心大陀羅尼経》在漢字文化圏的伝布」（二〇一五年）は、現時点における『仏頂心陀羅尼経』研究の進捗を知る上で欠かせない論文である。成立地については、中国本土説を採っている[17]。また特に女性の信仰に焦点を当てた研究としては、李翎・馬徳「敦煌印本《救産難陀羅尼》及相関問題研究[18]」、拙論「女性与《仏頂心陀羅尼経》信仰[19]」があり、この経典が「求子」・「救産」といった女性の願いに応えてきた経緯をたどる。

3 『仏頂心陀羅尼経』は何処で成立したか――金石学資料からの考察

『仏頂心陀羅尼経』の成立年代については、新しい材料が見つからない限り、先行研究で示された八世紀から九世紀としておく他ないであろう。では、成立した場所については再検討の余地はないであろうか。

『仏頂心陀羅尼経』は、下巻の第四話の舞台が中国本土であるという内容分析からは本土成立説もあるものの、最古の版本が敦煌で発見されていることから、先行研究ではこの経典の成立地点は敦煌であるとする見解も多かった[20]。

では、『仏頂心陀羅尼経』が唐代の中国本土に存在したという証拠は本当にないのであろうか。筆者は宋代の金石学の資料を分析し、三つの石刻の記録からこの経典が唐代の中国本土にすでに存在したのではないかと指摘するものである。以下、石刻はそれぞれA、B、Cとして議論を進める。表は、それぞれの石刻に関する記述を表にまとめたものである。

	石刻A（在鎮江）	石刻B（在洛陽）	石刻C（在英徳）
北宋・朱長文『墨池編』	「佛頂心陁羅尼經王奐之書。」（巻六）	「唐陁羅尼經　牛僧孺。隷。在香山寺殿上。」（巻六）	
南宋・鄭樵『通志』	唐下「佛頂心陁羅尼經、王奐之書。一本牛僧孺。分書。潤州。」（巻七十三・金石一）		
南宋・王象之『輿地碑記目』			英德府碑記　浛光縣開元寺佛頂心經字画遒勁似虞柳所書（巻三）
清・倪涛『六芸之一録』	石刻文字五十三　唐碑　釈氏三　無歳月及書跋「佛頂心陁羅尼經王奐之書。一本牛僧孺。分書。潤州。」金石略（巻七十七）		石刻文字八十二　宋王象之輿地碑目　英德府碑 浛充縣開元佛寺佛頂心經字画遒勁似虞柳所書（巻百六）
清・呉式芬『金石彙目分編』		河南府「唐陀羅尼經　墨池編　牛僧孺。香山寺殿上。（巻九之三）	

石刻Aについて　石刻Aは潤州（現在の鎮江）にあり、王奐之という人物が書いたものである。王奐之は欧陽脩『集古録跋尾』の「唐潤州陁羅尼経幢（これは『仏頂心陀羅尼経』ではない）」の項に、「唐雲陽（潤州附近の地名）野夫王奐之」とある人物で、正史には彼に関する記載はない。この石刻に関する最も早い記録は、北宋の朱長文の『墨池編』巻六にある（上表）。彼は、『墨池編』巻五「宝蔵三」の「梁瘞鶴銘普通四年」でこのように書いている。「私は京口に行くごとに、（名品「瘞鶴銘」を）見られないのを恨みに思った。しかし隆慶戊辰年（一〇八八年）の春には一か月あまり滞在した（予毎過京口、恨不一見。隆慶戊辰春、留京口月余）。」つまり彼はしばしば鎮江に行くことがあり、一か月間の滞在もしたことがあるのであるから、在鎮江の石刻の記録についてはかなり信憑性があるといえるだろう。

石刻Bについて　石刻Bは、洛陽香山寺の殿上にあり、牛僧孺（七七九〜八四七年）が分書（隷書の一種）という書体を用いて書いたものである。製作年代は牛僧孺が洛陽にいた時代とすれば、開成二～四年（八三七～三九年）となる。「党氏女」の作者である可能性がある牛僧孺の筆になるという点は興味深いが、他に手がかりとなる資料はなく、真偽のほどは確かめられない。

石刻Cについて　石刻Cの『輿地碑記目』の文章は、『石刻史料新編』所収のものでは「涪光縣開元寺佛頂心經」、同書の『四庫全書』所収のものでは「涪充縣開元佛寺頂心經」、清・倪涛『六芸之一録』によれば「涪充縣開元佛寺佛頂心經」とあり、肝心な部分についてテキストの揺れがある。そのため除外することも考えたが、本書の出版の目的は研究のために衆知を集めることでもあるので、残すことにした。

この石刻は広東省英徳にあり、書写した人物は不詳である。「字画は力強く、虞柳の書くところに似ている」とあり、記録者がこの石刻を実見しているらしいことが分かる。この石刻の製作年代は不明であるが、「虞柳」はおそらく虞世南と柳公権を指し、その字体が唐代らしい楷書であったと思われる。『仏頂心陀羅尼経』を『仏頂心経』と略する例は、蘇軾「潜師放魚に次韻す」中の「天花」という語に対する施元之注[21]、元・陰勁弦・陰復春編の『韻府群玉』巻二の「陀羅尼」条などがある[22]。『仏頂尊勝陀羅尼経』は『尊勝陀羅尼経』または『陀羅尼経』と略され、『仏頂心経』に近い形になることはない。よってこの石刻も『仏頂心陀羅尼経』である可能性がきわめて高い。なお『仏頂尊勝陀羅尼経』は、天竺僧仏陀波利漢訳。梵語のテキストもあり、代々の大蔵経にも入っている正統の経典である（『大正蔵』第十九冊）。

これら三つの石刻はいずれも現存していないが、石刻Aの記録者である朱長文はこれを実見していた可能性が高い。石刻Bにしても、これが『仏頂心陀羅尼経』ではないという決定的な証拠はない。このことから、唐代の中国本土にはすでに『仏頂心陀羅尼経』が存在していたことは否定しきれない。
鄭阿財は『〈仏頂心大陀羅尼経〉在漢字文化圏的伝布』で『仏頂尊勝陀羅尼経』の間違いである確立が高いことを指摘しているが、この件に結論を出すためにも、石刻の現物や拓本の発見が待たれる。

二 『仏頂心陀羅尼経』下巻第四話について

『仏頂心陀羅尼経』中において、下巻第三話が討債鬼故事の成立と一番深い関係にある部分ではあるが、これについては本書第二章ですでに詳述した。ここでは『仏頂心陀羅尼経』の成立と流布に関わる内容ながら、謎の多い下巻第四話について議論したい。

下巻第四話は、中国本土が舞台になった霊験譚である。討債鬼故事ではないが借金がらみの奇譚であり、興味深い内容をもつものである。その現代語訳と原文（敦煌本P三九一六による）は以下の通りである。

昔、ある官人が、懐州の県令として赴任しようとしたが、銭がなくて命に応ずることができなかった。そこで泗州の普光寺に行って常住銭[23]一〇〇貫文を借り、その費用にあてた。その時住職は取り立てのために小僧を一人懐州までついて行かせ、金を受け取ったら泗州に帰って来るよう命じた。小僧はそこで官人と一緒に船に乗った。夜、深い潭で夜に舟を泊めた時、官人はふと悪心を起こして、寺の銭を返済する気をなくしてしまい、伴の者たちを使って小僧を布袋に詰め、水中に棄ててしまった。しかしこの小僧は七歳の時から師について出家し、常に『仏頂心陀羅尼経』を携え、必ず供養をして手放さず、外出先でも念じていた。そのためこの官人に手をかけられても少しも身を損じることなく、まるで暗い部屋の中で、誰かに虚空を運ばれていくように感じただけだった。まっすぐ懐州に到着し、官人が到着するのを待った。この時この官人は一日二日もせぬうち懐州県令の職に就き、三朝に役所に出勤して退くと、あの水に落としたはずの小僧が庁の中に座っていた。思わず大いに驚いて庁に登って同席した。そして小僧に聞いた。「和尚はいったいどんな法術を使ったのでしょうか。」この小僧がつぶさに言うには、懐に『仏頂心陀羅尼経』三巻を入れていたので功徳があったのだということだった。この官人はこれを聞くと跪いて懺悔し、小僧から経典を借りて、自分で費用を出して庁の前に人を呼んで千巻を書写させた。そして道場内に置いて香花を供えて毎日供養すると、勅命が下って懐州の刺史に改められた。

又昔有官人擬赴任懐州県令、為無銭作上官行理。遂於泗州普光寺辺借取常住銭一百貫文、用充上官。其時寺主、便以接借、即差一小沙弥相逐至懐州、取銭回帰泗州。当即便与其官人一時乗船、得至一深潭夜宿、此官人忽生悪心、便不肯謀還寺家銭、令左右将一布袋盛這和尚、抛放水中。縁這和尚自従七歳已来、随師出家、常持此仏頂心陀羅尼経、兼以供養不闕、自不曽離手、所在処、将行転念、既此官人致殺也、殊不損一毫毛、只覚自己身被箇人扶在虚空中、如行暗室。直至懐州県中、専待此官人至上。是時此官人不逾一両日、得上懐州県令、三朝参見衙退了、乃忽見抛放水中者小和尚在庁中坐、不覚大惊、遂乃升庁同坐。乃問和尚曰、不審和尚有何法術。此沙弥具説、衣服内有仏頂心陀羅尼経三巻、加備功徳、不可具述。此官人聞語、頂礼懺悔、便於和尚辺請本、破自己料銭、喚人只向庁前、抄写一千巻、置道場内、日以香花供養、後敕加改任懐州刺史。

唐代の地図を見ると、当時の懐州（現在の河南省沁陽市）と泗州（現在の安徽省泗県）がそれぞれ汴河（通済渠）の東西の起点付近にあることが分かる[24]。二つの都市はこの説話の舞台としてふさわしく、作者が中国の地理について正確な知識を持っていることを示している。また、このような殺人方法が選ばれた理由に、この経典の作者や作者が想定した読者が、運河を使う生活を身近に感じていたということも挙げられる。経典全体はともかくとして、この霊験譚が成立した場所は中国本土であるといえる。

第四話の類話については、楊宝玉がさらに『敦煌本仏教霊験記校注並研究』（甘粛人民出版社、二〇〇九年）において、『永楽大典』巻七五四三所収の宋・釈延寿撰「金剛証験賦」にある故事を挙げている（実際は「金剛証験賦」本文ではなく、『永楽大典』に収録された際に付された注の中に見える話である[25]）。

王新という男が蜀道の県令に任じられたが、道中食べるものがなかった。ちょうど蜀人の僧が故郷に帰りたく思っていて、王新と同行することになった。僧は銭一〇貫を持っていて、益州まで王に預けることにした。僧は『金剛経』をいつも読誦していた。綿州（現在の四川省綿陽市）に至ると、王新は僧を殺して金を横領することにして、夜に江を渡る時に、僧を急流に突き落とした。僧はしかし槎に出会ってこれに乗り、槎の上で経を唱えた、口から五色の光が放たれ、江の岸辺の村の人々がこれを見て船を出し、僧を救った。僧は先に益州（現在の成都市附近）に着き、王新が後から着いた。僧に出会って愕然とし、油汗が止まらなくなった。傍らの者が汗をぬぐってやると、髪の毛も眉もあごひげもみな抜け落ちた。（以上あらすじ）

王新任蜀道県令、欲帰蜀去、無糧食得往。時有一僧乃是蜀人、亦欲還彼、与王新同帰。其僧有銭十千文、乃寄王新、若到益州、望依数還。其僧常持金剛経。同至綿州、王新密起害心免銭債、夜共渡江、乃沈僧於急水中。其僧逢一浮槎、専於槎上誦経、口中忽出五色毫光、江畔村人見光、駕船載上。其僧先到益州、王新後到、見僧愕然、白汗交出、旁人拭汗、当時随毛眉皆堕。

ただし本作の『永楽大典』注より先の出所はたどれないので、そもそも『仏頂心陀羅尼経』の話がもとになって作られた話である可能性も否定できない。

他の下巻第四話の類作のうち、『仏頂心陀羅尼経』と同時代のものは第三話と同じく、『日本霊異記』に存する。『日本霊異記』下巻第四縁がそれである。

奈良の都に一人の高僧がいた。名前はわからない。この僧はいつも『方広経』(26)を誦し、俗世の生活をして金貸しを営み、妻子を養っていた。一人の娘が結婚していて、夫の家に行って住んでいた。称徳天皇の頃（七六四～七七〇年）、婿は奥の国の掾官となった。(27)そこで舅の僧から銭二十貫を借りて支度をし、任地に赴いた。一年余り経って、返すべき金は二倍になったが、元金だけは返せても利息が返せず、年月が経ってもしつこく取り立てられた。婿は内心憎しみを抱き、何とかして舅を殺そうと思った。舅はそんなこととは知らず相変わらず取り立てる。婿は舅を任地に誘い、船に乗せ、船乗りたちと結託して彼の手足を縛り、海に投げ落とした。妻には、途中で時化に遭って船が沈み、自分は助かったが舅は溺死したと信じさせた。

一方、舅の僧は、海中で一心に『方広経』を誦えた。すると、海水が落ち窪んだので底にうずくまり、溺れなかった。二日二晩して、通りかかった船に助けられ、遅れて奥の国に到着した。婿は奥の国で、溺死させた舅のために斎食を設けて僧に施していた。舅の僧はそこに顔隠して行き、他の僧と一緒に施しをうけた。掾はその場で手ずから布施をしていて、舅が含み笑いをするのを見て驚いたが、僧は悪事を暴くことはなかった。（以上あらすじ）

諾楽京有一大僧。名未詳也。僧常誦於方広経典、即俗貸銭、蓄養妻子。一女子嫁、別住夫家。帝姫阿倍天皇代之時、聟任於奥国掾。則舅僧貸銭廿貫、為装束、向於所任之国。歴歳余、謝銭一倍、僅償本銭、未償利銭。弥逕年月、猶徴乞之。聟竊壊嫌、而作是念、求便殺舅。舅不知、猶平心而乞。聟語舅曰、将共奥。舅聞之往、乗船度奥。聟与船人、同心謀悪、縛僧四枝、擲陥海中。往語妻曰、汝之父僧、欲瞵汝面、率共度来。忽値荒浪、駅船沈海、大徳溺流、救取無便。終漂沈亡。但我僅活耳。其女聞之、大哀哭言、無幸亡父。何図失宝。我別知之。能見父儀、寧視底玉、亦得父骨。哀哉痛哉。僧沈海、至心読誦方広経、海水凹開、踞底不溺。逕二日二夜後、他船人向於奥国而度。見之縄端泛、有於海而漂留。船人取縄牽之、忽僧上。形色如常。於是船人大怪問之、汝誰。答云、我某。我遭賊盗、繋縛陥海。又問、師何有要術、故沈水不死。答、我常誦持方広大乗。其威神力、何更疑之。唯聟姓名、向他不顕。具我泊奥。船人随冀、送之於奥。彼聟奥国而為陥舅、聊備斎食、供於三宝。舅僧展転乞食、偶値法事、有於自度之例。匿面而居、受其供養。聟椽、自捧於布施、献於衆僧。於是捨海中僧、申手受施行。椽見之、目漂青面赧然、驚恐而隠。法師含咲、不瞋而忍、終後不顕乎彼悪事。

『日本霊異記』についての先行研究では、この条について中国からの影響を指摘するものはないが[28]、同じようなあらすじの話が『仏頂心陀羅尼経』にあるからには、日本の外に原典があると考えなければならない。他に宋代劉斧の『青瑣高議』後集巻四の「陳叔文」も注目すべき作品である。

都の人である陳叔文は、科挙に合格し、常州宜興の役人に任ぜられたが、手元不如意で任地に行くこともできなかった。崔蘭英という妓女にそれをこぼすと、彼女は自分と結婚をすることを条件に金を融通すると持ちかけたので、叔文はすでに結婚をしていることを隠し、妻を都に置いて、蘭英を伴って任地に行った。妻には密かに仕送りした。

三年後に任期を終えて都に帰ることになったが、叔文は蘭英の金欲しさと、都で妻と彼女がお互いの存在を知ることを恐れ、蘭英に大酒を飲ませて船から汴河へ投げ落とした。おつきの女奴隷も一緒に運河に投げ入れ、妻があやまって水に落ち、女奴隷も主人を助けようとして溺れたと称し、一人で家に帰った。遺体はあがらなかった。

叔文は都で妻と再会し、金（実は蘭英から奪ったもの）があるからと、宮仕えをやめて商売始めた。数年後の冬至の日、妻と相国寺に詣でた時に、蘭英と女奴隷に会い、脅迫されて彼女たちの指定する家を訪問した。荷物持ちを外で待たせて家に入ったが、なかなか出てこないので、荷物持ちがのぞいてみたところ、両手を背中で縛られた状態で死んでいたのが見つかった。死体を調べたが、特に傷はなかった。（以上あらすじ。）

陳叔文、京師人也。専経登第、調選銓衡、授常州宜興簿。家至窘空、無数日之用、不能之官。然叔文丰骨秀美、但多鬱結、時在娼妓崔蘭英家閑坐。叔文言及已有所授、家貧未能之官。蘭英謂叔文曰、我雖与子無故、我于嚢中可余于緡、久欲適人、子若無妻、即我将嫁子也。叔文曰、吾未娶、若然、則美事。一約即定。叔文帰欺其妻曰、貧無道途費、勢不可共往、吾且一身赴官、時以俸銭賙爾。妻諾其説。叔文与蘭英泛汴東下。叔文与英頗相得、叔文時以物遺妻。後三年替回、舟溯汴而進。叔文私念、英嚢篋不下千緡、而有徳于我、然不知我有妻、妻不知有彼、両不相知、帰而相見、不惟不可、当起獄訟。叔文日夜思計、以図其便、思惟無方、若不殺之、乃為後患。遂与英痛飲大酔、一更後、推英于水、便併女奴椎堕焉。叔文号泣曰、吾妻誤堕汴水、女奴救之併堕水。以時昏黒、汴水如箭、舟人沿岸救撈、莫之見也。

叔文至京与妻相聚、共同商議。叔文曰、家本貧甚、篋筒間幸有二三千緡、不往之仕路矣。乃為庫以解物。経歳、家事尤豊足。遇冬至、叔文与妻往宮観、至相国寺、稠人中有両女人随其後。叔文回頭看、切似英与女奴焉。俄而女上前招叔文、叔文托他故、遣其妻子先行。叔文与英併坐廊砌下、叔文曰、汝無恙乎。英曰、向時中子計、我二人堕水、相抱浮沈一二里、得木碍不得下、号呼撈救得活。叔文愧赧泣下曰、汝甚酔、立于船上、自失脚入于水。此婢救汝、従而堕焉。英曰、昔日之事、不必再言、令人至恨。但我活即下怨君。我居此已久、在魚巷城下住、君明日当急来訪我。不来、我将訟子于官、必有大獄、令子為齏粉。叔文詐諾、各散去。叔文帰、憂惧。巷口有王震臣聚小童為学、叔文具道其事、求計于震臣。震臣曰、子若不往、且有争訟、于子身非利也。叔文乃市羊果壺酒、又恐家人輩知其詳、乃僦別巷小童、携往焉。至城下、則女奴已立門迎之。叔文入、至暮不出。荷担者立門外、不聞耗。人詢之云、子何久在此、昏晩不去也。荷担人云、吾為人所使、其人在此宅、尚未出門、故候之。居人曰、此乃空屋耳。因執燭共人、有杯盤在地、叔文仰面、両手自束于背上、形若今之伏法死者。申之官司、呼其妻識其尸、然無他損、乃命帰葬焉。議曰、茲事都入共聞。冤施于人、不為法誅、則為鬼誅、其理彰彰、然異矣。

李剣国氏の『宋代志怪伝奇叙録』「青瑣高議前後集十八巻[29]」では、この陳叔文の物語を劉斧自身が作ったものとしており、『仏頂心陀羅尼経』などの類話は挙げていない。

『仏頂心経』下巻四話、「金剛証験賦」注、『日本霊異記』下巻第四縁、「陳叔文」の四話の共通点は、①主人公

が、地方官として任地に行くための金に困っていたこと、②主人公が金を貸してくれた者を殺すこと、③殺す方法が、船で移動中に水中に突き落とすことであること、④殺された者が、再び主人公の前に姿を現し、驚かせることである。四話中二話以上に当てはまる点は、①主人公に殺される者が僧であること（『仏頂心陀羅尼経』と「金剛証験賦」注と『日本霊異記』）②殺害現場が汴河である（『仏頂心陀羅尼経』と『青瑣高議』）③金を返したくないというよりは、むしろ借金によって発生した人間関係を清算したいがために殺す（『日本霊異記』と『青瑣高議』）、④経典の霊験譚である（『仏頂心陀羅尼経』と「金剛証験賦」注と『日本霊異記』）。この四話にはこのように多くの共通点があり、偶然で一致したとは考えにくく、少なくとも共通の元話があったことが伺える。

ただ、成立年代が一番古いと考えられる『仏頂心陀羅尼経』の話をオリジナルとするにしては、官人が小僧を殺した動機は不自然である。彼は普光寺の常住銭の数多い顧客の一人にすぎず、返済してしまえば後腐れはなく、地方官になれば返済はさほど困難ではないであろう。沙弥は普光寺に山ほどいる「従業員」の一人であり、彼を殺したからといって必ずしも取り立てから逃れられるわけではない。元々別の未発見の作品があって、それをもとに改作されたものではないかと思われる。

下巻第四話は、決して他に類を見ない孤立した作品ではなく、必ずや先行する作品から改作されてこの経典の一部になったものである。第四話の成立過程の解明は、同じく出所不明である第三話の研究や、『仏頂心陀羅尼経』の現行テキストの成立過程の解明に資するところも大であると考えられる。

討債鬼故事は偽経であり、大蔵経や叢書に採られることによって残った経典ではなく、信者たちが功徳を求めて写経することによって伝えられてきた。本節では、先に触れた『金瓶梅』のエピソードにも登場した『仏頂心陀羅尼経』の印行と、石刻の歴史を振り返り、その活動が討債鬼故事の受容に与えた影響を考える。

三　『仏頂心陀羅尼経』の写経活動

1　文献に見える写経活動

現在、中国や香港、台湾の仏寺や道観に詣でると、境内の隅に、信者の寄進によって印刷された袖珍版の経典が山積みになっている光景をしばしば見かける。そこには『観音経（法華経普門品）』、『仏頂尊勝陀羅尼経』のような正統的な経典だけではなく、『父母恩重難報経』や『高王観世音経』のような古くからある偽経や、信者自身が体験または見聞した神秘体験を書き綴ったパンフレットもあり[30]、参拝者はそこから自らの必要とする経典を無料で持ち帰ることができるようになっている（図10-2、図10-3参照）。仏寺に道教経典が、道観に仏典が置かれているのは、もちろんめずらしくない光景である。このような場が偽経を産みだし、拡散する場として機能している状況を見ることができるのであるが、では「このような場」は果たして何時から存在したのだろうか。

そもそも「経典を写す」という信仰活動の淵源は、『唐大詔令』巻一一三所収の開元二年（七一四年）七月の詔「断書経及鋳仏像勅」にうかがうことができる。

図10-2　広州六榕寺の経書流通処
（筆者撮影）

図10-3　香港文武廟の善書棚
（筆者撮影）

仏教とは、清浄な環境において利益があるものである。今、長安洛陽の城内では人々が帰依するに足るだけの寺院が建ち並んでいるのに、下賤の者は考えが浅く、木の葉を見ては金を欲しがり、炎を見ては水がほしいと思う。そのような心持ちに染まって流され、弊風が形作られている。聞くところによると、普通の町中に店を開いて写経や造仏が行われているそうである。酒やなまぐさものを口にし、手に触れては、尊崇の道は廃れ、神仏を軽んじる心が起こってくるものである。庶民はこのような者に福を求め、財産を失うに至る。その愚かさを思えば、憐れみを禁じ得ない。仏とはそもそも外にあるものではなく、法とは心にあるものであり、親しくこれを身につければ、道は遠いものではない。長年悪習に溺れているので、ここに申し渡すこととする。今より後は、街中で勝手に造仏や写経をしてはならない。仏の尊像を拝みたければ寺に行って参拝すればよく、経を読みたい者は寺で読むよう努めればよい。経本が足りなければ、僧が写して供することだ。諸地方の観もこれに倣え。（開元二年七月）

仏教者、在於清浄、存乎利益。今両京城内、寺宇相望、凡欲帰依、足申化敬。下人浅近、不悟精微、覩葉希金、望焰思水、浸以流蕩、頗成蠹弊。如聞坊巷之内、開鋪写経、公然鋳仏。口食酒肉、手漫羶腥、尊敬之道既虧、慢神之心遂起。百姓等或縁求福、因致飢寒、言念愚蒙、深用嗟悼。殊不知仏非在外、法本居心、近取諸身、道則不遠。溺於積習、実藉申明。自今已後、坊市等不得輒更鋳仏写経典。須瞻仰尊容者、任就寺拝礼。須経典読誦者、勤於寺読。取如経本少、僧為写供。諸州観並准此。（開元二年七月）

この詔勅は、牧田諦亮の『疑経研究』においてすでに紹介されている[31]。開元当時、全くの俗人が坊巷に店を開いて写経や造仏が行われていたのであろうと推測しており、筆者もそれに同意する。庶民から代金を取り、求められるままに、真経であれ偽経であれ写経していたと思われる。

『仏頂心陀羅尼経』本文中でも、しばしば写経の功徳が強調されている。写経についての記述は以下である。

①もし慈悲深く道理に従う男子女人がいて、父母の深い恩に報いようと欲し、この『仏頂心陀羅尼経』の文言章句に巡り合って人に書写してもらうことができ、受持読誦し、毎日朝に仏前に向かい、焼香してこの陀羅尼経を唱えるならば、このような人々は終に地獄に落ちて罪を受けることがないであろう。

若有慈順男子女人、欲報父母深恩者、遇見此仏頂心陀羅尼経文字章句、能請人書写、受持読誦、毎日於晨朝時向仏前、焼香誦念此陀羅尼経、如是之人終不堕於地獄中受罪。（上巻）

②善男善女が我が国に生まれれば、我が眼のように大事に護り、愛惜してやまない。この陀羅尼の功徳は計り知れない。ましてこの経を聞き、所持して供養すれば、その福は計り知れない。
善男子善女人生我国中、護如眼睛、愛惜不已、此陀羅尼功徳無量、何況有人聞見書写受持供養、其福不可称量。（上巻）
③もしまたどんな女性でも、女性の身をいとうて男子に生まれ変わりたいと思ったならば、そして一〇〇歳で世を去った時に極楽往生して蓮の台に生まれたいと思ったならば、人に依頼してこの陀羅尼経を書写させ、仏前にそなえるべきである。
若復有一切女人、厭女人身、欲得成男子身者、至到百年捨命之時、要往生西方浄土、蓮花化生者、当須請人書写此陀羅尼経、安於仏前。（上巻）
④またもし善男善女がいて、この仏頂心自在王陀羅尼印を見聞きすることができ、もしも書写読誦し経を見ることができたならば、このような人の一切の煩悩は覆い隠されるだろう。
復有善男子善女人、若得見聞此仏頂心自在王陀羅尼印、若書写読誦睹視者、彼人所有一切煩悩障閉。（上巻）
⑤またもしある人が僧侶に遇って、この経典の写経を勧め、大蔵経中にある経典と同列のものとして扱い、その功徳を人々に説くようにさせることができれば、その人が受ける功徳は十二蔵の大尊経を作ったのと同じくらい、測り知れないものとなるであろう。
又若復有人得遇善知識、故誘勧書此陀羅尼経上中下三巻、准大蔵経中、具述此功徳、如人造十二蔵大尊経也。（中巻）
⑥速やかに人に頼んでこの陀羅尼経を写させ、心を込めて供養させた。

令速請人尽写此陀羅尼経三巻、尽心供養。（下巻第一話）

⑦そこで蔵を開き、珠や金を売り、さらに一千巻の写経をし、毎日欠かさず供養をすれば、この経は計り知れない力を持っていて、大いなる神験を備えていることを知るだろう。

即開倉庫、珠金貨売、更写一千巻、日以供養不闕、当知此経不可称量、具大神験（下巻第二話）

⑧衣裳を売ってさらに人に依頼して一千巻を写させ、前に倍して受持供養し、片時も欠かさなかった。九十七歳の時に世を去って秦国（中国）の男子に転生した。

貨売衣裳、更請人写一千巻、倍加受持、無時暫闕、年至九十七歳、捨命向秦国変成男子之身。（下巻第三話）

⑨もし善男子善女人で、この経三巻を写すことができたならば、……このような人はもし危険なところに身を置いたとしても、……どんな災難でも除くことができる。

若有善男子善女人、能写此経三巻、……是人若住若臥危険之処、……無難不除（下巻第三話）

⑩自ら銭を出して人を役所の前に呼び、一千巻を書写させた。……後に勅命が下り、改めて懐州刺史に任命された。

破自己料銭、喚人只向庁前、抄写一千巻、……後勅加改任懐州刺史（下巻第四話）

このように、字数にして四千字程度の、それほど長くない経典の中に、繰り返し写経の功徳が説かれていることが分かる。自分の手で写経するだけでなく、①、⑥、⑦、⑧、⑩に見えるように、財貨を投じて人に写経をさせる功徳も合わせて強調されている。このことは、この経典が少なくとも開元二年の詔勅に見られるような写経産業の隆盛した状況下で生まれ、広められたものであることを示している。

宋代になると写経にも木版印刷が取り入れられるようになる。宋・洪邁『夷堅志』には、版木を使って『仏頂心陀羅尼経』を印刷する話が残されている。三志壬巻六「蕭七仏経」を見てみよう。

饒州（現在の江西省鄱陽県）の庶民蕭七は双碑の下に住み、炙った豚肉を屋台で売り、少々の儲けを得て妻子を養っていた。慶元三年（一一九七年）十月十九日の夜に商売を終え、家に帰って飯を食い、足を洗って寝た。真夜中に突然恐ろしい声を挙げ、これまで病気があったわけでもないのに、たちまち死んでしまった。妻は胸を打って泣き叫んだが、どうしていいか分からなかった。三日後、隣の巷の黄婆が夢で白髪の老人に会った。老人が、「蕭七はまずいことに出し抜けに殤神とぶつかったため、死に至る災いを招いてしまったのだ」というのを聴いた。黄婆は、それでは今となってはどうしたら良いのかと尋ねた。老人は、蕭七の妻に柴主簿の家に行って『仏頂心経』を借りさせ、僧を招いて懺悔させれば良いと言った。黄は目を覚ますと、翌朝夜の明けるのを待って、蕭七の妻のもとへ走り、老人の言葉を告げた。柴の家を訊ねてみると、城隍廟の後ろにあってこの経の版木も持っていた。これを求めて工人を雇って一〇〇〇部印刷し、二人の僧を招いて読経させた。また三日後、蕭七の妻は夢で夫と語り合ったが、まるで本当にいるかのようであった。夫は、もう供養の功徳に浴したので、まもなく別人に生まれ変わるだろうと言い、別れを悲しみ去って行った。

饒州細民蕭七、居于双碑下、能批炙猪肉片脯行貫、以取分毫之利、贍養妻子。慶元三年十月十九日晩市罷、帰家吃飯、洗足而請寝。至三更、忽厲声喝、初無病疾、俄頃長逝。妻拊胸痛哭、不知所為。後三日、隣巷黄婆夢白髪老人曰、蕭七因不合突犯殤神、致掇死禍。黄婆曰、然則今当如何。老人曰、教他妻去柴主簿宅借仏頂心経請僧懺解乃可。黄寤。次日払暁、走告其妻。詢柴宅、只在城隍廟背、素有此経板、求而得之、顧工印造千本、請両僧看読、又三日、蕭妻夢夫交話、歴歴如存、云已沾功果、将遂超生、悲訣而去。

この話にある、柴主簿こそが、開元の詔に見える俗人写経業者の後裔であり、彼らは版木を所有していて、人の求めに応じて経の印刷を請け負ったのであろう。さて蕭七の妻は千部の経典を印刷したが、その経典はどのような者の手に渡ったのであろうか。『夷堅志』には他にも、「斉宜哥救母」（三志己巻四）という話がある。これは宜哥という六歳の少年が難産で苦しむ母を救うため、『仏頂心陀羅尼』と『九天生神章』[32]を手に入れて、暗誦して毎朝十回唱え、書き写したところ、母の産褥に神人たちが現れ、平らかに男児が生まれた、という話である。六歳児である宜哥が、自分で金を出してこれらの経典を買ったとは思えないので、おそらくは現在と同じく寺廟で配られているものを貰ってきたのであろう。なお、「蕭七仏経」中の柴主簿が城隍廟のそばに住んでいたことや、宜哥が『仏頂心陀羅尼』と一緒に道教経典である『九天生神章』を供養したことは、当時も現在と同じく、道教と仏教が庶民レベルではどちらも身近なものとして信仰されていたことを示している。

『夷堅志』の二つの話は、いずれもこのような経典への信仰を肯定的に捉えたものであったが、これを『金瓶梅』に見える写経活動の描写と比べてみよう。『金瓶梅』第五十七～五十九回では、薛姑子が西門慶と李瓶児に説いて彼らの子供官哥児のために『仏頂心陀羅尼経』を印刷するように勧めるくだりがある。その経過を詳しく追うと、以下の通りになる。

五十七回において、王姑子の紹介で西門慶の家に入り込んだ薛姑子（王・薛ともに胡散臭い尼僧である）が、家門の繁栄のためにと説いて、西門慶から銀三十両を出させ、『陀羅経』五千巻を経坊に依頼することを請け負う（経費に不足があれば後日追加請求する、としている）。五十八回で、薛姑子は病弱な官哥児のために、さらに李瓶児から銀五十五両を出させ、『仏頂心陀羅尼経』一五〇〇部（綾の表紙のもの五〇〇部・絹の表紙のもの一〇〇〇部）の印刷を経舗（五十七回では「経坊」になっている）に取りつぎ、八月十五日に東岳廟で供養することを請け負う。五十九回で李瓶児依頼分は刷り上がるが（先の西門慶依頼分がどうなったのかは分からない）、官哥児は却って死んでしまう。すると薛姑子は、『仏頂心陀羅尼経』の下巻第三話の話を引いて、官哥児は李瓶児の前世の債主かもしれない、この経の功徳で前世の仇敵を退けられたのだと、ご都合主義的な言い訳をする。

五十九回では王姑子と薛姑子が請負料の配分をめぐって喧嘩になっていることから、[33]夫妻の払った金のうち、かなりの額が経舗に渡らず、仲介者である彼女らに着服されていると思われる。（それにしても李瓶児の財産は元々彼女の先夫花子虚を西門慶とともに陥れて作ったものであり、このような結末はまことに因果応報であると言える。）『金瓶梅』では開元二年の詔で言及されていたような、写経ビジネスの汚い側面が描き出されている。『夷堅志』では『仏頂心陀羅尼経』の存在を黄婆に教えたのは、夢にあらわれた神のごとき人であった。『金瓶梅』のエピソードは、同じ行為を金もうけとして行う者の存在があったことを示している。

2　版本に見る『仏頂心陀羅尼経』の信仰形態

前項では、小説などに描写された『仏頂心陀羅尼経』印刷の模様を紹介した。それでは、彼らが印刷した「実物」は、いったいどのようなものであったのだろうか。

現在『仏頂心陀羅尼経』版本は中国・日本・韓国・ベトナム・アメリカ・フランス・ロシアなど各地の図書館や博物館に所蔵されている。これらの版本の中には、末尾に寄進者による題記があるものがあり、寄進者の姓名や身分などを知ることができる。それらのうち、寄進者の祈願の内容が詳しく書かれているものを取り上げ、その信仰のあり方を考えたい。まずは、宋代のもの二点を挙げる。一九五九年第十期『文物』「文物工作報導」で紹介された嘉祐八年（一〇六三）の『仏頂心陀羅尼経』版本[34]と、浙江省博物館蔵『南宋仏頂心陁羅尼経』版本[35]の題記である。以下はそれぞれの図版を元にした録文である。

※Ⅰ、Ⅱとも改行・空白は原文の通り。判読不能の場合、文字数が分かる場合は「□」で、文字数も分からない場合は「…（判読不能）…」とした。

Ⅰ『仏頂心陀羅尼経』版本（嘉祐八年）

（本書第五章第四節「「嫉妬話」系統説話の子供たちと「冤家債主」」を参照）

Ⅱ『南宋仏頂心陁羅尼経』（乾道八年）

處州麗水縣奉　三寶弟子葉岳同妻王氏卞
五娘昨為日前雖有男女類皆夭喪竊恐前
生造諸悪業有此□難謹發誠心印造
佛頂心陁羅尼經壹□卷遍施□持（または特）
早遂願心及乞追薦□□男竹僧託生浄土伏

□□印知
乾道八年壬辰二月奉佛□…（判読不能）…□葉岳謹□
処州麗水県の仏弟子葉岳とその妻王氏・卞五娘は、かつて息子や娘をもちましたが、みな早死にしてしまいました。竊かに恐れるのは、前世で悪業を犯したため、このような難儀に遭うのではないかということです。謹んで真心を発して『仏頂心陀羅尼経』一□巻を印刷してあまねく施し、受持させ、速やかにこの願意を遂げるとともに、葉岳の息子竹僧の極楽往生を願い……
乾道八年壬辰（一一七二年）二月奉仏□……□葉岳謹みて□す

Ⅰは、虔州贛県の孝仁坊在住の任氏夫妻が自分たち夫妻とその子供たちのために、長寿と「前世今生の債主冤家が復讐に来ないこと」を祈って『仏頂心陀羅尼経』を大量に印刷する願文である。前にも述べた通り、本書第二章の転生復讐譚の亡霊を「怨（冤）家債主」と理解していた証拠とみられるものである。

一方Ⅱは、乾道八年（一一七二年）に処州麗水県（現在の浙江省麗水市。福建省との境）の仏教徒葉岳とその妻王氏、卞五娘の寄進によって出版されたものである。彼らには何人か男女の子供が生まれたが、みな幼くして死んでしまったようである。この題記では、Ⅰに比べると結びつけ方が漠然としているが、我が子が次々と早死にすることが前世の悪行の報いなのではないか、という不安が表明されている。

上記二つは、夫妻が願主となって印刷させた版本であるが、そのような例は他にも北京国家図書館蔵・鄭振鐸旧蔵の、承議郎石処道とその妻梁氏による崇寧元年（一一〇二年）刊本（〇四九二七）や、浙江省博物館蔵の、尤道澄とその妻王氏による元刊本[36]がある。これらはいずれも夫妻連名の題記があり、子孫の繁栄を祈る言葉が記されている。
鄭阿財の論文に著録がある、米国インディアナポリス博物館蔵明正統五年（一四四〇年）刊本（女性が娘の安産を祈願して一〇〇〇部印刷）[37]や、仏教大学所蔵の徳妃張氏[38]による嘉靖三十六年（一五五七年）刊本[39]のような女性単独の発願による例もあるので、すべてとは言えないが、夫婦連名の割合が多いことは目を引く点である。また、自分より上の世代の死者の冥福を祈る、というよりは、未来の子孫繁栄（そして幼くして死んだ我が子の成仏）を願うために寄進を行う傾向が見てとれる。

さて、現在分かっているうちで、一番新しい版本は東京都立図書館蔵の『仏頂心経三巻』（田中乾郎文庫、特七八一三）である。以下に題記を掲げる。（改行・空白は原文の通り）。

Ⅲ『仏頂心経三巻』（田中乾郎文庫、特七八一三）

北平弟子朱善慶病愈事左發願出貲付梓敬重刻
佛頂心陀羅尼經刷印流傳天下藉消夙世悪業並仰答
神庥恭為先考妣[40]同登極樂猶望亡妻王馮二氏早得超昇尚祈
　現在未來人口平安如意福壽綿長是則切祝持此經
　者務須虔誠供奉靈感異常切勿放在穢污處因有
諸佛菩薩聖像尤宜敬重萬毋褻瀆恐遭譴責陳慎之慎之
　　　　富文斎刻

北平の仏弟子朱善慶の病気平癒を感謝し、左のように発願します。寄進して『仏頂心陀羅尼経』を重刻し、印刷して天下に流布させます。これによって前世の悪業を消し、また神の加護に答え、つつしんで亡き両親がともに極楽往生し、先だった妻王氏馮氏の二人が成仏することを願います。現在未来の人間が平穏無事で不自由なく、長寿でありますよう祈ります。これはまさに切に祈るところであります。この経を所持するものは、必ず敬虔に、感覚を研ぎ澄ませて大切に扱わねばならない。決して経典を不浄な場所に放置してはならない。諸仏菩薩の像は、とりわけ敬重されるべきだからである。万が一にも汚してはならない。さもなければ譴責を受けるであろう。慎むべし、慎むべし。

富文斎刻

亡き父母や先だった妻たちの冥福と、未来の子孫たちの幸福の両方を祈って印刷された版本である。願主は「北平弟子」を名乗っている。北京が北平と呼ばれていた時期は、二度あるが、一度目は明建国～永楽元年の間（一三六八～一四〇三年）、いま一度は、辛亥革命後の民国十七年（一九二八年）に北平特別市に改められてから、十九年（一九三〇年）に北平市となり、二十六年（一九三七年）に北京市に戻されるまでである。また「富文斎」については、この名前を持つ書肆が、民国十五年に江寧鄧之誠撰の『骨董瑣記』[41]という書物の販売をしている。この二点を合わせると、この版本は民国十七年（一九二八年）から二十六年（一九三七年）の間に印刷されたと見る方が妥当であろう。何かの祈願のために寄進し、『仏頂心陀羅尼経』を印刷することは、少なくとも二十世紀前半までは行われていたことが分かる。経本を粗末にしてはならないという末尾の戒めは、宋代や元代の写本には見られないもので、信仰心の変化を見る上で興味深い。

3　台湾中央研究院傅斯年図書館と北京国家図書館所蔵の拓本に見る金代の石刻群

筆者は東京大学グローバルCOE「死生学の展開と組織化」の若手研究者支援を受けて、二〇一二年一月に台湾中央研究院傅斯年図書館に赴き、金代の『仏頂心陀羅尼経』石刻拓本を調査した。同図書館蔵の『仏頂心陀羅尼経』石刻拓本は、河北省涞水県とその周辺のものに集中していた。その後、北京国家図書館にも、同じエリアの石刻群からとった拓本が残され、『北京図書館蔵中国歴代石刻拓本匯編』（以下『北京』と略す）に掲載されていることが分かった。そのうちのいくつかは、傅斯年図書館蔵のものと同じ石からとられたものであった。傅斯年図書館蔵の拓本はかすれが少なく判読しやすいが、『北京』所収の図版は、拓本そのものがかすれている上に写真もあまり良くないため、『北京』だけにしか図版のないものはいずれも判読不能である。したがって、以下では傅斯年図書館に拓本があったものと、傅斯年図書館の拓本を参考にして判読できた『北京』の図版を用いて考察を行う。今回対象とする石刻拓本は以下の六点である。

ⅰ傅斯年図書館蔵「金大仏寺経幢」（T六一三・六三／四〇二四）大定二十三年（一一八三年）（『北京』版あり）

ⅱ傅斯年図書館蔵「金陀羅尼経幢」（T六一三・六三／七三六七）明昌二年（一一九一年）（『北京』版あり）

ⅲ『北京図書館蔵中国歴代石刻拓本匯編（遼金西夏三）』第四七冊十七頁「李興仁及僧妙浄建陀羅尼幢記」葉二四六　明昌三年（一一九二年）

ⅳ傅斯年図書館蔵「金観音庵仏頂心陀羅尼経幢」（T六一三・六三／四六〇〇）泰和元年（一二〇一年）（『北京』版あり）

ⅴ傅斯年図書館蔵「金袛公法師寿塔記」（T六五四・六三）大安二年（一二一〇年）（『北京』版あり）

vi傅斯年図書館蔵「金仏頂心陀羅尼経幢」（T六一三・六三／二五一三）大安二年（一二一〇年）（『北京』版あり）

iからviまでの石刻は、形態としてはすべて経幢という形式をとる。経幢とは、『望月仏教大辞典』(42)「経幢」の項によれば、「経文を刻せる石柱。又石幢とも云ふ。多角形の石柱に経文を刻せるものにして、八角形のもの最も多し」とある。また経幢に刻される経典は『仏頂尊勝陀羅尼経』が最も多く、それはその経典の内容に「高幢」に書写して安置することを勧めるからであるという。なお経幢の現存例には、『仏頂尊勝陀羅尼経』を刻したものが圧倒的に多数を占め、『仏頂心陀羅尼経』のものは、これに比べれば少数派である。

また経幢の流行した時期は、平凡社『世界大百科事典』(43)「経幢」の項よると、唐代に建立がはじまり、宋・遼代に盛行、その後は衰える、とある。金代のこれらの経幢は、その流行の末期に位置することになる。金は、一一一四年に完顔阿骨打が建国、一一二五年に遼を、一一二七年に北宋を滅ぼすが、一二〇六年に建国したモンゴルに圧迫され、一二一五年には中都を奪われ、一二三四年に滅んでいる。これらの石刻の建立は一一八三年から一二一〇年の間に集中しており、金の治世の比較的平和な時代に作られたことになる。

iからviの録文を以下に掲げる。なお、これらの碑文はいずれも『全遼金文』(44)に未収のものである。

※改行・空白は原文の通り。字があっても判読不能の場合、かなり字形は分かるが、読めないものは「?」とした上で注を施し、文字数は分かるが字形が分からない場合は「□」で、文字数も分からない場合は「…（判読不能）…」とした。傍線は後の論述のために筆者が附した。

ⅰ傅斯年図書館蔵「金大仏寺経幢」（T六一三・六三／四〇二四）大定二十三年（一一八三年）

（仏画）

佛頂心羅陁尼經

（漢文陀羅尼・録文省略）

大金國中都易州淶水縣累子里李溫　奉為

亡過父母建立　佛頂心陀羅尼石塔之記

夫佛頂心陁羅尼者　諸佛宣説不可思議塵霑影覆皆得生天　伏願

此祖先靈承此據因　常蒙金色之光永受無生之樂

耶　李端妻傅氏　弟李瞻　妻龐氏　房弟李金妻魏氏女王郎婦

父端妻傅氏長男　溫妻龐　出家僧㐅㐅㐅法樞　溫婦女劉郎婦　女婿李祥妻（ママ）刘氏(45)

小女傅郎婦祥劉氏長男長壽次男？(46)住　長男長壽妻白氏婦女杜郎婦

大定二十三年十一月二十九日　建

※傅斯年図書館蔵拓本欄外に、「來水両廾里檀山大佛寺」とある。

※繆荃孫撰『芸風堂金石文字目』(47)巻十四に「淶水縣累子里李溫為亡父母造陀羅尼経幢」として、呉式芬撰『金石彙目分編』(48)巻三補遺易州「金淶水縣累子里李溫為亡父母造陀羅尼経幢」として記載。

※『北京図書館蔵中国歴代石刻拓本匯編（遼金西夏三）』第四六冊「李温陀羅尼経幢　葉一三三三」一六九頁

ⅱ傅斯年図書館蔵「金陀羅尼経幢」（T六一三・六三／七三六七）明昌二年（一一九一年）

佛頂心羅陁尼
（漢文陀羅尼・録文省略）
大金中都易州易縣北王（または主）郷白馬里□□□□
奉為亡父母特建佛頂心陁羅尼幢記
先亡耶耶任諱不知妻□氏男二人女二人
亡父任□安母柴氏　男二人長曰任子琪
妻趙氏孫龜田妻李氏女一人巧□次男曰
任子忠妻□氏□男三人長曰□□次曰醜
和尚小曰定醜女二人長曰梁郎婦小住仙
小男任子璋妻刘（ママ）氏孫男永和妻張氏女□
長□刘（ママ）□婦小曰周郎婦　涞陽趙奉先造
明昌二年辛亥歳　　辛壬月酉日次男任子忠書
※欄外に「易州北十二里白馬林」とある。
※『芸風堂金石文字目』巻十四に「任□□為亡父母造陀羅尼経幢」として記載。
※『北京図書館蔵中国歴代石刻拓本匯編（遼金西夏三）』第四七冊「任子琪建陀羅尼幢記　葉二四四」一四頁
iii『北京図書館蔵中国歴代石刻拓本匯編（遼金西夏三）』第四七冊一七頁「李興仁及僧妙浄建陀羅尼幢記」葉二四六、明昌三年（一一九二年）

佛頂心羅陁尼真言曰
（漢文陀羅尼・録文省略）
夫佛頂心陀羅尼者　諸佛宜（または宣）説不可思議
…（判読不能）…　皆得生天　伏願上祖先
承此　…（判読不能）…　之光受無生之□
大金中都易州淶水縣累子村姪李興仁並尼女　妙浄
奉為亡父建立陁羅尼幢一坐
宗耶耶李貞　妻田氏　次妻馬氏　長男二人
長男李欽　妻龐氏　弟李琛　妻王氏
男二人　長男李興仁　妻張氏　弟李興俊
妻龐氏　女二人　大　女尼妙浄次女龐郎婦
孫□三人　長孫李佰均　妻龐氏　次孫李佰元
妻張氏　次孫舎児　孫女白姑　重孫猪児　女伶姑
明昌三年閏二月十一日姪李興仁　並尼女妙浄　建
…（判読不能）…　……沙門　浄秀書　趙奉先□
※傅斯年図書館に「金忠□校尉李貞墓幢記」という石刻拓本が所蔵されており、これは同じ供養者集団により同年同日に建立されたものであるが、内容は『仏頂心陀羅尼経』ではない。家族の名の解読には、この拓本を多く参考にした。

※『芸風堂金石文字目』巻十四に「淶水県累子村李興仁造陀羅尼経幢」として、『金石彙目分編』巻三補遺易州に「金淶水県累子村李興仁造陀羅尼経幢」として記載。

iv傅斯年図書館蔵「金観音庵仏頂心陀羅尼経幢」（T六一三・六三／四六〇〇）泰和元年（一二〇一年）

（仏画）

佛頂心羅陁尼

（梵文陀羅尼・録文省略）

大金中都易州淶水縣石龜里校尉釗公壽塔記
隱君子釗公壽民乃本里之居人也父□公亮母
盧氏公為人耿界倜儻不群氣識宏遠襟量豁如
平日治家廉儉為度貞孝為心勤□農業五十年
間家傳餘慶凡百如意資産尤足戶門□華迨承
安二年中年八十有四歲以鄉老特蒙
國恩受賜進義校尉有妻楊氏體白淑美舉止異
常能閑鞠育之理不幸於承安二年十月十八日因
微疾而卒矣壽年八十有四也孝男彥璋念父壽高八十
有七歲身體猶建耳目尚明故孔聖有言曰父母之
年不可不知一則一喜一則一惧預備不虞以發敬心

特命良工建斯壽塔伏願生者延生亡者入聖為之
銘曰　淶陽邑北　石龜之峯　峯下故里
天物蔥蔥　東沿柳岸　西接梵宮　南擴長峯
仙洞雲生　北流勝水　魚躍龍昇　煙霞掩□
草木欣榮　化出逸士　本祖彭城　卜居々隱
子孫詵詵　尚□之処　異日必臻　長男彥璋妻
藺氏次男彥昌妻竇氏姐王郎婦次女蔡郎婦孫五人…（判読不能）…
胤妻蔡氏次昌孫妻李氏次□孫次□孫幼添兒孫女五人楊郎
婦次谷郎婦次蔡郎婦次鄭郎婦□定仙里孫女金容
泰和元年四月十八日丁酉丙時建立
※拓本欄外に「淶水北十八里石巠村觀音菴」とある。
※『金石彙目分編』巻三補遺易州に「金石龜里釗公壽塔記幢」として記載。
※『北京図書館蔵中国歴代石刻拓本匯編（遼金西夏三）』第四七冊「劉民壽塔幢　葉二五六」六二頁
※承安二年は一一九七年。彭城は現在の徐州。

v 傅斯年図書館蔵「金䄉公法師寿塔記」（T六五四・六二）大安二年（一二一〇年）

䄉公法師

壽塔之記（寺院の扉と思われる絵）

大金易州延慶寺袛公法師壽塔記
夫生死常理何足噫?[49]
師諱思袛白馬里人也父李見母石氏家世純
善師幼不茹葷不兒戯父母遂放令出家禮本
州延慶寺普安大徳為師訓以今名讀習經業
至定十七年中選受具戒尓後遍暦講肆深通
奥旨不數年本村堅請開大花嚴經講至今三
十餘載如一日方以六旬自思人生何定終不
免最後一朝遂竭誠預造壽塔一坐置於白馬
義井院西南隅終為後代軌矣
佛頂心陁羅尼
（漢文陀羅尼・録文省略）
門□五人曰善義善温善企善柔善仁
、、、、、、
姪男李貴李資全
　大安二年五月二十九日建淶陽田慶刊
※『芸風堂金石文字目』巻十四に「袛公法師壽塔記」として記載。
※『北京図書館蔵中国歴代石刻拓本匯編（遼金西夏三）』第四七冊一一三頁「思袛壽塔幢」葉二七一

vi傅斯年図書館蔵「金仏頂心陀羅尼経幢」（T六一三・六三／二五一三）大安二年（一二一〇年）

佛頂心陁羅尼

（梵文陀羅尼・録文省略）

大金中都易州來水縣□□郷新村□□

王建忠為亡兄特建□塔一坐与姪胤同立

兄忠璋妻劉氏長男王胤妻楊氏

長女郝郎婦長孫彦暉　孫女黒□姑

建忠妻成氏長二男長王志妻劉氏次越醜長一女

郝郎婦大安二年十一月初一日立

（仏像レリーフ）

※『北京図書館蔵中国歴代石刻拓本匯編（遼金西夏三）』第四七冊「王建忠建陀羅尼経幢」各一〇二九九、一一六頁

造立の目的からこれらの石刻を分類すると、i ii iii viが、亡父母または亡兄、つまり死者の供養のために建てられたのに対して、ivとvは「寿塔（生前に建てる墓）」を建立する際に、経緯を説明する文章「寿塔記」を刻したものである。ivでは、子供たちが高齢の父の健康と長寿を祈って、vでは老い先短いことを自覚した高齢の僧が、「後代の軌（後代の人々のよるべき道）」とするために自ら造立し、甥と門弟が寿塔記を書いている（vの碑文によれば昶公法師は『華厳経』を講じるひとかどの学僧であったのに、自らの寿塔に偽経の『仏頂心陀羅尼経』が刻まれることを許している点は面白い）。建立の参加者は、i ii iii iv viでは被供養者を父・祖父・曾祖父とする者で構成

され、ｖの門弟と甥を含め、供養される者から見れば目下のものとなる。リーダーは多くの場合、被供養者の息子（必ずしも長男とは限らない。例はⅱ）がつとめるが、ⅵのように兄弟が音頭を取っている例もあり、この場合は被供養者の子供が年齢的に不足していたものと思われる。また、参加者は男子子孫とその配偶者には限られず、未婚でまだ生家に残っている女性や、すでに他家へ嫁した女性（「〇郎婦」の形で記されている）も多く名を連ねている。滋賀秀三『中国家族法の原理』によれば、「女性は自己の父を祭る資格を有しない」ものであった。未婚のうちは誰を祭る資格をも持たず、必ず他家へ嫁ぎ、嫁ぎ先の祭祀を受けるものであった[50]。また、ⅲでは出家した娘（尼女妙浄）が発起人の一人となり、ｖでは若くして仏僧となり、家を離れた者の寿塔を建てることに、血縁者である甥が参加している。他にもⅰでは、「出家僧仗樞」というものが造碑の参加者の一人として名を連ねている。婚姻や出家などで生家を出た人間にも、造碑の対象となったり、参加したりする資格があったことは伝統的な祭祖との大きな違いであり、注目に値するものである。

造碑について、これらの碑文から注目されるのは、ⅱとⅲに同じ趙奉先という人物が関わっていることである。彼と碑文に見える他のメンバーとの間に血縁関係の記述がないことから、これは塔を建てた石屋か、その取り次ぎの人物ではないかと思われる。そしてⅰとⅲでは大変よく似た経典をたたえる文章（夫佛頂心陁羅尼者諸佛宣（または宜）説不可思議塵霑影覆皆得生天……[51]）が見られることから、このような業者は依頼者のためにある程度テンプレートのようなものを用意していたのではないかと推測される。これは経典の印刷のための版木があらかじめ用意されていたのと同じ状況であろう。

また、『仏頂心陀羅尼経』は、おそらくは中国で撰述された経典であるが、これら金代の石刻ではしばしば梵文による陀羅尼が刻されている。紙の版本ではこのような梵文陀羅尼は全く見られない。この梵文がどこまで

「正しい」のかは不明である。

なお、金代の『仏頂心陀羅尼経』テキストには他に房山石刻のものもある。[52] 房山のものは陀羅尼だけではなく全文が刻されており、経幢形式ではなく、横に長い薄い石版に刻されており、房山石刻大蔵経と同じ体裁をとっている。「塔下八九六九～」のものには

施主奉聖州住人李阿安為生身父母及
法界含靈?[53]造此陁羅尼經碑
皇統三年七月十三日成造書鐫　記

という題記がある（改行・空白は原文の通り）。奉聖州は『遼史』巻四十一「地理志五　西京道」によれば唐代の新州（現在の張家口市）に当たる。金の大安元年（一〇八五年）に徳興府に編入された（『金史』巻二十四　地理志上　西京路　徳興府）。皇統三年は一一四三年であるから、旧地名がまだ使われていたことになる。この碑文では寄進者は一人で、祈願の対象は「生身父母」と「法界含霊」であり、涞水県の経幢とはまた違う傾向が見て取れる。涞水県の経幢が奉納者にとっての地元に建てられているのに対して、房山は一種の聖地であり、込められる祈願にも違いが生じているのかもしれない。

『北京図書館蔵中国歴代石刻拓本匯編』を見ると、石刻の『仏頂心陀羅尼経』は金代にしか見出すことができない。宋代と明代は『仏頂心陀羅尼経』の印刷が盛んに行われていたが、石刻の例はいまのところ発見されていない。第一節で挙げた通り、唐代にはいくつかの石刻があったと思われる他、北京法源寺に遼代の経幢残石があ[54]

り、『全遼文』にも「鄭□造陁羅尼幢記　大安二年」[55]が記載されているため、石刻は金代だけの現象であるとは言えないが、遺されている石刻の量から考えれば、金代に比較的流行していたと言えるであろう。

四　まとめ

『仏頂心陀羅尼経』下巻第三話は、毒殺された者が仇の子に転生して復讐しようとする話であり、討債鬼故事の成立を考える上で重要な作品であったが、従来その成立した場所や時期がはっきりしなかった。先行研究や、筆者自ら調査したところをまとめた結果は、以下の通りである。

『仏頂心陀羅尼経』は、最古の写本は敦煌に遺されているものの、宋代の金石記録や、内容、特に下巻第四話の検討から、成立地点は中国本土であると思われる。その成立年代は、早くて八世紀（陳燕珠の説による）、八四二～四六年頃にはすでに成立していたと考えられる。

成立地点については、従来は唐代の写本が敦煌のみに残されていることから、敦煌成立とされてきたが、筆者は唐代の『仏頂心陀羅尼経』石刻の記録が存在することから、敦煌ではなく中国本土である可能性も高いと考える。

『仏頂心陀羅尼経』は、経典を大量に写すことの功徳を本文の中で強調していた。その結果、多くの版本と石刻が残されることになった。

紙に印刷されたものは、夫妻連名の寄進が多く、未来の子孫の繁栄が祈念されることが多い。その中には身に覚えのない前世の悪業が、子供に害を及ぼし、子を早死にさせるかもしれないという不安が表明されているものがある。『仏頂心陀羅尼経』の中で、前世の悪業が子供の夭折をもたらすという記述があるのは、下巻第三話のみである。『仏頂心陀羅尼経』下巻第三話には借金の取り立てという要素はないものの、『金瓶梅』第五十九回において薛姑子はこの話を李瓶児に語り聞かせたあと、「あなたのこの子供（官哥児）は必ずや前世の仇で、あなたのもとに生まれ変わって来て財産を浪費し、あなたの身を苦しめるつもりだったのでしょう（你這児子、必是宿世冤家、托来你蔭下、化目化財、要悩害你身）」と、この話にはもともと含まれていない散財の話を付け加えている。このことから『仏頂心陀羅尼経』は、下巻第三話を介して討債鬼故事と結びつき、その流布に伴い、討債鬼の害を防ぐものとして信仰され、大量に印刷されることがあったという情況がうかがえる。

一方石刻は、自分より目上の者（生死に関わらず）のために建てられることがほとんどである。死者の成仏は『仏頂心陀羅尼経』の本文に挙げられたさまざまな功徳のうちの一つであるが、紙に印刷する場合とは異なる祈願が選択されているのである。このたび筆者はまとまった量の『仏頂心陀羅尼経』石刻拓本を調査する機会を得て、石刻に込められた祈願は、本来の目的である討債鬼故事研究とは直接関わりのないものであることを知った。しかし今回の調査によって、版本と石刻では『仏頂心陀羅尼経』が持つ機能に大きな違いのあることに加え、さらに一つの興味深い事実を発見することができた。それは、これから結婚して生家を出る女性、すでに結婚して生家を離れた女性、出家者のように、伝統的な祭祀では資格外とされるメンバーが多数造碑に参加していることである。唐代の文言小説に始まり、現代の小説まで、中国の文芸作品における討債鬼故事は、ほぼ完全に父と息子の物語である。『仏頂心陀羅尼経』下巻第三話のように、その前段階では前世の敵に苦しめられる母親の話が存在していたにも関わらず、「奪われた金を取り戻す」という要素が加わった途端、母親の姿はほとんど物語の中から消え去ってしまう。前世の負債を請求されるのは父、取り返すものは息子という物語のみが繰り返し語られるのである。ここには一族の「気」は財産とともに、父から息子へ引き継がれるとする男系中心の家族観があるであろう。しかし宋代の版本題記や『金瓶梅』の李瓶児の例に見たように、『仏頂心陀羅尼経』が討債鬼撃退のために印刷されるようになった後も、多くの女性がその版行に携わっているのである。『仏頂心陀羅尼経』の石刻は、少なくとも金代のある地域には、伝統とは大いに異なる家族観や信仰が存在していたことをうかがわせる。それらの実情を知ることは、文芸作品のみからは見えてこない討債鬼故事、女性にとっての討債鬼故事を考えることとも繋がって来るものと思われる。

附　『仏頂心陀羅尼経』の主なテキスト

敦煌本

『観世音菩薩救難神験経』P三二三六　パリ国立図書館蔵
『仏頂心観世音経』P三九一六　パリ国立図書館蔵

宋本

『仏頂心観世音菩薩大陀羅尼経』（嘉祐八年（一〇六三年））※『文物』一九五九年第一〇期「文物工作報導」
『仏頂心観世音菩薩大陀羅尼輪経』〇四九二七（崇寧元年（一一〇二年））北京国家図書館蔵
『仏頂心大陀羅尼経』一六〇一八　北京国家図書館蔵
『仏頂心陀羅尼経』一六〇九五　北京国家図書館蔵

『仏頂心陀羅尼経』八二三三八二五（紹興四年〔一一三四年〕）上海図書館蔵
『南宋仏頂心陁羅尼経』（乾道八年〔一一七二年〕）浙江省博物館蔵

遼本
『仏頂心観世音陀羅尼残経幢』北京八一四（重熙十二年〔一〇四三年〕）石は法源寺、拓本は北京国家図書館蔵
『仏頂心観世音菩薩大陀羅尼経』甲　※応県木塔出土本
『仏頂心観世音菩薩大陀羅尼経』乙　※応県木塔出土本

金本
『仏頂心観世音菩薩大陁羅尼経』塔下八九六九・八九五九・八九七〇・八九五八（皇統三年〔一一四三年〕）
※房山石刻
『仏頂心観世音菩薩大陁羅尼経』塔下七六〇五・六八四七・七六〇三・七六〇二　※同上
『金大仏寺経幢』（T六一三・六三／四〇二四）（大定二十三年〔一一八三年〕）傅斯年図書館蔵（北京図書館蔵「李温陀羅尼経幢」葉二三三　と同石よりの拓本）
『金陀羅尼経幢』（T六一三・六三／七三六七）（明昌二年〔一一九一年〕）傅斯年図書館蔵（北京図書館蔵「任子琪建陀羅尼幢記」葉二四四　と同石よりの拓本）
『金観音庵仏頂心陀羅尼経幢』（T六一三・六三／四六〇〇）（泰和元年〔一二〇一年〕）傅斯年図書館蔵（北京図書館蔵「劉民寿塔幢」葉二五六　と同石よりの拓本）

『金仏頂心陀羅尼経幢』（T六一三・六三／二五一三）（大安二年〔一二一〇年〕）傅斯年図書館蔵（北京図書館蔵「王建忠建陀羅尼経幢」各一〇二九九と同石よりの拓本）
『金昶公法師寿塔記』（T六五四・六三）（大安二年〔一二一〇年〕）傅斯年図書館蔵（北京図書館蔵「思昶寿塔幢」葉二七一と同石よりの拓本）
『李興仁及僧妙浄建陀羅尼幢記』葉二四六（明昌三年〔一一九二年〕）（北京図書館蔵）
『趙彦忠建石幢』葉二六五（泰和六年〔一二〇六年〕）（北京図書館蔵）
『孫□哥建陀羅尼経幢』葉二二五（大定十七年〔一一七七年〕）（北京図書館蔵）

西夏本

『仏頂心陀羅尼経』（西夏語）ロシア科学院東方学研究所サンクトペテルブルグ分院蔵
『仏頂心観世音菩薩治病生□法経』（西夏語）同上
『仏頂心観世音菩薩大陀羅尼経』（西夏語）同上
『仏頂心自在王陀羅尼経』（漢語）TK—一七四　同上
Or一二三八〇—二一〇二RV（K・K・Ⅱ〇二四三・e）（西夏語）大英博物館蔵（スタイン招来）
Or一二三八〇—三〇二五（K・K・Ⅱ〇二四三・b）（西夏語）大英博物館蔵（スタイン招来）
天理図書館蔵二種。
Eric Grinstead, *The Tangut Tripitaka*, No.9 所収二種。

ウイグル本

残片多数　ベルリン　吐魯番文献中心およびロシア科学院東方学研究所サンクトペテルブルク分院に分蔵

元本

『仏頂心大陀羅尼経』浙江省博物館蔵

明本

『仏頂心観世音菩薩大陀羅尼経』故仏〇〇〇四一九　台湾故宮博物院蔵

『仏頂心大陀羅尼経』〇九三・二／六（嘉靖三十六年〔一五五七年〕）　佛教大学図書館蔵

『仏頂心大陀羅尼経』（正統五年〔一四四〇年〕）米国インディアナポリス博物館蔵

清（民国）本

『仏頂心経三巻』特七八一三　東京都立図書館蔵

朝鮮本

『仏頂心陀羅尼経三巻』国会　東京　い―七一　国会図書館蔵

『仏頂心陀羅尼経三巻』C四〇―一七五二　阿　東京大学総合図書館蔵

『仏頂心観世音菩薩大陀（羅）尼経』四五五八　東京大学小倉文庫

『仏頂心陀羅尼経』四三四九　東京大学小倉文庫
『仏頂心経』〇九三・九／六／八一　佛教大学図書館、など多数。

ベトナム本
『仏頂心経』ＡＣ一六六　丙午年跋　越南漢喃研究院蔵
『仏頂心経』ＡＣ五三〇　嗣徳七年（一八五四年）重刊序　越南漢喃研究院蔵
『仏頂心経』Paris　ＳＡ　ＰＤ　二三八八　フランスアジア学会所蔵

和刻本
『仏頂心陀羅尼経三巻』蔵／十六／フ／二（寛文十一年〔一六七一年〕）京都大学付属図書館蔵

朝代不明
『仏頂心観世音呪残石』Ｔ六一三／二五一三　傅斯年図書館蔵

記録のみが残るもの
『仏頂心陁羅尼経』潤州の王奐之書のもの（宋・朱長文『墨池編』巻六・鄭樵『通志』巻七三）
『仏頂心陁羅尼経』洛陽の牛僧孺隷書のもの（宋・鄭樵『通志』巻七三）
『仏頂心経』英徳府浛光県開元寺のもの（宋・王象之『輿地碑記目』巻三「英徳府碑記」）

『鄭□造陁羅尼幢記　大安二年』（陳述輯校『全遼文』巻九、中華書局、一九八二年、二三〇頁）

『仏頂心陀羅尼経一巻』（日本高山寺『法鼓台聖教目録』第二）

注

（1）胡孚琛主編『中華道教大辞典』（中国社会科学出版社出版、一九九五年）「符水治病」（六三一頁）を参照のこと。符呪を書いた紙を水で飲んで病を治療する行為であり、後漢末、太平道の教祖である張角によって始められ、後世の道教において体系づけられた。病や症状によって使用する符呪は細分化されている。

（2）偽経は疑経とも言う。インドの原典から翻訳されたのではない仏典を指す語で、偽経は六朝以来の代々の経録の編纂において排除の対象となってきた。どの経典をもって偽経とするかについては経録編纂者により見解が分かれる場合がある。内容は、中国人僧の撰述による教理研究書から、民間信仰の要請から作成された呪術的なものまで、多岐にわたる。上記のまとめは牧田諦亮『疑経研究』（京都大学人文科学研究所、一九七六年）第一章二（一）による（五～九頁）。

（3）敦煌本影印は林世田・申国美編『敦煌密宗文献集成』上（中華全国図書館文献縮微複製中心、二〇〇〇年）。P三九一六は三七五～三八七頁、P三二三六は三八八～三九〇頁。

（4）東京大学所蔵（C四〇―一七五二阿）など多数。福井玲『小倉文庫目録』（『朝鮮文化研究』第九号、二〇〇二年）。

（5）越南漢喃研究院蔵、AC一六六、AC五三〇、およびフランスアジア学会所蔵、Paris SA PD 二三八八、劉春銀・王小盾・陳義主編『越南漢喃文献目録提要』（中央研究院中国文哲研究所、二〇〇二年）五〇一頁、五〇五頁。

（6）京都大学付属図書館の蔵経書院文庫のうちの一冊。藏／十六／フ／二　寛文十一年（一六七一年）中尾市良兵衛刊本。ただし鎌倉時代中期の『高山寺法鼓台聖教目録』第二に「佛頂心陀羅尼經一巻」の書名が見えるため（『高山寺経蔵古目録』東京大学出版会、一九八五年）、少なくともこの時期には招来されていたことが分かる。また、南北朝時代の僧栄海が編んだ仏教説話集『真言伝』巻二には、下巻の説話のみが収録されている。説話研究会編『真言伝：対校』（勉誠社、一九八八年）三五～三七頁。

（7）ベルリントルファン文献センターおよびロシア科学院東方学研究所サンクトペテルブルク分院分蔵。牛汝極『回鶻仏教文献・回鶻漢訳疑偽仏経』（新疆大学出版社、二〇〇〇年）に解説がある。
（8）Eric Grinstead 'The Tangut Tripitaka'（New Delhi Sharada Rani 序文は一九七一年・刊行年は記載なし）No.9 所収のものや天理図書館所蔵本、ロシア科学院東方学研究所サンクトペテルブルク分院蔵のもの。
（9）鄭阿財「敦煌写本『仏頂心観世音菩薩大陀羅尼経』研究」（『敦煌学』二十三輯、二〇〇一年）二一～四八頁。
（10）西田龍雄『西夏王国の言語と文化』（岩波書店、一九九七年）所収「西夏語仏典について」（四五四頁）参照。Eric Grinstead 'The Tangut Tripitaka' No.9 の写本に対応。
（11）『敦煌仏教の研究』（法蔵館、一九九〇年）「大蕃国大徳三蔵法師法成の人とその業績」章、一〇六～一一〇頁。
（12）『大正蔵』第二〇冊。
（13）同前。
（14）陳燕珠『房山石経中遼末与金代刻経之研究』（覚苑出版社、一九九五年）五七三～五七四頁。
（15）鎌田茂雄『中国仏教史辞典』（東京堂出版、一九八一年）「菩提流志」の項（三六二項）によると、唐高宗の永淳二年（六八三年）に皇帝から招かれて来唐、開元十五年（七二七年）に没したとある。
（16）小野玄妙他編『仏書解説大辞典』縮刷版（大東出版社、一九九九年）。『千眼千臂』は六の三二〇頁、岡田契昌執筆『千手千眼』は六の三二五頁、神林隆浄執筆。
（17）『敦煌学輯刊』二〇一五年第三期、一～一九頁。
（18）『敦煌研究』二〇一三年四期、七八～八三頁。
（19）『出土文献研究視野与方法』六、二〇一七年、一八三～一九九頁。
（20）本文で挙げた鄭阿財の論考の他、白須浄真「敦煌における「回向輪経」の伝承—吐蕃支配期の中原未伝漢訳経典の研究—」（『仏教史学研究』第十七巻一号、一九七四年、三四～六九頁）も敦煌成立説を採る。
（21）「『仏頂心経』　観世音菩薩説此陀羅尼、已天雨宝花繽紛乱下。」
（22）「観世音菩薩説此――――、已天雨宝花繽紛而下。『仏頂心経』」
（23）寺院で運営する貸金業。

(24) 陳正祥『中国歴史・文化地理図冊』(原書房、一九八二年) 図三二。
(25) 甘粛人民出版社、二〇〇九年、九〇～九二頁。
(26)『大通方広経』である。これもまた偽経である。経名に関する考察は、寺川真知夫「『方広経』霊験譚の考察―「霊異記」下巻第四縁の場合―」(日本霊異記研究会編『日本霊異記の世界』三弥井書店、一九八二年)参照のこと。
(27)「陸奥の国」とも「隠岐国」とも考えられるが、船に乗っていくことから、「隠岐国」と考えるのが妥当であろう。
(28) この話についての論考には、寺井真知夫前掲論文や、萩谷朴『枕草子解環』(同朋舎、一九八三)「第二百八十七段 わたつ海に」の論説(二八〇～二八五頁)がある。
(29) 南開大学出版社、一九九七年、一八五頁。
(30) 例えば、筆者が二〇〇七年に泰安市の岱廟で得た『仏灯』は、偽薬を売った者や農薬が残った野菜を売った者、悪徳公安局長といった悪人らが、死後地獄に堕ちるなどの報いをうける因果応報故事七編を収める。二〇一八年に西安市郊外の草堂寺で得た『観音大士白衣神呪』には、観音菩薩の加護により孝行息子娘を得た後台湾に渡った黄夫人が、「キリスト教に改宗すれば子供をアメリカに留学させてやる」という隣人や牧師の言に惑わされて観音菩薩像を破壊し、ついには発狂する「霊験」を載せる。同書は一九四九年の中華人民共和国建国を「大陸陥匪」と表現する点も興味深い。いずれも政治的にきわどい内容のためか、寄進者の名前は記されていない。
(31) 牧田前掲書、二九～三〇頁。
(32)『洞玄霊宝自然九天生神章経』のこと。『道蔵』洞玄部一六五。
(33)「あの薛姑子と王姑子の二人は、経の印刷所で金の分け方が不満だと争い、痼癪を起こし、どちらも半狂乱になった(那薛姑子和王姑子両個,在印経処争分銭不平,又使性児,彼此互相揭調)。」(五十九回)
(34) 八六～八七頁。出土場所は湖南省郴県鳳凰山の北宋期の古磚塔跡。
(35) 浙江省博物館編『浙江省博物館典蔵大系 東方仏光』(浙江古籍出版社、二〇〇八年)一四七～一四八頁。
(36) 同前、一四九～一五〇頁。
(37) 鄭阿財前掲論文、二八頁。
(38) 嘉靖二十年に冊立された「徳妃張氏」と思われる(『明史』巻五十四礼志八に見える)。明・郭良翰『明謚紀彙編』巻七に

「栄昭　世廟徳妃張氏　隆慶」とあり、隆慶年間に「栄昭」という謚を賜っていることがわかる。

(39)「大明徳妃張氏謹發誠心喜捨資材命工印造／佛頂心陀羅尼経一千巻／王靈官真経一千巻散施／十方流通讀誦?保／眇躬清吉康泰謹意虔誠／嘉靖三十六年七月吉日」が録文であり、具体的に何を祈願したのかは不明。皇帝の妃の名による印刷であるが、皺のよった紙に印刷され、かすれが目立つ。字も庶民の発願によるものと比べて特に美しいわけではない。どのような経緯で印刷されたのか、まだ研究の余地がある版本である。

(40)「考妣」の二字は横に並べられている。同じ行の「王馮」の二字も同じ。

(41)東京大学東洋文化研究所倉石文庫蔵。

(42)望月信亨等編『望月仏教大辞典』(世界聖典刊行協会、一九三三年)六一〇～六一一頁。

(43)『世界大百科事典』(平凡社、一九八八年)三四九頁。

(44)閻鳳梧主編『全遼金文』山西古籍出版社、二〇〇二年。

(45)誰にとっての女婿なのか不明。

(46)「力」の下に「日」。

(47)『石刻史料新編』(新文豊出版公司、一九七七年)二十六冊所収。

(48)『石刻史料新編』(新文豊出版公司、一九七七年)二十七・八冊所収。

(49)梵字のような字が見える。

(50)滋賀秀三『中国家族法の原理』(創文社、一九七六年)第四章第三節の一「女性と祭祀」(四五九～四六五頁)による。

(51)「宣説」は大勢の人に宣伝して教え聴かせることである。『仏頂心陀羅尼経』は、もろもろの仏が説くようにその不可思議が塵をうるおすように影が覆うように功徳を及ぼし、信じる者は皆天に生まれることを得る、というのである。

(52)この石刻について詳しくは陳燕珠『房山石経中遼末与金代刻経之研究』(覚苑出版社、一九九五年)五七三～五七四頁を参照のこと。図版は中国仏教協会編『房山石経』二十二(中国仏教図書文物館、一九九一年)六一七～六二〇頁および六二三～六二六頁。

(53)旁は「賣」であるが、偏が判読不能。

(54)中国仏教図書文物館編『法源寺』(法源寺流通処、一九八一年)「法源寺貞石録」所収、六七頁。

（55） 陳述『全遼文』（中華書局、一九八二年）巻九、二三〇頁。「奉爲先祖耶耶娘娘」という語句があることから、父母と先祖の供養のために建てられたことが分かるが、供養者の名前を列挙した部分は欠けているようである。

終わりに——討債鬼はどこへ行く？

李碧華の「凌遅」[1]を初めて読んだのは、まだ研究生活を始める前、食品会社の社員として昆明に出張した時であったと思う。トランジットで立ち寄った香港赤鱲角国際空港の本屋に入って偶然見つけ、帰りの飛行機の中で読んだのである。それは以下のような話であった。

余継宗は、香港の企業家余景天の息子である。継宗が十七歳の時、ＩＴバブル経済がはじけ、景天の経営する大規模ＩＴ企業は危機に陥る。父の会社を清算するための会議がまさに行われているその時、継宗はディスコで覚醒剤を打って狂乱し、同性愛の相手と刃傷沙汰を起こし、病院に担ぎ込まれる。会議を放り出し、マスコミに囲まれ、その上医者から息子のエイズ感染と、それが自分にも伝染している可能性を告げられた父親が、病院で過去を回想し始める。

継宗は生まれる時は難産で、そのために母親は命を失った。幼時から重度のアレルギーに苦しみ、発作の時は地面を転げ回り、家中のものを壊し、使用人を追い出し、父の心をずたずたに切り裂いた。ある日、父はとうとう年老いた占い師のもとを訪れた。

占い師は頭を振った。「そうだね。お子さんの言う通りにしなさい。お子さんに一番良いものをやりなさい。欲しがるものは何でもやりなさい。そして『化する』かどうかご覧なさい」

景天「『化する』とはどういうことですか。」

占い師「借金を返すんですよ。子供というものは借金取りなんですよ。でしょう?」

余景天がこの「借金を返せば『化する』」という言葉をよく理解できずにいるうちに、最悪の事態が出来したのである。

病室で混乱した景天が「いったい俺は何を間違ったのだ?!」と叫ぶと、継宗は突然前世の名前を名乗り、このため景天は彼ら父子の前世の因縁を思い出すことになる。

つまり継宗は捉えられた太平天国軍の一員邱永安、景天は彼を凌遅刑(2)に処した死刑執行人であり、邱永安を切り刻む時に、さまざまな侮辱と肉体的苦痛を加えたのであった。

なお継宗を生んで死んだ妻は、前世では邱永安の娘であり、継宗をこの世に生み出すためだけに転生し、景天と結婚したのだった。彼女の最期の言葉「お父さん、あなたを生むために、私はこの世に来たの、辛かった……。いいの。もう死んでも良い……」という言葉は、余景天にとって長年の謎であったが、前世の記憶を取り戻した時にやっと理解したのである。邱永安は臨終に際して「来世は絶対お前の息子になってやる」という言葉を残したのであるが、その言葉通り転生して死刑執行人の生まれ変わりの息子となり、あたかも凌遅刑のように景天の心の安寧、財産、社会地位、健康を一切れ一切れ切り取っていたのである。

すべてを知ってしまった景天はナイフを握り締め、息子を殺そうとするが、彼が苦しみ、助けを求める声を聞くと、ナイフを取り落としてしまう。

「凌遅」は、短編集の冒頭におかれているとはいえ、地味な作品であり、他の李碧華作品のように映画化もされていない。蘇った前世の記憶の中で語られる凌遅のシーンはかなり血腥く、痛そうなので、人に勧めることもはばかられる。

また、この作品のＨＩＶと同性愛に関する認識はいかにも古い。作品発表当時、ＨＩＶは不治の病のイメージが強かったが、現在は投薬で発症を止められることが広く知られている。ＨＩＶが死病として定着するには、医学の発達が早すぎたのである。また医療の進歩による認識のずれはともかくとしても、同性愛を薬物乱用などの不良行為と同一視するかのような扱いは、現在の価値観ではいただけない。しかし作品そのものの重要性以上に、「凌遅」には中々興味深い点があるのである。

討債鬼故事は、「凌遅」以外の現代・当代文学においてもしばしばアイテムとして取り上げられる。老舎「駱駝祥子」（一九三六年）では、主人公祥子の妻虎妞のお産に呼ばれた陳二奶奶というまじない師が、催生符を書いてから「虎妞は前世でこの（虎妞の腹にいる）子に返していない借金があったために、現在このような責め苦に遭っている」という内容の呪文を唱える場面があり[3]、二〇一二年のノーベル文学賞受賞者莫言の長編小説「蛙。」（二〇〇九年）の舞台となった村には、逆子（さかご）は討債鬼であるという俗信があるとされている[4]。いずれの場合も、討債鬼故事のロジックは、中国の庶民の土俗的な面を表現するために作品の中に組み込まれたものである。これらの作品における討債鬼故事は「旧中国」の表象であり、「旧中国」がこの地上から消えていくならば、討債鬼故事も消えてなくなる、ということになる。しかし「凌遅」だけは違う方向を指し示しているのではないだろうか。

「凌遅」の舞台は同時代の香港（らしき街）である。香港は中国の中でも国際化と都市化が最も進んでいる地域である。ここで、張愛玲「桂花蒸・阿小悲秋」（一九四四年）と比較して見てみよう。この作品もまた上海という国際都市を舞台にしている。主人公阿小は親に逆らって現在の夫と自由恋愛の末駆け落ちし、上海に出てきて自由恋愛を謳歌する西洋人男性のメイドとなり、片言の英語を操る、「新しい中国」に片足を突っ込んだ暮らしをしている女性である。そんな阿小は、息子の百順を「何でもかんでも人に世話させて！　あんたがひと月にいったいいくらお給金をくれて、私に世話させようっていうのさ？　前世でいったいいくら踏み倒したのやら！（様様要人服侍！　你一箇月給我多少工銭、我服侍你？　前世不知欠了什麼債！）」(5)と叱る。このように子供を叱る例は、すでに何度か触れた通り、各種の方言辞書にも用例が拾われている。阿小はあくまで無学な田舎出の女であり、駆け落ちはしたものの、自分の結婚が親から認められることを望み、子供には「百順」という親への絶対服従を要求するかのような乳名をつけている。討債鬼故事のロジックは、やはり彼女の上海に染まりきらない、「土（中国語では土臭い、の意味）」な一面を表すためのものである。

それに対して、「凌遅」の主人公景天は阿小のような無学な庶民ではなく、大学を出たＩＴ企業経営者であり「ハイテクノロジーコンピューター化時代のエスタブリッシュメント（高科技電脳化時代的傑出人士）」である。彼は最早「父母の命、媒酌の言」などという古いしきたりには捕らわれず、妻とは街で偶然に出会い、一目惚れで結婚した。そして彼の生活には、父母や祖父母、兄弟姉妹、叔父叔母などの影は見られない。妻は早くに死んでしまい、当然会社の経営には参加しない。彼の会社は昔ながらの家族経営ではなく、株式を市場に公開している近代的な会社である。実際の香港は、多分それほど個人の家族からの独立は進んでおらず、人々は相変わらず複雑な家族関係のしがらみの中で生きているのであろうが、こと余景天については家族から独立した個人であることが強調されている。

余継宗の家庭は閉鎖的であり、親と子以外には、しょっちゅう入れ替わる家政婦の他に成員がいない。父子の葛藤は、子が幼い間は密室の中で繰り返されてきた。それがディスコで刃傷沙汰を起こした息子のもとに駆けつけると、スキャンダルを嗅ぎつけてやってきたマスコミに囲まれる。名士としての仮面をはがされ、家の恥を世間に晒されることは、父の心に激しい動揺を与える。ところが伝統的な中国の討債鬼故事では、このような瞬間に照準を合わせたものは意外と見当たらない。旧中国の家庭は、一組の夫婦とその子供だけでなく多くの構成員からなっている。結婚後も父母や祖父母と同居し、財産があれば下男下女も多い。分家していなければ、兄弟、大叔父や叔父、従兄弟とその妻子も同居しており、妾がいれば当然主人と同居し、さらにはその親兄弟までが同居または頻繁に出入する。成り行きによっては義子も置く。人妻相手の不義密通すら、取り持ち婆という第三者なしには成り立たない。このような環境では、本人のあこぎさも息子の乱行も、とっくの昔に世間に知れ渡っており、当事者もそれを隠すことにそれほど熱心ではないのである。

興味深いのは、余継天の妻であり、「討債鬼」の母となる女性である。前近代の討債鬼故事においては、母親の存在は往々にして限りなく薄く、唯々諾々と悪人である夫の共犯者になるか、何も知らずに夫の罪のとばっちりを食うかのどちらかである。夫から独立して個性的な振る舞いをする場合も、宋・洪邁『夷堅志補』巻六の「王蘭玉童」の宿屋の妻や、雑劇「崔府君断冤家債主」の張善友の妻のように、発端となる金の強奪を夫の代わりに主導して行うのは、あくまでも自分と夫のためであり、父子の利害が対立する時に子供の側に立つことはない。それに対して、「凌遅」の妻は、そもそも前世において夫の敵であり、一方子供とは前世から濃密な絆で結ばれており、現世ではともに復讐をする同志である。このような妻の像は、討債鬼故事の長い歴史の中でも例がない。

余継天の家族のように、男女が恋愛によって結ばれて成立し、母と子が強い結びつきを持つ閉鎖的な家族は、「近代家族」という語を容易に連想させる。近代家族（Modern family）の語は、西欧家族史から流通し始めた概念であり、命名者の一人であるショーター（Edward Shorter）は、①ロマンス革命、②母子の情緒的な絆、③世帯の自律性をその定義としている。[6] つまり、愛によって結合した夫婦が中心となり、その間に産まれた子供に愛を注いで生育することが家族の存在理由となり、伝統的な家族が持っていた経済的・社会的な役割が後退したため、家族が外界から隔絶するようになった、というのである。「凌遅」は、中国の伝統的な家族が近代家族に変化した未来に生きる討債鬼を描いていると言える。

継宗の非行の数々は、薬物乱用やディスコへの出入りといった、近代化によってもたらされた二十世紀の先進国に共通するティーンエイジャーの無軌道であった。そして余景天の苦悩も、そんな子供たちとの断絶という、先進国の親が皆味わう、普遍的な苦悩と思われたが、それは実は中国に昔から存在した、討債鬼の親の苦悩と地続きのものであった。討債鬼故事によって表象される中国の「土」は、国際化や近代化とは対立的に存在し、国際化や近代化が進むとともに消えていくものではなく、国際化や近代化のうわべの下で生き延びるであろう、というのが「凌遅」の指し示す討債鬼故事の未来であるといえる。[7]

注

（1）　李碧華「凌遅」（短編集『凌遅』（天地図書、二〇〇一年）所収。

（2）　身体を少しずつ切り刻んで、数日かけて殺害する酷刑。

（3）「大概的意思是虎妞前世裏欠著孩子的債，所以得受此折磨。」『老舍全集　3』（人民文学出版社、二〇一三年）一七〇頁。
（4）「郷（さと）の言い伝えではこう言うのです。『足から生まれるのは討債鬼だ』と。討債鬼とはなにかというとですね、この家が誰かの借金を踏み倒していると、その債権者が子供に生まれ変わって、その産婦を良いだけ苦しめて、その子はあるいは産婦もろとも死んでしまい、あるいは一定の年齢になってから死んで、その家にとてつもない物質的な損失と精神的な苦痛をもたらすのです（郷間有俚言曰：先出腿，討債鬼。什麼叫討債鬼呢？　就是説，這個家庭前世欠了別人的債，那債主就転生為小孩来投胎，譲那産婦飽受苦難，他或者産婦一起死去，或者等長到一定年齢死去，給這個家庭帯来巨大的物質損失和精神痛苦）」莫言『蛙。』（麦田出版、二〇〇九年）三〇頁。訳は筆者による。
（5）『張愛玲全集　5　回顧展。Ⅰ　張愛玲短篇小説集之二』（台湾皇冠叢書、一九九二年）一一六～一三七頁。
（6）井上俊等編『岩波講座現代社会学十九　〈家族〉の社会学』（岩波書店、一九九六年）所収、落合恵子「近代家族をめぐる言説」一「近代家族論の流れ」1「社会史家による近代家族定義」による（二五頁）。
（7）最近の討債鬼を題材とした小説としては、旧時代を舞台とした童亮『将離』（中文在線数字出版集団、二〇一六年）、や、姚鄂梅の『討債鬼』（長江文芸出版社、二〇一七年）がある。姚鄂梅の『討債鬼』は、霊的な存在としての討債鬼は登場しないものの、息子のために道を踏み外し、金を失う父親を主人公としている。鄭喜という男が、息子鄭重のために都会の良い教育環境を与えたいという母親の思惑に押されて、大枚をはたいて都会のマンションを買う。しかしその金は彼の家に泊まった旅人が預けたものであった。息子は都会の学校で級友たちが持っているものを持ち、していることをすることを口実に親の金をせびり続け、拒絶されると強盗を働き、刑務所に送られてしまう。

この作品では母親は、父が教育費を稼ぎ出せないことを口実に、隙あらば息子を奪おうとする存在として立ち現れる。父は母の与える脅威に駆り立てられ、手をつけてはならない金に手をつける。

息子の浪費は、余継宗の薬物やディスコのような表の社会からのドロップアウトではなく、むしろ学校に行くのに必要な面子を保つためのものであった。これは欧米化ではない、すぐれて現代中国的な拝金主義を描いているといえよう。

主要参考文献一覧

・「緒論」より「終わりに」までの論考で用いた主要な参考文献を掲げる。
・漢籍原典資料（四部分類順）、日本原典資料、単行本（含電子書籍。中→日→その他）、論文その他（中→日→その他）、インターネット資料の順に排列する。

漢籍原典資料

経部

周・左丘明伝／晋・杜預注／唐・孔穎達正義『春秋左伝正義』（『十三経注疏』北京大学出版社、二〇〇〇年）
元・陰勁弦・陰復春編『韻府群玉』（上海古籍出版社、一九九一年）

史部

唐・房玄齢・李延寿等撰『晋書』（中華書局、一九八二年）
唐・李延寿『南史』（中華書局、一九九七年）
後晋・劉昫等撰『旧唐書』（中華書局、一九九七年）
宋・欧陽脩／宋祁撰『新唐書』（中華書局、一九九七年）
元・脱脱等撰『遼史』（中華書局、一九九七年）
元・脱脱等撰『金史』（中華書局、一九九七年）
明・宋濂等撰『元史』（中華書局、一九九七年）
清・張廷玉等撰『明史』（中華書局、一九九七年）

宋・鄭樵撰『通志』（中華書局、一九八七年）
唐・張鷟撰『朝野僉載』（『隋唐嘉話　朝野僉載』中華書局、一九七九年）
宋・敏求編『唐大詔令集』（中華書局、二〇〇八年）
民国・韓嘉会等編『新修閿郷県志』（『中国方志叢書　華北地方』一一九冊、台北成文出版社、一九六八年）
民国・陳鶴儕等纂修『濰県志』（『新修方志叢刊』八十七冊、台湾学生書局、一九六八年）
清・余麗元輯『石門県志』（『中国地方志集成・浙江府県志輯』二十六冊、上海書店、一九九三年）
明・郭良翰撰『明謚紀彙編』（『四庫全書珍本』第二集五〇三～〇八冊　商務印書館、一九七一年）
明『大明律』（『四庫全書存目叢書』第二七六冊、一九九五～九七年）
宋・王象之撰『輿地碑記目』（『石刻史料新編』第二十四冊、新文豊出版公司、一九七七年）
清・繆荃孫撰『芸風堂金石文字目』（『石刻史料新編』第二十六冊、新文豊出版公司、一九七七年）
清・呉式芬撰『金石彙目分編』（『石刻史料新編』第二十七・八冊、新文豊出版公司、一九七七年）
清・倪涛撰『六芸之一録』（『石刻史料新編』三輯三一～四輯一〇、新文豊出版公司、一九七七年）

子部

宋・朱長文撰『墨池編』（『叢書集成初編』一六三一、中華書局、一九九一年）
明・李長科撰『広仁品』（『四庫全書存目叢書』子部第百五十冊、斉魯書社、一九九五～九七年）
宋・劉斧撰『青瑣高議』（上海古籍出版社、一九八三年）
明・王世貞輯／汪雲鵬校『列仙全伝』（中華書局、一九六一年）
明・朱国禎『湧幢小品』（中華書局、一九五九年）
宋・李昉等撰『太平御覧』（中華書局、一九六〇年）
宋・王欽若等編『冊府元亀』（鳳凰出版社、二〇〇六年）
明・解縉等『永楽大典』（中華書局、一九六〇～八四年）
東晋・干宝撰／汪紹楹注『捜神記』（中華書局、一九七九年）

東晋・干宝撰／宋・陶潜撰／李剣国輯校『新輯捜神記　新輯捜神後記』（中華書局、二〇〇七年）
唐・戴孚撰『冥報記・広異記』（中華書局、一九九二年）
唐・牛僧孺／李復言撰／程毅中点校『玄怪録　続玄怪録』（中華書局、一九八二年）
唐・牛僧孺／李復言撰／程毅中点校『玄怪録　続玄怪録』（中華書局、二〇〇六年）
宋・李昉等撰／張国風会校『太平広記会校』（燕山出版社、二〇一一年）
宋・洪邁撰『夷堅志』（中華書局、二〇一五年）
魯迅校録『古小説鈎沈』（斉魯書社、一九九七年）
金・元好問等撰『続夷堅志・湖海新聞夷堅続志』（中華書局、一九八六年）
明・陸粲撰『庚巳編』（中華書局、一九八七年）
?『絵図三教源流捜神大全：附捜神記』（聯経出版事業公司、一九八〇年）
清・蒲松齢撰／任篤行輯校『全校会註集評聊斎志異』（斉魯書社、二〇〇〇年）
清・袁枚撰『新斉諧・続新斉諧』（人民文学出版社、一九九六年）
清・紀昀撰／汪賢度校点『閲微草堂筆記』（上海古籍出版社、一九八〇年）
清・湯用中撰『翼駧稗編』（出版地不明、道光二十九年〔一八四九年〕新鐫）
清・徐慶撰『信徴録』（『説鈴』）
宋・郭彖撰『睽車志』（『筆記小説大観』）
清・程趾祥撰『此中人語』（『筆記小説大観』）
清・銭泳撰『履園叢話』（『筆記小説大観』）
清・梁恭辰『北東園筆録四編』（『筆記小説大観』）
民国・呉曽祺『旧小説』（上海書店、一九八五年）
西晋・竺法護訳『生経』（『大正新脩大蔵経』第三冊）
後漢・曇果共康孟詳訳、『中本起経』（『大正新脩大蔵経』第四冊）
元魏・慧覚等訳『賢愚経』（『大正新脩大蔵経』第四冊）

元魏・吉迦夜共曇曜訳『雑宝蔵経』(『大正新脩大蔵経』第四冊)
後漢・支婁迦讖訳『雑譬喩経』(『大正新脩大蔵経』第四冊)
姚秦・鳩摩羅什訳『衆経撰雑譬喩』(『大正新脩大蔵経』第四冊)
晋世・法炬法立訳『法句譬喩経』(『大正新脩大蔵経』第四冊)
姚秦・竺仏念訳『出曜経』(『大正新脩大蔵経』第四冊)
曹魏・康僧鎧訳『仏説無量寿経』(『大正新脩大蔵経』第十二冊)
後漢・支婁迦讖訳『仏説無量清浄平等覚経』(『大正新脩大蔵経』第十二冊)
北涼・曇無讖訳『大般涅槃経』(『大正新脩大蔵経』第十二冊)
唐・智通訳『千眼千臂観世音菩薩陀羅尼神呪経』(『大正新脩大蔵経』第二十冊)
唐・菩提流志訳『千手千眼観世音菩薩姥陀羅尼身経』(『大正新脩大蔵経』第二十冊)
晋代訳失三蔵名今附東晋録『七仏八菩薩所説大陀羅尼神呪経(七仏所説神呪経)』(『大正新脩大蔵経』第二十一冊)
唐・阿謨伽撰『焔羅王供行法次第』(『大正新脩大蔵経』第二十一冊)
唐・不空訳/西夏・不動金剛重集『瑜伽集要焔口施食儀』(『大正新脩大蔵経』第二十一冊)
唐・義浄訳『根本説一切有部毗奈耶雑事』(『大正新脩大蔵経』第二十四冊)
隋・費長房撰『歴代三宝紀』(『大正新脩大蔵経』第四十九冊)
梁・慧皎撰『高僧伝』(『大正新脩大蔵経』第五十冊)
宋・賛寧撰『宋高僧伝』(『大正新脩大蔵経』第五十冊)
唐・玄奘撰『大唐西域記』(『大正新脩大蔵経』第五十一冊)
梁・僧旻/宝唱等撰集『経律異相』(『大正新脩大蔵経』第五十三冊)
唐・釈道世『法苑珠林』(『大正新修大蔵経』第五十三冊)
唐・慧琳撰『一切経音義』(『大正新脩大蔵経』第五十四冊)
唐・懐信撰『釈門自鏡録』(『大日本続蔵経』第一輯第二編第二十二套第二冊)
明・智旭撰『見聞録』(『大日本続蔵経』第一輯第二編第二十二套第三冊)

撰人不詳『太上三生解冤妙経』(『道蔵』第六冊)
撰人不詳『太上洞玄霊宝太玄普慈勧世経』(『道蔵』第六冊)
撰人不詳『上清天枢院回車畢道正法』(『道蔵』第十冊)
宋・留用光伝授/宋・蒋叔輿編次『無上黄籙大斎立成儀』(『道蔵』第十五冊)
晋・紫微夫人撰『洞真太上太霄琅書』(『道蔵』第三十三冊)
撰人不詳『太上霊宝洪福滅罪像名経』(『道蔵』第三十三冊)
明・顔茂猷輯『迪吉録』(『四庫全書存目叢書』子部第一四九冊(斉魯書社、一九九五~九七年)

集部

項楚校注『王梵志詩校注』(上海古籍出版社、二〇一〇年)
宋・蘇軾撰/施元之注『施注蘇詩:附蘇詩補注』(広文書局、一九六四年)
梁・蕭統編/唐・李善注『文選』(上海古跡出版社、一九八六年)
清・彭定求等撰『全唐詩』(明倫出版社、一九七一年)
陳尚君輯校『全唐詩補編』(中華書局、一九九二年)
清・董誥等編『全唐文』(山西教育出版社、二〇〇二年)
陳述『全遼文』(中華書局、一九八二年)
閻鳳梧主編『全遼金文』(山西古籍出版社、二〇〇二年)
項楚校注『敦煌変文選注』(中華書局、二〇〇六年)
徐沁君校点『新校元刊雑劇三十種』(中華書局、一九八〇年)
明・臧懋循編『元曲選』(中華書局、一九五八年)
徐征編『全元曲』巻二(河北教育出版社、一九九八年)
『古本戯曲叢刊』四集第三函『脈望館鈔本校本古今雑劇』(上海商務印書館、一九五八年)
元・鍾嗣成等撰『録鬼簿:外四種』(古典文学出版社、一九五七年)

清・黄文暘撰『曲海総目提要』（北京人民出版社、一九五九年）
明・施耐庵集撰『水滸伝』（上海古籍出版社、一九九一年）
明・蘭陵笑笑生『金瓶梅詞話』（中国図書刊行社、一九八六年）
明・凌蒙初『拍案驚奇』（上海古籍出版社、一九八二年）
明・凌蒙初『二刻拍案驚奇』（上海古籍出版社、一九九四年）
明・作者不明『龍図公案』（天一出版社、一九七四年）
清・呉敬梓撰／李漢秋輯校『儒林外史』（上海古籍出版社、二〇一〇年）
清・鄭烺撰『崔府君祠録』（『中国道観志叢刊続編』十五、揚州広陵書社、二〇〇四年）

日本原典資料

景戒撰／出雲路修校注『日本霊異記』（岩波書店、新日本古典文学大系、一九九六年）
今野達校注『今昔物語』（岩波書店、新日本古典文学大系、一九九三～九年）
菅野真道・藤原継縄等撰／黒板勝美校訂『続日本紀』巻二（経済雑誌社編『国史大系』所収、経済雑誌社、一九〇一年）
説話研究会編『真言伝：対校』（勉誠社、一九八八年）
『善悪報ばなし』（吉田幸一『近世怪異小説』古典文庫、一九五五年）
『久夢日記』（森銑三・北川博邦監修『続日本随筆大成　別巻近世風俗見聞集』巻五吉川弘文館、一九八二年）
西田耕三編『仏教説話集成』一（国書刊行会、一九九〇年）
金指正三編『近世風聞・耳の垢』（青蛙房、一九七二年）
井原西鶴作／佐竹昭広等編『好色二代男・西鶴諸国ばなし・本朝二十不孝』（岩波書店、新日本古典文学大系七十六、一九九一年
新編西鶴全集編集委員会『新編西鶴全集第二巻』（勉誠出版、二〇〇二年）
浅井了意『浅井了意全集　仏書編』巻一（岩田書院、二〇〇八年）

椋梨一雪『続著聞集』（朝倉治彦編『假名草子集成』巻四十五　東京堂出版、二〇〇九年）
林述斎原編／高柳光寿・岡山泰四・斎木一馬編集顧問『寛政重修諸家譜』（続群書類従完成会、一九六四～二〇一二年）
石川鴻斎戯編『夜窓鬼談』（吾妻健三郎、一八八九年）

単行本

王洪『元曲百科大辞典』（学苑出版社、一九九二年）
王国維『王国維戯曲論文集』（中華戯曲出版社、一九五七年）
王国良『顔之推冤魂志研究』（文史哲出版社、一九九五年）
王青『西域文化影響下的中古小説』（中国社会科学出版社、二〇〇六年）
魏英満・陳瑞隆『台湾生育冠礼寿慶礼俗』（世峰出版社、二〇〇二年）
季羨林主編『敦煌学大辞典』（上海辞書出版社、一九九八年）
牛汝極『回鶻仏教文献：仏典総論及巴黎所蔵敦煌回鶻文仏教文献』（新疆大学出版社、二〇〇〇年）
姜彬主編『中国民間文学大辞典』（上海文芸出版社、一九九二年）
金栄華『民間故事類型索引』（中国口伝文学学会、二〇〇七年）
荊三隆・邵之茜『衆経撰雑譬喩注釈与弁析』（中国社会科学出版社、二〇一二年）
厳敦易『元劇斟疑』（中華書局、一九六〇年）
国家図書館善本金石組編『歴代石刻資料彙編』（北京図書館出版社、二〇〇〇年）
胡適著／欧陽哲生編『胡適文集』八（北京大学出版社、一九九八年）
胡孚琛主編『中華道教大辞典』（中国社会科学出版社出版、一九九五年）
呉連生他編『呉方言詞典』（漢語大詞典出版社、一九九五年）
蔡俟明編著『潮語詞典』（一九七六年）
上海古籍出版社・フランス国立図書館編『法国国家図書館蔵敦煌西域文献』（上海古籍出版社、一九九五年）

上海古籍出版社編等編『俄蔵敦煌文献』巻十（上海古籍出版社、一九九八年）
朱彰年他編『寧波方言詞典』（漢語大詞典出版社、一九九五年）
朱鳳玉『王梵志詩研究』（台湾学生書局、一九八七年）
任継愈・鍾肇鵬主編『道蔵提要』（中国社会科学出版社、一九九一年）
浙江省博物館編『浙江省博物館典蔵大系　東方仏光』（浙江古籍出版社、二〇〇八年）
荘永明『台湾警世良言　台湾諺語浅釈』（時報文化出版社、一九八九年）
孫楷第『也是園古今雑劇考』（上雑出版社、一九五三年）
譚正璧『三言両拍資料』（上海古籍出版社、一九八〇年）
中国仏教協会編『房山石経』二十二（中国仏教図書文物館、一九九一年）
中国仏教図書文物館編『法源寺』（法源寺流通処、一九八一年）
張愛玲『張愛玲全集五　回顧展。I張愛玲短篇小説集之二』（台湾皇冠叢書、一九九二年）
張愛玲『張愛玲典蔵全集』巻五（皇冠文化出版有限公司、二〇〇一年）
張国風『太平広記版本考述』（中華書局、二〇〇四年）
張錫厚『王梵志詩校輯』（中華書局、一九八三年）
張錫厚『王梵志詩研究彙録』（上海古籍出版社、一九九〇年）
陳寅恪『元白詩箋証稿』（上海古籍出版社、一九七八年）
陳燕珠『房山石経中遼末與金代刻経之研究』（覚苑出版社、一九九五年）
陳正祥『中国歴史・文化地理図冊』（原書房、一九八二年）
陳宗顕『台湾人生諺語』（常民文化、二〇〇〇年）
陳鉄健『従書生到領袖—瞿秋白』（上海人民出版社、一九九五年）
陳明遠・汪宗虎『中国姓氏大全』（北京出版社、一九八七年）
丁乃通『中国民間故事類型索引』（華中師範大学出版社、二〇〇八年）
杜金鵬等編著『中国古代酒具』（上海文化出版社、一九九五年）

童亮『将離』（中文在線数字出版集団、二〇一六年）
莫言『蛙。』（麦田出版、二〇〇九年）
費孝通『生育制度』（北京大学出版社、一九九八年）
文彦生『中国鬼話』（上海文芸出版社、一九九一年）
北京図書館金石組編『北京図書館蔵中国歴代石刻拓本匯編』（中州古籍出版社、一九八九～九一年）
姚鄂梅『討債鬼』（長江文芸出版社、二〇一七年）
楊宝玉『敦煌本仏教霊験記校注並研究』（甘粛人民出版社、二〇〇九年）
欒保群『捫虱談鬼録』（江蘇鳳凰文芸出版社、二〇一七年）
李剣国『宋代志怪伝奇叙録』（中華書局、二〇一八年）
李剣国『唐前志怪小説輯釈』（文史哲出版社、一九九五年）
李剣国『唐五代志怪伝奇叙録（増訂本）』（中華書局、二〇一七年）
李修生主編『元曲大辞典』（江蘇古籍出版社、一九九五年）
李碧華『凌遅』（天地図書、二〇〇一年）
陸鍵東『陳寅恪的最後二十年』（三聯書店、一九九五年）
劉景龍・李玉昆主編『龍門石窟碑刻題記彙録』（中国大百科全書出版社、一九九八年）
劉春銀・王小盾・陳義主編『越南漢喃文献目録提要』（中央研究院中国文哲研究所、二〇〇二年）
凌純声・芮逸夫『湘西苗族調査報告』（上海商務印書館、一九四七年）
林世田・申国美編『敦煌密宗文献集成』上（中華全国図書館文献縮微複製中心、二〇〇〇年）
林蘭編『換心後』（北新書局、一九三〇年）
林蘭編『灰大王』（北新書局、一九三一年）
老舎『老舎全集』三（人民文学出版社、二〇一三年）
老舎原作／梅阡脚本／大山潔訳注『戯曲　駱駝祥子』（東方書店、二〇一五年）
『仏灯』（泰安、二〇〇七年頃）

『観音大士白衣神呪』（西安、二〇一八年）
青木正児『青木正児全集』第四巻（春秋社、一九六九～七五年）
石川鴻斎著／小倉斉・高柴慎治訳注『夜窓鬼談』（春風社、二〇〇三年）
井出季和太『支那の奇習と異聞』（平野書房、一九三五年）
稲田浩二等編『日本昔話事典』（弘文堂、一九七七年）
石見清裕編著『ソグド人墓誌研究』（汲古書院、二〇一六年）
上村勝彦訳『尸鬼二十五話』（平凡社、一九七八年）
岡田充博『唐代小説「板橋三娘子」考―西と東の変驢変馬譚のなかで―』（知泉書館、二〇一二年）
鎌田茂雄『中国仏教史』（岩波書店、一九七八年）
鎌田茂雄『中国仏教史辞典』（東京堂出版、一九八一年）
上山大峻『敦煌仏教の研究』（法藏館、一九九〇年）
太田辰夫『中国語文論集　語学篇元雑劇篇』（汲古書院、一九九五年）
小川陽一『日用類書による明清小説の研究』（研文出版、一九九五年）
小口偉一・堀一郎監修『宗教学辞典』（東京大学出版会、一九七三年）
小野玄妙等編『仏書解説大辞典』縮刷版（大東出版社、一九九九年）
日下翠『中国戯曲小説の研究』（研文出版、一九九五年）
高山寺典籍文書綜合調査団編『高山寺経蔵古目録』（東京大学出版会、一九八五年）
国史大辞典編集委員会編『国史大辞典』第三巻（吉川弘文館、一九八三年）
五代目古今亭志ん生／飯島友治編『古典落語　志ん生集』（ちくま文庫、一九八九年）
五代目古今亭志ん生『子別れ／もう半分』（ビクター、二〇〇一年）「もう半分」は一九六六年三月三十一日、於東宝演芸
場録音
近藤直也『「鬼子」論序説―その民俗文化史的考察―』（岩田書院、二〇〇二年）

澤田瑞穂『仏教と中国文学』（国書刊行会、一九七五年）
澤田瑞穂『中国の民間信仰』（工作社、一九八二年）
澤田瑞穂『鬼趣談義』（中公文庫、一九九八年）
滋賀秀三『中国家族法の原理』（創文社、一九七六年）
志村五郎『中国古典文学私選　凡人と非凡人の物語』（明徳出版社、二〇〇八年）
多賀浪砂『干宝『捜神記』の研究』（近代文芸社、一九九四年）
高橋克彦『前世の記憶』（文春文庫、一九九九年）
辰巳正明『王梵志詩集注釈―敦煌出土の仏教詩を読む―』（笠間書院、二〇一五年）
田仲一成『中国演劇史』（東京大学出版会、一九九八年）
田中謙二『戯曲集上』（平凡社古典文学大系、一九七〇年）
辻直四郎『ウパニシャッド』（講談社学術文庫、一九九〇年）
暉峻康隆・興津要・榎本滋民編『口演速記明治大正落語集成』（講談社、一九八〇～八一年）
永尾龍造『満州・支那の民俗』（満鉄社員会、一九三八年）
永尾龍造『支那民俗誌』第六巻（支那民俗誌刊行会、一九四二年）
中田祝夫『日本霊異記』（小学館、完訳日本の古典、一九八九年）
中村元『広説仏教語大辞典』（東京書籍、二〇〇一年）
中村元監修・補註『ジャータカ全集』全十巻（春秋社、一九八二～九一年）
中村元『尼僧の告白』（岩波文庫、一九八二年）
中村元『仏教語大辞典』（東京書籍、一九八一年）
西田龍雄『西夏王国の言語と文化』（岩波書店、一九九七年）
西本晃二『落語『死神』の世界』（青蛙房、二〇〇二年）
布目潮渢・栗原益男『中国の歴史四・隋唐帝国』（講談社、一九七四年）
延広真治編『落語の鑑賞二〇一』（新書館、二〇〇二年）

萩谷朴『枕草子解環』（同朋舎、一九八三年）
長谷川兼太郎『満蒙鬼話』（長崎書店、一九四一年）
馬場英子・瀬田充子・千野明日香編訳『中国昔話集　一・二』（平凡社、東洋文庫七六二、二〇〇七年）
早島鏡正監修／高崎直道編『仏教・インド思想辞典』（春秋社、一九八七年）
干潟龍祥『本生経類の思想史的研究』（東洋文庫、一九五四年）
平岡聡『ブッダが謎解く三世の物語『ディヴィヤ・アヴァダーナ』全訳』上・下（大蔵出版、二〇〇七年）
藤本晃『死者たちの物語―『餓鬼事経』和訳と解説―』（国書刊行会、二〇〇七年）
牧田諦亮『偽経研究』（京都大学人文科学研究所、一九七六年）
丸尾常喜『魯迅「人」と「鬼」の葛藤』（岩波書店、一九九三年）
溝口雄三『中国の公と私』（研文出版、一九九五年）
宮部みゆき『お文の影』（角川文庫、二〇一四年）
望月信亨等編『望月仏教大辞典』（世界聖典刊行協会、一九三三年）
森三樹三郎『中国思想史　上・下』（第三文明社、一九七八年）
柳田國男『柳田國男全集』三、五（筑摩書房、一九九七～八年）
遊佐昇『唐代社会と道教』（東方書店、二〇一五年）
湯本豪一編『明治期怪異妖怪記事資料集成』（国書刊行会、二〇〇九年）
湯本豪一編『大正期怪異妖怪記事資料集成』（国書刊行会、二〇一四年）
吉川忠夫『中国人の宗教意識』（創文社、一九九八年）

Eric Grinstead・The Tangut Tripitaka・（New Delhi Sharada Rani 序文は一九七一年・刊行年は記載なし）
金長煥訳『太平広記』（学古房、二〇〇〇年～）
Kristofer Schipper and Franciscus Verellen, ed., The Taoist Canon: A Historical Companion to the Daozang (Chicago: University of Chicago Press, 2004)

論文その他

張中一「郴県旧市発現宋代経巻」（『文物』一九五九年第十期）
趙和平・鄧文寛「敦煌写本王梵志詩校注」『北京大学学報　哲学社会科学版』（一九八〇年第五期）
鄭阿財「敦煌写本『仏頂心観世音菩薩大陀羅尼経』研究」（『敦煌学』二十三輯、二〇〇一年）
鄭阿財「『仏頂心大陀羅尼経』在漢字文化圏的伝布」（『敦煌学輯刊』二〇一五年第三期）
葉鏡銘「人鬼雑処的地方—紹興民間伝説—」（『民俗周刊』八十三期、一九二九年）
李簡「《看銭奴》雑劇〝元刊本〟与《元曲選》本之比較」（北京大学中文系・北京大学詩歌中心編『立雪集』人民文学出版社、二〇〇五年）
李銀河・陳俊傑「個人本位、家本位与生育観念」（李小江主編『性別与中国』生活・読書・新知三聯書店、一九九四年）
李翎・馬徳「敦煌印本〈救産難陀羅尼〉及相関問題研究」（『敦煌研究』二〇一三年四期）
井上正一「不具の子を捨てる民俗—霊異記の民俗史料—」（『日本歴史』第二八三号、一九七一年）
岩本通弥「親子心中」項（比較家族史学会編『事典　家族』弘文堂、一九九六年）
落合恵子「近代家族をめぐる言説」（井上俊等編『岩波講座現代社会学十九〈家族〉の社会学』岩波書店、一九九六年）
五代目古今亭今輔「もう半分」（『隔週刊ＣＤつきマガジン　落語　昭和の名人決定版十八　五代目古今亭今輔　二代目三遊亭円歌』小学館、二〇〇九年）
五代目林家正蔵談「正直清兵衛」（『文芸倶楽部』第十三巻第十号、一九〇七年）
小林信彦「死を越えて追いかける借金取り—日本の説話に使われた中国のモチーフ—」（『桃山学院大学人間科学』二十三、二〇〇二年）
三代目柳家小さん「モウ半分」（『文芸倶楽部』第十九巻十四号定期増刊、一九一三年）
初代三遊亭円左談「最う半分」（『百花園』第二百二十八号、一八九九年）
白須浄真「敦煌における「回向輪経」の伝承—吐蕃支配期の中原未伝漢訳経典の研究—」（『仏教史学研究』第十七巻一号、

一九七四年）
杉山龍清「『衆経撰雑譬喩』と『大智度論』の関係について」（『印度学仏学研究』第四〇巻第二号、一九九二年）
高橋文治「崔府君をめぐって―元代の廟と伝説と文学―」（『田中謙二博士頌寿記念中国古典戯曲論集』汲古書院、一九九一年）
中鉢雅量「神仙道化劇の成立」（『日本中国学会報』第二十八集、一九七六年）
中込重明「落語「もう半分」と「疝気の虫」の形成」（『法政大学大学院紀要』第三十号、一九九三年）
寺川真知夫「「方広経」霊験譚の考察―「霊異記」下巻第四縁の場合―」（日本霊異記研究会編『日本霊異記の世界』（三弥井書店、一九八二年）
後小路薫「近世説話の位相―鬼索債譚をめぐって―」（井上敏幸等編『元禄文学を学ぶ人のために』世界思想社、二〇〇一年）
野村純一「昔話と世話話―「こんな晩」の位置―」（臼田甚五郎・崔仁鶴編『東北アジア民族説話の比較研究』桜楓社、一九七八年）
福井玲「小倉文庫目録」（『朝鮮文化研究』第九号、二〇〇二年）
福田素子「女性与〈仏頂心陀羅尼経〉信仰」（『出土文献研究視野与方法』六、二〇一七年）
福満正博「元雑劇中の度脱劇試論」（『日中学会報』第四十二集、一九九〇年）
北條勝貴「〈水辺の憂女〉の古層と構築―『古事記』『日本霊異記』の向こう側を探る―」（瀬間正之編『「記紀」の可能性〈古代文学と隣接諸学十〉』竹林舎、二〇一八年）
松村恒「シビ本生話と捨身供養」（『印度学仏学研究』第五十二巻第二号、二〇〇四年）
丸山顕徳「『日本霊異記』の討債鬼説話と食人鬼説話」（丸山顕徳等編『論集　古代の歌と説話』和泉書院、一九九〇年）
吉田隆英「崔小玉と崔府君信仰」（『集刊東洋学』二十九、一九七三年）
和田宗樹「明治大正期の親子心中の〝増加〟に関する考察」（『慶應義塾大学大学院社会学研究科紀要』、二〇〇五年）
中華民国教育部ＨＰ「台湾閩南語常用詞辞典」

http://twblg.dict.edu.tw/holodict_new/index.html
中国近代報刊庫『申報』データベース
厚生労働省ＨＰ「自殺死亡統計の概況」
https://www.mhlw.go.jp/toukei/saikin/hw/jinkou/tokusyu/suicide04/
総務省統計局ＨＰ「日本の統計」 http://www.stat.go.jp/data/nihon/02.html
恐怖ナビ https://kyouhunavi.net/

中国における討債鬼故事および関連作品表

	王朝	題または冒頭	作者	書名	巻	備考
1	唐	又昔曽有一婦人		仏頂心陀羅尼経	下	変則(1)
2	〃	党氏女	牛僧孺	玄怪録	二	
3	〃	阿足師	薛用弱	集異記		変則(2)
4	〃	盧叔倫女	盧肇	逸史		
5	宋	潤州一監征	朱彧	萍州可談	三	
6	〃	趙廷臣故渝州	〃	〃	三	
7	〃	呉雲郎	洪邁	夷堅支戊	四	AT471B
8	〃	尹大将仕	〃	夷堅支癸	六	
9	〃	陳小八子債	〃	夷堅三志	十	
10	〃	趙興宿冤	〃	夷堅志補	五	
11	〃	周翁父子	〃	〃	六	
12	〃	王蘭玉童	〃	〃	六	
13	〃	徐輝仲	〃	〃	六	
14	〃	章思文福唐人	郭彖	睽車志	四	
15	〃	平江陸大郎者	〃	〃	五	
16	〃	唐虢州閿郷阿足師伝	賛寧	宋高僧伝	十九	
17	元	図財殺僧		湖海新聞夷堅続志	前集二	
18	〃	冤報解和		〃	前集二	
19	〃?	崔府君断冤家債主		元曲選		AT471B
20	明	判僧行明前世冤		百家公案		
21	〃	五敗子投胎　嘉靖時		輪廻醒世	八	
22	〃	江岸黒龍		龍図公案	四	
23	〃	京山侯崔駙馬子	王同軌	耳談類増	四八	
24	〃	僧斉能	〃	〃	四八	

25	明	進士郭公	王同軌	耳談類増	四八	
26	〃	侵隣居	朱国禎	湧幢小品	二四	
27	〃	薛満八	〃	〃	二四	変則(3)
28	〃	永嘉徐輝	李世熊	銭神志	五	13と同
29	〃	党氏女韓城県芝川人	〃	〃	五	2と同
30	〃	潤州一監征	〃	〃	五	
31	〃	汴有郵卒	〃	〃	五	不完全
32	〃	山西僧斉能者	〃	〃	五	
33	〃	嘉靖初有淮民陸氏	〃	〃	五	
34	〃	盛某者呉城人也	〃	〃	五	
35	〃	托生取債	李長科	広仁品		
36	〃	鄭氏後身	〃	〃		
37	〃	取財耗財	〃	〃		
38	〃	抵鏹絶嗣	〃	〃		
39	〃	断問冤児報仇	李春芳	海剛峰先生居官公案伝	一	
40	〃	王大使威行部下　李参軍冤報生前　入話一	凌濛初	初刻拍案驚奇	三十	4と同
41	〃	王大使威行部下　李参軍冤報生前　入話二	〃	〃	三十	7と同
42	〃	訴窮漢暫掌別人銭　看財奴刁買冤家主　入話	〃	〃	三五	
43	〃	庵内看悪鬼善神　井中談前因後果　入話	〃	二刻拍案驚奇	二四	
44	〃	都察院右副都御史朱公伝	張邦奇	環碧堂集	七	
45	〃	鄞県有陸氏者	張萱	西園聞見録	一〇七	
46	〃	戴婦見死児	陸粲	庚巳編	四	AT471B
47	〃	副都御史朱公瑄伝	焦竑	国朝献徴録	五九	
48	〃	金龍川又一表弟	智旭	見聞録	一	AT471B
49	〃	大傅瀛程玄偉	〃	〃	一	
50	〃	万歴丙辰進士韓某	趙吉士	寄園寄所寄	下	不完全
51	〃	鄞県陸氏者	〃	〃	下	

52	明	金陵賈客帰自湘東	鄭瑄	昨非菴日纂三集	二十	
53	〃	嘉靖初有淮民	〃	〃	二十	
54	〃	盛出血巧奪隣産生子絶後	顔茂猷	迪吉録	七	
55	〃	山西僧斉能為旅人所殺転生其家報仇	〃	迪吉録	八	
56	清	西錦村某		石門県志	十一	
57	〃	僧三世報	王世禎	池北偶談	二六	
58	〃	冤魂顕報	王棫	秋灯叢話	二	
59	〃	僧竹	〃	〃	四	
60	〃	負金孽子報	〃	〃	四	
61	〃	取債前世負金	〃	〃	八	
62	〃	六合呉某	甘熙	白下瑣言	七	
63	〃	怨鬼託生	朱海	妄妄録	九	
64	〃	子討債	斉学裘	見聞随筆	七	
65	〃	許僕投子報讐	〃	〃	十八	
66	〃	于杭生取債	〃	〃	十九	
67	〃	銭販索命	〃	〃	十九	
68	〃	某太医	和邦額	夜譚随録	八	
69	〃	世称殤子為債鬼	紀昀	閲微草堂筆記	灤五	
70	〃	都御史朱公瑄伝	徐開任	明名臣言行録	三四	
71	〃	為子索負	徐慶浜	信徴録	十三	
72	〃	児櫧談債	〃	〃	十三	
73	〃	悪鬼嚇詐不遂	袁枚	新斉諧	八	変則（4）
74	〃	為児索債	〃	〃	二四	
75	〃	索債子	梁恭辰	北東園筆録	五	
76	〃	怨鬼託生	〃	北東園筆録三編	四	
77	〃	借軀托生	〃	〃	六	
78	〃	討債鬼	〃	北東園筆録四編	五	
79	〃	索債子	〃	池上草堂筆記	四	75と同

80	清	怨鬼託生	梁恭辰	池上草堂筆記	六	76と同
81	〃	討債鬼	〃	〃	八	78と同
82	〃	債	程趾祥	此中人語	五	
83	〃	沈和尚	陸長春	香飲楼賓談	二	
84	〃	討債鬼	湯用中	翼駉稗編	一	
85	〃	都司討債	〃	〃	五	
86	〃	四十千	蒲松齢	聊斎志異	一	
87	〃	珠児	〃	〃	一	
88	〃	柳氏子	〃	〃	四	AT471B
89	〃	拆楼人	〃	〃	八	
90	〃	討債鬼	銭泳	履園叢話	十五	
91		陸氏占産	談遷	棗林雑俎	和	
92	〃	起家不正報	慵訥居士	咫聞録	十二	
93	〃	府君嘗与邯鄲楊叟	鄭焜	崔府君祠録		
94	〃	討債僧		申報一八七六年三月十五日第一一九〇号		
95	〃	討債鬼		申報一八八七年三月九日第四九八八号		
96	民国	討債鬼	白桃・林蘭	灰大王		
97	〃	袁家橋斉某	宋憲章	寿光県志	十六	
98	〃	投生索債	周運鏞　等	近十五年見聞録	四	
99	〃	談胖索債	徐珂	清稗類鈔	十	
100	〃	討債的児子	凌純声・芮逸夫	湘西苗族調査報告		AT471B
101	〃	討債与還債的児子	〃・〃	〃		AT471B
102	民？	周氏予（子）	李漁叔	魚千里斎随筆	下	
103	民？	陶八牛	〃	〃	下	
104	現代⑤	討債鬼与還債鬼	文彦生	中国鬼話		
105	現代	楊其良	〃	〃		

106	現代	討債鬼	文彦生	中国鬼話		AT471B
107	〃	還債	李発源	陝北民間故事		
108	〃	偸生鬼中計	姜彬	中国民間文学大辞典		
109	〃	西商報友	〃	〃		
110	〃	討債鬼与還債鬼	〃	〃		

(1) 借金の記述なし。
(2) 借金の記述なし。
(3) 息子に転生して借金を返す。
(4) 討債鬼を騙る鬼の話。
(5) 中華人民共和国成立以後。中国語では「当代」にあたる。

謝辞

本書は二〇一三年に東京大学人文社会系研究科に提出した博士論文「討債鬼故事の成立と展開―我が子が債鬼であることの発見―」に、博士論文に加えなかった研究ノート一篇と、博士号取得後に発表した四篇の論文を追加し、大幅に加筆訂正を加えたものである。

大変多くの人々に支えられ、励まされて刊行に至ったので、ここに感謝の意を表したい。

指導教員であった戸倉英美先生には、博士論文を出す遥か以前から「この研究は出版した方が良い」と励ましてくださり、出版に漕ぎつけるまで本当にお世話になった。先生は「今とりあえずここまで出来ているもの」に安住することなく、より良いものを目指すよう、叱咤激励し続けてくださった。

博士課程一年目の頃は、討債鬼故事よりも『仏頂心陀羅尼経』の研究に夢中になっていた。当時東京大学で教えておられた北京大学の傅剛先生は、当時はまだ「何だかよく分からない偽経」であった『仏頂心陀羅尼経』に関する論考を中国の学術誌に発表する機会を与えて下さった。その後に東大に来られた李簡先生からは、雑劇「崔府君断冤家債主」存在を教えていただき、研究についてもアドバイスを頂いた。この「崔府君」についての論文が、二〇一一年度に東方学会賞を頂くことにつながった。受賞の際は礪波護先生より「中国人の家族観、死生観を考える上で貴重な視点を提供した」という推薦のお言葉を頂いた。この受賞は博士論文を書き上げるための大変な励みになった。

二〇一三年に、本書のもととなった博士論文を提出し、指導教員であった戸倉英美先生のほか田仲一成先生、岡田充博先生、藤井省三先生、大西克也先生に審査をして頂いた。その後で書いた論文についても、先生方より抜き刷りをお送りするたびにご指導とお励ましを頂いた。

田仲先生には、口頭試問の際、討債鬼故事の宗教的な側面をもっと深く研究するよう激励をうけ、さらにフィールドワークで得られた貴重な資料を頂いた。田仲先生から出された宿題である「冤家債主」の問題の解明が、博士論文提出後の研究テーマとなった。そして「冤家債主」研究の突破口となったのは、現名古屋大学の佐野誠子さんのご紹介で劉苑如先生が責任編集をつとめる李豊楙教授栄退記念の『中国文哲研究通訊』に「日本霊異記中巻三十縁的研究」を書かせて頂いたことであった。

実は「冤家債主」の研究については、興膳宏先生も、二〇一一年の東方学会賞受賞の際に勧めてくださったのであるが、この研究はどこから取り付いて良いか分からない状態が続いており、博士論文に間に合わなかったのである。田仲先生にも興膳先生にも、大変長らくお待たせしたことをお詫びしなければならない。

岡田充博先生は、ユーラシア大陸の不思議な話を研究する、一番身近な先達として常に私の前を歩いていらっしゃった。そして快く博士論文口頭試問の副査を引き受けて頂き、討債鬼故事の姉妹説話ともいえる畜類償債譚の研究をしてみるようにとの励ましを頂いた。

藤井省三先生、大西克彦先生、そして東京大学中国語中国文学研究室の皆様には、今でも暖かい目で見守って頂いている。

他にも黒田真美子先生、江巨栄先生、小松謙先生、塩沢一平先生、竹田晃先生を始め、本当に多くの先生方から本書の元になった論考を発表する機会を頂き、またお励ましとご指導を頂いている。

本書はまた多くの同学たちの助けも頂いて世に出た。私が初めて読んだ討債鬼故事は、一九九七年に復旦大学へ留学していた際に中国人の学生さんから頂いた本にあった、郭彖『睽車志』巻四「章思文」であった。以来「党氏女」の存在を教えてくださった梶村永さん、『仏頂心陀羅尼経』の存在を教えてくださった田中智行さん、中国人から見た討債鬼を熱く語ってくださった大山潔さん、原稿の一部を読んでアドバイスを下さった樫尾季美さん、松崎寛子さん、本書の中国語要旨のネイティブチェックをしてくださった鄧芳さん、そして研究発表の時に貴重な意見を寄せて頂いた皆さんのお蔭である。

本書の出版をこころよく引き受けて下さった知泉書館の小山光夫社長と、編集を担当して頂いた松田真理子さんにはただ感謝である。

研究の費用は、東京大学の博士課程研究遂行協力制度と、東京大学グローバルＣＯＥプログラム「死生学の展開と組織化」の若手研究者支援と家族の援助以外は、一九九九年から二〇〇七年（正社員であったのは二〇〇二年まで）の間お世話になっていた株式会社ザ・ベスト飲茶で働いて作った貯金によっている。笛木政彦社長と、社内・社外で一緒に働いた皆様には大変お世話になった。特に先輩の橋立由紀江さんのお供をして中国の工場巡りをした楽しい日々が、私の研究の遠い遠い源になっている。

そして両親と妹（福田武志、七重、詩子）が何時までも芽が出ない私を支えてくれていることには、感謝してもしきれない。

＊本書は独立行政法人日本学術振興会令和元年度科学研究費助成事業（研究成果公開促進費）の交付を受けて出版に至った（課題番号：19HP5053）。

初出一覧

第一部　討債鬼故事の成立まで

第一章　仏典及び六朝・唐代小説における輪廻と復讐
「六朝・唐代小説中の転生復讐譚―討債鬼故事の出現まで―」『東方学』第一一五輯、二〇〇八年、三七〜五四頁

第二章　転生して復讐する者たち　1――『日本霊異記』中巻第三十縁の背景
「《日本霊異記》中巻第三十縁的研究」『中国文哲研究通訊』第二六巻第二期、二〇一六年、四一〜六五頁

第三章　転生して復讐する者たち　2――「党氏女」の周辺
「鬼討債説話の成立と展開―我が子が債鬼であることの発見―」『東京大学中国語中国文学研究室紀要』東京大学中国語中国文学研究室、第九号、二〇〇六年、二三〜四七頁

第四章　金額一致表現から見た畜類償債譚
「畜類償債譚の伝来と変化―その金額表現を中心に―」『東方学』第一二九輯、二〇一五年、六九〜八六頁

第二部　討債鬼故事の変容

第五章　冤家債主との葛藤――王梵志詩「怨家煞人賊」の解釈について
「研究ノート　王梵志詩「怨家煞人賊」中の「怨家」「債主」について」『中唐文学会報』中唐文学会第一九号、二〇一二年、七一〜七八頁、および「日本霊異記中巻第三十縁的研究」『中国文哲研究通訊』第二六巻第二期、二〇一六年、四一〜六五頁

第六章　雑劇「崔府君断冤家債主」――父親の救済
「雑劇『崔府君断冤家債主』と討債鬼故事」『東方学』第一二二輯、二〇一一年、六八〜八四頁

第七章　雑劇「看銭奴買冤家債主」――息子の正体
「『看銭奴買冤家債主』の「冤家債主」の意味」『中国　社会と文化』三二号、二〇一七年、一三八～一五二頁

第三部　討債鬼故事と日本

第八章　落語「もう半分」に見る討債鬼故事の受容と変容
「落語「もう半分」に見る中国怪談・討債鬼故事の受容と変容」『中国　社会と文化』二七号、二〇一二年、二一二～二二六頁

第九章　もしも子供から「お前は前世で私を殺した」と言われたら――討債鬼故事の日中比較
「もしも子供から「お前は前世で私を殺した」と言われたら―討債鬼故事の日中比較―」『東アジア比較文学的研究』一七号、二〇一八年、四八～六三頁

補論　偽経『仏頂心陀羅尼経』の成立と版行・石刻活動
「偽経《仏頂心陀羅尼経》的研究」『中国古典文学与文献学研究』第四輯、二〇〇八年、三七五～四〇一頁および「偽経『仏頂心陀羅尼経』の版行・石刻活動の演変」『東京大学中国語中国文学研究室紀要』二〇一二年、第一五号、一～三六頁

終わりに――討債鬼故事はどこへ行く？
書き下ろし

Contents

Abstract

The tale of the debt-collecting ghost ("t'aochai-kui 討債鬼" in Chinese) is one type of Chinese ghost story. Its format is as follows: A borrows money from B, but does not pay it back (or A steals money from B). B then reincarnates as a child of A (or A's reincarnation) after his or her death, and exhausts A's fortune. B dies after running through the amount B had initially lost. The oldest existing work of this kind is "A Daughter of the TANG Family" in the story collection Hsüankuai-lu by Niu Sengru from the T'ang dynasty (or Hsü Hsüankuai-lu by Li Fuyen). Since this piece and until today, many works have been composed such as I chienchih by Hung Mai, Ch'u k'e and Erhk'e P'ai an ching ch'i by Ling Meng-ch'u, Liao chai chih i by P'u Sung ling, Tzu pu yü by Yüan Mei, and Frog by Mo Yen. The tale of the debt-collecting ghost not only exists in literary works, but is also a common phrase used by parents of Chinese descent to scold disobedient children. For instance, "You make me do everything for you! How much are you paying me monthly? How much do you say I did not repay in the previous life?" (Kui hua cheng A Hsiao pei ch'iu by Eileen Chang)

In many societies, a parent-child relationship is considered a perpetual relationship bonded by unconditional love. Especially in China, where Confucianism was born, "filial devotion to parents" is considered the most important virtue. This seems to conflict with the prevalence of the tale of the debt-collecting ghost. This study aims to uncover the process of formation of the tale of the debt-collecting ghost and its underlying ideologies.

There are two ways to approach previous studies, namely from the literature and from folklore studies. In literary research, the section on the "Debt-Collecting Ghost" in Kishu Dangi by Mizuho Sawada (1977) and an excursus by the Chinese scholar Hsiang Ch'u (1991) attached to "Enemy and Killer" in The Collation and Annotation of Wang Fanzhi's Poetry are found. As it consists of many tales of the debt-collecting ghost and relevant works, it largely contributes to this study. From research in the area of folklore studies, a section on "Tōsai-ki (t'aochai-kui)" is found in the sixth volume of Chinese Ethnography by Ryuzo Nagao (1942), which documents the proverbs and practices that remain in rural Chinese villages. In addition, in the area of folklore classification, two types adopt the tale of the debt-collecting ghost. One is type 145 "Visit to the underworld 2" and 146 "Reparation" in a book by the German folklorist Wolfram Eberhard, Typen Chinesischer VolksMärchen, written in 1937. Type 145 is a story wherein a father

goes to the underworld to find his dead son, eventually learning that his son is the t'aochai-kui. The other is A Type Index of Chinese Folktales: in the oral tradition and major works of non-religious classical literature written by Nai-tung Ting, an American scholar of Chinese descent 1978. Type AT471B "An old father visiting his son in the underworld," contained in the said book, corresponds with type 145 in Eberhard's classification.

The preceding researchers introduce the tale of the debt-collecting ghost as a Buddhist anecdote, since the elements of "samsara (cyclicality of life)" and "karma (retributive justice)" are inherent in the story. However, relevant anecdotes are rarely found in Jātaka tales written in Pali and Buddhist scriptures translated in Chinese, and stories that include the essence of debt-collecting are non-existent. Thus, it is considered that although its elements were derived from India, the tale of the debt-collecting ghost was formed and developed in China. The reasons are as follows.

The view of samsara and that of vengeance in China differ from that in India. In Buddhism, samsara is sorrow, and one must seek deliverance from samsara. In contrast, samsara is not always considered negative in China. In History of Chinese Ideas, Mikisaburo Mori explained that the concept of samsara was welcomed, as it was considered to bring justice by providing appropriate consequences to the good and bad, respectively. For instance, unjustness such as the noble character Yüan Hui dying young and evil Tao Chih gaining wealth, class, and longevity are redressed by samsara.

In addition, for the sake of deliverance from samsara, vengeance is considered worthless in India. Acts of revenge by avengers are prevented by high-ranking monks in Buddhist anecdotes, and even if the revenge is accomplished, they suffer in remorse. Furthermore, the subjects of vengeance and avengers are equally recognized as a pitiful object of salvation.

On the other hand, while many instances of revenge by ghosts are depicted in Ch'un ch'iu Tso shih chuan, a book expressing Chinese traditional ideologies, and novels from the Six Dynasties era, such revenge is often blessed by Shangdi, the supreme deity. Since the introduction of Buddhism, the act of vengeance has been encouraged to bring justice. During the 700 years since the introduction of Buddhism, the Chinese value system has penetrated the underlying ideology of samsara. As a result, stories that view samsara as a means of revenge, such as the tale of the debt-collecting ghost, were created.

However, underlying the sentiment cheering the fulfilled justice and revenge by the avenger is a fear of becoming the target of revenge. Originally in China, the idea that the ghosts of the dead who died accidentally or those that were not

adequately enshrined would harm the living has existed since ancient times. This is observed in the nearly obsessive emphasis on ancestral rituals in the Yin period and the verse "Kuo Shang" in Ch'u Tz'u, which brings the souls of the war dead home and honors their achievements. The souls holding grudges curse the living, and the living fear being cursed.

When people with such sentiments regarding souls and spirits faced the notion of samsara, it became both a means of salvation to bring justice and the source of a new fear, namely the appearance of someone who begrudges acts in your previous life, which you have no control over, and reincarnates to take revenge on you. The revenge story examined in Chapter 2 of Part 1 in this book originated from the anecdote "Jealous Wife" contained in Chung ching chuan tsa p'i yü, a Chinese-translated Buddhist scripture from the Six Dynasties era. It became popular around the same time as the formation of "A Daughter of the TANG Family," but unlike "A Daughter of the TANG Family," the revenge is never accomplished. In this story, the incarnation of gods and Avalokitesvara as well as high-ranking monks solve and salvage an unfortunate parent-child relationship, the actors of which were enemies in their previous life.

The tale of the debt-collecting ghost, in which the avenger is the protagonist and the completion of the revenge is depicted, evolved in the genre called Classical Chinese Stories, and has been continuously produced among intellectuals. On the other hand, in the tales of vengeance by reincarnation, which descended from "the story of the Jealous Wife," the person being revenged is the protagonist, and the main theme is to escape revenge and be saved. At one point, such stories appeared in Classical Chinese Stories, but underlying them were the various religious acts to fear and console grudges and resentment. Even after the stream of anecdotes was discontinued, Buddhist and Taoist rituals as well as printings and the dedication of scriptures were long practiced.

However, from the Yuan to Ming era, the tale of the debt-collecting ghost underwent further transformation. The aspects of this transformation are seen in two plays composed during this period. One was Ts'ui fu chün tuan yüan chia chai chu, estimated to have formed at the end of the Yuan and early Ming periods. This play vividly displays the changes in the profile and handling of the father. The protagonist loses his wealth through his son exhausting it, and then loses his son. However, all this is caused by his wife's secret crime. All the events were the guidance by the god for the father to release his attachment to family and direct his mind to Buddhism. Here, the father of the t'aochai-kui is no longer evil, but someone to be sympathized with and salvaged.

The other play, K'an ch'ien nu mai yüan chia chai chu, is not a tale of the

debt-collecting ghost, but illustrates changes in the tale's underlying view of fatalism. In this play, a man named Chia Jen pleads to the god, and borrows a fortune from a complete stranger, Chou Jung tsu, to become rich. Eventually, he unknowingly buys and adopts the child of Chou Jung tsu, named Ch'ang Shou, and returns the wealth. In the story, Ch'ang Shou exhausts his stepfather's wealth as if he is the t'aochai-kui. In this case, bad karma does not exist between Chia Jen and his son, and there is no grudge to dissolve. There is only the fate that "Chia Jen will be repaying money to the Chou family." Countless ways to make this fate come true can be thought of. Still, Ch'ang Shou takes away the wealth from his parent from the same standpoint as the t'aochai-kui, namely as a child. "Yüan chia chai chu" in the title of the play once meant "an evil spirit entering the household in the shape of a child"; however, later it was used to indicate the t'aochai-kui.

Thus, t'aochai-kui has become a tool to achieve a pre-ordained destiny. T'aochai-kui as a tool in this case often appears in tales of the debt-collecting ghost after the Ming era. In those stories, they exhaust the parents' wealth without any personal grudges, and sometimes even return it. This means that issues of the anger and grudges of the victim and their resolution have been overshadowed, and the emphasis has shifted to clearing the "debt" in relationships, which is now visualized as the amount of money. Here, such changes in the tales of the debt-collecting ghost have been inherently growing since the formation of "A Daughter of the TANG Family" in the form of quantified "love and hate." The concept of a child being a coordinator of the love and hate one bears has been passed on to modern China and influenced people's actions. This is how the culture to laugh off and accept the behaviors of one's child has developed, while bemoaning that "the child is a debt-collector from the previous life."

Last, an observation regarding the introduction of the tale of the debt-collecting ghost to Japan has been added, taking the rakugo titled "Mou Hanbun" and novel by Miyuki Miyabe entitled Tōsai-ki as the subject. The shocking plot that a child despises its parent as an enemy from the previous life has also been greatly employed in Japanese ghost stories. However, in Japan, where the underlying views on family and money differ, the stories of t'aochai-kui evolve into something hardly possible in those of China. For instance, the money taken belongs to a community or an organization one belongs to, and is not of personal possession. Thus, he or she reincarnates in resentment of losing face to the community or organization, and the story ends with lives taken, not money retrieved. In other instances, while the t'aochai-kui in China is still a human, although it is a sick or debauched child, the child in Japanese stories turns into an inhuman monster immediately after birth. Moreover, in some stories that emerged

after the Meiji period, the parent murders the child immediately when learning he or she is the enemy from the previous life. By comparing such modifications in Japan, the characteristics of the tale of the debt-collecting ghost in China become more evident.

Finally, as an addendum, the formation and acceptance of Fo ting hsin t'o lo ni ching is examined. The book is an apocryphal sutra, which once was universally prevalent not only in China, but also in Tun huang, Hsi Hsia, Uyghur Khaganate, Khitan, Jurchen, Korea, Vietnam, and Japan, and has significant relevance with the formation of the tale of the debt-collecting ghost.

債主轉世

——討債鬼故事裏的中國父母和子女——

福田素子　著

知泉書館
2019

内　容

中文摘要

討債鬼故事是中國鬼故事中的一個類型，其基本情節是：A 向 B 借錢後不還錢（或者 A 搶走了 B 的錢），B 死了以後轉生為 A（或者 A 的後身）的兒子，濫用 A 的財產，直到把 B 損失的金額全部用完後才死去。此類故事具有“轉生作為欠債者的兒子”和“討錢債”的兩個特徵，現存最早的作品是唐代的牛僧孺《玄怪錄》（或者李復言《續玄怪錄》）所收的〈黨氏女〉，此後這一題材在文言、白話小說，戲曲裏綿綿流傳至今。討債鬼不儘在文學作品裏流傳，也成為華人家庭裏家長們責罵孩子的常用詞。不少方言詞典裏能看到“討債鬼”、“討債仔”、“討債囝”等詞。現代小說中亦有例如：“樣樣要人服侍！你一個月給我多少工錢，我服侍你？前世不知欠了你什麼債！（引自張愛玲〈桂花蒸 阿小悲秋〉）”這樣的表述。

父母子女的關係在很多社會中被認為是以無償之愛結合的永續性的關係，尤其是中國，作為儒教的發源地，自古以來就把“孝”作為最重要的美德，而把父母子女關係看作結讐關係的討債鬼故事就顯得與這一美德相矛盾。本書的研究目的就是探索這種奇妙的討債鬼故事的形成過程，闡明故事背後的思想演變。

先行研究可以分為文獻研究和民俗學研究的兩個方面，首先，文獻研究方面有澤田瑞穗《鬼趣談義》所收〈鬼索債〉（一九七七年）和敦煌學者項楚《王梵志詩校注》〈怨家煞人賊〉後附有的按語〈楚按〉（一九九一年）。兩位研究者搜集了豐富的討債鬼故事和與其關聯的文學作品，其積累對本書的研究提供了巨大幫助。民俗學研究方面有永尾龍造《支那民俗誌》第六卷〈討債鬼〉（一九四二年），他介紹了中國農民社會裏留下的有關討債鬼的諺語和習俗。此外還有民間故事分類方面，有兩位學者在民間故事分類中採用了討債鬼故事。一位是德國民俗學者 Wolfram Eberhard，他一九三七年的著作 Typen Chinesischer VolksMärche 中劃分的兩個類型是有關討債鬼的故事，即是類型一四五〈訪問冥界二〉和類型一四六〈償債〉。類型一四五是父親到冥界去尋找他的死的兒子，結果發現兒子是討債鬼的故事。類型一四六是有關輪迴和債務的故事，即是討債鬼故事和畜類的償債。另一位是美籍華人學者丁乃通，他的著作 A Type Index of Chinese Folktales: in the oral tradition and major works of non-religious classical literature 於一九七八年面世（中文版有《中國民間故事類型索引》，華中師範大學出版社，二〇〇八年），其中類型ＡＴ四七一Ｂ〈老父陰曹尋子〉相當於 Eberhard 分類的類型一四五。

因為討債鬼故事包含了輪迴、因果報應的要素，所以先行研究者往往認為它是佛教故事的一種。但是巴利語本生故事、漢譯佛經中的佛教故事裏類

似的類型比較罕見。按佛家之說輪迴只是帶來悲哀而已，人生最重要的目的就是解脫。與解脱的重要性相比，復讐只是沒有價值的行為而已，所以印度撰述的佛教故事裏，復讐者達到目的後總是難免深刻的後悔，或者復讐行為被高僧阻止。所以沒有中國故事裏常見的“善有善報，惡有惡報”的結果。

但是中國的傳統思想與此不一樣。例如在《左傳》和六朝志怪小說裏，有不少冤魂復讐的故事，其中冤魂往往表明他（她）得到了天帝的支持。由此可見復讐也是天帝會支持的一實現正義的正面行為。輪迴對中國人來說也并沒有否定性，森三樹三郎在《中國思想史》裏說：輪迴是對各人的善行惡行的一一應報，是實現正義的工具。例如像顔回等正面人物非命而死，像盜跖等反面人物却得到富貴長壽，這些不合理都由前世的因緣發現，而且來世一定也會有所清算。佛教傳來後經過了幾乎七百年的時間，在中國的文化空間裏中國的價值觀滲透到了輪迴的思想的背景中。在討債鬼故事裏輪迴終於成為了復讐的手段之一。

但是在期望正義實現的背面，也存在著自己成為復讐對象的恐懼。在佛教傳來之前，跟地球上其他民族一樣，中國人也有對死靈的恐懼，商代遺跡裏留下的大量的人牲的頭蓋骨就是一個證據。《左傳》裏記載：戰國鄭的貴族伯有的惡靈陸續殺人的時候，賢人子產讓伯有的兒子祭祀父親，收拾這個局面。

對冤魂的敬畏和輪迴相結合，不儘成為實現正義的救濟手段，也成為新的恐惧的來源。除了原本沒有力量的冤鬼變得能投胎來復讐了之外，還有增加了要遇到自己意想不到的前世敵人的可能性。轉生作為敵人的孩子復讐的故事起源於鳩摩羅什譯《眾經撰雜譬喻》第三十七則故事，中唐時期出現了一系列作品，如薛用弱《集異記》〈阿足師〉（本書第一部第二章）。這些故事跟一般的討債鬼故事不一樣，復讐者因為被高僧或者其類角色阻碍，不能完全實現他的復讐。這個類型故事數量不多，但是它們跟對孤魂野鬼—尤其從六朝時期出現的叫“怨家債主”的孤魂野鬼—的恐惧相結合，使得盂蘭盆，放焰口，或者黄籙齋等超度孤魂野鬼成為不可缺少的宗教儀式。對怨家債主的畏惧在這樣的儀式裏綿延繼承下去。

元末明初亦出現了另一個風格，雜劇〈崔府君斷冤家債主〉裏又來了一位救濟者，他跟以前的救濟者不同，不願意阻碍討債鬼的復讐，但是他同時又把父親從絕望中拉出來，鼓勵他佛道修行。這個戲劇的主角的父親，也變為了值得救濟的人物，欺騙别人的財產的其實是他的妻子，父親本人並不是壞人，他完全值得觀眾的同情，也能讓觀眾情感移入。

另一個有“冤家債主”的名字的雜劇〈看錢奴買冤家債主〉。它本身不是討債鬼故事，但是表現了討債鬼本身的變化。這個戲劇雖然是“冤家債主”的故事，但是這個“冤家債主”對父親沒有憎恨，只是被東嶽決定的命運所操縱，浪費父親的錢而已。兩個戲曲的父親都被命運捉弄的，跟我們一樣的平凡人物。這樣的趨向影響到討債鬼故事本身，討債鬼亦失去了原有的强烈

的憎恨，只是成為一種討債的機器。討債鬼故事已經不再是毛骨悚然的凶犯和惡鬼的故事，而成為平凡的父子的故事了。

本書最後以落語〈再來半杯（もう半分）〉和宮部深雪〈討債鬼〉為材料，考察了日本的接受討債鬼故事的情況。“孩子却是家長的前世冤家”的令人毛骨悚然的恐怖故事，在日本也很受歡迎。早在平安時代初期的佛教小說集《日本靈異記》裏就載有一篇屬於薛用弱《集異記》〈阿足師〉類型的靈驗故事。到了貨幣經濟發達的江户時代，產生了很多以日本為背景的討債鬼故事。但是兩國的家族觀、金錢觀、命運觀和社會環境的不同也反映在日本的改作故事群中。例如中國的討債鬼畢竟是人，用人的手段（如夭折、生病、放蕩等）來討債，而日本的“討債鬼”却在出生後立即露出妖鬼的面目，讓父母親感到威脅（而且不一定會討債）。另外中國的討債鬼故事裏，討債鬼在前世欠的錢是自己的錢，這是因為錢象徵著每個人的命，但是日本作品裏冤魂在前世丟的錢是他主人的錢，他們弄丟了主人交給他們的錢，也就失去了生存的場所，這成為他們做冤魂的動機。明治時代以後，父親往往在發現兒子是前世的冤家後馬上殺死這個孩子，因為這些孩子是暴露父親的秘密的罪惡的存在，父親被他們告發的話就不能在社會上活下去。這個變化反映出日本社會對家族的壓迫。這是在中國討債鬼故事裏沒有過的情節。

本書最後介紹的《佛頂心陀羅尼經》，是過去流行於中國、回鶻、西夏、契丹、女真、朝鮮、越南和日本的僞經。與討債鬼故事的形成和流傳有很有密切的關係。此經過去一直被忽視，但筆者認為，其内容尤其下卷裏記載的四則很獨特的故事，作為研究東亞文學史的很重要的資料，應該予以更多的關注和研究，所以本書也考察了其成書和流傳的情况。

人名索引

（括弧内は同一人物の別の呼称）

中国人および仏典中の人名

あ　行

か　行

さ　行

た　行

な・は　行

ま・や　行

ら　行

日本人名

あ　行

か　行

さ　行

た　行

書名雑誌名索引

（工具書は除く）

中国（漢籍および学術図書）

あ　行

か　行

さ　行

た　行

な　行

は　行

ま　行

や　行

ら　行

そ の 他

日本書籍（日本語訳を含む）

あ　行

か　行

さ　行

た　行

な　行

は　行

ま　行

や・ら　行

その他

作品名索引

中国および漢訳仏典

あ　行

か　行

さ　行

た　行

は・ま　行

や・ら　行

その他

日本語作品

Reincarnated debt collectors,

Chinese parents and children
in the tales of debt-collecting ghost

by

Motoko Fukuda

Chisenshokan Tokyo

2019

福田 素子（ふくだ・もとこ）
1970年北海道函館市に生まれる。1990年東京大学文科3類入学。1996年同文学部中国語中国文学科へ学士入学。1997年より１年間上海市復旦大学留学。食品会社勤務を経て2003年東京大学人文社会系研究科アジア文化研究専攻修士課程進学。2011年東方学会賞受賞（論文「雑劇『崔府君断冤家債主』と討債鬼故事」及びこれと関連する研究活動）。2013年博士号（文学）取得。聖学院大学，青山学院大学，関東学院大学非常勤講師
〔主要業績〕『閱微草堂筆記・子不語・続子不語〈清代Ⅲ〉』（黒田真美子と共著，中国古典小説選11，明治書院，2008年），「蜡説」・「謫龍説」・「弔屈原文」・「弔楽毅文」（共同執筆，竹田晃編『柳宗元古文注釈―説・伝・騒・弔―』新典社注釈叢書23，新典社，2014年），「討債鬼故事の成立と展開―我が子が債鬼であることの発見―」（博士論文，東京大学，2013年）

〔債鬼転生〕　ISBN978-4-86285-307-3

2019年 10月 15日　第１刷印刷
2019年 10月 20日　第１刷発行

著　者　福田素子
発行者　小山光夫
印刷者　藤原愛子

発行所　〒113-0033 東京都文京区本郷1-13-2
電話03(3814)6161 振替00120-6-117170
http://www.chisen.co.jp
株式会社 知泉書館

Printed in Japan　印刷・製本／藤原印刷